Un caballero en mi cama

Sue-Ellen Welfonder

Un caballero en mi cama

RBA

Título original: *Knight in my bed*

Traducción: Guillermina Ruiz

ISBN: 978-84-473-7415-1
Depósito legal: B-26352-2011

Impreso por Liberdúplex
Impreso en España – *Printed in Spain*

Dedico este libro con el más profundo
aprecio a mi autora preferida, Becky Lee
Weyrich, que me aconsejó que dejara
de escribir cartas de diecisiete páginas
y empezara a escribir novelas románticas.
Gracias a una carta que le escribí para
confesarme fanática suya, Becky se
convirtió en una de mis amistades más
queridas y en la mentora sin cuyo aliento
es probable que lo más excitante
que estuviera yo escribiendo fueran
cartas demasiado extensas
e innumerables diarios de viaje.
Becky, ésta es para ti.
Gracias, de todo corazón.

Agradecimientos

Estas personas a quienes quiero mucho estuvieron a mi lado hasta que cumplí con el difícil plazo de esta novela. Su generosidad de espíritu me ayudó a mantener los pies en la tierra en un momento en que solía sentir que el mundo se me iba de las manos. Me siento muy dichosa de poder llamarlos amigos.

Mis hermanas en la escritura, Elizabeth Sinclair, Lauren Bach, Lauren Royal, Susan Grace, Brenda Novak, Pat Laye y Rosalie Whiteman: muchísimas gracias por estar siempre del otro lado del teclado cuando os necesité.

Gaye y Jim Walton, por preocuparse siempre y por las piedras especiales. Kristine Hughes, por los viejos tiempos y por asegurarse de que mis héroes no se asfixiaran en esas cajas de armario. Y Gwen McDaniel, por contarme de su hermano, Drake Allen McLean, un verdadero héroe MacLean.

Mis intrépidos compañeros de viaje, Karen D. Stevens y Pat Cody: miles de abrazos por no rendiros con lo de nuestra próxima excursión a Big Pond. ¡La expectativa me ayudó a seguir!

Karen Kosztolnyik y Beth de Guzman, por sus sonrisas tranquilizadoras cuando me sentía completamente perdida. Courtney Boissonnault, cuyo brillante entusiasmo nunca deja de alegrarme, por el increíble apoyo que me da. Larissa Rivera, por ser tan dulce. Y Michele Bidelspach, por no perdonarme.

Mi representante, a quien aprecio mucho, mi amiga y sostén, Pattie Steele-Perkins, por no permitirme arrojar la toalla.

Como siempre, mi valiente paladín, mi apuesto esposo, Manfred, que defendió el castillo con mano diestra y dio muerte a muchos dragones mientras yo escribía este libro.

Y, por último, aunque no por eso menos importante, al verdadero Bodo, mi paladín de cuatro patas, Em, por llenarme el corazón de amor y alegría.

El legado de la Roca de la Novia

En las aguas envueltas en un velo de niebla, en la costa occidental de Escocia, no lejos de la remota y hermosa isla de Doon, se encuentra una roca conocida como «Roca de la Novia». Visible únicamente cuando hay marea baja, el islote traicionero servía a los señores contrariados para librarse de esposas poco deseadas: una novia infértil o desobediente abandonada en la roca se ahogaba cuando subía la marea, con lo que el señor quedaba libre para desposar a otra.

Uno de esos señores era un MacLean y, aunque ocurrió en el pasado remoto, su acto nefando provocó una amarga contienda entre dos clanes que una vez habían sido aliados, si no amigos.

Enfrentados durante siglos, los clanes MacLean y MacInnes acordaron a regañadientes compartir la isla de Doon, asolada por los vientos, sin que ninguno de los dos estuviera dispuesto a ceder un milímetro más de lo estrictamente necesario de «su» isla. Ahora, un año después de la muerte de Robert Bruce, rey de Escocia, comparten también una tregua precaria, tregua que pronto se romperá.

Sobre la Roca de la Novia encontraron muerta a otra novia del clan MacInnes, asesinada de la misma manera que su ascendiente malhadada; pero, esta vez, el clan MacInnes quiere que corra sangre. Sí, buscará venganza, una venganza como corresponde a tan grave afrenta...

I

CASTILLO DUNMUIR
ISLA DE DOON, 1330

QUÉMALE LA CARNE CON TENAZAS AL ROJO VIVO, exponlo a baños de vísceras y azotes incesantes. Viértele plomo fundido por la garganta y oblígalo a que recoja piedras de un caldero de agua en ebullición. Haz que se canse de respirar. Acelera su muerte.

El murmullo de las voces iracundas atravesaba el refugio sacrosanto que era el sueño profundo de Donall MacLean con toda la sutileza de un campesino torpe que trata de segar la luz de la luna con una guadaña oxidada.

Procurando no revelar que se había despertado, Donall el Bravo, orgulloso señor del gran clan de los MaLean, abrió los ojos como si fueran rendijas y espió lo que no podía llamarse sino antesala del infierno. El problema era que Donall el Bravo, caballero y guerrero sin par, aún no estaba preparado para convertirse en leyenda.

Sepárale los miembros con cuatro bueyes fornidos. Haz que se arrodille hasta que ruegue por la misericordia de la sangre santa de Dios.

—¿Separarme los miembros? ¿Hacer que ruegue por la misericordia de Dios? —las palabras explotaron y salieron de los labios resecos de Donall, surcando con fuerza una pleamar de furia que ya no podía reprimir.

Una vez despierto, y sin preocuparse de si los malhechores se daban cuenta, forcejeó con los gruesos grilletes de hierro que le sujetaban las muñecas y los tobillos. Indignado, miró con incredulidad a los ancianos de expresión adusta cuya silueta se dibujaba en la puerta abierta del calabozo, una reunión inverosímil, un absurdo coro de grullas descaradas. Sin embargo, el odio que se fermentaba en sus ojos avejentados los señalaba como los demonios enloquecidos que habían hecho llover sobre él amenazas tan viles.

Detrás de ellos, chisporroteaba y humeaba una antorcha de pared, con unas llamas reticentes que recortaban sus figuras descarnadas con un brillo rojo fantasmagórico, efecto extraño que destacaba la impresión que tenía Donall de haberse despertado en las garras del macho cabrío y sus secuaces con pezuñas.

Apelando a la poca fuerza que le quedaba en su cuerpo maltrecho y que se agotaba con rapidez, Donall les dirigió una mirada desafiante:

—Un MacLean no se arrodilla ante nadie —la incredulidad luchaba con su furia ante la sola idea—. Estáis locos si creéis que vais a lograr semejante hazaña. Para lo único que voy a usar las rodillas es para salir de aquí.

—Sí —asintió uno de los hombres—, y te irás como un cadáver al que arrojan por un acantilado, con la carne fría, buena para nada, sólo carroña para las gaviotas.

Donall miró a sus captores con los ojos entornados. Hubiera estallado en una carcajada ante la afrenta pero, por desgracia, le faltaba vigor para hacer otra cosa más que fruncir el ceño. Lo habían dejado desnudo, helado de frío y tembloroso, sobre un camastro de paja mugrienta; cada músculo de su cuerpo gritaba de agonía y las sienes le latían con tanta fiereza que casi podía jurar que un patán armado hasta los dientes le había partido la cabeza en dos. Ceder a la urgencia de reírse no haría sino contribuir a su miseria. Incluso le costaba poner cara de disgusto.

Con un leve quejido, recostó la cabeza contra la pared húmeda y apenas respiró unas pocas veces. Se arrepintió de inmediato, cuando con cada jadeo entrecortado le invadió los sentidos un olor fétido y penetrante, un hedor casi tan fuerte como los ardientes tizones al rojo vivo que le atravesaban la cabeza. ¿Dónde estaba, por la Santa Cruz? ¿Y quiénes eran estos torturadores de expresión severa?

Donall escudriñó al que había hablado. Con ojos de águila, y haciendo alarde de un mechón despeinado de pelo del color del hierro oxidado, el anciano le devolvió la mirada. Todos lo miraron. Y emanaban oleadas de rabia de sus huesos añosos. Muchos le parecían inquietantemente familiares pero el latido de las sienes impedía a Donall pensar con claridad.

¿Y quién era lady Isolde? La mujer con cuyo nombre habían bromeado los demonios burlones antes de desatar su aluvión de amenazas absurdas. ¿O había imaginado el nombre, como un recurso de su mente para apartar sus pensamientos del dolor? ¿O era «Isolde» el nombre de una amada olvidada hacía tiempo, una víctima sin rostro de un devaneo de un día, que regresaba para atormentarlo en su momento más oscuro?

Fuera lo que fuese, el nombre describía una fina danza por los bordes exteriores de su mente. Esquivo cual ágil doncella *sidhe* que retoza en el ocaso, el nombre lo provocaba con su familiaridad pero nunca se acercaba lo suficiente para que llegara a comprender quién era su dueña. Algunos fragmentos de palabras dichas con ira y los recuerdos borrosos de una refriega se sumaron al caos de su confusión mental, pero Donall estaba tan atontado por el dolor que se desvanecían todos y cada uno de los pensamientos aislados antes de que pudiera comprender lo que pasaba.

—No eres tan poderoso ahora, ¿verdad, Donall el Bravo? —observó otro de los ancianos, con la voz añosa cargada de sarcasmo—. De todos modos, pensamos darte la posibilidad de que conserves tu dignidad dejando que te arrepientas de tus pecados ante nuestra bella jefa.

Una mujer jefa: lady Isolde. Algunos fragmentos de las conversaciones que había mantenido con Lileas, la esposa de su hermano, que ahora estaba muerta, se sumaron al remolino que sacudía su cabeza y lo dejaron más perplejo. ¿No había dicho Lileas que su hermana se llamaba Isolde? ¿Y no habían comentado que la hija mayor de Archibald MacInnes pasaría a ser jefa dos años después de la muerte de su padre? Las respuestas lo esquivaban; se le acercaban, sí, pero no lo suficiente como para que pudiera atraparlas, no cuando la sangre le golpeaba en los oídos con más fuerza que un martillo de herrero.

Abrió la boca para soltar una catarata de epítetos de lo más refinados, pero las oscuras maldiciones murieron allí, cuando algo pequeñito y con cuatro patas le rozó los pies descalzos. Sacudió las piernas, pero el hierro helado que le sujetaba los tobillos le impidió moverse más y le recordó su sombría situación. De inmediato, se le aclaró la mente y sólo quedaron intactos el dolor, la rabia y la indignación. Con una lucidez repentina, los detalles horribles de su alrededor y el estado lamentable de su cuerpo amoratado se volvieron tan claros como si los hubieran iluminado las llamas de miles de antorchas refulgentes.

No tan claro pero con el mismo efecto perturbador llegó el recuerdo vago de una mujer entrecana que se inclinaba sobre él, una *fada* infernal que lo miraba con ojos nublados. Para su horror, también recordó que la vieja levantaba la manta hecha jirones que había tirado alguien sobre sus partes pudendas y, fresca, como si nada, espiaba lo que había debajo. Que todos los santos lo ampararan si era ella «la bella jefa» con quien sus captores pretendían obligarlo a hacer penitencia. El mero pensamiento bastaba para que se le helara la sangre.

—Pareces enfadado —dijo un tercer anciano, que tenía el pelo completamente blanco y se apoyaba con fuerza en un cayado. Con paso lento, arrastrando los pies, se acercó adonde estaba sentado Donall, apoyado contra un muro de piedra frío y cubierto de limo—. ¿Hacemos bien en esperar que por fin estés recobrando tus sentidos? ¿O que tal vez estés recordando la facilidad con que te raptamos? —el hombre se agachó y quedó tan cerca de Donall que su respiración rancia le rozó la mejilla—. ¿Y cómo se siente uno cuando es derrotado por un clan insignificante como el nuestro? Dudo que alguna vez hayas imaginado que fueras a despertar sin más atuendo que los hierros de MacInnes?

¡Los MacInnes!

Por fin, se esfumaron de su cabeza los últimos rastros de neblina y logró recordar. Todo. Pero no lo habían vencido: lo habían engañado.

Cuando fue evidente que la pena de su hermano Iain por la muerte de su esposa era demasiado grande para que él mismo se encargara de la lastimosa tarea, Donall y su hermano adoptivo, Gavin MacFie, habían partido solos a llevar el cuerpo de Lileas a su casa, a la fortaleza de su clan, el castillo Dunmuir. Cuando llegaron, les dieron la bienvenida, les agradecieron lo que habían hecho, e incluso les ofrecieron alimentos y cerveza para que comieran antes de proseguir su viaje a las tierras centrales para comprar ganado y provisiones para la propiedad de los MacLean, el castillo Baldoon, que quedaba del otro lado de Doon, la bonita isla que habían compartido ambos clanes desde el principio de los tiempos.

Era un viaje que Donall creía que haría con un contingente de los MacInnes, una excursión que quería aprovechar para localizar al verdadero asesino de la amada esposa de Iain, que era una MacInnes. Era una empresa de gran trascendencia, un asunto que quería resolver antes de que su hermano, irascible, despertara del sopor que le causaba la pena y partiera solo a vengar la muerte de su mujer. La impetuosidad de Iain no haría más que empeorar las cosas, que ya eran malas de por sí.

Muy adentro, en algún recoveco escondido donde a Donall no le importaba que se quedaran sus pensamientos, tenía la esperanza de que el mal genio de Iain y su tendencia a los ataques repentinos de irritabilidad no tuvieran nada que ver con la causa de la tragedia. Y ahora, sus intentos por prevenir una agitación mayor se tornaban imposibles... ¡gracias a los excéntricos planes que tenían los MacInnes para vengarse de él!

Forcejeó con los grilletes, con una frustración iracunda y amarga en la garganta. El hierro frío al rozar su cuello le convenció de la inutilidad de sus intentos por liberarse, y la expresión hermética de sus captores de lo absurdo que era tratar de persuadirlos para que formaran una alianza y buscaran a los verdaderos autores del asesinato de Lileas. Pero aunque fuera inútil o absurdo, tenía que hacer el intento.

Donall se obligó a tragarse la rabia. Si Archibald estuviera vivo, tal vez tuviera alguna posibilidad. Pero el viejo señor ya no estaba, y los ancianos que lo tenían cautivo no mostraban ni un ápice del deseo de Archibald de mantener la paz, por lo menos en apariencia. Aunque habían sido enemigos acérrimos durante siglos, ambos clanes habían gozado de una tregua incómoda en los últimos años gracias a los esfuerzos del viejo señor. Ni Donall ni Gavin sospecharon que el esguince de tobillo de la mujer con la que se toparon no mucho después de partir de Dunmuir era fingido. Esa supuesta lesión los distrajo, y los MacInnes se abalanzaron sobre ellos por la espalda cuando se detuvieron a ayudarla.

—¿Qué te sucede, muchachito? —el anciano canoso dio un codazo a Donall en el muslo desnudo—. ¿Estás tan irritado porque te han vencido que has perdido el habla?

Donall ignoró la provocación y paseó la mirada por el calabozo; se detuvo en cada uno de los oscuros rincones para ver si su estado de dolor y confusión le había impedido reconocer a Gavin. Pero estaba solo, y su hermano adoptivo no se veía por ningún lado.

—¿Qué habéis hecho con Gavin? —hizo un gran esfuerzo por sentarse más erguido—. Si le ha sucedido algo, vuestro clan lo pagará —juró, dirigiéndose al hombre que lo martirizaba, en el que por fin reconoció al hermano del difunto señor MacInnes, Struan.

—Ésas son palabras demasiado soberbias para un hombre que está en tu situación —Struan echó una mirada rápida a las extremidades de Donall, inmovilizadas por el hierro—. Tu hombre descansa en su propia celda, más cómodo que tú, así que no temas. No guardamos rencor a los MacFie. La contienda es con vosotros.

—Golpear a un hombre por la espalda no es contender —la ira crecía en las vísceras de Donall—. El truco que usasteis fue lamentable, y dudo que vuestro hermano lo hubiera permitido.

—Archibald está muerto —el más joven de los ancianos dio un paso adelante. Miró de reojo a Struan—. Nuestro *ceann cath* es quien nos aconseja ahora en los asuntos bélicos, y nosotros poseemos la sabiduría que nos dan los años. Eso es suficiente.

Sin decir más, se dirigió hacia la rendija que estaba en la pared opuesta de la habitación y oficiaba de ventana, la única del calabozo. Aunque era muy estrecha, dejaba que entrara algo parecido a la luz y algún vago indicio de frescura marina. Al obstruir la hendidura, el anciano privó a Donall del escaso consuelo que le daban las pocas brisas perdidas que se habían colado en el calabozo. Una sonrisa cómplice se dibujó en el sombrío rostro del hombre, casi como si Donall tuviera los pensamientos grabados en la frente.

—Ya ves, Donall el Bravo, no siempre bastan los músculos para que el enemigo se retuerza. A veces, un plan inteligente puede traer una venganza mucho más adecuada que una espada en puños diestros.

—Y es el acero de mi espada lo que mis puños diestros os harán probar si no me liberáis de inmediato —a Donall le hervía la sangre de furia, tanto que ya no sentía el frío húmedo del calabozo.

—Tu espada está segura bien lejos de tu alcance —respondió Struan—. Por cierto, se acabaron tus días de blandir espadas, MacLean. Ni siquiera podrás dar estocadas con otro tipo de «arma», por llamarlo de alguna manera —con las manos apoyadas en la cadera, le sonrió con absoluta antipatía—. Me atrevo a decir que lamentarás no poder usar esa espada cuando hayas visto el bello rostro de nuestra jefa, lady Isolde. Pero, lamentablemente, saborear una fruta tan tierna como ella es un placer que está fuera de tu alcance.

—Preferiría clavar mi espada en una cabra —bramó Donall, tratando de arremeter contra el anciano, mientras los grilletes le herían las muñecas y los tobillos—. Que se me pudra y se caiga antes de...

—Te aseguro que la idea me resulta tan desagradable como a ti.

Donall se quedó inmóvil. Suave y sensual como la crema batida, pero irresistiblemente condimentada con el sabor picante de la pimienta, la voz de la mujer se derramó sobre él, lo rodeó y lo penetró.

En otras circunstancias, el tono agradable hubiera desterrado sin más el escozor de la ira, incluso tal vez hubiera encendido el fuego de un calor completamente distinto, pero no estaba de humor para dejarse llevar por la dulce cadencia de unas cuantas palabras dichas con insolencia. En especial, cuando la voz melodiosa pertenecía, sin duda, a Isolde MacInnes, una mujer por la que se negaba a sentir atracción alguna.

—Por muy desagradable que me resulte vuestra presencia, estáis bajo mi techo y me he propuesto terminar con vos en consecuencia —dijo ella, y las palabras confirmaron su identidad.

Donall se acomodó en su camastro de paja y deseó que su hombría tuviera más cobertura que un retacito de tela. Si la apariencia de lady Isolde era la mitad de provocativa que el timbre meloso de su voz, prefería un mínimo más sustancial de dignidad. Aunque estaba confinado en una celda y encadenado, todavía le corría sangre por las venas. Y los canallas tampoco le habían cubierto los ojos.

Mordiéndose los labios, apartó de su cabeza todos los pensamientos relacionados con muchachas atractivas. Había pasado más tiempo del que se dignaba reconocer desde la última vez que estuvo con una mujer, pero no quería que fuera Isolde MacInnes la que volviera a ponerlo en acción. Ni siquiera un poquito. Lo que quería era salir de esa celda.

Con suerte, la encontraría tan poco llamativa que toda ola de admiración no deseada se evaporaría no bien la viera. Conteniendo la respiración por temor a que no fuera así, giró la cabeza hacia el lugar de donde provenía la voz.

Ella estaba de pie junto a la puerta abierta, con una antorcha en la mano, rodeada de sus ancianos familiares y, muy a su pesar, Donall la contempló con verdadera admiración. El tío de Isolde no había mentido. Esa mujer era una verdadera belleza. Una sensación poderosa de franco asombro le sacudió el cuerpo, y puso en evidencia que su naturaleza de sangre caliente se negaba a cooperar con su determinación de resistirse a los encantos de la muchacha.

—Lady Isolde —Donall inclinó la cabeza en un gesto cortés. Por fortuna, su voz no delataba todavía que la hallaba atrayente—. Me niego a ser parte de la payasada que pretenden hacer vuestros hombres conmigo y exijo que me liberéis de inmediato.

Ella dio unos pasos más, sosteniendo en alto su antorcha. La llama le iluminaba el contorno elegante del rostro, destacaba la tersa perfección de su piel y hacía brillar sus trenzas. Tenía el cabello del color de mil puestas de sol, con profundos tonos bronce que marcaban surcos más claros, brillantes como oro fundido. Suelto, seguramente se arremolinaría alrededor de las caderas de curvas gráciles y hechizaría, privándolo del juicio, a todo hombre que ensayara siquiera la tontería de resistir su atracción hacia ella.

Se acercó y Donall sintió su perfume, una fragancia ligera, limpia, fresca y femenina, con un dejo de flores silvestres y días de verano, aunque con un aroma cálido y seductor que prometía placeres más oscuros bajo su aura de gracia e inocencia, el tipo de placeres que a Donall le hubiera encantado despertar en ella, si ella hubiera sido otra mujer.

—Te dije que era una gema. Qué pena que ya no puedas permitirte conquistas tan deliciosas —Struan rodeó los hombros de su sobrina con el brazo y la llevó hasta donde estaba Donall, sentado contra la pared del calabozo. Levantó con el pie el trapo que cubría las partes masculinas de Donall y lo apartó de una patada—. Pareces estar en forma y fuerte como un roble... Supongo que te aflige saber que pasarás los pocos días que te quedan en abstinencia.

El anciano de pelo blanco que se encontraba a la izquierda de Donall se rió, con una risa débil, de viejo. Isolde MacInnes ahogó un grito y se volvió, con las mejillas rojas, casi tan rojas como su cabello.

—¡Por todos los cielos! ¿Es que no tenéis vergüenza, viles canallas? —Donall enfrentó con ojos feroces las sonrisas burlonas de los ancianos—. Si vuestro jefe es una doncella, ¿acaso habéis perdido la sensatez...?

—En efecto, soy una doncella, señor, y sois vos el que lleva el peso de la vergüenza, vos y todos los varones MacLean que han visto este mundo —le daba la espalda, en una postura rígida y soberbia, los hombros erguidos, como una diosa tallada en piedra.

Se dio la vuelta y la luz de la antorcha le dio de lleno en la cara. Sus ojos, hermosos y excepcionalmente grandes, parecían apagados. La chispa que debería haber encendido esos ojos de un color ámbar tan rico se había extinguido, sofocada por un manto de tristeza, estropeada con la misma intensidad con que la expresión acusadora y desdeñosa le curvaba hacia abajo la comisura de los labios y arruinaba el dulce atractivo de una boca que suplicaba por un beso. No es que fuera él el hombre que habría de besarla, por muy exquisitos que pudieran resultar esos labios.

Donall se removió en el camastro, en un vano intento por ocultar sus partes masculinas, aunque más bien se trataba de un esfuerzo infructuoso por librarse del hechizo que había obrado en él. La paja le pinchaba las piernas desnudas; una ráfaga de aire salobre inundó el calabozo, llenándolo con el olor penetrante del mar y desterrando el aire viciado.

La humedad del frío calabozo, lleno de sombras, oscuridad y seres escurridizos y sin nombre, y el frío contacto del hierro helado de los grilletes en su piel le insuflaron un renovado vigor; sintió desdén, no por la muchacha, sino por sus añejos consejeros y sus planes de vengarse de él por algo con lo que no tenía nada que ver: un acto nefando que rogaba no hubiera nacido de los repentinos cambios de humor de Iain.

Clavándose las uñas en la palma de la mano, desterró las dudas molestas que amenazaban con corroerle el espíritu. Iain no podía ser el asesino de su amada esposa. Los MacLean, incluso su hermano, habían condenado el hecho funesto, estaban horrorizados y ansiaban vengar la muerte de la dulce Lileas. Y lo harían, si los MacInnes escucharan sus razones y lo liberaran.

Se dijo que quizás hubiera perdido la razón, porque le daba la impresión de que, mientras los ancianos hacían oídos sordos de la reafirmación de su inocencia, lady Isolde aparentaba tener menos prejuicios; una noción nacida del desvarío, no cabía duda, pero no tenía nada que perder y todo por ganar. Conservar su libertad era la única manera que tenía de localizar a los verdaderos canallas y evitar un caos mayor, en caso de que Iain quedara demasiado tiempo librado a su suerte.

Dirigiéndose a la jefa de los MacInnes, se aclaró la garganta.

—Mi hermano no tuvo nada que ver con la muerte de su esposa —afirmó, haciendo un esfuerzo enorme por ignorar su estado indecoroso y con la esperanza de que sus palabras sonaran más convencidas que él.

La mera mención del asunto hacía que se le estrujara el pecho de dolor. Todavía podía ver a Lileas, las algas enredadas en su enmarañado cabello dorado rojizo, el delgado cuerpo frío y sin vida.

—Iain amaba a su esposa. Nunca le hubiera puesto una mano encima —aseguró, pensando en las muchas veces en que había visto a Iain adorar a su esposa, callada, más que en las contadas oportunidades en que despotricaba contra ella cuando se apoderaba de él uno de sus humores negros—. Juraría que es inocente por las reliquias más sagradas.

Los ojos atormentados de Iain acechaban vívidamente los pensamientos de Donall. Se le revolvían las tripas cuando recordaba que había sido incapaz de aliviar la pena de su hermano.

—La llora de verdad —afirmó, esta vez más convencido.

—Mentira —la palabra se estrelló contra su piel desnuda, fría cual esquirla de hielo.

Isolde se estremeció. Como solía pasarle desde que le comunicaron la muerte de su hermana menor, olas de frío se apoderaban de ella incluso cuando le ardía el corazón con la necesidad de vengar el asesinato.

—Mentira —repitió, con la mirada fija en la pared que tenía delante más que en el hombre desnudo que estaba tumbado a sus pies—. Nadie más podría haber hecho cosa semejante.

Saliéndose del círculo tranquilizador que describía el brazo de su tío, le puso la antorcha en las manos con un movimiento brusco y empezó a caminar por el calabozo salpicado de helechos. La imagen de MacLean era más de lo que podía soportar. Su desnudez la incomodaba y saber que pronto estaría incluso más cerca de él, y de *esa parte* de él, hacía que su corazón le palpitara, temeroso. Pero se acercaría... Por Lileas, por los suyos.

Y por ella misma, le recordó una vocecita desde algún recoveco de la mente. Pero esas otras razones parecían sumamente insignificantes ahora. Aun así, sería fuerte, valiente. Seguiría su plan secreto, incluso si eso significaba que tendría que entregar su virginidad a un hombre al que odiaba. Era preciso vengar el asesinato de su hermana y ella tenía que garantizar la supervivencia de su clan.

El consejo quería la muerte del señor de los MacLean. Se jactaban de que ésa sería la venganza última contra el clan MacLean. Pero esa acción, por justificada que estuviera, destruiría a los MacInnes. La venganza llegaría rápida e inclemente. Los MacLean no iban a quedarse de brazos cruzados tras semejante afrenta... Y sólo un idiota pensaría que ellos iban a ser capaces de evitar el ataque de un clan tan poderoso.

Aun así, casi todos los que pertenecían a su clan parecían empeñados en comportarse como idiotas. No tenía más opción que poner en práctica su plan secreto, una estrategia para asegurarse de que los MacLean no volvieran a representar una amenaza. Para semejante victoria, perder la virginidad era un precio irrisorio, en especial si su cópula con MacLean la bendecía con un hijo, tal como esperaba.

—Entonces, si me creéis un mentiroso, Isolde de Dunmuir, ¿estáis tan sedienta de venganza como los vuestros? —Donall MacLean la ponía a prueba. Su voz profunda tenía un tinte de diversión—. ¿Estáis vos también decidida a torturarme?

«Lo que me propongo hacerte, Donall el Bravo, será una tortura para mí». Las palabras le retumbaron con tanta fuerza en los oídos que temió que se le hubieran escapado y que todos las hubiesen oído.

—¿No os hacéis oír tanto como vuestra banda de ancianos de ojos desorbitados, bella dama? —le preguntó, provocándola—. ¿Acaso no deseáis recitar la infinidad de crueldades que planeáis infligir a mi carne?

Estremeciéndose porque las acusaciones de Donall se acercaban más a la verdad de lo que él se imaginaba, Isolde se unió a Lorne, el más joven de los ancianos de su clan, que estaba vuelto de espaldas frente a la angosta ventana del calabozo. No se creía capaz de enfrentar su mirada a los ojos furiosos y oscuros del prisionero. Más tranquila una vez que le hubo dado la espalda, dio un respiro profundo, purificador, con el que inhaló el aire lleno de sal. El rugido atemperado de las olas que rompían contra la playa de guijarros, pasando apenas el muro del calabozo, le desgarraba el corazón.

¿Cuántas veces habían recorrido Lileas y ella los tramos estrechos de la costa dando saltitos, en los días despreocupados de su niñez? ¿Y cuántas veces las había regañado su adorado padre por aventurarse a una playa que consideraba peligrosa por las corrientes cambiantes de las aguas aparentemente inofensivas?

Ahora ya no estaban ni Lileas ni su padre. Isolde pestañeó con fuerza. Seguramente se le había metido algo, una mota, en el ojo. Separó las manos y se frotó las palmas contra los pliegues de lana del *arisaid* que llevaba sujeto con un cinturón. La textura suave de la capa la consolaba con su tacto familiar y le servía de vínculo tenue pero tranquilizador con la normalidad en una situación que parecía haberse salido completamente de control.

Como todavía no estaba preparada para darse la vuelta, miró por la rendija, que era demasiado estrecha y no revelaba más que una franja delgada de cielo azul brillante. ¿Cómo podía brillar el sol cuando en su corazón sólo había oscuridad? Volvió a pestañear, sin poder echar la culpa ya del calor ardiente de la parte posterior de sus ojos a una mera mota de polvo. Pero, en lugar de hacer caso a las lágrimas, se encogió de hombros y se preparó para enfrentarse a su enemigo, el hombre a quien culpaba del asesinato de su hermana.

Era preciso vengarse, pero tampoco todo estaba perdido. Tenía mucho por lo que sentirse agradecida y no estaba sola. Su clan la apoyaba y le manifestaba su devoción. Ahora eran su gente, porque, cuando murió su padre, y según sus deseos, ella había aceptado ocupar el lugar de jefa. Y, como tal, tenía que hacer lo que era mejor para todos, en especial cuando había problemas, lo que incluía la enorme tarea de salvarlos de sus personalidades tercas e idiotas.

—Una de los nuestros, una mujer bella y joven que confiamos a vuestro hermano pensando que la trataría con respeto, ha sido asesinada sobre la Roca de la Novia —la voz autoritaria de Lorne resonó detrás de ella, y sus palabras sacaron a Isolde de su ensoñación silenciosa—. La asesinó su esposo, un MacLean, de la misma manera en que asesinaron a su antepasada hace tantos años. Vos, Donall el Bravo, como señor MacLean, pagaréis haciendo...

—Lorne, por favor —Isolde dio media vuelta y le tocó el brazo, incapaz de soportar que repitiera en voz alta los detalles morbosos de lo que planeaban llevar acabo sus familiares—. El hombre sabe a qué se enfrenta.

Volvió al lado de su tío Struan, sin la menor esperanza de que sus modales o expresión ocultaran la confusión que la embargaba. Habló, con la voz lo más neutra que pudo:

—Estoy cansada y me retiraré temprano. Confío en que nadie me molestará antes del alba.

Mientras se preparaba para desempeñar una función que ya dudaba que pudiera dominar, echó una mirada desdeñosa al MacLean.

—Niels y Rory han insistido en vigilar mi puerta mientras él permanezca entre nuestros muros. Se lo he permitido para no herir sus sentimientos, así que no os alarméis si los veis allí. Han jurado que no dejarán que nadie cruce el umbral, excepto la mismísima Madre de Dios —dicho eso, besó a su tío en la mejilla, hizo una reverencia seca con la cabeza al MacLean y salió del calabozo tan pronto como le permitió su orgullo. A una distancia prudente, se detuvo ante una oscura hornacina que se metía bien adentro del muro del corredor.

—Asegúrate de que lo bañen y lo lleven a mi alcoba cuando anochezca —susurró al hombre escondido detrás de las sombras—. Tarde... no antes de las últimas horas del oficio. Y, por favor, que nadie te vea.

El hombre abrió la boca para responder, pero Isolde se recogió las faldas y se marchó a toda prisa por el corredor húmedo antes de que pudiera decir palabra. Si el bueno del primo Niels intentaba una vez más hacerla cambiar de opinión, abandonaría sus ambiciosos planes para asegurar la paz con los MacLean. De hecho, tras haber visto al señor de los MacLean tal como Dios lo trajo al mundo, dudaba seriamente de que su plan fuera el más acertado.

Donall se quedó mirando en la dirección por donde había desaparecido Isolde, mientras una multitud de emociones encontradas lo devoraban vivo. Por todos los cielos... Le había quitado la respiración, lo había enfurecido negándose rotundamente a escuchar razones y, aun así, con una furia que le hacía hervir la sangre, no podía sino admirarla por su coraje y espíritu.

No era posible que ella no supiera lo que planeaban hacerle los mayores del clan. Su predisposición a permitir que se cometieran semejantes barbaridades bajo su techo hablaba de su deseo de vengar la muerte de su hermana. Fuera responsabilidad de Donall o no —y no cabía duda de que no lo era—, la fortaleza de espíritu que había demostrado era algo envidiable para cualquier *highlander* o isleño.

—Una belleza poco común, ¿verdad? —Lorne MacInnes llamó la atención de Donall propinándole una patada seca en las costillas.

Reprimiendo un quejido, Donall lanzó una mirada severa al anciano sonriente. El trapo hecho jirones que había cubierto sus partes pudendas pendía de los dedos del bastardo.

—Un dulce que hombres como tú no volverán a probar —Lorne arrastraba las palabras, agitando el trapo antes de dejarlo caer sobre la entrepierna de Donall—. Si la buena fortuna te acompaña, quizás nuestra bella jefa se te aparezca en sueños —agregó, y salió del calabozo, seguido de los otros ancianos.

—Es imposible negar su atractivo, ¿verdad? —dijo otra voz masculina desde las sombras, privándolo de la ansiada quietud que se había instalado en el calabozo desde la partida de los ancianos—. Dudo que haya muchacha más hermosa en todas las islas.

Donall apretó la mandíbula y se quedó callado. No daría al patán insolente el gusto de recibir respuesta, en especial cuando no hacía falta. Isolde MacInnes era un premio lo suficientemente grande como para hacer caer de rodillas a cualquier rey. La mayoría ardería de necesidad ante la sola idea de llevar a una doncella tan hermosa a la cama.

No es que esas ideas se le cruzaran a Donall por la cabeza, ni formaba él parte de la mayoría. Si bien en los últimos años los problemas de la región y sus deberes como señor le dejaban poco tiempo para las mujeres, nadie podía afirmar que llevaba vida de monje. Pero nunca había probado los sabores de una fémina tan atrayente como la jefa del clan MacInnes. Maldecía al hijo de puta que le había puesto esas nociones odiosas en la cabeza.

Indignado por sus pensamientos, trató de adivinar el origen de su irritación, dispuesto a desatar toda la furia en el bellaco, pero las palabras se ahogaron en su garganta cuando descubrió al infeliz que estaba de pie en las sombras de la puerta aún abierta del calabozo. Un verdadero gigante, un buey, extraordinariamente grande, de pelo rojo, tenía el descaro de parecer divertido ante la sorpresa de Donall.

—No todos los MacInnes son viejos y encorvados —manifestó el gigante, extendiendo los brazos musculosos y flexionando los dedos—. Tendrías que recordarlo.

—¿Y tú quién eres? —disparó Donall, deseando con fervor liberarse de los grilletes—. ¿Vienes de parte de la señora para torturarme?

El hombre lo miró con los ojos entrecerrados. Después de un rato largo, le dijo:

—Soy Niels MacInnes y, sí, me envía lady Isolde, pero no te quiere para romperte los huesos, aunque, a decir verdad, a mí no me importaría ponerte las manos encima.

—¿Entonces para qué has venido?

—Te he preguntado si encuentras atractiva a nuestra jefa. No me has respondido —Niels MacInnes se cruzó de brazos y le clavó la mirada—. ¿La encuentras atractiva?

Pensando que al payaso le faltaban algunas luces, Donall replicó:

—¿Y qué si así fuera?

—Facilitaría mucho el pacto que milady quiere proponerte.

—¿Pacto? —ahora Donall supo que, en lugar de faltarle algunas luces, al hombre le faltaban todas.

—Vendré a buscarte entre las vísperas y las completas —le informó el gigante, en voz tan baja que Donall apenas lo oyó—. Si no cooperas, las horas del día serán tan miserables para ti como placenteras podrían haber sido las de la noche.

—No dices más que tonterías —se quejó Donall, poniendo a prueba toda su fuerza en un vano intento por liberarse—. No iré a ningún lado contigo ni quiero saber nada de tu señora y su pacto.

—Claro que vendrás, y tratarás a mi señora con delicadeza. Y si no, te moleré los huesos. Tú decides —con una última mirada, el gigante retrocedió y salió por la puerta abierta—. La miseria o el paraíso —agregó, y desapareció.

Miserable, por cierto, y más que confundido, Donall miró las tablas ásperas de la puerta que había cerrado con llave el zopenco al salir. ¿Qué diablos había querido decir con eso de que tratara a su señora «con delicadeza»? No podía ser lo evidente. Le subió un calor hasta la base de la nuca de tan sólo pensarlo y, de pronto, le pareció que sus pulmones eran incapaces de cumplir su función y que no podía respirar.

No, no podía ser algo tan ridículo. Hermosa, de gracia excepcional y, muy probablemente, virgen aún, Isolde MacInnes sería el paraíso más codiciado. Si era ése el sentido de las adivinanzas del gigante, posibilidad acerca de la que Donall tenía serias dudas.

Aun así, nadie podía decir que fuera duro de entendederas. Su agudeza y fino sentido de la percepción lo habían guiado en muchos encuentros peligrosos. Y cuantas más vueltas le daba al asunto, más llegaba a la conclusión más insensata, absurda.

Dando un suspiro, se recostó contra la pared y miró el techo manchado de humedad del calabozo. Que lo ampararan todos los santos y su séquito de hombres sagrados, pero en el aire había quedado un dejo del perfume de la muchacha. Era una mera nota de flores silvestres; sin embargo, bastaba para tentar a sus sentidos y burlarse de su decisión de resistirse a sus encantos. Si se confirmaran sus sospechas...

Donall cerró los ojos y soltó un gemido, un gemido hondo, con todo el cuerpo, que provenía del fondo de su alma. ¿De verdad había dicho el gigante que podía elegir? No cabía duda de que le habían dado la oportunidad. El problema era que, si sus instintos no le fallaban, difícilmente poseería la fuerza suficiente para tomar la decisión correcta.

2

ISOLDE ATRAVESÓ CORRIENDO EL OCASO, CON LOS hombros cubiertos por el *arisaid*. Le silbaba en los oídos un viento fuerte, cuyo frío penetrante llevaba el olor del mar y el perfume húmedo, a tierra, de la lluvia que se avecinaba. Siguió un camino angosto hasta llegar a un paisaje de árboles y arbustos raquíticos a causa del viento. Era un sendero muy transitado, abierto junto a los riscos escarpados que formaban ese extremo de Doon antes de terminar en un claro, en la cima del acantilado, que los ancianos llamaban el borde del mundo. Los abedules y serbales plateados que rodeaban el claro y la presencia de Devorgilla, la vieja bruja que habitaba allí, hacían que la idea del lugar fuera incluso más fantasmagórica.

Isolde luchaba contra los vendavales cada vez más potentes que provenían del mar, ansiosa por encontrarse con la única alma a la que había confiado todos los motivos por los cuales quería que llevaran al MacLean a su alcoba. Ni siquiera su fiel Niels lo sabía todo y, desde luego, tampoco su sombra, Rory. Sólo la *cailleach* y su perrito, Bodo, y ninguno de los dos revelaría a nadie sus confidencias. Su secreto estaba a salvo con ellos.

Incluso ahora, Bodo demostraba su devoción, su ansia de protegerla. Trotaba delante de ella, sin alejarse mucho, con la cola erguida y paso engreído. Aunque diminuto y todavía juguetón como un cachorro, el perrito marrón y blanco la hubiera defendido a muerte de ser necesario.

Y si el perro tenía tanto valor, ¿quién era ella para albergar dudas constantemente acerca de lo acertado de avanzar con un plan que daría seguridad a los suyos en el futuro? ¿No les debía la misma lealtad que le demostraba Bodo? ¿No sería la paz duradera un homenaje más noble a Lileas que otra muerte? ¿Acaso no era preferible forjar una alianza con Donall MacLean por necesidad que ver cómo desaparecía su clan?

Isolde miró al cielo. Bandas de nubes rápidas, de un gris profundo y cargadas de lluvia, se extendían por el cielo, llevándose consigo el resplandor luminoso del atardecer con la misma facilidad con que el mero recuerdo de Donall MacLean le hacía perder el valor.

Resuelta, siguió caminando, pero la acompañaba una sensación persistente de incomodidad, mientras la duda amenazaba con confundir sus intenciones. Había pasado horas, noches enteras, buscando una solución. Había pensado en cada mínimo detalle... ¡incluso en interrogar a Evelina, la mujer con quien se divertían los hombres de Doon, sobre el arte de la seducción!

Rápidamente, antes de sonrojarse, apartó de su cabeza todos los recuerdos de sus encuentros clandestinos con Evelina, cuya existencia fingía ignorar la mayoría de las mujeres de Doon, fueran MacInnes o MacLean. Para su sorpresa, incluso le había caído bien, aunque dudaba de que Evelina ya no ejerciera, como decía, su oficio morboso, después de haber entregado, supuestamente, su corazón a un benefactor misterioso cuyo nombre se negaba a revelar.

—¡Aaaaaaaaay! —se llevó las manos al tobillo y miró, furiosa, la raíz que atravesaba el sendero y le había causado semejante dolor—. ¡Por la nariz de San Ninian! —vociferó, saltando en un solo pie—. Que se le pudra y se le caiga la virilidad, claro que sí.

Frunció el ceño mientras miraba cómo le latía el dedo gordo. Era culpa de ese hombre. Si no hubiera estado pensando en él, no se habría herido el pie con la raíz que sobresalía del suelo.

Bodo volvió brincando hacia ella, con la mandíbula abierta, una mirada burlona en los ojos de color marrón dorado y una expresión perpleja, que resultaba mucho más simpática por los dientes torcidos. La forma en que la miró derritió un poco la escarcha que se había formado alrededor del corazón de Isolde desde que la había insultado Donall el Bravo. Olvidándose del dolor del pie, levantó al perrito y lo abrazó con fuerza.

—Tú nunca me compararías con una cabra, ¿verdad, Bodo? —susurró, hundiendo la cara en el pelaje suave y haciendo caso omiso de la vocecita de su conciencia que le recordaba que MacLean no había dicho que ella fuera una cabra. Pero, de todos modos, la desairaban sus sentimientos ofensivos.

Otra ola de irritación la invadió y apretó a Bodo con fuerza, reconfortada al sentir el hociquito frío contra su mejilla, antes de dejarlo de nuevo en el suelo. Bodo se adelantó, correteando, e Isolde, ansiosa de llegar a su destino, echó otra mirada cansina a los cielos siempre oscuros y se dispuso a seguirlo, no sin antes sacar una botellita de los pliegues de su falda y quitar el tapón con prisa. Haciendo una mueca, se tapó la nariz y tragó las gotas que quedaban de la pócima contra la atracción de Devorgilla.

Un gran escalofrío le recorrió todo el cuerpo cuando la asquerosa infusión le pasó por la garganta como un fuego; sin embargo, a pesar del dudoso sabor, pretendía conseguir más. Tendría que haber sido miope como Devorgilla para no apreciar el físico privilegiado y las hermosas facciones de MacLean, fuera o no su enemigo. Y eso que el hombre estaba mugriento y apestaba. No quería ni pensar en la impresión que podría causarle una vez aseado y acicalado como correspondía.

Lo que era peor, su parecido con la figura sombría con la que había soñado después de poner ramitos de milenrama debajo de la almohada la noche de Beltaine le causaba incluso más preocupación. No quería enfrentarse a él de nuevo, pero tenía que hacer eso y más. Mucho más.

Hizo una mueca con los labios que mostraba resolución, se recogió la falda y apuró el paso. Alcanzó a Bodo al borde del claro circular que Devorgilla llamaba hogar. Sintiéndose casi tonta por el escalofrío que le recorría la espalda de pies a cabeza y viceversa, se cruzó de brazos antes de entrar en el círculo. Cuando lo hizo, sintió como si se entregara a un universo paralelo pero desconocido: el reino misterioso de los pequeños seres mágicos, los *sidhe*, un mundo donde todavía imperaba la antigua religión y Devorgilla, la vieja bruja, reinaba, suprema, sin someterse a quien ostentara el título de jefe de los MacInnes, sino más bien a los antepasados que servían a la diosa.

Bodo alzó las orejas, con el pelo del lomo erizado. Espió hacia adentro del claro, un lugar extraño iluminado por un resplandor plateado y fantasmagórico, a pesar de la oscuridad que todo lo invadía, un lugar donde no soplaba el viento, aunque la lluvia inminente bramaba a su alrededor. Incluso la tenue columna de humo que salía de la casa de paja de Devorgilla describía una línea recta, entre gris y azul. El pecho de Bodo hacía un ruido sordo, e Isolde se agachó para acariciarlo.

—Tranquilízate, preciosidad —le dijo—. La *cailleach* nunca nos haría daño.

Bodo dejó de gruñir pero la miró con los ojos en blanco y llenos de duda. Sin embargo, continuó trotando a su lado, moviendo con rapidez las patas cortas y robustas para seguir los pasos de su dueña.

Como siempre, cubría el claro un silencio denso. La casa de paredes anchas que era el hogar de Devorgilla se encontraba muy cerca del borde del acantilado. Una red sujeta con piedras sostenía el techo de paja y, al igual que en el claro, un resplandor plateado parecía titilar arriba, abajo y alrededor de la humilde morada pintada de cal. Incluso a través de dos ventanas sin postigo, unas velas encendidas irradiaban un brillo fantasmagórico más que acogedor.

Pero Isolde sabía que ella siempre era bien recibida en la casa de la anciana quien, a su vez, también era siempre bien recibida en Dunmuir, donde se apreciaban sus habilidades y sabiduría, y su persona y sus bienes tenían garantizada la protección del jefe del clan MacInnes. Isolde sospechaba en secreto que la *cailleach* había sobrevivido a más señores MacInnes que su propio padre, e incluso su abuelo.

—No tienes nada que temer —aseguró Isolde a Bodo antes de levantar la mano para llamar a la puerta. Nunca hubiera reconocido que tenía tantos nervios como los que aparentaba su perrito ni que pretendía reconfortarse a sí misma también con esas palabras tranquilizadoras.

Pero, a diferencia de Bodo, no eran Devorgilla y su olla encantada lo que inquietaba a Isolde. No; el motivo de su tensión yacía desnudo y encadenado en el calabozo de Dunmuir o, lo que le traía a la mente una imagen mucho más perturbadora, quizás sentado en una bañera, mientras le quitaban la mugre de la piel para llevarlo escaleras arriba, a su alcoba, donde ella lo induciría a que le prestara sus servicios. Con sólo pensarlo, una ola de calor le recorría todo el cuerpo y le aceleraba los latidos del corazón.

Isolde se enderezó para contrarrestar el peso de la locura en la que se había embarcado y levantó la mano para golpear la puerta, pero la puerta se abrió antes de que llegara a rozarla con el puño. Mab, la gata tricolor de la *cai-*

lleach, se deslizó por entre la abertura, frotándose contra las piernas de la muchacha, y luego se perdió en las sombras, después de mirar de reojo a Bodo, que ladró, molesto, por la confianza del felino con su ama.

—Bienvenida, muchachita, adelante —la saludó la vieja, con los ojos llenos de sabiduría y compasión.

Isolde se apuró a entrar a la casa, de techos bajos, y Bodo la siguió de cerca. El orden y el ambiente acogedor del lugar le causaron una cierta emoción, y pensó que estaba demasiado sensible. Intentó sobreponerse.

—Tienes que darme más de la pócima —las palabras le salieron a borbotones y la desesperación de su voz reveló a su interlocutora su nerviosismo—. Quiero saber qué piensas de él. ¿Es él? Por favor, dime que no.

En lugar de responderla, la *cailleach* cerró la puerta con cuidado y se dio media vuelta con una parsimonia insoportable, parsimonia que, según las sospechas de Isolde, no tenía nada que ver con las limitaciones naturales de unos huesos diminutos y encorvados por los años.

—Necesito saberlo. Él... —empezó a decir, pero la vieja la hizo callar con una sola mirada sabia.

—Tantas necesidades, mi niña —dijo Devorgilla, y su voz transmitía una calma que molestaba—. Y tanta irritación que te hace palpitar. Por la gracia de la Madre de Dios, déjame escuchar cómo late tu corazón.

—No entiendes... —Isolde enmudeció cuando la *cailleach* levantó una ceja despeinada.

Devorgilla no hizo caso al nerviosismo de Isolde, y centró la atención en un niño moreno de unos nueve años que estaba sentado en una banqueta contra la pared del otro lado, rellenando un camastro de musgo y helechos.

—Lugh, busca un jarro de cerveza de brezo para lady Isolde y un hueso sin roer para su perro. Y después vete. La señora y yo tenemos asuntos que discutir que tus jóvenes oídos no pueden escuchar.

El muchachito abandonó su tarea y se puso de pie, con las mejillas rojas. Miró tímidamente a Isolde e hizo una reverencia con la cabeza, luego corrió una mampara de paja tejida que colgaba cerca de donde estaba sentado y desapareció en la oscuridad.

Isolde oyó que iba de un lado a otro de la pequeña despensa ubicada al lado de la sala principal y trató de ignorar el aroma de jamón ahumado y carne seca que venía del otro lado de la mampara y le abría el apetito. Tenía cuestiones más importantes que atender que los ruidos de su estómago vacío.

Otra vez se corrió la mampara y salió Lugh con un jarro rebosante de cerveza de brezo para Isolde y un hueso grande para Bodo. Olvidándose por un momento de su ama, el perrito corrió a arrebatarle el hueso al niño; era de un guiso, y todavía tenía un buen pedazo de carne.

A Isolde se le hizo la boca agua de sólo verlo, y contuvo la necesidad imperiosa de pedir al bisnieto de la vieja que le trajera algo para ella. Como si le hubiera leído la mente, Devorgilla tomó del brazo a Isolde con una mano huesuda.

—¿Gustas un poco de guiso de conejo? —señaló con los ojos empañados un caldero burbujeante, suspendido sobre el hogar central—. Hay pan recién amasado a punto de hornearse —agregó, mirando hacia el horno circular que sobresalía de la pared opuesta. Salía un aroma delicioso de las junturas de la puerta de hierro, pero Isolde ignoró esa tentación también.

—Con la cerveza es suficiente —se limitó a decir, tomando el jarro que le ofrecía Lugh—. Gracias —añadió y esbozó una sonrisa forzada al niño—. Y gracias por el hueso de Bodo.

Las mejillas de Lugh se pusieron aún más rojas y las comisuras de sus labios se levantaron formando una sonrisa tímida antes de que el pequeño se retirara de nuevo a la banqueta para terminar su tarea inconclusa.

—Un momento, muchachito —Devorgilla lo siguió, arrastrando los pies y agitando los brazos de tal manera que se acentuaba su parecido con un pajarraco enorme y negro—. Vete, ya, vamos —lo acompañó, insistente, a la puerta—. Estoy pensando que tendrías que recoger un poco más de musgo y helechos para tu camastro.

Sin protestar, tomó la cesta que le entregó Devorgilla y salió. A Isolde se le encogía el corazón por el niño. Apenas había pronunciado palabra desde que la fiebre mató a su madre hacía unos años, pero por mucho cariño quc le tuviera, otros problemas más graves ocupaban sus pensamientos.

Esperó hasta que Devorgilla volvió renqueando de la puerta, pero, cuando la vieja se detuvo en el hogar central y estiró el brazo para coger un cucharón con el que revolver el guiso que se cocinaba a fuego lento, Isolde perdió la paciencia.

—Me comparó con una cabra —se quejó—. Dijo que prefería que se le pudriera y cayera el pepino a dignarse llevarme a la cama.

Devorgilla lanzó una mirada aguda en dirección a ella.

—¿Sabe qué pretendes de él?

—No, no sabe nada... todavía —Isolde sintió que le subía un calor a las mejillas—. Quería decirme alguna maldad.

La vieja, que no parecía perturbada por el arrebato de Isolde, metió el cucharón en el caldero y empezó a revolver el guiso, que despedía un olor delicioso. Una nube de vapor aromatizado se elevó hasta enredarse en su cabeza despeinada e Isolde se enfureció cuando creyó oír que la mujer se reía por lo bajo.

—Esos insultos no tienen nada de graciosos —masculló, con la esperanza de que su voz tapara el ruido de su estómago, que gruñía por el delicioso aroma del guiso.

—No me hacen gracia, sino que me intrigan —Devorgilla la miró con expresión de cautela en su cara marchita—. ¿Por qué deseas más de la pócima si tanto te saca de quicio ese hombre? Con la irritación que tienes, creería que no necesitas mi infusión repelente.

Isolde ignoró la pregunta de la vieja y formuló otras, las mismas que había planteado a su llegada.

—Sé que has ido a verlo. ¿Es él? ¿Es el hombre que viste en el vapor del caldero?

Devorgilla la miró de nuevo, pícara; luego hizo un ademán sobre el vapor que se levantaba del guiso.

—Ojalá apareciera ahora para que pudieras verlo con tus propios ojos. Entonces sabrías la respuesta sin preguntarme.

—Pero te estoy preguntando.

—No se puede apresurar esas cosas —la vieja dejó el cucharón sobre la mesa—. A veces las respuestas que buscamos ya están en lo profundo de nuestro corazón; sólo tenemos que mirar en él.

—Yo he mirado. Lo he mirado a él. Y no me gustó lo que vi —Isolde resopló de frustración—. Ni me importó lo que dijo.

Una risita, no, más bien un crujido, se escapó de la boca de la vieja, y le temblaron los hombros jorobados con lo que Isolde sospechaba fuera alborozo.

—Te he dicho que no hay ni una pizca de gracia en sus injurias —dijo Isolde, aliviada de que el profundo respeto que sentía por Devorgilla evitaba que su tono de voz revelara cuán indignada estaba.

La vieja dejó de hacer ruidos con la boca y miró detenidamente a Isolde. Como siempre, parecía escuchar las palabras que la muchacha no pronunciaba con la misma claridad que oía las que decía en voz alta.

—¿A cuántos hombres crees capaces de dominar la lengua en una situación como ésa?

Isolde alzó la vista a las vigas del techo, ennegrecidas por el humo, para no fulminar a la vieja con la mirada. Devorgilla tenía razón. Los desaires de Donall el Bravo nacían de su rabia por despertar confinado y encadenado a la pared de un calabozo y en realidad no iban dirigidos a ella. Aunque, después de haberlo visto, prefería enojarse a reconocer que se le había acelerado el corazón al notar el parecido de Donall con el hombre con el que había soñado la noche de Beltaine.

Ahora se arrepentía de haber puesto esos ramitos de milenrama debajo de la almohada, pero había querido ver si la hierba mágica hacía aparecer a su alma gemela... Un hombre debía esperarla; no sabía quién, cualquiera menos Balloch MacArthur, a quien los ancianos del clan pretendían proponer como su prometido. Ahora, que los santos apóstoles la acompañaran, temía profundamente que el hombre de sus sueños, su alma gemela, fuera su peor enemigo, Donall MacLean.

Isolde volvió a mirar a la vieja.

—Tengo que saberlo —dijo—. ¿Es MacLean el hombre que viste en el vapor del caldero la noche de Beltaine?

La *cailleach* apretó los labios y otra vez se estiró para coger el cucharón. Isolde le apartó el brazo con un gesto suave.

—¿Es él?

—El hombre que vi en mi visión era tu alma gemela —respondió Devorgilla, dando rodeos y quitándose una pelusa inexistente de la manga—. Y no era ese buey torpe, ese Balloch —agregó, confirmando así las sospechas de Isolde acerca de la capacidad que tenía la vieja de leer la mente.

Isolde se sintió aliviada ante la última revelación, pero no lo suficiente. El temor de que fuera Donall el Bravo era una idea demasiado insoportable para que se le pasara el nerviosismo.

—Tu verdadera alma gemela es un hombre valiente, un magnífico guerrero —continuó Devorgilla al ver que Isolde se mantenía en silencio. Arrastrando los pies, fue hacia el otro lado de la habitación hasta un estante tosco de madera que cubría toda una pared y empezó a revolver una pila de cacharros de arcilla, cuencos de barro y jarros—. Las imágenes que viste la noche de Beltaine no mienten, no hay que dudar del poder de los antiguos dioses —dijo, tomando una botellita del estante atestado de trastos. Volvió renqueando hasta donde se encontraba Isolde—. El hombre que vi tenía pelo y ojos oscuros, sus músculos decían que estaba bien entrenado y era... un buen hombre.

—Entonces no puede ser MacLean, por muy moreno y musculoso que sea. —Isolde ya se sentía mejor. Algo mejor.

Pero la vieja simplemente se encogió de hombros.

—La visión no me mostró la cara del hombre.

—¿Es ésta la pócima para contrarrestar la atracción? —Isolde levantó la botellita que le había dado Devorgilla.

—Es lo que viniste a buscar, así es —respondió la *cailleach*, avanzó hacia la puerta y la abrió de par en par—. Ahora que ya la tienes, quizá debas irte. Siento en los huesos que pronto se desatará una tormenta.

Isolde contuvo el impulso de contar a la vieja que ya se había desatado una tormenta y que su furia amenazaba con sumir su mismísima alma. Por el contrario, llamó a Bodo, dio las gracias a la vieja por la infusión protectora y se adentró en la noche. Para su gran pesar, cuando la anciana cerró la puerta detrás de ella, pudo oír otra de las risitas socarronas de Devorgilla.

* * *

En el otro extremo de Doon, una densa cortina de lluvia empapaba los muros macizos del castillo Baldoon y los rayos zigzagueantes rasgaban el cielo nocturno en dos, un cielo que se había puesto tan oscuro como los muchos metros de tela negra de luto que envolvían el presbiterio y el altar mayor del oratorio privado de Baldoon.

Ante el altar oraba arrodillado un hombre solo, cuyos hombros amplios y cabeza gacha se recortaban contra la luz vacilante de innumerables velas. Sobre él, en la línea curva de las altas ventanas del triforio, se reflejaban los colores del arco iris que bañaban de suave luz el interior de la capilla cada vez que caía un rayo; pero el hombre no se daba cuenta.

A ambos lados, había grupos de columnas redondas y finas en las que se apoyaba la cúpula abovedada y que formaban arcadas oscuras. Allí, unos muchachos tocaban campanas de mano, con la cabeza gacha, para espantar a los demonios que pudieran atormentar el alma de la difunta esposa del hombre, Lileas MacInnes.

Los truenos ensordecedores hacían temblar sobre el altar los hermosos paneles de vidrio, cuyos tonos parecían gemas. Incluso parecían sacudir el helado suelo de piedra del oratorio. Sin embargo, el hombre afligido seguía orando, ajeno a la furia exterior que azotaba el santuario de la capilla semicircular.

Una nube oscura de pena, densa y empalagosa como el aire cargado de incienso, flotaba sobre el hombre, que parecía no oír ni el tintineo doloroso de las campanas ni la ira desenfrenada de la tormenta ni el traqueteo de los muchos hombres que afilaban sus espadas en el gran salón, detrás de la puerta semiabierta del oratorio, produciendo un chirrido metálico. Tampoco oyó los pasos suaves de la mujer esbelta y de pelo enmarañado que se le acercó por detrás.

—Los salmos y las oraciones no te la devolverán, Iain —dijo la mujer, poniéndole una mano en el hombro.

Sólo en ese momento se movió, levantó la cabeza morena como si despertara de un sueño y se puso de pie para mirarla con los ojos apagados por la pena. Unas arrugas verticales, profundas, a los lados de sus labios arruinaban una cara agraciada, mientras que los círculos púrpura debajo de los ojos indicaban que había pasado muchas noches sin dormir.

—Tal vez no —le respondió él, con cansancio en la voz profunda—, pero si el Señor tiene piedad, acompañará a los hombres que reparan nuestro navío dañado con la tormenta y nos premiará con buen tiempo y un viaje seguro a la isla de los MacKinnon.

—Y si es sabio, enviará más tormentas como ésta para que no tengáis más opción que esperar a que regresen Donall y Gavin antes de embarcaros en una misión tan insensata —la mujer se llevó las manos a la cadera y levantó la barbilla en un claro gesto desafiante.

—¿Insensata? —la expresión del hombre se volvió sombría—. No es momento de que me hagas irritar, Amicia, por muy hermana mía que seas.

Sin dejarse intimidar, ella lo miró, con la cara roja de indignación.

—Zarpar ahora que Donall no está y con una nave que han reparado a toda prisa es estúpido.

—¿Es estúpido vengar el asesinato de mi esposa? —tomó a su hermana del brazo y la arrastró fuera de la capilla. Sujetándola con fuerza, se abrió paso por entre la multitud de hombres hasta llegar al centro del vasto salón principal del castillo Baldoon. Con un movimiento amplio del brazo, señaló el caos de actividad que los rodeaba.

—Todos los hombres y muchachos de más de catorce años que se consideran MacLean están dispuestos a empuñar un arma contra los viles responsables de la muerte de mi esposa. Tú eres la única que se opone.

La mujer tiró del brazo para soltarse y respiró profundamente.

—Yo también quiero vengar la muerte de Lileas. Pero no voy a quedarme callada cuando la pena y la ira te empujan a zarpar en un barco que podría hundirse y quitarme no sólo a mi hermano, ¡sino a todos estos hombres del clan que pretendes llevarte como tripulación!

Iain MacLean apretó los labios; el músculo que se le movía casi imperceptiblemente en la barbilla decía más que cualquier palabra acalorada.

—Donall te diría lo mismo —insistió Amicia—. ¿Por qué crees que él y Gavin pretendían unirse a los MacInness en su viaje a tierra firme en lugar de esperar a que nuestro navío pudiera surcar los mares de nuevo? —cuando Iain guardó silencio, Amicia se adelantó y lo miró retadora—. No tenemos pruebas de que los MacKinnon sean responsables de la muerte de Lileas. Tal vez la tormenta que destruyó nuestra embarcación también destruyó la de ellos... —inclinó la cabeza, suplicando con la mirada—. ¿No puedes esperar hasta que regrese Donall para buscar venganza?

—Pasarán meses antes de que nuestro hermano haya terminado sus asuntos en Glasgow —dijo, por fin. Con una sonrisa cansada, sumamente sombría, posó las manos en los hombros de Amicia—. En cuanto a los MacKinnon, ¿quién podría haber sido sino ellos? Nuestros clanes siempre han estado enfrentados y tampoco ellos tienen el más mínimo aprecio por los MacInnes.

—Pero el barco...

—El viaje a la isla de los MacKinnon no es peligroso ni largo —la interrumpió—. Te prometo que no zarparemos hasta que la embarcación esté en perfectas condiciones.

La mujer se dispuso a protestar, pero Iain la calló poniéndole dos dedos en los labios.

—Soy consciente de que las represalias no me devolverán a Lileas, pero no descansaré hasta ver al asesino en su tumba.

Amicia dio un suspiro de resignación.

—¿No hay nada que pueda decir para convencerte de que te quedes? —Iain sacudió la cabeza—. Entonces que Dios te proteja —concluyó, pestañeando para ocultar el brillo repentino de sus ojos—. Dicen que protege especialmente a los que cometen estupideces —agregó en voz baja, pero las palabras se perdieron en una maraña de truenos y bulla de hombres que se preparaban para la guerra.

3

LO HABÍAN ENCADENADO A SU CAMA». CON LAS MEjillas en llamas, Isolde cerró rápidamente la puerta que acababa de abrir. Demasiado atónita para pronunciar palabra, se quedó mirando a los dos hombres del clan que vigilaban su alcoba.

Un viento cortante silbaba alrededor del muro curvo de la torre y los truenos retumbaban en la distancia, una serie incesante de estruendos graves, resonantes. En algún lugar, un postigo abierto golpeaba una y otra vez contra la mampostería de una de las torres de Dunmuir, y también oía ese ruido.

Incluso llegaban a sus oídos, como apagados, el reflujo y la crecida del mar, azotado por el viento, familiar y claro a pesar de los muros gruesos, y la furia ensordecedora de la tormenta. Pero ninguno de los clamores de la noche podía compararse con el rugido salvaje de su sangre, que le palpitaba con locura en los oídos. Y nada podía borrar la imagen del esplendor de Donall el Bravo.

Aunque los separaba la puerta cerrada, aún lo veía de pie allí, con los ojos oscuros llenos de furia. Le relucía el pelo negro, húmedo por el baño. Tenía el pecho amplio, desnudo, plano y duro, imponente y tenso a causa de los nervios, y los hombros anchos y poderosos.

Era más alto de lo que ella creía, y su cara, más noble y de facciones más atractivas que lo que había revelado la tenue luz del calabozo. Aseado y acicalado, tenía un parecido aún mayor con el hombre que había visto en sueños la noche de Beltaine.

Confundida, Isolde miró los tablones sólidos de madera de la puerta, pero vio las dos imágenes: el hombre que había aparecido por obra mágica de la milenrama y Donall el Bravo, ambos grabados en sus pensamientos y hechos uno. Vio también la pesada cadena que colgaba entre su cama y el grillete que se ceñía a uno de los tobillos de Donall.

Niels y Rory habían encadenado a Donall MacLean a uno de los postes de la cama y una verdadera furia negra emanaba de cada centímetro glorioso del hombre. Por Dios, que se cubriera esos centímetros con una sábana y le ahorrara una impresión aún mayor.

No es que Isolde no hubiera visto esa parte de su cuerpo, por muy poco que hubiera mirado. Si todo salía según el plan, pronto tendría mucha más intimidad con él, más que la poca que había tenido al admirar solamente la majestuosidad de sus atributos; de sus atributos desnudos.

Sin embargo, por el momento, todavía no se sentía preparada para enfrentarse a él de ninguna forma, ni vestido ni desnudo. Y el recuerdo del cuerpo de su hermana, inmóvil e inerte, la condenaba por la excitación inesperada que se había apoderado de ella al ver la magnificencia de MacLean.

Isolde trató de tranquilizarse. No permitiría que sus dones masculinos la turbaran, por muy intimidantes que fueran. Las circunstancias la obligaban a tratar con este hombre y, cuanto antes hiciera lo que había que hacer, antes se libraría de él.

Se dirigió al más alto de los dos hombres que montaban guardia frente a su puerta.

—¿Por qué está encadenado a mi cama? —Dios santo... El corazón le seguía latiendo con fuerza en el pecho—. ¿Y por qué no está vestido?

Niels, su primo, tuvo la gentileza de sentirse avergonzado.

—Es menos probable que trate de escaparse si está encadenado.

—¿Y por qué está desnudo? —insistió Isolde—. ¿Os habéis propuesto irritarme dejándolo así? —una chispa de culpa en los ojos verdes de Niels le respondió—. ¿Y si descarga su irritación conmigo?

Miró por entre su primo y Rory. Al igual que Niels, Rory parecía turbado, por lo que esquivó la mirada de Isolde y miró al suelo.

Isolde se puso la mano en el pecho, tratando de recobrar la compostura.

—Sentí su furia en oleadas cuando abrí la puerta. Tengo miedo de volver a abrirla.

Niels se enderezó en toda su altura y dio unas palmaditas al sable que llevaba colgado a un costado.

—No tienes nada que temer, no te pondrá una mano... —empezó a decir, pero se detuvo, sonrojándose—. Quiero decir —empezó de nuevo, poniéndose más colorado con cada palabra— que no está armado. No se atreverá a hacerte daño sabiendo que montamos guardia en la puerta de tu alcoba.

—¿Crees que me haría daño si no estuvierais aquí? —Isolde trató con todas sus fuerzas de no ponerse colorada ella también.

Niels miró de reojo a Rory, pero el otro hombre sólo soltó un gruñido evasivo e hizo un gesto, alzando sus hombros corpulentos. Un silencio incómodo se instaló entre ellos hasta que el primo de Isolde dijo:

—Advertí al hijo de la gran perra que le molería los huesos si no te trataba con delicadeza.

—Baja la voz, ¿quieres? —lo reprendió.

Las mejillas de Isolde revelaron su mortificación cuando la joven perdió la batalla que mantenía consigo misma y se ruborizó. Le hervía todo el cuerpo con el calor de diez fogatas. Estaba asustada por la extraña y peligrosa situación en que se encontraba, y se sintió aún más inquieta al intuir el significado que escondían las palabras de su primo.

—Respóndeme, Niels. ¿Crees que me haría daño?

Alzó la barbilla e hizo un gesto tratando de imitar lo mejor posible el aire señorial de su padre. Era la expresión que a menudo usaba su difunto padre para intimidar a quienes pretendían desafiarlo. Del mismo modo en que Niels la desafiaba ahora, desobedeciéndola y empeñándose e guardar silencio.

Él continuaba sin decir palabra. Isolde le lanzó una mirada inquisidora y trató de no pestañear.

—¿Y bien?

El viejo truco de su padre debió surtir efecto, porque no habían pasado más que unos segundos cuando Niels soltó un suspiro y puso los ojos en blanco.

—No, dudo que te hiciera daño, a juzgar por lo que he visto y oído.

—Me alegra saberlo —dijo ella, sorprendida de la firmeza de su voz—, porque dudo poder llevar a cabo lo que debo hacer sabiendo que hay alguien al otro lado de la puerta.

Niels se quedó boquiabierto.

—No pensarás coquetear con él sin que estemos nosotros cerca, ¿verdad?

—¿No acabas de decir que no crees que me haga daño?

Más incómodo que nunca, Niels se frotó la nuca. Isolde aprovechó la oportunidad para hablar.

—No os pido que os vayáis, sino que os mantengáis alejados para no oír lo que suceda. No podéis pretender que...

—Es peligroso por otros motivos —interrumpió Rory—. ¿Y si viene alguien a buscaros, milady? Si no estamos aquí...

—Pero sí estaréis —continuó Isolde—, por lo menos lo suficientemente cerca como para ocupar vuestros puestos si se acerca alguien.

Hizo una pausa, miró sobre su hombro y bajó la voz.

—Ya es bastante difícil sin que vosotros lo oigáis.

Niels se estiró para tocarle el brazo, pero bajó la mano cuando ella se echó atrás.

—Es por tu propio bien —dijo él—. No creemos que te pase nada malo, pero no podemos arriesgarnos.

«Aun así, dejaríais que me prometieran en matrimonio a un hombre que aborrezco». La cara tosca de Balloch MacArthur se le apareció en los pensamientos. La imagen era incluso menos atractiva que la idea de enfrentarse a Donall el Bravo desnudo en su alcoba.

Se dio la vuelta y miró el corredor lleno de sombras. Así de sombría, como el corredor mal iluminado y la enorme escalera en la que terminaba, así de lóbrega sería su vida si se convertía en esposa de Balloch MacArthur.

La recorrió un escalofrío. Si pretendía deshacerse de Balloch, la única opción que tenía era acostarse con MacLean. Balloch, que era bruto, lerdo pero sumamente soberbio, se libraría del compromiso si ella le decía que llevaba en su vientre al hijo de otro hombre.

Y tenía que concebir y parir a ese hijo si esperaba forjar un vínculo irrefutable entre su clan, cada vez menos numeroso y más debilitado, y el poderoso clan de los MacLean, un vínculo que, en su opinión, era la única oportunidad que tenía su clan de sobrevivir.

Más resuelta, se volvió para dirigirse a su primo y a Rory.

—Rory, tú tienes casi la misma estatura que MacLean. Te ruego que le traigas algo para ponerse. He ordenado que trajeran la cena a mi habitación, y no me sentaré a la mesa con un hombre desnudo.

Rory pestañeó.

—Nos han dicho que no coma nada más que sobras, y lo han despojado de su vestimenta a propósito. El consejo ordena...

—Y yo también —interrumpió Isolde sus objeciones. Hizo una pausa para reunir coraje. Nunca se había puesto tan firme—. ¿Querrías que me incomodara aún más esta situación de lo que ya me incomoda?

—No, milady, es sólo que... —empezó a decir Rory, pero ella lo calló con una mirada mordaz.

—Podéis montar guardia en la parte superior de la escalera. No quiero que estéis merodeando en la puerta.

El tono de su voz los retaba a que desobedecieran sus deseos.

—Y si MacLean demuestra que puede abstenerse de insultarme y no se comporta con rudeza, quiero que le quiten las cadenas. Eso también me molesta.

Los hombres se quedaron mirándola con idéntica incredulidad. Tanto, que Isolde se sintió un poquito culpable. Aunque ya llevaba dos años como jefa del clan, no se sentía cómoda ejerciendo su autoridad; pero la gravedad del aprieto en que se encontraba no le dejaba otra opción.

Sin más objeciones, los hombres asintieron con la cabeza y se retiraron. Isolde hizo un gesto de dolor por la expresión herida con que la habían mirado. Niels y Rory eran dos de los pocos hombres diestros que quedaban en el castillo. Pero tener oyentes durante sus... encuentros... con Donall el Bravo no haría sino ponerla más nerviosa.

Volvió el silencio, una quietud ensordecedora tan fuerte que oía cómo se deslizaba la lluvia por la mampostería del castillo. El silencio se imponía también al otro lado de la puerta cerrada de su alcoba, un silencio extraño, porque de pronto Isolde se dio cuenta de que, en su apuro por salir del cuarto, sin querer había dejado encerrado al pobre Bodo. Su perrito estaba en la habitación con MacLean. Y no ladraba. ¡Bodo!

Olvidándose de todo lo demás, abrió la puerta y entró a toda prisa. Se quedó sin respiración ante la escena que vio delante de ella. Donall el Bravo estaba de rodillas junto a la cama, con la apuesta cara relajada y sonriente, acariciando a Bodo en la panza. El perrito estaba tirado en el suelo, de espaldas, más que cómodo, mientras él le pasaba los dedos por el pelaje blanco de la barriga. Y el pequeño traidor parecía disfrutar de las caricias.

Como si en ese momento se hubiese dado cuenta de que Isolde había irrumpido en la habitación, dispuesta a rescatarlo de las garras de MacLean, Bodo volvió la cabeza para mirarla. Con la mandíbula abierta y la lengua colgando, parecía que estaba riéndose de ella.

Sin embargo, en sintonía con las emociones de Isolde, como siempre, su expresión cómica rápidamente denotó arrepentimiento. Se levantó de un salto, se sacudió y arrastró las patas por el suelo alfombrado de juncos hasta su cesta, al lado del hogar. Como si lo hubiesen reprendido con razón, dio algunas vueltas y se hizo una pelota, de espaldas a los dos ocupantes del cuarto.

Isolde volvió la vista hacia MacLean y se encontró con que él también estaba mirando al perro, mientras el atisbo de una sonrisa jugueteaba todavía en sus labios demasiado sensuales.

Se puso de pie y giró hacia ella, como si supiera el momento exacto en que la joven lo había mirado. La expresión de su rostro era tan cautivadora que ella no hubiera podido moverse aunque su vida hubiese dependido de ello. Donall miró por un momento a Bodo.

—Podría encargarme de satisfaceros, milady —dijo arrastrando las palabras. La sonrisa se tornó maliciosa y hubo un destello de algo parecido a la diversión en las profundidades de sus ojos marrones. Pero luego se esfumaron todos los rastros de risa y la expresión se volvió fría, dura e iracunda—. Así es, podría daros placer —agregó—. Si quisiera... pero no quiero.

Isolde tragó saliva. La vergüenza le humedeció la palma de las manos y le pesó en los hombros, mientras el corazón amenazaba con salirse de su pecho al galope.

—Que estéis aquí no tiene nada que ver con el placer —replicó, sorprendida de que esas palabras hubieran salido de su boca.

Donall el Bravo se limitó a arquear una ceja. Isolde sintió que le subía una ola de calor por la nuca.

—Quisiera tener una conversación con vos.

—¿Una conversación que os hace sonrojar? —los labios se le curvaron en otra sonrisa fría. Una sonrisa cómplice.

Sabía lo que quería de él. Lo sabía y la estaba poniendo en ridículo.

—Una conversación privada de gran importancia —respondió a su mirada burlona con otra actuación de la mirada tipo «aire señorial» de su padre.

—Casi no puedo esperar —una de las comisuras de los labios de Donall el Bravo se curvó hacia arriba. Isolde esperaba que no estuviera divirtiéndose a su costa.

—He ordenado que traigan comida —soltó, deseando desviar la conversación hacia cualquier otro tema menos a lo que debía ocurrir entre ellos, lo que tenía que ocurrir, lo que ocurriría si ella hallaba el valor para seducirlo.

Como todavía no estaba preparada para semejante osadía, se humedeció los labios y esperó que las capas de la enagua y la falda ocultaran el temblor de sus rodillas.

—También he pedido que os traigan unas prendas de vestir.

—Sois muy amable —dijo él.

Isolde sabía que no creía ni una sola palabra de lo que decía. Con la esperanza de que la tenue luz que venía del fuego del hogar, a punto de extinguirse, y de las dos lámparas que colgaban del techo fuera demasiado pobre para revelar su incomodidad, se arregló los pliegues del vestido.

—Además, si demostráis ser menos... menos ofensivo... que antes hacia mi persona y si no veo motivos por los que temer por mi integridad en vuestra presencia, haré que os quiten las cadenas.

—Así que además de amable sois valiente —esbozó una sonrisa, pero evidentemente se trataba de otra sonrisa burlona. No cabía duda de que no era sincera.

—No tengo necesidad de ser valiente. Dos de mis mejores guerreros montan guardia en la puerta —no mencionó que se hallaban a una distancia considerable, donde no podían oírlos—. Mis guardias están bien armados —declaró, tratando de ignorar la impresión perturbadora de que a él le hacían gracia sus palabras—. Si me hacéis daño, estarán sobre vos en un santiamén. Si volvéis a proferir uno de vuestros insultos...

—¿Insultos?

Más irritada por su expresión de suficiencia que por el tono sarcástico, Isolde atravesó la habitación hasta llegar a una hilera de ventanas altas, terminadas en arco. Empotradas en el muro, eran lo mejor del cuarto y, cuando hacía buen tiempo, regalaban una amplia vista de las islas vecinas.

Pero ahora los postigos estaban cerrados; no es que importara. La tormenta que se desataba afuera estaba en consonancia con el humor de Isolde. Y era mucho más prudente mirar la neutralidad de los postigos cerrados que darse la vuelta y enfrentarse a él. A él y a la cama a la que estaba encadenado.

—¿A qué insultos os referís, milady? —otra vez, su tono tenía un dejo de diversión.

«¡Que la peste se lleve a este hombre!», pensó.

Isolde se dio la vuelta con brusquedad.

—«Que se me pudra la hombría y se caiga» —citó, sin importarle parecer vulgar—. «Preferiría...»

—«Clavar mi espada en una cabra» —completó la frase por ella, mientras una sonrisa se extendía por su apuesto rostro, una sonrisa tan fría que le heló la sangre. La mirada de Donall dio por un momento con el grillete de hierro que le sujetaba el tobillo y la cadena que lo mantenía confinado a la cama—. Os ruego me digáis, preciosa, ¿qué hombre por cuyas venas corra sangre no protestaría ante semejante reclusión?

Sus palabras terminaron con la poca compostura que le quedaba, y las rodillas le llegaron a temblar hasta el punto de que pensó que el ruido seguramente se oiría a diez kilómetros a la redonda de los muros del humilde castillo.

Lo peor fue que se dio cuenta de que era incapaz de responderle, porque las palabras de otra persona le impedían articular las suyas. Como si Devorgilla estuviera de pie a su lado y le susurrara al oído, la voz fina, aflautada de la *cailleach* retumbó en la mente de Isolde... «¿Cuántos hombres crees capaces de dominar la lengua en una situación como ésa?».

Algo fresco y ligero le recorrió la nuca, erizándole los finos cabellos y desatando una pequeña y delicada ola que le bajó por la espalda. Isolde miró hacia atrás, casi como si esperara que la vieja estuviese escondida en las sombras de una de las jambas profundas de las ventanas, pero no había nadie allí.

No se movía nada salvo el viento impulsado por la tormenta que atravesaba la noche detrás de los acogedores muros de Dunmuir. Y no había rastros de la brisa tan suave que la había acariciado.

Esta vez, cuando se volvió para enfrentarse al MacLean, el semblante sombrío se le había vuelto de piedra.

—Quiero que sepáis esto, Isolde de Dunmuir: jamás hice daño a una mujer y jamás lo haré —dijo, y la ira que a duras penas podía contener manchaba el rico timbre de su voz profunda—. No hay nada en este mundo que me pueda llevar a hacerlo —se cruzó de brazos—. No podréis tentarme para que os toque... ni para haceros daño ni de ninguna otra forma.

Le lanzó una mirada tan penetrante que Isolde temió que le leyera el alma.

—Si es que tenéis intenciones tan poco nobles.

Una ráfaga de viento particularmente fuerte hizo temblar los postigos, seguida por un vendaval huracanado y un trueno ensordecedor, como si los cielos quisieran subrayar su desdén. Donall dio dos pasos hacia ella, tanto como le permitían las cadenas. Un brillo extraño se reflejó en sus ojos marrones.

—En cuanto a los insultos que halláis tan ofensivos, si dijera lo que pienso realmente de vos, abandonaríais vuestros planes equivocados de vengaros con la persona incorrecta y huiríais debajo de las faldas de vuestra madre en busca de protección.

Isolde se estremeció. Si tan sólo pudiera buscar el consuelo de la comprensión de su madre. Pero la luz de sus ojos se había apagado hacía tiempo y, con ella, sus sentidos.

Quería decirle al patán insolente lo que pensaba de él. Lo miró con arrogancia; las piernas abiertas, las manos apoyadas en las delgadas caderas y la preciosa cara ensombrecida por el desagrado, pero no dijo nada, porque la boca se le había secado y no podía hablar.

El canalla parecía tener la misma habilidad que la vieja Devorgilla para leer la mente. Y la hacía sentirse tan expuesta como si ya estuviera frente a él sin más vestimenta que su indignación.

Apoyó las manos en el respaldo de una silla. El cansancio le pesaba y estaba exhausta a causa del caos y la agitación que se habían apoderado de su mundo desde la muerte de Lileas. Maldito MacLean por recordarle que también había perdido a su madre.

Isolde pestañeó para contener las lágrimas que brotaron de sus ojos al pensar en su madre, lady Edina. En ese momento estaba sentada en el gran salón de Dunmuir, cómoda entre mantas tibias, recibiendo las atenciones respetuosas de los ancianos, con los ojos ausentes y la mente dormida. Vivía, pero era como si se hubiera ido a la tumba hacía tiempo, dada la escasa atención que prestaba al mundo que la rodeaba.

Una tos vacilante resonó detrás de ella, pero no iba a darse vuelta. Se le ocurrió una idea absurda: que él se había dado cuenta de que había ido demasiado lejos, que sus próximas palabras serían completamente distintas de los insultos que había vomitado hasta el momento. Pero no quería su consuelo. Que los santos no lo permitieran.

La *cailleach* ya la consolaba bastante, así como Bodo, cada vez que lo necesitaba. También tenía la devoción tosca de Niels y Rory. Y la pócima repelente de la vieja bruja, que podía utilizar cuando lo creyera conveniente.

En su situación, no había visto mucho de los legendarios encantos de MacLean. Aun así, su apariencia habría bastado para robarle el corazón si él hubiera sido otro hombre. Pero no; las turbadoras sensaciones que la asaltaban cada vez que él le dirigía la mirada oscura eran sólo producto de la irritación. Sí, sólo eso.

Isolde deslizó la mano entre los pliegues de su falda y jugueteó con la botellita de la infusión repelente. La pócima la libraría del más mínimo atisbo de interés que pudiera despertar en ella ese hombre que tanto se parecía al de sus sueños. Antes de darse la oportunidad de pensarlo mejor, destapó la botellita y se llevó a la boca el líquido amargo. Al tercer trago, un escalofrío le recorrió el cuerpo. La pócima empezaba a obrar sus efectos.

—Madre de Dios, ¿qué estáis haciendo, mujer? —resonó la voz furiosa de MacLean detrás de ella.

—Nada que os incumba.

Giró sobre los talones para enfrentarse a él, con la botellita apretada en la mano. La piel cremosa se había vuelto pálida y sus enormes ojos estaban demasiado brillantes.

—Mientras esté encadenado a vuestra cama, milady, lo que hagáis me incumbe —dijo Donall, con tono seco—. Quiero saber qué brebaje inmundo acabáis de tragar y por qué.

Ella apretó los labios y se quedó mirándolo; estaba magnífico, la indignación había añadido un toque de grandeza a su figura. Donall la contemplaba sin comprender, luchando por ignorar los espasmos que sacudían el cuerpo de la joven, elegante y sensual. Que los santos lo protegieran: un cuerpo cuyos temblores no le importaría calmar apretándola contra sí en un abrazo abrumador.

Como si percibiera su victoria sobre la voluntad agonizante de él de resistir toda atracción, levantó la barbilla y esbozó una sonrisa casi imperceptible; una sonrisa que a Donall le llegó hasta lo más hondo, como la tibieza del sol en un espléndido día de verano.

Cerró los ojos y se concentró en el hierro helado que le apretaba el tobillo hasta que el frío venció las sensaciones que le había provocado una sola sonrisa fugaz. Cuando volvió a mirarla, ella estaba tapando la botellita. Ahora se encontraba de pie al lado del hogar, y el resplandor del fuego destacaba sus curvas y bañaba sus gruesas trenzas de oro puro. A Donall se le aceleró el pulso; frunció el ceño ante la facilidad con la que Isolde parecía capaz de hacer que le hirviera la sangre.

Y esta vez, el maldito grillete de poco servía para apaciguar sus impulsos indecorosos. Sin embargo, para su enorme alivio, la idea de que Gavin estaba prisionero en alguna parte del castillo logró acabar con su inoportuno ataque de lujuria.

—¿Dónde y cómo está sir Gavin? —preguntó con tono exigente, más brusco de lo que hubiese querido.

Isolde sostuvo esa mirada que estaba destinada a intimidarla con ojos llenos de valentía.

—Nada malo le ha sucedido a vuestro hombre. Está lo suficientemente cómodo en un calabozo mucho más habitable que el vuestro y lo embarcarán a Colonsay, la isla de su clan, no bien...

—¿No bien qué? —la imitó Donall—. ¿No bien vos y vuestros ancianos secuaces me veáis exhalar mi último suspiro?

El fastidio desapareció de inmediato de los ojos de ella y palideció visiblemente, estremeciéndose como si le hubiera asestado un golpe.

—Entiendo por qué estáis airado conmigo —dijo, con un tono de culpa en las palabras y en sus bellas facciones—. Pero os equivocáis si creéis que...

—¿Yo me equivoco? —arqueó las cejas, sorprendido—. ¡Sois vos y vuestros bufones los que están equivocados!

Isolde empezó a caminar de un lado a otro de la habitación; el dobladillo de su vestido negro de luto le bailaba entre los tobillos torneados y su perfume ligero, de flores silvestres, flotaba en el aire hasta él para hechizarlo cada vez que se le acercaba.

—Así es, señor, yo sí creo que decís la verdad —soltó de pronto, mirándolo fijamente—. Las ideas que me ocupan la cabeza y me atormentan en sueños parecen, en efecto, insensatas en este momento. Por desgracia, me resisto a renunciar a ellas.

Donall esperó, demasiado desconcertado ante semejante declaración como para hacer otra cosa más que quedarse boquiabierto. Isolde se acercó hasta él; estaba peligrosamente cerca, tan cerca que Donall sintió otro olor que provenía de ella, aunque éste ofendió sus sentidos casi tanto como lo excitaba la agradable fragancia floral.

Eran los rastros de la pócima hedionda que había tomado, cuyo olor todavía perduraba en su lengua. Y era tan agrio que lo hizo olvidarse de todo lo demás. Con la velocidad de un rayo, estiró el brazo y la cogió de la muñeca.

—Exijo saber qué clase de brebaje habéis ingerido.

Ella trató de soltarse pero él le clavó los dedos y la asió con fuerza. Se quedó mirándolo, inconsciente del desagradable olor que despedía.

—Lo que tragué, señor, era una pócima para... para que se me vayan los lunares —declaró sin pensar, y su reacción lo invitó a dudar.

—¿De veras? —Donall la tomó de la barbilla con la mano libre y le giró la cara hacia el resplandor de la lámpara más cercana—. Juraría que la preparación es muy potente, porque no veo ni un solo lunar en vuestra hermosa piel.

—Entonces quizás vuestra vista sea tan deficiente como vuestro sentido del olfato.

Donall reprimió un impulso casi irresistible de echar la cabeza hacia atrás y soltar una carcajada, por la audacia de Isolde y por el pobre pretexto que le había dado. La mujer era una mentirosa empedernida. Las mujeres de su clan habían probado todos los recursos conocidos para borrar los lunares de su piel blanca y ninguno olía tan espantosamente mal.

—Ah, creo que veo uno —Donall pasó el pulgar por la curva de la mejilla de ella—. Sí, necesitáis el elixir con urgencia.

—Mis necesidades son más urgentes de lo que podéis imaginar —dijo ella, y el tufillo hediondo de su aliento le dio de lleno a Donall en la cara.

La contempló, incapaz de comprenderse a sí mismo. De pronto, fue consciente de la vulnerabilidad de esa mujer aparentemente fuerte y experimentó un sentimiento desconcertante, que no se atrevía a identificar ni examinar, algo extremadamente perturbador.

La carcajada que había tratado de contener desde las declaraciones absurdas de Isolde sobre pócimas para borrar lunares se le congeló en la garganta y la soltó como si le quemara.

Con un gran esfuerzo, se concentró en las ramificaciones del apuro en el que se encontraba en lugar de pensar en la suave mejilla femenina debajo de su pulgar o en la tibieza que le había dejado el contacto de su muñeca en los dedos. Se había distraído tanto que casi había olvidado quién era ella y por qué estaba él semidesnudo y encadenado en su alcoba.

No podía darse el lujo de caer preso de sus encantos. Tampoco se atrevía a dejarse influir por el aura perturbadora de susceptibilidad que la envolvía.

Isolde lo miró detenidamente y él le devolvió la mirada; fue entonces cuando advirtió los leves círculos púrpura que tenía debajo de los ojos. Para enorme irritación suya, las sombras casi imperceptibles sólo subrayaban el aire de vulnerabilidad de la muchacha, que él trataba, sin éxito, de ignorar.

—Habláis de necesidades —dijo, sosteniéndole la mirada pero obligándose a no verla de verdad—. Yo también tengo necesidades sumamente urgentes. Estar aquí detenido va en contra de mis propósitos tanto como de los vuestros.

Donall trató de contener la ira que lo invadía por el caos que iba a desatarse pronto en Baldoon. La paciencia de Iain no duraría mucho.

—Ejecutarme ante un círculo de ancianos burlones e imbéciles traerá una desdicha infinita a vuestro clan. Deberíais considerar esa consecuencia.

La apariencia demasiado atractiva de Isolde, como de inocencia herida, se evaporó y una chispa de indignación le refulgió en los ojos dorados.

—¿Creéis que no soy consciente de lo insensato que resulta ejecutar a un MacLean? En especial si se trata del señor.

Donall se encogió de hombros.

—¿Así que planeáis interceder por mí en la ejecución?

—No habrá ejecución —afirmó ella, mientras su incomodidad evidente indicaba cuánto lamentaba revelar semejante cosa—. Tengo otros planes para vos.

Las palabras crípticas del gigante volvieron a resonar en los oídos de Donall pero se esforzó por ignorarlas. La idea era demasiado ridícula para considerarla siquiera, más absurda que las historias más increíbles que pudiera tejer el más habilidoso de los bardos en cien noches interminables de invierno.

Sofocando una necesidad inexplicable de reírse de las imágenes escandalosas que desfilaban por su cabeza, Donall se obligó a mostrar desinterés, tal vez incluso un poco de aburrimiento.

—¿Otros planes? —respondió por fin, levantando con toda tranquilidad una ceja para poner de relieve su indiferencia.

Ella asintió.

—Un pacto.

—¿Un pacto? —la gravedad de la palabra hizo que olvidara por un momento que intentaba aparentar despreocupación.

Casi podía ver cómo se erguía detrás de ella el pelirrojo imbécil que tenía por secuaz, mientras le advertía que la tratara «con delicadeza» si no quería que le molieran los huesos a golpes.

—¿Qué tipo de pacto?

Isolde MacInnes respiró profundamente.

—Un pacto de paz, un plan para garantizar la armonía duradera que buscaba mi padre y que trataba de alcanzar mi hermana cuando murió.

En la distancia, resonó un trueno. El estruendo sacudió los postigos e hizo eco en los muros, lo que dio a Donall el breve respiro que necesitaba para ordenar sus ideas. Era imposible que se refiriera a lo que él sospechaba. Ninguna doncella de la exquisitez de Isolde de Dunmuir se ofrecería en trueque, ni siquiera en nombre de la paz.

—... cuanto antes se den determinadas condiciones —decía ella, aparentemente sin darse cuenta del hedor horrendo que aún le teñía el aliento—, antes podréis partir vos y Gavin.

—Partiré, milady, en cuanto se me presente la oportunidad —juró—. Y os aseguro que sir Gavin os dirá lo mismo, sean cuales sean las condiciones que pensáis imponernos.

En las mejillas de Isolde aparecieron dos manchas de un rojo brillante.

—Sólo vos debéis satisfacer mis condiciones. No pretendo nada de Gavin MacFie —dijo ella, enfadada, y Donall inhaló de nuevo el tufillo del brebaje hediondo que había tomado.

El olor pestilente, sus palabras y las del bruto de su guardia se combinaban para pintar imágenes lascivas y descabelladas en la mente de Donall. La carcajada que había reprimido toda la noche se escapó por fin de sus labios.

Isolde MacInnes abrió sus ojos adorables ante el alborozo de él, y las dos manchas de color de sus mejillas se transformaron en un rubor rojo y apagado que en un momento se extendió por todo su bonito rostro.

—Milady, si pretendéis alcanzar la paz con el método que seriamente sospecho tenéis en mente, es decir, entregando vuestra bonita persona como mi futura esposa, entonces debo rogaros que no bebáis más de vuestro brebaje hediondo —dijo, arrepintiéndose de sus palabras apenas éstas salieron de sus labios.

—Casarme con vos, señor, nunca ha sido parte de mis planes. He pensado en una alianza, una alianza por... por conveniencia, una alianza que, como una tonta, creí que nos beneficiaría a ambos.

Lo miró, desafiante, un largo rato y después, hecha una furia, se fue corriendo hasta la hilera de ventanas altas y cubiertas por postigos que había al otro lado de la habitación. Se quedó allí, con la espalda rígida, los hombros tensos y... ¡por todos los demonios! Donall quería cortarse la lengua.

Que el diablo se llevara su alma por haberse burlado de ella. Nunca se había dirigido así a una mujer, pero Isolde tenía la habilidad de irritarlo hasta sacarlo de quicio. Sin embargo, incluso ahora, se sentía obligado a ir hacia ella, lo invadía el deseo de acariciarla para que se le pasara la furia y besarla hasta que olvidara los insultos, a pesar de la maldita pócima que impregnaba sus labios de ese olor. Por supuesto, habría hecho lo mismo si se hubiera tratado de cualquier otra mujer... de no haber estado esposado a su cama, claro.

Donall apartó la vista de ella y miró las llamas que repiqueteaban entre los troncos del hogar. La furia le quemaba en lo más hondo de su ser. La irritación que le provocaba haberla perturbado y la exasperación que sentía por desearla le corroían las entrañas. Era un deseo que no podía apagar por mucho que lo intentara.

Maldijo en voz baja. Tenía el ceño fruncido. Por muy insensatas y provocativas que fueran las propuestas que ella le hiciera una vez que se le pasara el enfado, él no cedería a la tentación que representaba su atractiva carcelera. En ese momento, sin embargo, si era completamente sincero, ceder era su miedo más terrible, miedo que se negaba a compartir con ella.

Miró al techo y rezó por la astucia que necesitaría para convencerla de que lo liberara antes de que descubriera cuánto la deseaba. Sin duda, la dama se aprovecharía si llegaba a saberlo.

4

DEJADME LIBRE Y OS OBSEQUIARÉ UN FINO MANTO forrado de visón.

Donall el Bravo arriesgó otro soborno. Era el centésimo desde que Niels había depositado la cena en la única mesa de la alcoba, una mesa de roble macizo que había arrastrado desde el otro lado de la habitación y colocado cerca de la cama para que ella compartiera la comida con MacLean sin necesidad de quitarle el grillete de hierro que le sujetaba el tobillo derecho.

E Isolde ya se lamentaba; durante toda la cena, había tenido que soportar los intentos repetidos y cada vez más absurdos de Donall por convencerla de que lo liberara de su reclusión.

—¿No estáis interesada en pieles? —se frotó la barbilla y fingió sorpresa—. ¿Podría tentaros con veinte metros de exquisita seda?

Ignorándolo, Isolde cortó un pedazo de pan negro y se lo llevó a la boca.

—¿Una diadema para vuestro cabello, hecha de ágatas y zafiros?

Isolde tragó el pedazo de pan.

—No me interesan esas fruslerías.

Con un suspiro exagerado, se inclinó hacia delante, apoyándose en un codo, y la miró detenidamente.

—¿Un cofre de oro?

Isolde lo miró también.

—Vuestra riqueza no puede comprar mi favor, sir Donall. Lo que quiero de vos no se puede comprar con oro.

Donall se enderezó ante semejante declaración, sin responderle con palabras pero manifestando su frustración con la expresión fría de su boca y la furia que se reflejaba en sus ojos.

—Mis condiciones, lo que deseo de vos, no afectarán a vuestras riquezas.

Isolde trató de mantener la compostura ante el examen exhaustivo de Donall, que él hacía con el único propósito de fastidiarla, un juego que a él le gustaba jugar.

Ella lo sabía, porque en las comisuras de sus labios empezó a dibujarse una sonrisa definitivamente falsa y en sus ojos marrón oscuro refulgía un brillo revelador. A decir verdad, Isolde no podía evitar pensar que él se estaba divirtiendo muchísimo con ese absurdo juego, sobre todo cuando ella se negaba a aceptar sus ofertas absurdas para pagar su liberación.

No comprendía qué le parecía tan gracioso de sus negativas, ni por qué seguía encontrándole defectos a la comida en lugar de llenarse el estómago o saciar su sed. Isolde hizo un gesto en dirección al banquete desplegado sobre la mesa.

—No habéis tocado nada —le dijo—. Es mucho mejor que la que habéis recib...

—El mejor banquete que he visto, muchacha —interrumpió él, con un extraño tono ronco en la voz profunda. Sin quitarle los ojos de encima, se recostó contra el poste de la cama y cruzó los brazos—. Aun así, tengo mis buenas razones para abstenerme de las delicadezas que pudierais ofrecerme.

Incapaz de soportar ni un minuto más su mirada inquisidora ni los indicios desvergonzados que escondían sus comentarios aparentemente inofensivos, Isolde prefirió centrar su atención en otra cosa y miró a Bodo. El perrito seguía durmiendo en su cesto, junto al hogar.

—Ah... una cama blanda y el chisporroteo del fuego.

Las palabras dichas con suavidad crisparon los nervios de la joven. Al parecer, ese hombre era capaz de hacer que la observación más inocente sonara sarcástica, desdeñosa.

—Aunque valoráis tan poco los tesoros que os he ofrecido —siguió con la perorata, a pesar de que ella le había dado la espalda—, supongo que habrá algo que deseéis tener.

—Así es, señor.

Él hizo un ruido que bien podría haber sido un resoplido de burla... o una risita.

—¿No puedo persuadiros con bisutería y atuendos lujosos?

—No, no podéis —volvió a mirarlo—. Me contento con poco y no necesito ni deseo galas ni joyas.

—Si eso es cierto, Isolde de Dunmuir, entonces estoy más que interesado en saber qué es lo que pretendéis de mí.

Isolde sintió que se ruborizaba. Él lo notó también, porque una mueca casi voraz se dibujó en sus atractivas facciones, una mueca cómplice, la mueca de un vencedor. O de un predador a punto de abalanzarse sobre su presa acorralada.

Acomodó con indiferencia los pliegues del viejo *lenicroich* que le había cedido Rory, contemplándolo con manifiesto desprecio.

—Como no cabe duda de que vos y los vuestros necesitáis las riquezas que estáis despreciando, me cuesta imaginar qué condiciones planeáis exigirme que cumpla.

Demasiado crispada para pensar en una respuesta adecuada, Isolde respondió al examen arrogante de sus medios o, más precisamente, su carencia de medios, con una mirada furiosa. Lejos de encontrar en Donall MacLean el legendario encanto del que hablaban todos, lo creía un grosero, un maestro de la mala educación y demasiado apuesto para su propio bien.

Ni siquiera la mala calidad del *lenicroich* tejido a mano con el que se había cubierto servía para aplacar su irritante aire de superioridad. El desvaído color azafrán de los pliegues de la capa resaltaba el brillo de su piel, bronceada por el sol. Isolde se sintió avergonzada porque la humildad de la prenda ponía de relieve la pobreza de su clan.

Se estremeció ante la reveladora representación del estatus inferior de su clan. Cuando lo apresaron, llevaba su *plaid* sujeto con un lujoso prendedor que tenía incrustaciones de gemas brillantes. Ahora, ese prendedor descansaba en el fondo de la caja fuerte de Isolde, a salvo, hasta que él cumpliera las condiciones. Si es que lo hacía.

Espantosamente consciente del modo en que se había sentado él al borde de la cama, estudiándola, Isolde se sirvió un pedazo demasiado grande de queso. En parte porque no estaba dispuesta a que viera que se había equivocado y en parte para saciar el hambre que la roía por dentro, se llevó el pedazo entero a la boca y empezó a masticar.

—Si no es mi riqueza —soltó él de pronto, y su voz se oyó muy fuerte en los confines cercanos de la habitación; su alborozo era un insulto—, entonces seguramente sea yo mismo lo que deseáis.

Isolde casi se atragantó con el queso. Con los ojos llorosos, estiró el brazo hacia el único jarro de cerveza y tomó un buen trago.

—No quiero nada más que lo mejor para mi gente y esta isla —posó el jarro sobre la mesa y se secó los labios con una servilleta—. Paz.

MacLean se inclinó hacia delante una vez más.

—¿Y cómo pensáis conseguirla, milady? —la suavidad de su tono contrastaba con el brillo pícaro de sus ojos.

Felizmente, un quejido familiar la salvó de tener que responder a su rudo doble sentido. Bodo se había puesto sobre dos patas, y apoyaba las delanteras en el borde de la silla que ocupaba Isolde. La miraba desde abajo, con una expresión expectante en los ojos brillantes.

—No hay que hacer esperar a alguien que está tan ansioso —con dedos hábiles, Donall eligió un bocado de ave marina asada y ofreció las sobras al perrito—. ¿No estáis de acuerdo? —lanzó una mirada completamente inocente a Isolde mientras Bodo se iba correteando para tomar la delicia que Donall le ofrecía.

Isolde apretó los labios y se irguió aún más en la silla de respaldo duro. No dejaría que la acorralara con su habilidad para las frases inteligentes. El truhán poco caballeroso necesitaría más que un bocado suculento para ganarse su favor.

Ella no seguiría el ejemplo de Bodo ni lo adularía sólo porque él le ofreciera alguna delicia sabrosa, ya fuera un trozo tentador de carne asada, una selección de atuendos suntuosos o un cofre lleno de joyas refulgentes. Sin embargo, tendría que prodigarle alguna atención si quería que su plan surtiera efecto.

—¿Acaso os habéis quedado sin lengua, milady?

—Me he quedado sin hermana, señor —replicó, de mal genio por ver cómo se recostaba Bodo, contento, contra la pierna desnuda del canalla.

Sin apartar la vista de la cara de ella, Donall el Bravo se agachó y acarició el lomo del perro.

—Comparto vuestra pérdida.

Por primera vez, su voz no tenía el más mínimo rastro de sarcasmo, pero, teniendo en cuenta quién y qué era, las palabras, que parecían sinceras, significaron una afrenta mayor que la mordacidad habitual.

—Todos los de mi clan lloran a lady Lileas —continuó, pasando la yema de los dedos de una punta a otra del lomo de Bodo—, en especial mi hermano.

—Me cuesta creerlo —advirtió la chispa extraña que refulgió en los ojos de Donall cuando mencionó a su hermano, Iain MacLean: el asesino de su hermana.

—Si vuestro hermano no hubiera dejado a Lileas a la deriva en la Roca de la Novia, confinándola allí, condenándola a ahogarse con la pleamar, no habría necesidad de que vos o los que albergáis bajo vuestro techo compartierais mi pena.

La letanía salió de sus labios con tono grave y una rapidez sorprendente, impulsada por el enojo que le provocaba la muerte de Lileas y su resentimiento hacia lo que se había propuesto hacer para poner punto final a una tragedia con tan poco sentido. Pero lo haría, y con aplomo.

Donall parecía llevar ahora una máscara de hielo.

—Mi hermano no mató a su esposa —aseguró, con la expresión inescrutable, las palabras vacías, forzadas, no demasiado convincentes.

—¿Cómo lo sabéis? —lo desafió Isolde, mientras la ira se arremolinaba en su interior.

—Lo sé y punto —respondió él. Su semblante oscuro seguía siendo insondable y su tono tan frío como el viento negro del norte—. Tendrá que bastar con mi palabra.

Isolde tomó el jarro y se lo llevó a los labios.

—Me temo que no basta —afirmó sobre el borde antes de dar un sorbo fortalecedor.

—Entonces liberadme para que pueda hallar al verdadero asesino y disipar vuestras dudas.

Con la velocidad de un rayo, estiró el brazo hasta el otro lado de la mesa, le quitó el jarro de la mano y lo dejó con un golpe.

—¡Es una locura que me retengáis aquí!

Isolde se echó atrás en su silla mientras la abandonaba el coraje. Incluso Bodo huyó, y fue a refugiarse a su cestita acolchada junto al hogar tan rápidamente como se lo permitieron sus patas. Isolde se quedó mirándolo, y deseó poder escapar con tanta facilidad de la ira de MacLean.

En lugar de eso, se aferró a la tranquilidad que le daba la presencia del pequeño Bodo, aun cuando estuviera al otro lado de la habitación. Dudas, había dicho el hombre. Isolde reprimió la amargura que le subía por la garganta. Tenía más dudas que las que él podría disipar en toda una vida.

Y la culpabilidad de su hermano no era una de ellas. No. Lo que ponía en tela de juicio era su propia capacidad de seducirlo. Y, sobre todo, si hacía bien en intentar semejante cosa.

—¿Por qué estoy aquí, Isolde de Dunmuir? —exigió saber, y las palabras resonaron en los oídos de ella—. ¿Con qué fin me habéis encadenado a vuestra cama?

Isolde soltó un profundo suspiro y sostuvo la mirada furiosa de Donall.

—Estáis encadenado para que no os escapéis.

Por un instante, algo sorprendentemente parecido a la admiración le brilló en los ojos, pero un músculo diminuto que le palpitaba en la nuca reveló la verdadera magnitud de su ira.

—Respondedme: ¿por qué estoy encadenado a vuestra cama? —se inclinó hacia ella—. ¿Quizás para que duerma aquí?

Isolde sintió que le subía la temperatura.

—¿Con vos? —esas dos palabras denotaban claramente incredulidad e indignación.

Se sentía expuesta; la vergüenza le hinchaba la lengua diez veces más de lo normal. Él no necesitaba que le confirmara con palabras sus sospechas. El rojo que teñía las mejillas de la muchacha seguramente le decía lo que quería saber.

Donall se rió y ella apretó los dientes para no reaccionar; debía contener su irritación, por muy doloroso que le resultara. Sin embargo, él no parecía enfadado, todo lo contrario. ¡Estaba divirtiéndose! Ahora estaba mirando con descaro sus pechos... y el resto de su cuerpo. Isolde no pudo ocultar su indignación y sus mejillas volvieron a encenderse.

—Bella señora —dijo, poniendo fin afortunadamente a su examen desvergonzado—, si me hubiera ofrecido semejante honor en otro momento, le juro que no habría sido necesario encadenarme para que me quedase a vuestro lado.

Con toda la dignidad que pudo, Isolde levantó la barbilla y esperó que él no oyera los latidos de su corazón. No se humillaría aún más reconociendo que había adivinado sus intenciones. La seducción debía seguir su curso natural.

Por el contrario, se encontró presa de sus observaciones lujuriosas y sus miradas desafiantes, sin preparación alguna para hacer frente a las trampas verbales que le tendía una y otra vez. Con una facilidad asombrosa, la había dejado sin poder hacer nada más que sentarse y esperar con calma a que brotara de sus labios la siguiente observación brillante y mordaz. Con un brillo malicioso en los ojos, pasó los dedos por el borde de la mesa.

—Por mucho que lamente decepcionaros, debo rechazar vuestra tentadora oferta. Hay cuestiones de gran importancia que requieren de mi atención de inmediato.

La arrogancia de Donall le soltó la lengua a Isolde.

—Mi oferta, señor, es pacífica. Soy consciente de que quizás no hayáis sido vos el que dejó a mi hermana en la Roca de la Novia pero, por asociación, sois culpable de perdonar el hecho. Tenéis las manos manchadas de sangre inocente.

A Donall se le ensombreció el semblante, y el brillo arrogante de sus ojos se extinguió. Ella había esperado una réplica aguda, una negación. Pero en lugar de proclamarse libre de culpa, él apretó los labios formando una línea delgada y le dirigió una mirada fría, silenciosa.

—¿Ninguna protesta? —inquirió Isolde—. ¿No lo negáis?

—¿Negar que tengo las manos manchadas de sangre? ¿Qué guerrero podría hacerlo? —hizo una pausa, luchando por contener su furia—. Soy un caballero, señora. Mucha sangre ha mancillado mis manos, pero nunca sin una pelea justa y nunca de una mujer.

—He dicho «por asociación».

Donall entrecerró los ojos.

—Que me caiga muerto aquí mismo si os he mentido.

—Domináis el discurso a la perfección, siempre estáis eludiendo la verdad...

Era inútil discutir con él. Isolde titubeó, y las acusaciones que iba a echarle en cara murieron en su garganta. Cada palabra dura dicha con furia disminuía sus posibilidades de inducirlo a que implorara su favor. Aunque a ella no le urgía poner a prueba sus artimañas esa misma noche. Podía esperar al día siguiente.

Como seguramente se dio cuenta de que Isolde capitulaba, el sinvergüenza insufrible enarcó una ceja condescendiente.

—En este momento, lo único que domino es el discurso —dijo, y posó la mirada un instante en la pesada cadena que lo ataba a la cama.

Isolde suspiró. Con unas cuantas palabras dichas con tersura y una sola mirada, le había quitado el control y puesto en peligro su plan de seducción tentándola a comportarse con malicia y desviando su atención a la cadena, en su caso invisible, que también a ella la ataba a la cama. Esa cadena, hecha de todos sus graves problemas, la condenaba y confinaba con la misma firmeza que la de Donall. Aunque él lo supiera, no por eso sentiría hacia ella una pizca más de simpatía.

Impenetrable y soberbio, estaba sentado en el borde de la cama, mirándola, dándose golpecitos en la barbilla con los dedos mientras su expresión fría indicaba que sabía exactamente qué pensamientos perturbadores le atribulaban el corazón y le arrugaban la frente.

Santa Madre de Dios, sí que la sacaba de quicio. Su mirada penetrante le hacía sentir que la estaba clavando a los tapices del muro que tenía a sus espaldas, que la estampaba allí con la fuerza bruta de sus ojos altaneros.

De pronto, le pareció que las cintas de su vestido estaban demasiado ajustadas y la invadió un calor incómodo por dentro. Rápidamente, para que él no viera cuánto la incomodaba, dirigió la vista a los postigos cerrados, hacia cualquier otro lado menos hacia él.

Cuando desvió la mirada, Donall se movió; lo supo por el ruido que hicieron sus cadenas, una aberración en el silencio espeso que flotaba con tanta densidad en la alcoba. Y ese ruido hacía que Isolde se sintiera algo culpable en lo más profundo de su ser, un sentimiento de culpa que iba acompañado de una buena dosis de frustración. Culpa por no haber revelado su plan secreto a los ancianos; frustración porque la necedad de los ancianos la había obligado a engañarlos.

Ambas emociones se entremezclaban en su corazón con una tenacidad sorprendente, y le producían tanto dolor que hubiera querido gritar. Y habría gritado, de no ser por la mirada penetrante de MacLean. Sus ojos, que todo lo veían, se habían vuelto más audaces aún, y no tenía que mirarlo para darse cuenta.

Fijó la atención en los postigos cerrados. La lluvia torrencial seguía golpeando con furia y el olor frío, a madera empapada, piedra helada y humedad invadía la habitación; pero lo peor de la tormenta ya había pasado. Los truenos ensordecedores llegaban con menos frecuencia y cada eco resonaba más distante.

Si la tempestad que se estaba desatando dentro de ella pasara con tanta prisa... Pero la proximidad de MacLean no se podía comparar con el poderío de ninguna tormenta. Su presencia imponente era más inhibidora, más sobrecogedora que el temporal más atroz que jamás hubiera azotado esa parte de Doon. Encadenado o no, exudaba poder, salvaje masculinidad.

La recorrió un escalofrío que poco tenía que ver con la ráfaga de aire helado que se filtraba por los postigos empapados por la lluvia. Armándose de valor para no ceder a la capacidad irritante que ese hombre tenía de fastidiarla, enderezó la espalda y estiró el brazo para coger el jarro de hidromiel. Y otro trozo demasiado grande de queso.

No dejaría que le quitara el apetito, ni que su personalidad dominante la conmocionara. Sólo tenía que entregarle su cuerpo. Isolde comió el queso y se sirvió más. Su corazón permanecería puro... intacto. Impoluto. Aún era suyo.

Sintiéndose algo mejor, engulló el queso con un buen trago de dulce hidromiel.

—Sí que me dejáis anonadado, milady —resonó su voz cautivadora y profunda, melosa y suave, aunque aún teñida de inconfundible mordacidad... y arruinó por completo el espeso sabor de hidromiel que fluía inocentemente por su garganta.

Isolde dejó el jarro sobre la mesa.

—¿Por qué, milord? —lo desafió, subrayando el «milord» con el mismo énfasis con el que él se dirigía a ella como «milady».

La boca de Donall se curvó en una sonrisa tenue que habría sido devastadora en todo su potencial si su calor hubiera llegado a sus ojos. Pero la mirada sombría se paseó con frialdad sobre la generosa porción de ave asada que había apilado Isolde en el pan negro.

Se sintió muy avergonzada. No se había dado cuenta de que se había servido una porción tan grande.

—Para ser una doncella, poseéis un apetito muy saludable —observó Donall el Bravo—. Me pregunto si todos vuestros apetitos gozan de la misma salud...

Isolde dejó de respirar ante el significado oculto de su comentario seco. Todavía era virgen, pero de ningún modo era ignorante. Y lo que no sabía de las cosas que hacen los hombres y las mujeres cuando están juntos, se lo había contado Evelina, la ramera. Al detalle.

Resuelta a no hacer caso a su creciente nerviosismo y, en especial, al modo en que le hacían acelerar la sangre las sonrisas falsas de Donall, levantó la cuchara, dispuesta a terminar su sopa.

—No he probado bocado desde ayer por la mañana —dijo, y le gruñó el estómago como prueba del hambre—. Estoy segura de que estaréis de acuerdo conmigo en que preciso de todas mis fuerzas y mi inteligencia para tratar como corresponde esta... esta situación que me han endilgado.

—¿Endilgado? —por primera vez enarcó ambas cejas.

—Así es —le lanzó una mirada cortante, desafiándolo a que la contradijera.

Pero a pesar de sus mejores esfuerzos por ocuparse de terminar la cena, la perseguía la incomodidad con una insistencia incansable. Un calor latente le subía por la garganta y se volvía más y más molesto cada vez que tenía que soportar el examen perturbador de Donall.

—¿Es necesario que me miréis? —dejó la cuchara; el hambre feroz era insignificante comparado con la agitación que provocaba en su interior que él la escudriñara con descaro.

—¿Os molesta que os mire? —frunció el ceño; un indicio de picardía refulgió en sus oscuros ojos marrones—. Corregidme si he entendido mal, pero aquello que pretendéis que haga por vos, es decir, tomaros por esposa, si yo quisiera obedeceros, significaría mucho más que miraros desde el otro lado de la mesa.

Isolde estaba perdiendo la paciencia.

—Ya os he dicho que busco una alianza, no un matrimonio.

—¿Un pacto que debe negociarse detrás de la puerta cerrada de vuestra alcoba? ¿Mientras yo estoy encadenado a vuestra cama?

—¿No tenéis apetito? —bromeó ella.

A él le cruzó la cara otra de sus sonrisas perezosas.

—Nunca he estado más famélico.

—Entonces comed hasta saciaros, nada os detiene.

Por un instante, parecía que iba a reírse otra vez, pero luego la sonrisa que había estado jugueteando en sus labios sensuales se esfumó, y se instaló en sus facciones una expresión sombría, oscura.

—Os equivocáis, Isolde de Dunmuir —le dijo, con un timbre extrañamente conmovedor en su profunda voz—. Hay muchas cosas que me impiden saciar el hambre que me consume en este momento.

Sin dejarse intimidar, le pasó el plato de ave asada.

—El alcatraz está gordito y tierno... una delicia.

—¿Gordito? —miró el plato con escepticismo; sus ojos fueron del pecho dorado y crujiente del alcatraz al de ella—. Yo no diría «gordito» —entrecerró los ojos y ella casi pudo sentir cómo la devoraba con la mirada. Con deliberada parsimonia, Donall cogió el jarro en un gesto sardónico, como si propusiera un brindis—. Pero sí diría bien formado, tierno y suculento.

Fingiendo que no había entendido el doble sentido de las palabras sedosas ni notado la mirada descarada, Isolde bajó la vista y se quedó contemplando el banquete que había preparado el cocinero, sin duda, con mucho celo.

Donall el Bravo debía darle las gracias, en lugar de mofarse del apetito voraz que la consumía. Si en la cocina de Dunmuir no hubieran sabido que Isolde apreciaba las viandas buenas y abundantes, habría menos comida para compartir con él.

Además del alcatraz asado, el cocinero había enviado un cuenco de sopa humeante de puerros y una generosa porción de queso blando condimentado con finas hierbas. Poco quedaba del queso, pero ella no había probado aún los bocadillos picantes, y la enorme jarra de hidromiel era más que suficiente para dos.

Por cierto, no se trataba de un banquete majestuoso, pero, aunque humilde, había sido preparado con esmero y era lo mejor que podía ofrecer en ese momento la cocina de Dunmuir. Los que cenaban abajo se habían conformado con una sopa de puerros muy aguada, pan negro basto y cerveza común.

De hecho, Isolde hubiera preferido beber cerveza amarga y padecer una sopa aguada con los demás, pero el cocinero gustaba de brindar a la jefa de Dunmuir las mejores delicias que sabía preparar. Le habría herido en su orgullo si le hubiera pedido que le sirviera la cena magra que repartían en el gran salón.

Isolde se tragó el resentimiento que le provocaban las privaciones de su gente y las provocaciones y miradas de MacLean y hundió la cuchara en la sopa. Se levantó un aroma delicioso del cuenco y, para su pesar, cuando el vapor le llegó a la nariz, volvió a rugirle el estómago, al que había descuidado durante demasiado tiempo.

—Por favor, milady, seguid comiendo. Me gusta miraros —la voz de MacLean, que escondía dobles sentidos, cortó el silencio—. En efecto, si aceptara...

—Nunca se me ha pasado por la cabeza casarme con vos —declaró Isolde antes de que él pudiera terminar de pronunciar el insulto que pensaba proferirle, fuera cual fuere.

El dejo de diversión en los ojos de Donall se transformó en un brillo alegre.

—Como iba a decir, si aceptara tomaros... algo que no estoy dispuesto a hacer... sin duda el apetito tan feroz que mostráis haría que el rato que pasáramos juntos fuera de lo más interesante.

Isolde se quedó inmóvil, con la cuchara a mitad de camino entre el cuenco y su boca. Le clavó una mirada que esperaba le quitara la acidez a esa lengua demasiado larga.

—No soy una cualquiera, sir Donall.

—Pero estáis dispuesta a jugar ese juego, un juego que os hace temblar desde lo más profundo de vuestro corazón de doncella.

Le estudió la mano con la vista; sus ojos, que parecían saberlo todo, repararon en la fuerza con la que los dedos asían la cuchara.

—Así es, a pesar de vuestra audacia, tenéis miedo, dulzura.

—No tengo miedo de nada. Mucho menos de vos.

—Pues debierais tenerlo —una luz completamente diferente se reflejó en sus ojos, y el corazón de Isolde se estremeció con la transformación—. No soy un hombre con cuyas pasiones se pueda jugar, lady Isolde.

Para mortificarla aún más, estiró el brazo hasta el otro lado de la mesa, le quitó la cuchara de entre los dedos y le abrió la mano. Sin quitarle los ojos oscuros de encima, le recorrió con un dedo la piel sensible de la palma de la mano.

Isolde tembló y soltó un gritito de sorpresa. El contacto, aunque breve, le había hecho sentir un cosquilleo acalorado en todo el brazo. Y ahora, minutos después, había un calor extraño donde la mano de él todavía envolvía la suya, un calor furtivo que se resistía a que lo ignorara y que se esparcía lentamente por todo su cuerpo. ¡Incluso por las orejas!

—¿O acaso no me habéis traído aquí, a vuestra alcoba, para poder... jugar con mis pasiones?

—¡Qué descaro! —trató de liberarse, pero los dedos de él le envolvían la mano como grilletes de acero.

—Tened cuidado, milady, con lo que os proponéis —le apretó la mano—. Podríais quemaros por insensata.

Una vez que pronunció la advertencia, le soltó la mano, se recostó contra el poste de la cama y se cruzó de brazos. Era su cama, pensó Isolde. Y, sin embargo, estaba sentado allí como si fuera el dueño, con una mirada satisfecha en la cara, completamente relajado... como en su casa. Como si fuera él señor y amo del castillo Dunmuir en lugar de ella.

—Si no es para ofreceros en matrimonio ni, como negáis, para que os inicie en los placeres carnales —le dijo, provocándola—, ¿para qué tanto secreto? ¿Qué misterio querríais desvelar o esperaríais oír de mis labios que no pudiera tratarse en un calabozo?

—Las razones me pertenecen sólo a mí y así será por un tiempo, al menos. —Isolde se aferró a la imagen de las manos de él manchadas con la sangre de su hermana para no reconocer su atractivo, estaba guapísimo acomodado a sus anchas en la cama de ella, con un hombro enorme apoyado en el poste.

Todo él emanaba dignidad, una furia apenas contenida y algo que ella no podía definir, algo que se le escapaba pero que reconocía tenía que ver con los impulsos naturales que, según Evelina, hacían delirar de pasión a hombres y mujeres. Determinados hombres y determinadas mujeres.

La ramera se había referido a esos impulsos como un don extraño y precioso, una sensación especial que ella decía haber experimentado sólo con el benefactor anónimo, por cuyo amor había abandonado su reprochable oficio.

Isolde se sirvió otro trozo de queso. Si se concentraba en la comida, quizás pudiera librarse de las imágenes sórdidas que le evocaban las instrucciones de Evelina. Pero esos actos salvajes y abyectos seguían desfilando por su mente virginal con un desenfreno desvergonzado.

Lo más alarmante de todo era que, ahora, las imágenes impertinentes tenían caras: la suya y la del hombre que la había visitado en sueños la noche de Beltaine. Su alma gemela, había dicho Devorgilla. Un hombre cuyo parecido con Donall MacLean la desconcertaba.

Isolde se estremeció y cogió otro trozo de queso.

—¿Cuánto tiempo tengo, entonces? —la voz profunda de MacLean rompió el hechizo en que se había sumido con esa caricia odiosa y su asombrosa... masculinidad—. ¿Una semana? ¿Dos? ¿Un día?

Isolde lo miró con detenimiento, aturdida aún, mareada por las imágenes tempestuosas.

—¿Mmm?

Con los ojos brillantes de impaciencia, Donall el Bravo se puso de pie con resolución. Se llevó las manos a las caderas y, con el peso de su mirada, disipó los perturbadores pensamientos que le nublaban las ideas.

—Milady, he escuchado despotricar a vuestros ilustres ancianos. El bufón de dimensiones descomunales y su adlátere que montan guardia en vuestra puerta están más que ansiosos por prodigarme toda clase de castigos —su desprecio era palpable, amenazador—. Si cumplieran sus amenazas, no tardaría mucho tiempo en hallarme ante mi creador.

Golpeó la mesa con el puño.

—Me quieren muerto —bramó—. Y mientras, vos ordenáis que me aseen y confinen a vuestra cama y os negáis a decirme por qué o durante cuánto tiempo me veréis padecer esta forma perversa de tortura.

—No es mi intención torturaros.

—¿No? Me atormentáis con vuestra sola presencia y creo que bien lo sabéis —se cernió sobre ella, con la cara ensombrecida por la ira—. ¿Cuál es vuestra intención?

Temblando, Isolde se puso de pie y trató de interponer su silla entre ella y la furia de él, pero Donall la cogió por el brazo, enterrando sus dedos en la carne blanda de la doncella.

Antes de que Isolde pudiera quejarse, Bodo se interpuso entre los dos, con el pelo del lomo erizado, dando desesperados ladridos. Donall la soltó de inmediato. Con el pulso acelerado, la doncella alzó al perro para que dejara de gruñir y lo apretó contra su pecho, para calmarlo y, al mismo tiempo, aliviar su propia agitación.

—No dispongo de todo el tiempo del mundo, milady —bramó Donall, con la voz contenida pero los ojos rojos de furia—. ¿Por qué estoy aquí?

—Porque quiero salvaros —susurró Isolde, incapaz de ahogar las palabras, que se le escaparon raudas de los labios.

—¿Salvarme?

Ella asintió con la cabeza.

—Así es.

La incredulidad dejó mudo a Donall. Anonadado, la miraba boquiabierto. Un sinfín de posibilidades se le mezclaban en la cabeza, pero ninguna tenía una pizca de sentido. La muchacha tenía una visión retorcida del mundo si creía que iba a engordarlo noche tras noche y mantenerlo vivo con el único fin de enloquecerlo con sus generosos encantos y ver cómo se rendía a los caprichos de sus ancianos locos cuando llegara la mañana.

Sus secuaces se habían deleitado a lo grande echándole en cara que sus visitas a la alcoba de Isolde serían breves, no más que una gracia pasajera de las tremendas agonías que planeaban infligirle con la luz del día.

Donall maldijo por lo bajo y se pasó la mano por el pelo, todavía húmedo.

—Por todos los cielos, mujer, no quiero vuestra comida, la locura de estar encadenado a vuestra cama, ni que me liberéis de los males de los que pretendéis salvarme.

Hizo una pausa, mirando hacia otro lado. ¡Dios santo! Últimamente, el mundo se había salido de control. Su clan estaba al borde del desastre, él había caído sin darse cuenta en una trampa que debería haber previsto y la mujer decía que quería salvarlo.

—Lo que quiero, Isolde de Dunmuir, es salir de aquí —la miró fijamente—. Ahora.

Ella sacudió la cabeza.

—Eso es imposible, milord.

—Y, sin embargo, sostenéis que queréis salvarme —rugió, apretando los puños para contrarrestar la tensión que lo hacía estremecerse.

Ella se abrazó a su perro y miró detenidamente a Donall con esos ojos ambarinos que ahora brillaban más de lo normal. Temblaba de pies a cabeza, pero levantó la barbilla y aguantó su mirada sin amilanarse. Donall estaba maravillado y, a la vez, molesto consigo mismo porque no podía evitar admirar el coraje que esa mujer demostraba cuando él le rugía.

«¿La mataste, Iain? Júrame por la Santa Cruz que tu temperamento inestable nada tuvo que ver con este horror».

Lo atormentaba el recuerdo de sus palabras, esas palabras que se repetían una y otra vez en alguna parte de su corazón, atravesándole los huesos y censurándole la facilidad con que su temperamento le ganaba la partida llevándole a decir y hacer cosas de las que luego se arrepentía.

La muchacha empezó a retroceder con paso lento y precavido, dejando un aroma a flores silvestres en el aire.

El hecho de que le temiera, de que sintiera la necesidad de huir de él, a pesar del despliegue valeroso de coraje, lo atribulaba más que todos los ancianos secuaces juntos. Incluido el gigante.

Arrepentido de su conducta y sintiéndose muy avergonzado por haberla asustado, Donall dio un paso adelante pero el frío grillete de hierro que le sujetaba el tobillo impidió que avanzara y lo inmovilizó con la misma irrevocabilidad con que el recuerdo de sus propias palabras dirigidas a Iain habían colmado su ira.

Tratando de mantener la voz tranquila y el semblante inofensivo, repitió la pregunta:

—¿Por qué y cómo pretendéis salvarme?

Para alivio suyo, ella se detuvo, pero la fuerza con que enterraba los dedos en el pelaje de Bodo reflejaba sus nervios.

—Aún no estoy segura de cómo, exactamente —respondió, sin mirarlo a los ojos—. En cuanto al porqué, es por autopreservación. La mía y la de cada hombre, mujer y niño que vive bajo mi techo o en el ámbito de mi responsabilidad.

Donall se cruzó de brazos.

—¿Teméis la furia de los MacLean si me dan muerte?

—Así es —afirmó ella, con la cara pálida todavía, casi sin color, salvo por el único lunar que le adornaba la curva de la mejilla izquierda.

¡Maldición! No podía resistir la tentación de tocarla y, sin ser consciente de ello, extendió el brazo.

Isolde sin duda pensó que quería golpearla, porque se dio la vuelta y se dirigió a toda prisa hacia el hogar, mientras las faldas negras se arremolinaban a sus pies y las trenzas se bamboleaban, rozándole las caderas de dulces curvas redondeadas.

Que se lo llevara el demonio, pero sus dedos tampoco resistían la tentación de tomarla de las trenzas, soltarle el cabello y revolverle la melena sedosa que escondían. No se atrevía a pensar lo que haría con sus caderas. Era una bendición que le diera la espalda, porque el ceño se le había tornado incluso más feroz. La sangre le corría más espesa y caliente mientras la furia, fría e inflexible, se apoderaba de cada centímetro de su cuerpo.

Se quedó mirando la espalda erguida, los hombros rectos y la soberbia inclinación de la cabeza. La mujer ya había demostrado que era una mentirosa cuando aseguró que el brebaje era un remedio para borrar los lunares. Y acababa de mentirle de nuevo.

Aún no estaba segura de cómo pretendía salvarlo, exactamente, había dicho. ¡Ja! Esa mujer sabía lo que quería.

Él también lo sabía. No le cabía duda. Lo que ella se proponía era obvio... y lo acechaba por la espalda. Lo acechaba y esperaba. Como esperaría él también la primera oportunidad de liberarse, a él mismo y a Gavin, y dejar atrás los decadentes muros de Dunmuir. Con sus ancianos pomposos, bonita señora, cama imponente y todo lo demás.

5

LA MUCHACHA JUGABA CON ÉL.

Lo rodeó con la destreza y experiencia de una ramera consentida por un príncipe; sus formas ágiles se balanceaban al ritmo de una música silenciosa que solamente ella oía. Giraba y giraba a su alrededor, tentándolo sin vergüenza alguna con el calor suave de sus finas curvas por un instante, para apartarse al siguiente.

Siempre en círculos, siempre burlona, excitante. Y sin más sobre su cuerpo que su propia piel cremosa, la masa gloriosa de su pelo suelto y el brillo rosado del fuego del hogar que se apagaba. Llevaba en las manos un paño de seda brillante, que usaba de formas que pronto lo pondrían de rodillas si ella no daba respiro a su despliegue lascivo.

Meneaba las caderas con delicadeza, tenía los ojos iluminados por todo tipo de promesas licenciosas y hacía de la seda una soga que se frotaba entre las piernas. La sostuvo ahí durante un momento que pareció una agonía por lo interminable, apretándola contra la madeja exuberante de rizos rojos y dorados que cubría su feminidad.

Lentamente, tan lentamente que resultaba una tortura, empezó a mover la seda hacia atrás y adelante en una caricia íntima. Se le fueron cerrando los ojos, soltó un suspiro y la expresión reflejó un éxtasis puro, exquisito.

Una lujuria salvaje y cruda se apoderó de Donall. Más excitado que un escudero imberbe a punto de esparcir su simiente en el trance de su primer celo, contemplaba la actuación salaz, con la mirada absorta en sus manos, la seda y la V exuberante que lo llamaba desde entre los muslos curvilíneos.

Como si supiera que él estaba a punto de precipitarse al abismo de sus necesidades y resuelta a hechizarlo, abandonó los juegos seductores y se quitó de entre las piernas la cuerda que había improvisado con la seda. Mirándolo a los ojos, se rió con un sonido leve, tintineante, y desplegó la tela.

La sostuvo delante de ella, dejando que cayera entre los dos como un estandarte, mientras la transparencia ondulada se aferraba a sus pezones, acentuando la sombra oscura, triangular, de su feminidad.

El deseo, fiero y desinhibido, se apoderó de Donall. Una vorágine desenfrenada e impetuosa, potente como las aguas blancas y veloces de un arroyo de las Highlands después de un aguacero. Su deseo crecía, se salía de control y se volvía desenfrenado. Salvaje.

Ella se rió de nuevo. Ahora la risa era más profunda, más gutural, discordante y molesta... casi un gruñido. Donall se puso rígido, con los sentidos alertas por una aprensión sin nombre, algo peculiar que le recorría la columna intermitentemente y que, por extraño que fuera, nada tenía que ver con las otras sensaciones, más primarias, que Isolde había despertado en él.

Empleando los trucos de una libertina, se humedeció los labios dulces y bajó la tela transparente que cubría su pecho para permitirle que apenas entreviera sus pezones endurecidos.

Cautivado, Donall estiró el brazo para tocarla, pero ella retrocedió, sin abandonar la danza, para quedar fuera de su alcance. Soltó otra risita pícara, maliciosa, y tiró de la seda para enrollarla de nuevo y transformarla en una cuerda tirante. Riéndose, se alejó rápidamente y pasó por detrás de él, dejando una estela de perfume de flores en el aire.

Loco por ella, intoxicado de necesidad y obligado a saborear incluso la nota más suave de su dulce perfume, Donall bebió el aroma de la muchacha. ¿Aroma? Otra vez sintió cierta incomodidad, pero, antes de que pudiera manifestarse esa sensación, ella empezó a pasarle las manos por los brazos, a hacerle masajes en sus músculos doloridos, a acariciarle las manos y el pecho con una destreza que él nunca había visto, ni siquiera en las prostitutas más profesionales.

Donall dio rienda suelta a la dicha de su tacto y volvió a aspirar el perfume embriagador que lo rodeaba, que lo hechizaba: la fragancia delicada de flores silvestres, el almizcle penetrante de la excitación de ella y el hedor de esa pócima tóxica que se había bebido de un trago.

Sólo que, de pronto, el tónico deleznable olía más rancio que fuerte. Parecía... distinto, al igual que sus manos, que ya no eran suaves, finas. Las manos que sostenían las de él detrás de su espalda eran callosas, ásperas y grandes... demasiado grandes para ser femeninas. Y la cuerda hosca con la que algún torpe bellaco le había atado las muñecas era cualquier otra cosa menos seda. Una patada feroz en la espinilla destrozó el velo del sueño profundo.

—¡Santa María purísima! —rugió Donall, completamente despierto, mientras se esfumaban los últimos vestigios de su sueño en una nube rojiza de dolor punzante.

—Buenos días.

El gigante se cernía sobre él y Donall supo de inmediato de dónde había venido el hedor rancio de sus sueños: era el aliento del bruto. Le lanzó una mirada furiosa; otro tipo de deseo le corría, incontenible, por las venas: el impulso irresistible de dar a probar al hijo de perra, que ahora le sonreía, un poco de su espada.

¡Por todos los santos! Sus dedos no resistían las ganas de empuñar el sable. Pero no podía hacerlo, así que maldijo una retahíla de oscuros insultos tan intimidantes que habrían hecho que incluso la más vil de las creaciones de Satanás corriera a buscar refugio.

—Si hablas así en presencia de milady, te cortaré la lengua por ofender sus bellos oídos —el bruto de dimensiones gigantescas le devolvió la mirada.

—Si me vuelves a hablar así, seré yo el que haga los primeros cortes —disparó Donall, deseando poner a prueba la destreza de su puño en la esgrima con ese buey desmañado.

En tanto lo retuvieran contra su voluntad, hablaría como quisiera. Si Isolde MacInnes se sentía ofendida por su vocabulario, podía liberarlo y ahorrarse el sufrimiento de sus pestes.

Dispuesto a escupir otra catarata de agravios sólo para dejar en claro su postura, dirigió una mirada mordaz a la cama de Isolde, con la esperanza de verla allí, temblando de miedo, con la hermosa cara pálida y los ojos ambarinos desorbitados de la impresión. Pero la monstruosidad con entramado de madera se erguía vacía, y sus cortinajes pesados flotaban en el aire y dejaban ver sólo un revoltijo de pieles, sábanas y almohadas. Parecía que hubiera albergado una noche de pasión más salvaje que la que él hubiera tenido la buena fortuna de permitirse jamás.

Siguiendo la dirección en que miraba Donall, el gigante estudió la maraña de ropa de cama sin disimular su desaprobación.

—Si usaste a milady con rudeza, puedes empezar a rezar.

Donall estaba irritado.

—No la usé en absoluto.

Sus extremidades doloridas y los músculos fatigados de la espalda confirmaban sus palabras; eran prueba fehaciente de que había pasado la noche dormido de pie, recostado contra la dureza implacable de uno de los postes de la cama cuando podría haber asediado la suavidad de la bella muchacha con una rigidez de otra naturaleza, distinta de la rigidez de la madera fría en la que se había recostado. Eso no quería decir que no hubiera sentido la tentación, aunque, de todos modos, la habría ignorado, incluso si el esfuerzo hubiera significado que sus partes íntimas se volvieran azules.

—No pretendo nada de vuestra jefa más que mi liberación —como una burla a su mentira, la frustración, sinuosa y retorcida como una serpiente acorralada, clavó su veneno en lo más profundo de su ser—. Preferiría entregarme a la orden sagrada que tuviera más a mano y pasar el resto de mis días bajo la cruz que retozar con vuestra señora.

—Lo mismo dijo ella cuando nos la cruzamos; iba camino a la iglesia —intervino otra voz masculina desde atrás—. Iba a rezar por el alma de su difunta hermana —agregó, y tiró con fuerza de la soga que ataba las muñecas de Donall—. La hermana que asesinaron.

Donall se dio la vuelta para fulminarlo con la mirada; entonces vio que el bellaco estaba agachado, jugueteando con el extremo de la cadena que lo confinaba a la cama de la muchacha.

—Una pobre jovencita ahogada por su propio esposo —farfulló el hombre mientras metía una enorme llave de hierro en un candado oxidado para aflojar la pesada cadena que rodeaba el poste de la cama.

Furioso, Donall contempló a Niels con desprecio. El gigante seguía mirando con rabia el desorden de sábanas y él aprovechó la oportunidad para masajearse el pie izquierdo, ahora libre. El carcelero, todavía de rodillas, siguió refunfuñando:

—Esperamos que nuestra señora venga a ver lo estúpido...

—¡Lo estúpido que sois! —bramó Donall, y lo empujó por los aires.

—¡Aaaaaah! —el hombre quedó despatarrado en el suelo.

Donall arremetió contra él, pero el gigante sc le abalanzó enseguida.

—Vuelve a intentarlo —le silbó Niels como una serpiente, apretándole la garganta con la punta de su daga— y cortaré en pedacitos cada parte de tu cuerpo.

El segundo hombre se puso de pie a duras penas y le lanzó a Donall una mirada asesina.

—Acabas de ganarte un traslado a otras dependencias, MacLean —sentenció, y los ojos le refulgieron de rabia—. Llevémoslo al torreón del mar —sugirió al gigante; luego cogió el extremo de la cadena y se enderezó penosamente. Dirigió una mirada gélida a Donall—. El calabozo del torreón del mar es el más antiguo de Dunmuir y el más adecuado para tus gustos de noble. Está cerca del excusado, cuenta con un vasto suministro de agua y tiene todas las comodidades del infierno.

El guardia, en el que Donall reconocía ahora a Rory, dio un tirón a la cadena y enfiló hacia la puerta abierta. En perfecta coordinación con su compañero, que todavía hervía de furia, el gigante apartó su puñal de debajo de la barbilla de Donall y lo empujó bruscamente hacia delante. Una vez en la puerta, el prisionero se plantó con las piernas bien separadas y los músculos tensos, con la esperanza de emplear la fuerza bruta contra sus dos carceleros.

—Termina con estas sandeces y devuélveme mi arma —lo desafío—. Enfrentémonos con espadas como dos guerreros. Uno contra el otro o los dos contra mí, como prefiráis, pero que sea una pelea justa.

—¿Justa? ¿La misma justicia con la que tu hermano trató a su esposa? —Niels soltó un gruñido detrás de él—. No lo creo.

Sin más advertencia, le estampó la planta del pie en una rodilla. Antes de que Donall pudiera reaccionar, el hijo de perra le dio un codazo en la cintura.

Retorciéndose contra las jambas, Donall apretó los labios para sofocar un gemido y no vociferar su dolor. El gigante lo empujó hasta que llegaron al corredor casi oscuro.

—No más tretas, MacLean —le advirtió—. Ya pasaron las laudes y nos han ordenado que te lleváramos de vuelta a tus dependencias antes de que se levanten los moradores del castillo.

Rory miró sobre el hombro con un gesto de rencorosa satisfacción.

—A tus nuevas dependencias.

* * *

Isolde salió sigilosamente de la opresión húmeda de la capilla de Dunmuir. Pero sus precauciones para que nadie la viera eran innecesarias, pues, como siempre, el corredor abovedado se cernía oscuro y vacío. A esa hora tan silenciosa, apenas pasadas las laudes, y más tarde, ya al amanecer e incluso entrado el día, muy pocos excepto ella y el cura se aventuraban a ese rincón sombrío del castillo.

Había pasado menos de un mes desde el entierro de su hermana, pero ya todos sabían que el alma de Lileas seguía penando cerca de su cadáver. O quizás rondaba los interiores de la capilla, flotando en el lugar donde había yacido por última vez su cuerpo, frío y envuelto en una mortaja negra, mientras centelleaban dos velas cerca de su cabeza.

En la oscuridad que se extendía delante de ella, se oyó un crujido leve, tal vez unos pasos sigilosos, o el roce de un fantasma, e Isolde se apoyó contra la pared. Con el corazón en la boca, esperó. Le temblaba el pulso; contenía la respiración.

El ruido se oyó de nuevo, esta vez más cerca, y entonces pasó junto a ella, corriendo, una rata que desapareció en una curva del corredor sin dejar más que silencio a su paso. Estremecida, Isolde se ciñó el *arisaid* de lana a los hombros y se persignó.

Era una simple rata. No se traba de un hombre de su clan con insomnio y cara de sueño que vagaba por los pasillos sinuosos de Dunmuir en lugar de pasar la noche dando vueltas en su camastro; tampoco era la sombra inquieta de su hermana que venía a lamentarse de las poquísimas misas que se decían por su alma.

Isolde suspiró. Entendía por qué los ancianos no iban a la capilla. La muerte de alguien tan joven e inocente como Lileas todavía impregnaba las mismísimas paredes del oratorio, por lo que sospechaba que los viejos rehuían todo lo que les recordara su condición de mortales, su propia muerte que se acercaba.

Ella no podía alegar un argumento así de sólido para irse de la capilla, cuando hacía tan poco tiempo que había entrado. Había ido allí con sus mejores intenciones, dispuesta de corazón a orar por que Lileas atravesara segura el purgatorio. Pero él la había seguido.

Aunque lo había dejado en su alcoba, recostado contra uno de los postes de la cama, roncando, la había acompañado durante todo el camino. A pesar de que los separaban muchos muros de piedra mientras ella rezaba arrodillada en el piso helado de la capilla, los ojos acusadores de él la maldecían y sus sonrisas, por falsas que fueran, le aceleraban el pulso y le entibiaban la carne de maneras que le daba pudor reconocer. En especial cuando se suponía que estaba recitando padrenuestros por el alma de su hermana.

Vergonzosamente, no había podido liberarse de su presencia. Él la atormentaba como nunca hubiera podido atormentarla el fantasma de Lileas, y ella detestaba esa situación... tanto como a él. Con la presión de estas cavilaciones, apuró su paso por el corredor, perseguida por la culpa. La culpa y algo más, un sentimiento que no se atrevía a definir, un sentimiento aterrador que la sacaba de quicio y acababa con el poco sentido común que le quedaba.

Un gemido le subió por la garganta, pero se tapó la boca con la palma de la mano para impedir el llanto. Echó a correr, llegó al final del pasillo, a la torre, y subió a toda prisa por las siniestras escaleras de caracol.

Subió los escalones de dos en dos, casi sin respiración, hasta que llegó a una puerta con incrustaciones de hierro empotrada en lo profundo del oscuro tercer rellano. Como si le pisara los talones una jauría de sabuesos infernales en lugar del pequeño Bodo, abrió la puerta de par en par y se sumió en el gélido aire nocturno de las almenas.

Esperaba que ese aire frío y húmedo la purgara, pero no sirvió de nada. La triste llovizna le recordaba los siniestros planes que había jurado llevar a cabo y la salinidad del viento las lágrimas que no quería derramar.

Durante varios minutos se quedó inmóvil en la oscuridad. Oía el rugido familiar de las olas cuando rompían contra las rocas, abajo y a lo lejos, y, más cerca, el suave tamborileo de la lluvia sobre la piedra. Su corazón oía otra cosa, algo que ella quería tapar pero no podía.

Que la golpeara la mano impía de Dios, pero lo que oía era la voz de él. No sus palabras, sus insultos burlones, sino los tonos melodiosos del rico timbre de su voz. Profundamente masculina, auque tersa como la seda más preciada, su voz la fascinaba. Y la obligaba a preguntarse qué sucedería si alguna vez elegía pronunciar palabras dulces en lugar de duras imprecaciones.

Se estremeció de sólo pensarlo. Levantando a Bodo en brazos, lo apretó contra el pecho y empezó a caminar de un lado a otro. Incluso las estrellas, que titilaban en lo alto y tan distantes, parecían censurarla, reprenderla, como si lo mereciera.

—¡Oh, Bodo! ¿Qué voy a hacer? —susurró, alzándolo con ambas manos, desesperada por encontrar en él el consuelo que le daba su calor. Pero ni siquiera Bodo, tan querido, podía salvarla ahora, porque había cometido el pecado más grave: sentirse atraída por Donall MacLean.

* * *

Lo empujaron y lo llevaron cada vez más abajo, en una espiral descendente hacia las profundidades oscuras y húmedas del ruinoso torreón del mar de Dunmuir. Donall se resbalaba una y otra vez en los escalones de piedra, cubiertos por una capa de limo hediondo y tan antiguos que tenían hendiduras, mellas redondeadas que se habían suavizado por la acción de los innumerables pares de pies que las habían pisado.

Cada vez que tropezaba, sus torturadores se reían, en especial en la base de la escalera, cuando casi cayó de espaldas en el barro espeso que cubría el suelo. Gracias a todos los santos que no fue así, porque el lodo tenía un brillo verde negruzco, muy poco apetecible, y olía a aguas residuales.

Niels y Rory, que lo maltrataron durante todo el trayecto por el corredor de techos bajos, casi no le dieron oportunidad de pensar de dónde provenía el olor. No es que necesitara reflexionar mucho para saber dónde estaba. Lo revelaba un tufillo. Lo habían llevado a un lugar que era el equivalente de un pozo negro.

A Donall se le erizó la piel de asco. En el corredor húmedo por el que caminaban desembocaban las letrinas del castillo de Dunmuir.

—Te dije que tus nuevas dependencias quedaban a escasos metros de los excusados —Rory soltó una carcajada detrás de él—. Y, como ya verás, habrá mucha agua para que te refresques ese cuerpo privilegiado cuando vayas por las noches a visitar a nuestra jefa.

Una ráfaga de helada brisa marina le golpeó en el rostro, pero antes de que Donall pudiera respirar profundamente el aire salino y penetrante, el gigante le rodeó el brazo con puño de hierro y lo obligó a detener la marcha.

Con la cabeza inclinada a un costado, Niels parecía escuchar el chasquido inerte del agua que provenía de una abertura en el muro de la izquierda. Rory se acercó al gigante y también ladeó la cabeza hacia la grieta.

No era más que una fisura vertical, que apenas dejaba que pasara un hombre, pero se abría profunda y oscura en la superficie de la roca, cubierta de cieno, como la entrada silenciosa e inquietante a un hoyo infernal. Silenciosa excepto por el ruido incesante de agua que goteaba y el crujido leve de los pasos dudosos que daba alguien sobre piedras sueltas.

—Que Santa María purísima nos proteja —dijo Rory entre dientes, y empezó a retroceder para alejarse de la abertura.

Donall tenía la sospecha de que Rory temía que lo abordara el fantasma vengativo de algún pobre diablo cuyos huesos ya no tuvieran más carne. Pero el gigante no mostraba ningún escrúpulo de ese tipo; con una agilidad sorprendente dado su tamaño, contoneó el enorme cuerpo y atravesó la grieta para desaparecer en la oscuridad que se extendía del otro lado.

—Por la santísima cruz, muchacho —gritó un instante después, y su voz grave reverberó desde el hueco infernal hasta rebotar con un eco inquietante en las paredes del túnel.

Para sorpresa de Donall, Niels reapareció por la abertura casi de inmediato. Arrastraba tras de sí a un niño flaco y de ojos grandes. Con la mano carnosa prendida del brazo largo del muchachito, el gigante le clavó una mirada severa.

—¿Cuántas veces tengo que decirte que no te acerques a este montón de escombros? —lo regañó, con la voz cargada de reproche—. Ese agujero del demonio es un «pozo del olvido» —ladeó la cabeza señalando la grieta lóbrega de la que acababan de salir—. ¿Entiendes qué es, Lugh?

El muchachito de pelo oscuro negó con la cabeza; tenía la vista fija en el suelo y, en las manos, una bolsa mugrienta de... algo, unas cositas que se retorcían y agitaban las alas, a juzgar por su apariencia.

Niels le quitó la bolsa y escudriñó el contenido. Donall pudo ver qué había adentro: murciélagos. El niño había estado recogiendo murciélagos y tenía la bolsa llena de seres alados. A diferencia de Donall, sin el más mínimo gesto de sorpresa, el gigante cerró la bolsa y se la devolvió al niño apenas arqueando una ceja.

—¿Sabe la vieja Devorgilla dónde estás? —Lugh se encogió de hombros—. Los pozos del olvido son lugares horrorosos —se explayó Niels cuando el niño empezó a jugar con los pies en lugar de responder—. Agujeros sin fondo, con forma de tubo, que se internan en las entrañas de la tierra. Se arroja a los malhechores por un hueco largo y estrecho que termina en un lugar tan pequeño que apenas pueden sentarse o ponerse en pie.

Ya repuesto del susto, Rory revolvió el pelo oscuro de Lugh.

—No tendrías que andar husmeando por ahí —le dijo, mirando de reojo a Donall.

Lugh lo miró también. La expresión del niño estaba llena de curiosidad; la de Rory delataba cuánto disfrutaría lanzando a Donall al agujero aterrador. Al caballero se le encogió el corazón con sólo pensarlo, mientras la ira le revolvía las entrañas con una sensación gélida, potente. No quería terminar sus días acurrucado en esos confines tan estrechos, esperando la liberación de una muerte impía y pecaminosa.

El gigante dio unas palmaditas al niño en el hombro.

—Vete ya, antes de que te metas en más problemas.

Lugh se mordió el labio inferior, miró por última vez a Donall con los ojos bien abiertos y se marchó a toda prisa.

—¡Ey, muchacho! —le gritó Rory cuando lo vio irse en la dirección opuesta a las escaleras—. ¿Adónde crees que...?

—Déjalo tranquilo —interrumpió Niels, y vio que el niño desaparecía por la curva del túnel—. Irá a buscar una rana del estanque sagrado para meterla en la bolsa junto con los murciélagos. Se marchará enseguida, una vez que encuentre lo que busca.

Rory sacudió la cabeza. Mascullando para sí sobre pozos estancados y sapos que eran más útiles en el estómago que en el caldero de una bruja, asió con más fuerza la cadena de Donall y empezó a caminar trabajosamente por el estiércol, mientras Donall y el gigante lo seguían de cerca.

No bien doblaron la curva, Donall se quedó sin respiración, porque el túnel abovedado se esfumó como si nunca hubiese existido. Ahora se encontraban en el borde de una roca que se adentraba, precaria, en el mar embravecido bajo el resplandor plateado de una luna casi llena.

Soplaba un viento húmedo y salvaje, vigorizante e indómito, cuyo silbido incesante competía con el estruendo de las olas que rompían contra una masa de peñascos negros, plagados de percebes, y una maraña de mampostería en ruinas que no podían ser otra cosa que los muros caídos del antiguo torreón del mar de Dunmuir.

El rocío salino hería las muñecas y los tobillos de Donall, y le quemaba la piel, que estaba en carne viva después de días de soportar las esposas, pero él casi no se daba cuenta. Tampoco reflexionó demasiado sobre adónde había ido el pequeño Lugh. Aunque había salido corriendo en esa dirección, no se le veía por ningún lado.

Había otra cosa que atormentaba a Donall mucho más, un asunto que repercutía en todo su clan y que le pesaba mucho más que la extraña desaparición de un niño desconocido. Era una idea estremecedora, más espantosa que el dolor de la piel excoriada: los bastardos iban a ahogarlo.

* * *

Los aposentos del señor del castillo Baldoon, fortaleza de los MacLean, eran tan oscuros y sombríos como la noche ventosa que caía, pesada, sobre las ventanas en arco de la habitación. Aparte de la luz trémula que daban los últimos parpadeos del fuego que ya casi se extinguía en el hogar, ni un solo rayo de luz adornaba la que se solía llamar las habitaciones más opulentas de Baldoon.

No ardía ninguna de las antorchas de pared. Y aunque había varias palmatorias finamente labradas, las velas de cera de abeja que sostenían estaban apagadas, al igual que las velas que adornaban dos candelabros de varios brazos, hechos de la plata más cara.

Durante días, el suntuoso cuarto, orgullo de todo señor MacLean desde tiempos inmemoriales, se había sumido a propósito en la oscuridad y la desolación, por órdenes de Iain MacLean, para que se adecuara a su ánimo apesadumbrado.

—Ahogada —murmuraba en voz baja por enésima vez mientras daba vueltas con pasos fuertes por el piso cubierto de juncos—. Ahogada, ahogada, ahogada —cantaba la palabra cual monje enloquecido que canta sus letanías, mientras golpeaba con la punta del pie la pata robusta de una mesa de roble.

Detrás de él se oyó un sonido leve de pasos y, cuando se dio la vuelta, se encontró con Gerbert, el entrometido senescal de Baldoon, que intentaba prender un par de velas que había en la pared, a los lados de la puerta.

Abriendo los ojos, Iain, que no podía creer lo que veía, clavó la mirada un largo rato en el hombre de pelo cano antes de atravesar la habitación y acabar de un soplo furioso con la tarea del anciano. Enderezándose, le dijo:

—¿Crees que puedes desobedecer órdenes, Gerbert?

—No, señor, le ruego me perdone, milord.

Gerbert se disculpó por su flagrante desobediencia en un tono falso de reverencia; incluso cometió la impertinencia de devolverle la mirada a su amo sin pestañear.

Iain frunció el ceño y agitó la mano para disipar el humo de las mechas extinguidas.

—¿Acaso se debe esta afrenta a que dudas de los límites de mi autoridad cuando no está mi hermano?

La cara de Gerbert seguía siendo una máscara precavida de suavidad.

—Claro que no, milord.

La expresión blanda irritó profundamente a Iain.

—«Claro que no, milord» —lo imitó.

Sin inmutarse, Gerbert fijó los ojos azules y acuosos en el hermano de su señor. Y no pronunció palabra.

—¡Explícate! —bramó Iain, y la cara se le tornó escarlata—. ¿Quién te dio permiso para prender las velas?

—Nadie, señor.

—¿Entonces por qué lo hiciste?

—Porque están todas apagadas y está oscuro.

—¡Por la espada maldita de San Pedro! —Iain tiró la palmatoria de una patada—. ¡Están todas apagadas porque yo quiero que esté oscuro, idiota!

—Las velas deberían estar encendidas en honor de su esposa —en la frente del senescal apareció una delgada capa de transpiración que delataba cuánto le estaba costando conservar la calma ante el arrebato de Iain MacLean—. Su alma...

Dando la espalda a Gerbert, Iain caminó hasta la mesa y cogió de un manotazo un aguamanil de vino. Llenó su cáliz y se bebió el contenido de un trago.

—Las velas prendidas de la capilla ya bastan para iluminar su camino al cielo y más allá del cielo —maldijo, y estampó el vaso vacío de vino contra la mesa—. Y ninguna sirve para nada —giró sobre sí y miró fijamente al otro hombre—. ¿Es que no lo ves?

Como si en verdad viera y temiera lo que estaba a punto de suceder, el anciano senescal se encogió de hombros y bajó la vista. Por primera vez desde que había entrado en el salón, esquivó los ojos llorosos de Iain MacLean. En vez de hacer frente a la ira del hombre, más joven que él, se quedó mirando al suelo y le empezó a temblar la cabeza blanca.

—Mi esposa no necesita velas prendidas que le iluminen el camino al bendito más allá —soltó Iain—. Su lugar no está entre los santos y mártires. ¡Su lugar está aquí, conmigo!

—Está muerta, Iain —entró en la habitación una mujer de cabello oscuro, que llevaba una bolsa abultada en las manos—. No puedes hacer...

—No, no puedo hacer que regrese —Iain volvió la cabeza para responder a su hermana, Amicia—. Por el alma sagrada de nuestra madre, ¡juro que le besaría el trasero al diablo si pudiera!

—¡Iain! —gritó Amicia.

—¡Iain! —la imitó él, lanzando los brazos al aire—. Si lo prefieres, puedo arrodillarme y gritar cien mil hosannas a los cuatro vientos —le clavó la vista, con un destello desafiante en los ojos oscuros—. ¿Crees que me serviría de algo?

—Por favor, Iain —su hermana se adelantó, extendiendo la mano libre—. Te estás haciendo mal.

—¡Los MacKinnon me han hecho mal! —Iain bramó y cogió de un manotazo el jarro de vino. Dando un grito fuerte e ininteligible, lo lanzó al hogar—. ¡Son el azote de la tierra, eso es lo que son! ¡Que Dios maldiga sus almas pestilentes!

Gerbert se aclaró la garganta.

—Venga, milady —le dijo, tomándola del brazo—. Hablémosle cuando sea de día. Nada podemos hacer cuando lo abate semejante miseria.

Como si se hubieran retirado dos invitados no deseados, Iain volvió a caminar de un lado para otro, con el ceño más fruncido que antes y su cara de facciones hermosas hecha una máscara impenetrable. Pero no le llegó por fin la tan deseada tranquilidad porque, cuando estaba a punto de salir, Amicia se detuvo ante la puerta y entró de nuevo en la habitación.

—Pero el pelo de perro... —con una expresión de duda en su bella frente, echó una mirada de preocupación a la bolsa demasiado pesada que llevaba, de cuya existencia se había olvidado a causa de la discusión con su hermano.

—¿Pelo de perro? —Iain levantó una ceja desdeñosa al pasar al lado de su hermana en una de sus vueltas alrededor de la habitación.

—Sí —Amicia dejó la bolsa en una silla; luego, se acercó al anciano senescal, que permanecía junto a la puerta, enlazó su brazo con el de él y alzó la barbilla—. Gerbert me ha dicho que estás metiendo prisa a los hombres para que terminen de reparar el navío... y...

Dejó que las palabras se fueran acallando cuando Iain se detuvo de pronto y se llevó, resuelto, las manos a la cadera.

—¿Qué estás insinuando, hermana?

—Que, en vuestro apuro por terminar, habéis estado usando una mezcolanza de musgo y brea para calafatear las tracas —espetó—. Donall siempre ordenaba que se agregara pelo animal a la mezcla cuando supervisaba las reparaciones del casco, así que mis damas y yo hemos recogido pelo de perro para...

—¡Por las patas de Lucifer! —explotó Iain—. ¿Te crees que voy a estar cepillando perros cuando los asesinos de mi esposa andan libres por ahí, celebrando su muerte en el salón de su castillo?

—Donall estará...

—... yendo ya a Glasgow, y vosotros dos deberíais iros ya de aquí —les lanzó una mirada lo suficientemente intimidante como para cuajar la leche—. ¡Ya mismo!

Los ojos de Amicia refulgían también de rabia, pero se recogió la falda y salió por la puerta abierta, seguida de cerca por el senescal de nariz puntiaguda de Baldoon.

—Ese temperamento te llevará a la tumba —se oyó la voz de ella desde la penumbra del corredor.

—Y si por irme a ese lugar me reúno con mi Lileas, ¡entonces anhelo ese destino! —contraatacó Iain y dio un portazo.

Gruñendo, trabó la puerta con una viga para asegurarse de que nadie lo molestara en su soledad. Otra vez reinaba la paz, por fin. Se le dibujó una sonrisa sombría en la cara. Ahora que lo habían dejado tranquilo las dos personas que más lo atormentaban en Baldoon, Iain MacLean se recostó contra la puerta cerrada y miró, satisfecho, el enorme salón en penumbras.

No titilaba ni una sola vela. Incluso el fuego del hogar había extinguido ya sus últimos y dudosos vestigios de calor. Ni siquiera las chispas alegres se atrevían a desafiar a Iain. La jarra de vino que había lanzado contra el hogar se había ocupado de prevenir semejante peligro.

Iain suspiró, se apartó de la puerta y volvió a caminar en círculos por la habitación.

—Tienes razón, Amicia —se quejó para sí mientras pasaba al lado de la silla donde ella había dejado su estúpida bolsa de pelo de perro—. Quizás mi temperamento acelere mi viaje al más allá, pero no me voy a ir a ningún lado sin asegurarme de que los MacKinnon lleguen antes que yo.

6

ME ATRAE». PERSISTENTE COMO UNA ABEJA O, peor, una nube de mosquitos que le zumbaran alrededor de la cabeza, las dos palabras retumbaban incluso con más fuerza en los oídos de Isolde, dificultándole el paso apurado por la playa de guijarros grises, hechizándola con una tenacidad implacable. «Me atrae»: palabras simples, aunque dotadas de ese poder.

Tenía la cara encendida a pesar de que la llovizna suave le humedecía las mejillas y se le filtraba por la ropa. Sin detener la marcha, miró sobre su hombro y suspiró, aliviada. No la seguía nadie, ni una sola alma la perseguía por la costa en forma de media luna de la caleta rocosa.

Gracias a todos sus santos patronos. Era impensable que se supiera el propósito escandaloso de su caminata a uno de los rincones más desiertos de Doon. Que ella lo supiera ya era humillación suficiente.

Y mientras el alba ponía un final esperado al rugido de los vientos nocturnos y la agitación salvaje del mar, la calma del nuevo día sólo bastaba para recordarle la tormenta que se desataba en su interior.

El pánico puro, una buena dosis de desesperación y una pizca de valor la habían conducido desde su refugio majestuoso en el desierto castillo Dunmuir al vacío de su alcoba. Pero, una vez que llegó, las mantas desordenadas le parecieron una burla, porque le recordaron con una claridad vergonzosa las imágenes de pesadilla que la habían acosado durante toda la noche extraña e insomne que había pasado con MacLean, dormido contra el poste de su cama. Una noche corta, por fortuna, en la que casi no pudo pegar ojo.

Como no podía recobrar el sueño, había dejado a Bodo, que dormía plácidamente en su cesto, bajado a toda prisa al gran salón, donde había hecho su mejor esfuerzo por parecer compuesta al pasar junto a los hombres del clan, que apenas empezaban a despertarse en sus camastros.

Había hecho una fugaz reverencia con la cabeza a los ancianos que ya estaban reunidos cerca del fuego del hogar, con su jarro de cerveza en la mano, antes de que los nervios le dieran la fuerza necesaria para abrir de par en par la pesada puerta del salón, adornada con herrajes de hierro.

«Me atrae». El humilde reconocimiento la había impulsado a atravesar la puerta y el túnel abovedado de la entrada de Dunmuir casi sin volver la vista. Las dos palabras, que la condenaban hasta lo más profundo, la obligaban a apurar el paso por un trecho de páramo cubierto de maleza hasta que llegó al cinturón oscuro de árboles que escondía la caleta apartada donde vivía Evelina, la ramera de Doon, en una casa de piedra construida cerca de la costa. Todos lo sabían, pero nadie quería reconocerlo.

Protegida por altos acantilados y las sombras interminables que proyectaban, la casita, sus paredes macizas pintadas de cal y su techo gris pizarra se mezclaban casi a la perfección con los pliegues del risco escarpado que se levantaba detrás. Era el escondite ideal para ermitaños y hombres santos, un santuario perfecto para quienes querían vivir en la soledad más absoluta u ocultar sus actos de ojos inquisidores.

Isolde se detuvo de golpe. La casa de Evelina no estaba lejos. Ya podía ver la chimenea redondeada y chata por la que salía un humo gris y tenue que apenas se curvaba. Llegaría en unos minutos. No faltaban más que unos pasos.

El pulso le empezó a latir con más fuerza y se le secó la boca. Gracias a su propia insistencia, ahora sabía con lujo de detalles qué tipo de cosas ocurrían detrás de las paredes macizas del acogedor hogar de Evelina. O, más bien, qué tipo de cosas habían ocurrido, si se decidía a creer, como decía la ramera, que ya no ofrecía sus... servicios.

De todos modos, Isolde no podía juzgarla. A menos que los santos creyeran conveniente conceder el favor divino a la isla de Doon, devolviendo milagrosamente la paz a sus costas atormentadas, estaba más que resuelta a probar por lo menos algunas de las sórdidas prácticas que Evelina le había revelado, actos lascivos que pensaba realizar con él.

Otra vez se ruborizó de miedo con sólo pensarlo, y la pizquita de valor que la había llevado tan lejos se evaporó con la velocidad con que se apaga una vela con dos dedos diestros. Por desgracia, el pánico y la desesperación seguían intactos.

Isolde miró el mar. La superficie del agua, sombría y quieta, se extendía, clara, hasta las costas lejanas de la isla de los MacKinnon, sin una sola ola que arruinara la calma vidriosa. Apuró el paso, frunciendo un poco el ceño. La calma del día le había quitado la última oportunidad de regresar a hurtadillas a la comodidad de los muros protectores de Dunmuir.

En días menos apacibles, el mar solía llevar a la costa una bruma fina y blanca que envolvía todo lo que encontraba a su paso en capas espesas de niebla que se disipaba lentamente.

Si hubiera sido uno de esos días, habría podido marcharse con cierta discreción. Pero no lo era. No esa mañana. A pesar de la llovizna persistente y gris del nuevo día, no se veía ni un vestigio de bruma. Pero a ella sí la habían visto.

Cuando se acercó, la puerta de la casa se abrió de par en par y salió a su encuentro Evelina, con un cuenco de madera en las manos; llevaba suelto el cabello negro y brillante, que le llegaba a las caderas. Sus labios gruesos se curvaban dibujando una sonrisa serena.

—Milady —le dijo, a modo de saludo—. Tenga buenos días.

Isolde tragó saliva, nerviosa.

—Y vos también, señora.

—«Evelina» está bien —aseguró la ramera con su voz suave y ronca, y luego depositó el cuenco de leche en el suelo de tierra compacta, delante del escalón de la puerta. Se enderezó, se limpió las palmas de las manos en la falda de su vestido semitransparente y miró a Isolde, dibujando en sus labios otra de sus sonrisas amables, extrañamente cómplices—. ¿Qué os trae por aquí tan temprano?

Isolde abrió la boca para responder, pero sentía que la lengua se le había pegado al paladar. Y parecía crecer cada vez más cuanto más miraba, boquiabierta, a Evelina, casi desnuda. Aunque llevaba un vestido sencillo, con su atuendo de seda y sus encantadores modales, la mujer entrada en años rezumaba sensualidad, carnalidad desinhibida.

Aun así, en cierto modo parecía... digna, también. Ella sí que hubiera logrado que Donall comiera de su mano con una sola mirada de esos ojos oscuros, sensuales, que conocían mucho mundo.

Isolde volvió a tragar saliva, pero la respuesta que quería dar a la otra mujer seguía prendida de su garganta. Para su gran turbación, porque se sabía embobada, no podía quitarle los ojos de encima. El escote del vestido de Evelina era tan pronunciado que apenas cubría las puntas morenas de sus pechos, mientras que un largo tajo en el frente de su falda revelaba sus delgadas piernas casi hasta...

Isolde estaba mortificada de vergüenza. ¡Por todos los santos! Si sus ojos no la engañaban, el vestido transparente de Evelina dejaba ver una fina cadena de oro que le rodeaba las caderas, una cadena de la que pendía un dije grande y brillante, una piedra preciosa de un verde vibrante, ¡que se apoyaba en el triángulo de rulos oscuros y abundantes del vértice de sus muslos!

Al alzar la barbilla, Isolde se encontró con la mirada serena de Evelina. Muy consciente del rubor de sus mejillas, soltó una pregunta:

—¿Estabais esperando a... eh... un amigo?

—Sí, así es —afirmó Evelina—. Pero milord es un hombre ocupado. No vendrá hasta dentro de unas horas —miró el cuenco de madera lleno de leche—. Además de a él, no espero a nadie más, excepto a Mab.

—¿Mab? —preguntó Isolde antes de darse cuenta de que la otra mujer no podía estar refiriéndose más que al felino multicolor de la vieja bruja.

—La gata de la vieja Devorgilla —explicó Evelina, confirmando las sospechas de Isolde—. Mab suele venir a visitarme. Siempre acepta leche fresca y dulce y no le importa qué mano la sirve.

A Isolde se le crispó el rostro al ver la sombra de pesar en los ojos de la mujer.

—No quería decir...

—Lo sé, milady. Os tengo en muy alta estima por vuestra confianza en mí —Evelina hizo un ademán para restarle importancia al asunto cuando Isolde trató de interrumpirla—. No habéis venido aquí para que nos elogiemos mutuamente. ¿Por qué no entráis y me contáis lo que os perturba?

Se hizo a un lado para que Isolde pudiera pasar. Aunque todavía era temprano, refulgía el fuego recién encendido con turba en un pequeño hogar de piedra. Su perfume, entre dulce, humeante y terroso, daba a la casa impecable un aire acogedor de tibieza, paz y satisfacción.

Isolde la siguió por el piso salpicado de piedras hasta una mesa de madera algo pequeña y dos sillas de respaldo alto excepcionalmente refinadas. Agradecida, porque de repente sentía que las piernas se le aflojaban, tomó asiento en la silla que le ofreció Evelina.

Con la espalda un poco demasiado derecha y las manos cruzadas con firmeza sobre el regazo, miró cómo la ramera cerraba un alto biombo hecho de ramas de sauce entretejidas que estaba frente a una arcada baja y abierta en la pared opuesta. Era el dormitorio.

A pesar de su ferviente deseo de no ofender a la mujer, Isolde no podía disimular la humedad que le cubría la frente y las palmas de las manos, ni atenuar la postura rígida que había adoptado, sentada al borde de la silla.

Y si los nervios no le jugaron una mala pasada no fue porque el diminuto cuarto tuviera sólo una cama, y nada más, sino porque en su visita anterior ya había sido lo suficientemente audaz como para espiar. Con bastante descaro, había mirado detrás del biombo mientras Evelina estaba ocupada sirviendo unas copas de vino de grosella que había preparado ella misma.

Esta vez, también miró de reojo la cama antes de que Evelina volviera a cerrar el biombo; era una cama sencilla de roble, con cuatro postes, sin cortinas, pero adornada con cubrecamas y almohadas de bordados exquisitos.

Durante un rato largo e incómodo, Isolde mantuvo la vista fija en el suelo bien barrido en lugar de mirar a la ramera, que rondaba tan cerca del lugar donde seguramente se habían satisfecho y agotado innumerables pasiones, donde, en unas pocas horas, sin duda se reuniría con su amor secreto.

Isolde se acomodó en su silla. Las palmas se le pusieron más pegajosas. Y los ruidos discretos y centelleantes del fuego de turba se volvieron un rugido enorme en sus oídos hasta que se dio cuenta de que se trataba del latido de su corazón. Se aclaró la garganta.

—Vuestro caballero parece bravo y valiente, el hombre que toda doncella querría tener. ¿No deseáis casaros con él? —no bien salieron las palabras de su boca, Isolde se percató del daño que podían causar—. Por favor, disculpadme, señora. Yo...

—No podemos casarnos —empezó a decir Evelina, tomando de un gancho de la pared un manto de seda pesada y finos ribetes y envolviéndolo con discreción sobre su vestido transparente—. Porque, como bien sabéis, no soy señora.

—Pero...

Evelina interrumpió la objeción de Isolde levantando la mano.

—¿Pero he dejado mi indigno oficio? —se ató el manto a la cintura, cuya estrechez todavía conservaba, y miró a Isolde con una sonrisa casi divertida. A ésta se le encogió el corazón por la tristeza que se adivinaba en sus ojos.

Adelantándose, Evelina tomó una de las manos de Isolde entre las suyas.

—¿Creéis que importa que me haya... corregido?

—Juraría que sí.

—Pues no —Evelina le soltó la mano—. Algunas manchas no se van nunca, milady. La gente de estas islas tiene buena memoria —sacó dos jarros de arcilla de un estante y sirvió un poco de su famoso vino de grosella—.

Dicen que me doy a la mala vida —puso un jarro frente a Isolde—. Son muchos los que me azotarían sin sentirse culpables, muchos los que me desean todos los horrores del infierno.

Tenía la voz firme, la expresión plácida, pero el brillo revelador de la humedad que le inundaba los ojos oscuros hacía que Isolde se olvidara de sus propias penurias. Y de la razón por la que había ido allí.

—Decidme quién es el hombre que amáis y yo intervendré, puedo hacer que se case con vos... —Isolde intentó agarrar a Evelina del brazo cuando ésta trató de apartarse, pero sus dedos sólo tocaron aire, porque la ramera se deslizó hasta la puerta abierta y se quedó de espaldas a la habitación.

—¿Es del clan de los MacInnes? —interrogó Isolde, decidida a averiguarlo—. ¿De los MacLean?

Evelina se dio la vuelta.

—Así como no traiciono vuestra confianza, tampoco puedo traicionar la de milord. Ni siquiera con vos.

—Tiene que ser de uno de los dos clanes —reflexionó Isolde, a pesar de que Evelina se negó a revelar cómo se llamaba el hombre—. Si es de mi sangre, hablaré con los ancianos en vuestro nombre. Si es del clan MacLean... —dudó—, quizás en ese caso también pueda ejercer pronto cierta influencia.

Con un suspiro resignado, Evelina hizo un ademán hacia la hilera de ganchos de madera clavados en una de las paredes. Por primera vez, Isolde se dio cuenta de que colgaba allí un *arisaid* con los colores del clan MacInnes.

Le empezó a latir el corazón, pero luego reconoció un *plaid* del clan MacLean, colgado de otro gancho. Y había otros. Isolde entendió lo que la mujer intentaba decirle, y se sonrojó, avergonzada.

—Veo que comprendéis —Evelina tomó asiento frente a Isolde y levantó su copa—. Podría venir de cualquiera de estas islas, milady. Poneos alegre porque no permitiré que os afecte el caos que se crearía si tratarais de ayudar a alguien como yo.

—Pero...

—Sois muy amable, Isolde de Dunmuir —Evelina tomó un trago de su vino—. Ojalá todos fueran tan puros de corazón como vos. Pero no es así, por lo que debéis contentaros con saber que vuestra generosidad es muy valiosa para mí.

Isolde rodeó su copa con ambas manos y se quedó mirando la mesa.

—Últimamente me siento cualquier cosa menos generosa, y mucho menos, pura de corazón.

—Vuestras intenciones son nobles.

Isolde alzó la vista.

—¿Y qué hay de los medios?

—¿Los medios? —una sonrisa amplia iluminó el rostro de Evelina y la hizo parecer varios años más joven—. ¿Sabéis? Una vez, cuando todavía vivía en Glasgow y era la... eh... *invitada* de un gran y noble señor, oí que los bardos cantaban alabanzas a Donall el Bravo —en los ojos le brillaba una luz pícara—. Sí, es cierto. No había juglar que se preciara de tal que no pudiera recitar una historia enardecedora sobre las hazañas de Donall MacLean.

Isolde bebió un trago generoso de su vino. Evelina se inclinó hacia delante.

—También se afirmaba que tiene el fuego romántico suficiente para satisfacer a diez mujeres a la vez.

Isolde casi dejó caer la copa.

—Yo lo encuentro grosero y rudo.

Evelina se apoyó contra el respaldo de la silla, levantó una ceja elegante y la miró fijamente.

—¿Podéis culparlo por ello?

Isolde desvió la mirada. La ceja arqueada y el examen penetrante de la ramera le recordaban demasiado a las miradas que le lanzaba él. Y sus palabras sonaban tan parecidas a las de la *cailleach* que la desconcertaban. Empezó a revolvérsele el estómago a causa de los nervios. Estudió el rostro de la otra mujer pero no pudo discernir qué quería saber.

—¿A quién guardáis lealtad? —espetó, finalmente.

—Bueno, a ambos, por supuesto —respondió Evelina, como si su respuesta tuviera sentido.

—Imposible —la perplejidad se sumó a la irritación que crecía dentro de ella—. ¡Fuisteis vos la que fingió haberse roto el tobillo para que lo capturaran!

—Fue un momento de debilidad, milady —por un segundo, la expresión de Evelina se volvió nostálgica—. Y ruego a Dios que el velo que llevaba me cubriera bien el rostro. Alguien como yo no debería cruzarse en el camino ni ponerse del lado de nadie.

Isolde sintió que la atravesaba algo inexplicable, que apuntaba directamente a una parte de lo que había dicho la ramera: «Ruego a Dios que el velo que llevaba me cubriera bien el rostro».

—¿Os hubiera reconocido Donall el Bravo? —preguntó, avergonzada de la pregunta pero incapaz de contener la lengua.

Para su sorpresa, en lugar de parecer ofendida, Evelina estiró el brazo hasta el otro lado de la mesa y apretó la mano de Isolde, mientras le iluminaba el rostro otra sonrisa.

—No, su sombra jamás oscureció mi puerta, aunque no os voy a negar que hubo un tiempo en que hubiera recibido con gusto sus atenciones.

—¿Entonces por qué os preocupa que haya visto vuestro rostro?

Sonriendo aún, Evelina sacudió la cabeza.

—Me refería a Gavin MacFie.

—Ah —una ola de alivio reemplazó la sensación opresiva y abrasadora que había invadido a Isolde hacía un instante. Enseguida se sintió avergonzada. Era imperdonable, pero se había olvidado por completo de Gavin MacFie—. Ya veo —dijo, para disimular su vergüenza.

—No, creo que no —le dijo Evelina—. Es del padre de sir Gavin, un hombre viudo, de quien alguna vez fui, digamos, *amiga*. Ahora, que ya han pasado muchos años, juro que sólo mantenemos la amistad. El más anciano de los MacFie está demasiado enfermo para surcar los mares como antes, pero su hijo me abastece de todo lo que me hace falta.

—Ah —volvió a decir Isolde, deseando que se la tragara la tierra.

—Gavin es un hombre de buena reputación.

Isolde endureció la mandíbula y apretó la copa de vino con el puño.

—Un hombre de buena cuna que no se entrega a la frivolidad ni a los actos viles —le clavó la mirada—. No puedo liberarlo.

—Podéis hablar con él —dijo Evelina, sin pestañear—. A veces hablar con alguien puede revelar mucho más que las palabras que se dicen.

—¿Por ejemplo? —le hizo preguntar el demonio.

Volvió la chispa alegre a los ojos de la otra mujer.

—Por ejemplo, tal como ha revelado nuestra charla el motivo de vuestra visita.

—He venido a pedir consejo porque me resulta difícil proceder con... eh... las instrucciones que me disteis —mintió Isolde, empujando la silla hacia atrás—. No hay ningún otro motivo.

Evelina se llevó los dedos finos a la barbilla.

—¿De veras?

—Así es —volvió a mentir Isolde y se puso en pie—. Y ahora debo volver a Dunmuir, antes de que me echen en falta.

La ramera también se puso en pie.

—Entonces no os pediré que os quedéis —le dijo, y la acompañó a la puerta—. Tal vez la próxima vez que me visitéis podamos analizar lo que realmente os perturba.

A mitad de camino, al otro lado de la puerta, Isolde se detuvo.

—¿Lo que realmente me perturba? —repitió, antes de reconocer la trampa.

—Sí, milady —respondió Evelina con un aire de inocencia angelical—. Vuestra atracción hacia Donall MacLean.

* * *

Donall el Bravo estaba de pésimo humor. Y su humor empeoró aún más cuando oyó el eco de los pasos de muchos pares de pies que bajaban por alguna escalera lejana, y aún más cuando se les unieron los ladridos agudos de un perro.

Así que ella se dignaba a visitarlo de nuevo. Aquí, en la mismísima cocina del infierno donde lo habían arrojado sus dos esbirros: una gran cueva oscura, abierta sólo al mar y expuesta al capricho de las mareas. Afortunadamente, la marea aún no había empezado a subir, porque cuando lo hiciera...

Los muros húmedos tenían la marca que probaba lo que sucedería cuando la marea subiera, una marca oscura y reveladora a una altura que bastaba para congelar la sangre de un hombre mucho más cobarde. Al igual que los espeluznantes instrumentos de tortura que había desparramados por el suelo y que colgaban de las paredes.

Un escalofrío le recorrió la espalda cuando miró alrededor de lo que primero había creído una cueva marina y sus ojos descubrieron más instrumentos de horror. No estaba en una cueva; sus nuevas dependencias parecían los restos del cuarto más subterráneo de un torreón antiguo.

Los santos sabían que el paisaje de Doon estaba lleno de torreones como ése. Restos de un pasado peligroso, las torres redondas de piedra servían para refugiarse de los invasores que acechaban a los primeros habitantes de Doon.

Este calabozo, o lo que quedaba de él, ya había dejado de ser un refugio seguro, y quedaría bajo el agua cuando la marea subiera. Morir ahogado o asesinado por un gigante medio lelo. O, que los santos lo protegieran, a manos de un verdugo chocho, demasiado débil para blandir su hacha.

Donall apretó los dientes; era absurdo que estuviera preso en un lugar que había servido de refugio a sus antepasados.

La vista que le ofrecía el mar abierto alimentaba su irritación aún más. Una línea amenazadora de rocas negras y escarpadas alteraba la superficie a la distancia, en la costa opuesta, poniendo de relieve la inutilidad de huir por mar, en caso de que lograra liberarse de los grilletes. Tampoco podían rescatarlo sus hombres, si se enteraban de que lo habían apresado, porque los afilados dientes del arrecife destruirían el casco de cualquier embarcación en cuestión de segundos.

Pero lo que más lo amargaba se encontraba a una distancia mayor que las peligrosas rocas. La sangre le hervía en las venas cuando miraba mucho más allá del arrecife, hacia el contorno oscuro de la isla de los MacKinnon, que se divisaba chata en el horizonte.

Si no lo hubieran apresado, y si los MacInnes no fueran tan idiotas y necios, quizás podría estar echando anclas en esa costa lejana, echando anclas y buscando la verdad acerca del asesinato de la esposa de su hermano.

El perro volvió a ladrar, esta vez más fuerte. Más cerca, mucho más cerca. Donall prestó atención, y se olvidó de los MacKinnon y su isla distante. Reconocía, ahora sin duda, el ladrido del perro. Pertenecía al diminuto defensor de Isolde MacInnes. No cabía duda de que la señora acompañaba a su banda de ancianos cobardes.

Se concentró y trató de oír por encima del ruido de las olas que rompían y el silbido hueco del incesante viento salino. El sonido que hacían sus carceleros al acercarse venía de una dirección distinta del terrible saliente del acantilado por donde lo habían empujado los dos secuaces de la meretriz poco antes del amanecer.

No era que le importara de dónde venían sus visitas. Lo único que le importaba era que llegaran de una buena vez. Y pronto, antes de que perdiera las fuerzas para maldecirlos. Lamentablemente, no podía hacer mucho más que eso, atado como estaba a una cadena oxidada que colgaba del techo.

—¡Por las heridas de Jesucristo! —exclamó al sentir en los pies el azote de otra ola helada y espumosa que inundó la roca poblada de algas marinas sobre la que estaba atado.

Lo habían abandonado a su suerte. Lo habían dejado allí para que soportara el frío y las inclemencias del agua que le envolvía las piernas con la pleamar y, cuando por fin retrocedía, el hedor rancio de charcos salobres poco profundos y el barro maloliente endurecido por la escoria. Lejos de dejarlo morir ahogado, como había previsto, sus verdugos le habían infligido un castigo más adecuado para su delito. O eso habían dicho, por lo menos.

Sorprendentemente, aunque los brazos le dolían a causa de la postura, tensos, por encima de la cabeza, y las muñecas encadenadas le quemaban como si el mismísimo Lucifer escupiera fuego sobre ellas, debía de haber dormido la mayor parte del día. O quizás hubiera estado desvanecido.

Ahora se reflejaban unas sombras azules en las paredes húmedas y brillantes. A menos que le nublara el juicio el cosquilleo feroz que sentía en los dedos entumecidos y los brazos doloridos, pronto caería el ocaso.

Otra ola rompió en sus piernas y Donall luchó por recuperar el equilibrio, aunque se le resbalaban los pies en la superficie de la roca. Lo ayudó a mantenerse en pie la fuerza de voluntad. No dejaría que ella lo viera tambalearse como un inepto incapaz de nadar o usar los pies. La fastidiaría con sus burlas, a ella y a su falange de ancianos, hasta que se cansaran tanto de él que desearan hacerlo desaparecer o, por lo menos, se retiraran y le dejaran descubrir la manera de escaparse.

Por enésima vez, una gota gorda de agua le cayó en la frente, se le metió en un ojo y salió rodando por la mejilla. Maldiciendo, Donall sacudió la cabeza para liberarse de la gota molesta. Y, al igual que antes, no bien se deshizo de una gota, le cayó otra que volvió a irritarlo.

—Lindas dependencias, ¿verdad, MacLean? —se mofó una voz masculina a sus espaldas. Rory.

Donall giró la cabeza. Tenía todas las intenciones de molestar al rufián de cara deformada con un aluvión de improperios, pero las blasfemias se ahogaron en un suspiro ante la vista que tenía delante de sí, ante las posibilidades que revelaba el resplandor de la antorcha refulgente de Rory y ante el tiempo que había tardado en darse cuenta del enorme potencial de sus nuevas dependencias.

Reprimió el impulso de gritar su pequeña victoria a los cuatro vientos y entornó los ojos para devolver la mirada al imbécil. Sin saber que le había mostrado algo que le interesaba, Rory hizo una reverencia burlona.

—¿Lo suficientemente noble para tus gustos exaltados? —se mofó con una mueca maliciosa.

Donall se esforzó por permanecer impávido y un nervio empezó a crepitarle debajo del ojo: tanto le costaba mantener una expresión que no dijera nada.

—El alojamiento me agrada —afirmó, sin el más mínimo tono de queja.

La mirada perpleja de Rory fue una buena recompensa para Donall por el gran esfuerzo de contenerse. El canalla vigilaba desde el otro lado de la abertura estrecha de algo que parecía un túnel de techo bajo, que daba a la mitad de la pared trasera de la mazmorra, una galería o corredor que iba por el interior del muro, entre las paredes dobles del torreón. Había pasadizos así en todos los torreones antiguos.

Aunque Donall no le quitaba de encima la mirada impertérrita, la mente le daba vueltas. La antorcha encendida, antes cubierta por las sombras, que llevaba Rory en la mano no sólo iluminaba la entrada del túnel sino también un saliente en la roca en la que estaba de pie, que alguna vez habría tenido suelos de madera y vigas en el techo.

También dejaba ver unos escalones rudimentarios de piedra que iban del saliente al montículo de escombros apilados contra el muro trasero: una posible ruta de escape. Si alguna vez tenía la oportunidad de probarla. Y si la ruina del torreón no había inutilizado la galería interna, que tendría siglos de antigüedad.

La esperanza le hinchó el pecho y se le aceleró el pulso a causa de la excitación. La aparición de Rory y la de los ancianos bufones que emergían de la grieta para unírsele en el saliente hizo que el túnel pareciera prometedor. Si ellos atravesaban el corredor sanos y salvos, él también podría hacerlo.

Despacio, y para rabia suya, se apoderó de él otro tipo de excitación, un sentimiento de furia y de rencor que le rasgó los nervios como si fueran la cuerda de un arpa, cuando contempló a los ancianos ilustres, mientras iban llegando poco a poco y reuniéndose en hilera a lo largo del saliente.

Todos lo miraron, sin excepción, con la cara sombría; por sus poros envejecidos emanaba odio puro. Pero parecían menos que antes. Faltaba el mayor de todos, el infeliz de hombros encorvados y mechón abundante de pelo blanco, que usaba un bastón para caminar. También faltaba el más joven, de facciones angulosas y voz grave y resonante que había estado de pie frente a la rendija de aire del viejo calabozo. Isolde lo llamaba Lorne. Tampoco había rastros del gigante. Y la atractiva jefa mantenía la distancia, también, aunque los ladridos agudos de su perro revelaban su cercanía.

A Donall le empezó a latir la sangre con más fuerza. Sabía que ella estaba cerca. Por qué lo sabía era algo que no reconocería ni aunque se pusiera de rodillas todo el ejército de ángeles celestiales para implorarle que se lo dijera.

Trató de olvidar a la muchacha y se concentró en Struan, *ceann cath* del clan MacInnes, tío de la señora. Con su semblante de piedra y su mirada fría, el fornido jefe guerrero impediría que Donall se ablandara en cuanto apareciera lady Isolde. Una risa burlona le subió por la garganta. La hermosa doncella le inspiraba muchas cosas, pero ablandarse no era una de ellas.

—Buenos señores —gritó a los ancianos, cediendo de pronto al irresistible impulso de molestarlos, de molestar a cualquiera—. ¿No deseáis mojar vuestras extremidades en las aguas curativas del mar? —se burló, y se regodeó en la expresión agitada que provocaron sus insultos en las caras llenas de arrugas—. Vamos, uníos a mí, ¡la temperatura es agradable!

Struan hizo una mueca con los labios

—Ten cuidado con la lengua, MacLean, no sea que ordene que te la corten.

Los ancianos asintieron con la cabeza y se oyeron murmullos de aprobación. Uno de ellos sacó un clavo de hierro del tamaño del dedo meñique de una mujer y lo alzó para que lo viera.

—Así se habla —gritó y sacudió el clavo sobre su cabeza despeinada—. Si le agujerean la lengua tal vez aprenda las virtudes de la humildad.

Con un brillo feroz en los ojos, Struan le quitó el clavo de un manotazo. Recorrió el extremo con el dedo pulgar y dijo:

—Está lo suficientemente afilado como para que se le vaya esa arrogancia.

Donall escupió a las olas.

—¡Si serás ruin! —silbó Struan como una serpiente y se dirigió hacia los escalones rudimentarios de piedra—. De todos los insolen...

—¡Un momento, Struan! —la clemencia de Rory sorprendió a Donall e hizo merecedor al canalla de una mirada furiosa del *ceann cath*.

Rory colocó su antorcha en un soporte de la pared y luego posó una mano tranquilizadora en el hombro de Struan.

—Si dice gustar tanto del agua, ¿no crees que sería más adecuado privarlo de lo que afirma disfrutar?

—La sed es castigo para malhechores de poca monta —argumentó Struan, con la cara sombría de furia—. Para castigar a Donall MacLean por todos sus delitos hay que emplear métodos más severos.

—Así es, y no es una pena tan trivial la que tenía en mente —siguió Rory, y lanzó una mirada mordaz a la cadena oxidada que tensaba los brazos de Donall sobre la cabeza.

El extremo de la cadena, colgada de una enorme viga transversal que atravesaba el cuarto, descansaba amarrado a una pesa debajo de las olas espumosas que se arremolinaban alrededor de las piernas de Donall. Había más pesas apiladas debajo del saliente, no muy lejos de la base de los escalones.

Rory quitó la mano del hombro del líder guerrero y se cruzó de brazos.

—¿Qué decís si lo dejamos colgado hasta que le queden los pies sobre el agua?

El murmullo que se levantó entre los ancianos se volvió un clamor acalorado, pero, en lugar de unírseles, Struan apretó los labios y frunció el ceño. Miró furioso a Donall, mostrándole el clavo de hierro que aún sostenía entre sus manos.

Cuando lanzó el clavo a las olas, resoplando de ira, Rory ya estaba a medio camino por los escalones de piedra. Un temor frío perló de sudor la frente de Donall cuando el bastardo levantó dos pesas de considerable tamaño, se las puso debajo del brazo y se dirigió a la costa. No había avanzado más de un metro cuando se desató el caos.

Finalmente, apareció ella. Con la cara lívida y el perro debajo del brazo, corrió al lado de su tío. Antes de que llegara, Bodo se le escapó, saltó y bajó los escalones a toda prisa, hecho un remolino de pelo marrón y blanco y mandíbulas furiosas y dispuestas a morder.

—¡Que alguien agarre al pequeño sinvergüenza! —vociferó Struan, con los ojos desorbitados.

Persiguió al perro levantando el puño cerrado al aire. Isolde, que gritaba desesperadamente el nombre de Bodo, lo empujó para pasar y casi lo tiró por los precarios escalones en su apuro por alcanzar primero a su mascota.

El perrito hizo caso omiso de sus perseguidores y atravesó los escombros, ladrando con fiereza. Y no a Donall, sino a Rory, que se arrojó a las olas y luchó contra el agua para avanzar, cuando estaba a unos centímetros de distancia de Bodo, que parecía dispuesto a clavarle los colmillos en las carnosas pantorrillas.

—¡Este granuja se ha vuelto loco! ¿Qué le sucede a la bestia?... Jamás vi nada que se le pareciera...

Una sarta de sandeces iban y venían entre el grupo de ancianos que se tambaleaban inestables cerca del borde del saliente para observar el espectáculo que se desarrollaba abajo. Donall también miraba boquiabierto.

Lady Isolde y su tío, que tenía la cara enrojecida por la ira, perseguían a Bodo. Y ninguno de los dos parecía tener la destreza ni la rapidez suficiente para atraparlo. Bodo corría de un lado para otro por la orilla, con el pelo del lomo erizado, dando ladridos penetrantes. La muchacha trató en repetidas ocasiones de coger al perrito mientras su tío despotricaba y le daba patadas.

—¡Por el nombre de San Ninian! ¿Sois tontos? —bramó Struan, y se detuvo para lanzar una mirada iracunda a los ancianos cuando uno de ellos sofocó una risita. El resto se unió en un coro de carcajadas y resuellos—. ¡Banda de decrépitos! —vociferó, y se dio otra vez a la persecución.

Entonces Rory llegó hasta Donall, con las pesas debajo del brazo. Tiró una, agarró la cadena que mantenía al prisionero amarrado al techo, y la fijó a una de las pesas. De espaldas al caos, murmuró:

—No vas a estar mucho tiempo colgado. Niels vendrá a buscarte en cuanto los demás se hayan ido.

Donall casi no le prestó atención, porque había terminado el pequeño drama. Isolde MacLean apretaba contra su pecho al perrito, que todavía gruñía. Su tío se inclinaba, pesado, contra la base del saliente, con el pecho agitado y el semblante furioso.

—No es necesario que me lo agradezcas, son órdenes de mi señora —dijo Rory con sorna, agachándose para sacar la otra pesa del agua espumosa.

Cuando ya había fijado la segunda pesa, empezó a retroceder. Oponiendo su peso al bulto, subió a Donall unos treinta centímetros, lo que causó al prisionero un terrible dolor en los brazos. Un gemido de agonía, intenso y abrasador, le creció en la garganta y empujó por salir, pero recurrió a las pocas fuerzas que le quedaban para reprimirlo. No se rebajaría reconociendo el dolor.

—No entiendo qué idea estúpida se le ha metido últimamente en la cabeza a esta mujer —refunfuñó Rory.

O eso creyó oír Donall, porque la muchacha y su perrito seguían reclamando su atención, a pesar del ardor que sentía en los hombros.

—... Si fuera por mí, te ataría pesas en los pies también y acabaría contigo...

Las quejas de Rory se fueron perdiendo a medida que se alejaba chapoteando en el agua. No bien el hosco bribón llegó a la orilla, Donall lanzó el gemido que había estado reprimiendo para no mostrar su dolor.

Por alguna extraña razón que incluso a los hombres más sabios les cuesta descifrar, el fuego que le consumía los hombros no le pesaba tanto como la escena perturbadora que se desarrollaba en las escaleras que llevaban al saliente. Lady Isolde subió con cuidado los escalones, cargando a Bodo en los brazos. Su tío la seguía de cerca, y Rory, que todavía seguía mascullando en voz baja, les pisaba los talones.

Pero no era la diatriba de Rory lo que atormentaba a Donall, sino la mirada asesina con la que Struan observaba la espalda de su sobrina.

7

CUÁLES SON VUESTRAS INTENCIONES, MILADY? —preguntó Donall, admirando en silencio la belleza de lady Isolde, que estaba al otro lado de la habitación. La miró fijamente, herido porque ella seguía ignorándolo.

Acurrucada en el suelo cerca del hogar, acunaba a su perrito en el regazo. Lo acariciaba con ternura y hacía ruidos tontos y suaves como si Donall todavía pendiera de una cadena oxidada en su calabozo y no estuviera, una vez más, atado al poste de su cama.

Recién bañado, aunque esta vez habían usado agua helada que salía de un manantial subterráneo en lugar de la bañera caliente que había disfrutado la noche anterior, Donall estaba de pie al lado de la cama, ataviado con prendas prestadas, esposado y colérico. Era un adorno, tanto como las joyas que ella decía despreciar.

Por dentro le crecía la ira, y su cólera cada vez más grande competía con el dolor punzante de los hombros.

—Quiero saber qué es lo que os proponéis —probó en otro tono.

Sin inmutarse, Isolde agachó la cabeza y apretó la cara contra la pata peluda del perrito. Siguió murmurando cosas ininteligibles a su mascota en lugar de atender las preocupaciones de Donall, esas preocupaciones que tanto le urgían.

—Por todos los demonios —masculló entre dientes. Ninguna muchacha lo había provocado tanto. Tal vez él no la hubiera provocado lo suficiente a ella.

—¡Por todos los profetas y apóstoles! —vociferó. El bramido hizo que a ella se le sacudieran los hombros casi imperceptiblemente... y que a él le diera una punzada inesperada y extraña en la región del corazón, una reacción que no le agradó en absoluto. Donall se encogió de hombros, los hombros que tanto le dolían, ante esa sensación—. Exijo una respuesta —su tono ya no era brusco, sino imperativo—. Vuestras intenciones, Isolde de Dunmuir.

Por fin se dignó mirarlo.

—Ya os lo he dicho: mi único propósito es alcanzar una paz duradera.

Donall se contuvo de decir otro epíteto feroz por esa respuesta evasiva.

—¿Podéis iluminarme acerca de cómo pensáis conseguir semejante maravilla?

Una expresión sombría se apoderó de sus hermosos ojos y Donall sintió que se le clavaban cientos de agujas al rojo vivo en una zona vulnerable cerca del corazón, un detestable punto débil de cuya existencia no se había percatado hasta hacía un instante.

—¿Cómo? —insistió.

—No lo sé. Pensaré en ello cuando haya dormido a mi perro.

Dando por terminada la conversación, volvió a concentrarse en su defensor de cuatro patas y en los susurros ininteligibles.

Donall volvió a irritarse. Cansado del juego de Isolde, se hundió en el borde de la cama y se pasó la mano por el cabello mojado.

—He perdido la paciencia, mujer. No soy una pieza de ajedrez que podáis mover de un lado a otro, usar o ignorar a vuestro antojo.

Ella soltó un suspiro exasperado y luego se dio la vuelta para quedar de frente al hogar, de espaldas a la cama. De espaldas a él. Así lo privó de la satisfacción de perturbarla con miradas penetrantes, palabras burlonas escogidas con cuidado y una o dos sonrisas maliciosas para incomodar su corazón de doncella.

Peor aún, centrando toda su atención en mimar al perro en lugar de evitar los anzuelos de Donall o de lanzarle los suyos, conscientemente lo dejaba libre para que pudiera observarla sin la restricción de tener que disfrazar la fuerte atracción que sentía hacia ella.

Donall la estudió, aliviado de que ella no pudiera ver cuánto lo afectaban su belleza y su gracia. La luz del fuego daba un tinte de bronce a sus trenzas gruesas. Las llevaba recogidas en dos rodetes, al lado de las orejas, y la luz centelleante hacía que su cabello brillante refulgiera como el oro y bañaba sus curvas exquisitas con un halo de tonalidades sonrosadas, suaves.

Sin embargo, mientras que por delante brillaba con un fuego angelical, por la espalda parecía que la besaba la luz de una estrella, que los rayos de luna la teñían de un fino azul plateado a través de las ventanas abiertas que se alineaban a su izquierda.

Mitad diosa fogosa, radiante y resplandeciente; mitad doncella de hielo, fría y distante. Una combinación potente, tan embriagadora que despertaría la pasión de cualquier hombre y acabaría con su último vestigio de sentido común.

Como si tuviera otro par de ojos en la nuca y pudiera ver que él estaba moviéndose, como si pudiera saber por qué se movía, le espió por encima del hombro y le regaló una sonrisita relajada.

—¿Os desagrada que os usen como peón, Donall el Bravo? —la sorpresa fingida de su hermoso rostro era una excelente imitación de las miradas burlonas que él tanto le había prodigado—. Sospecho que a mi hermana tampoco le gustaba el papel.

Donall dejó de moverse de inmediato. Ella lo miró fijamente.

—¿Qué tal os va, milord, como pieza de juego?

—¿Así que cuando alardeabais de que queríais salvarme de la ejecución no hacíais más que bromear? —preguntó Donall, incapaz de pensar en una respuesta mejor—. O tal vez sobrestimasteis vuestra influencia.

Un momento de duda se reflejó en el rostro de Isolde, pero poco pudo regodearse Donall por haberlo provocado, porque ella acomodó al perro en su cesto y se puso en pie.

—Quizás he sobrestimado mi poder —empezó a desatarse las cintas del vestido—. De todos modos, pienso poner a prueba mi destreza.

La necesidad de liberarse volvió a asaltar a Donall con renovado vigor.

—¿Destreza en... qué?

No era necesario que preguntara. La torpeza de los dedos de ella y el carmesí de las mejillas le decían a gritos la respuesta.

Maldiciéndose en silencio por la necesidad de preguntar, Donall agarró de un manotazo el jarro envuelto en cuero que ella le había ofrecido antes y bebió un buen trago de cerveza. Y otro más.

¡Por todos los santos! La garganta se le había secado como si fuera un muchachito a punto de mirar por primera vez por debajo de la falda de una joven dispuesta y atractiva. La sangre se le agolpó en la entrepierna con sólo pensarlo. La imagen de Isolde MacInnes en el momento de levantarse su falda, y para él, hacía que se hinchara su virilidad bajo los pliegues gastados del *lenicroich* prestado.

También se enfureció por la reacción de su cuerpo. Con gran esfuerzo, trató de apartar la vista de la extensión de piel cremosa que ella había dejado al descubierto... y no pudo.

Apenas había revelado la base del cuello y la delicada línea de la clavícula, pero qué festín tan atrayente era incluso ese pequeño paisaje. Y los dedos de ella todavía se movían. Donall ya podía ver la parte superior de su camisola.

El jarro vacío se le resbaló de las manos y aterrizó en los juncos del suelo con un golpe seco, lo que distrajo unos momentos su atención, procurándole un respiro que aceptó con agradecimiento. Luego llamaron a la puerta con un golpe seco. Roto el encantamiento, la sangre se le enfrió y empezó a correr más despacio, gracias a los golpes insistentes en la puerta, a alguien que había intentado toser con discreción y a sus propios instintos de supervivencia, que tan bien había desarrollado.

Ella también parecía haberse dado cuenta de lo absurdo de sus actos, porque ya no le brillaba el rostro de color carmesí. Se había puesto algo pálida, y el lunar que tenía en la mejilla izquierda contrastaba con su repentina blancura.

Lo que era más revelador, sus intentos por volver a atarse las cintas del vestido habían demostrado que era más inútil para eso que para desatarlos.

Donall levantó una ceja.

—¿Necesitáis ayuda, milady?

—¡Necesito muchísimas cosas! —espetó ella.

Donall se vio invadido por una vena de buen humor, poco usual en él. Sin poder contenerse, curvó los labios en una sonrisa leve.

—Y yo, dulzura, tengo muchísimas cosas para dar —le guiñó un ojo—. Quizás más de lo que podéis tomar.

Ella se quedó mirándolo, con la falta de comprensión reflejada en sus ojos ambarinos, hasta que por fin entendió el doble sentido de sus palabras. Levantó las cejas y sus bonitos labios formaron una pequeña «o» de sorpresa.

Donall se rió, soltando una carcajada profunda, llena de regocijo, como hacía años no se reía. Pero quienquiera fuese el que esperaba al otro lado de la puerta no compartía su humor. Los golpes y la tos discreta cesaron de inmediato, y la pesada puerta de roble tembló bajo una verdadera lluvia de puñetazos y gritos que invocaban el nombre de la muchacha.

Era Rory. Donall dejó de reírse y bajó de la cama de un salto, con los puños cerrados. Esperó con el ceño fruncido. La muchacha apenas había destrabado la puerta cuando ésta se abrió de par en par.

Sus dos guardias zopencos se cernían en el umbral, y sus enormes figuras se recortaban contra el resplandor de una antorcha de pared que estaba frente a la puerta. Niels, que tenía un aspecto feroz, posó la mirada directamente en el vestido a medio abrir de Isolde.

—¿Qué está sucediendo aquí?

—La virtud de vuestra señora está intacta. No ando por el mundo desvirgando doncellas —fingiendo un semblante desinteresado, Donall se recostó contra el poste de la cama y se cruzó de brazos. Le lanzó una mirada pícara—. Y tampoco voy a permitir que ella me desvirgue a mí... a pesar de sus denodados esfuerzos.

Isolde suspiró profundamente, pero el suspiro se perdió en los murmullos irascibles de sus dos secuaces. La cara de Rory se crispó de furia y adquirió un poco saludable color morado.

—Me aseguraré de que te pudras en el infierno antes de que vuelvas a pronunciar semejantes barbaridades —Niels puso la mano en el mango de su espada. La fuente enorme que sostenía con ambas manos se tambaleó, y las viandas que cargaban casi se cayeron al suelo—. ¡Maldición! —rugió, tratando de equilibrar la bandeja.

—¡Silencio, por favor! —Isolde se asomó a la puerta y espió hacia el corredor donde montaban guardia los dos secuaces—. Nada bueno nos espera si alguien os escucha.

Su dolida vergüenza hizo que Donall se arrepintiera un poco, inesperadamente, a causa de ese punto débil que acababa de descubrir. Por fortuna, la sensación se desvaneció pronto. Irritarla era su propósito, no buscar consuelo para una debilidad que no estaba dispuesto a reconocer.

—Por favor, dejadnos solos —rogó Isolde a sus hombres—. Haced lo que tengáis que hacer y marchaos, por favor.

Con expresión herida, Rory apretó los labios hasta formar un línea fina y dura y dio un paso adelante. Una bolita marrón y blanca lo detuvo. Con su pelaje corto, Bodo se plantó enfrente de las botas de Rory. Apretando los dientes torcidos, el perrito gruñó en señal de descontento.

—¡Santa María purísima! —exclamó Rory. Lanzó una mirada horrorizada a Isolde—. ¡Quitádmelo de encima!

—Bodo, ve al cesto —le ordenó Isolde, con voz firme—. Ahora.

El perrito miró a su ama antes de dar media vuelta, haciendo ruidos guturales que denotaban su enojo. Se detuvo una o dos veces para lanzar una mirada de reproche a todos los presentes.

—¡Ese perro se ha vuelto loco! —maldijo Rory, y se fue, ofendido, al otro lado de la habitación para correr la mesa hasta la cama, tal como había hecho la noche anterior. Cuando terminó, buscó la bandeja de comida que llevaba el gigante. Con cara de piedra, depositó la copiosa comida sobre la mesa. Niels se quedó donde estaba, obstruyendo la entrada con el cuerpo y con la mano cerca de la empuñadura de su espada.

—Cerdo súcubo —farfulló Rory cuando pasó por al lado de Donall camino de la puerta.

—¡Y tú eres un torpe imbécil! —con la velocidad de un rayo, Donall adelantó el pie que no tenía atado al paso de Rory. El bruto tropezó y se fue para adelante. Donall lo cogió por detrás y lo enderezó, tirándole de la túnica. Hecho esto, se aferró al cuello del zopenco y lo apretó con sus manos hasta que el otro no pudo respirar—. No puedes caminar sin tropezarte, ¿verdad?

El gigante desenfundó su espada y embistió contra Donall.

—¡Ya basta! —Isolde se echó sobre su primo y le agarró el brazo—. Te lo suplico.

Niels le lanzó una mirada mordaz, pero enfundó la espada.

—Este hombre te ha hecho perder la cabeza.

—Yo quisiera que este idiota perdiera literalmente la cabeza —bramó Donall, mientras liberaba a Rory y le daba un empujón—. Ya nos volveremos a enfrentar, amigo mío. No lo dudes. Y la próxima vez, tu señora no estará cerca para salvarte.

Doblado a la mitad y tosiendo, Rory se dirigió hacia la puerta tambaleándose. Niels lo ayudó a mantenerse en pie sujetándolo por el codo y lo obligó a desviarse para que no se estrellara contra una lámpara que colgaba del techo.

Mientras sostenía a Rory con una de sus enormes manos, Niels miró a Isolde con los ojos entornados.

—Me preocupan tus... ambiciones, prima —dijo y luego se retiró al corredor, arrastrando consigo a Rory. Pero Rory se soltó y se apoyó contra la jamba de la puerta.

—Es... estaba... la *cailleach* en la cocina —dijo, casi sin aliento y con la cara todavía enrojecida—. El botellón de la bandeja es para ese pe... perro maldito... una tintura para repeler las pul... pulgas.

—¿Una tintura para repeler las pulgas? —Isolde lo miró, con la expresión en blanco—. Bodo nunca tuvo... ah, sí —se corrigió, no bien comprendió—. Últimamente no lo dejan vivir.

Rory respiró con ganas.

—Dijo que cu... cuando ne... neces...

Isolde le cerró la puerta en la cara y puso la traba rápidamente, antes de que la lengua larga de Rory revelara más detalles. Incluso ahora, sentía que la sonrisita cómplice de MacLean le perforaba la espalda. Cuando se enfrentó a él comprobó que su intuición no le había fallado.

Recostado en una pose arrogante contra el poste de la cama, tenía los tobillos cruzados y otra de sus sonrisas altaneras dibujada en las comisuras de los labios.

—Así que esta noche se llamará tintura para repeler las pulgas —dijo arrastrando las palabras, y su tono divertido no dejaba lugar a dudas de que se trataba de una afirmación en lugar de una pregunta—. Una artimaña de lo más creativa —posó la vista en el botellón—. Me carcome la curiosidad. ¿Quién se beberá el brebaje inmundo esta noche? ¿Vos o vuestro perro?

Isolde se quedó tiesa, pero conservó la dignidad. Se negaba a seguirle el juego. Tampoco dejaría que notara que había adivinado el contenido de la botella. La admiración por la rapidez con que pensaba Devorgilla casi la hizo sonreír, pero venció el impulso y tomó asiento a la mesa con gracia tranquila, o por lo menos lo que ella creía que parecía gracia tranquila.

Devolvió la mirada inquisidora y firme de Donall con otra penetrante. Sin dejar de mirarlo, rozó el frasquito con los dedos y lo empujó hasta el borde de la mesa.

—También vos despertáis mi curiosidad, milord.

—¿Sólo curiosidad? —su tono revelaba picardía pura—. Qué pena.

Isolde ignoró sus deliberados intentos de provocarla y ladeó la cabeza.

—¿Cuánto tiempo más pensáis seguir desafiando a mi primo y a Rory? —bebió un trago de cerveza—. No podéis pelear con ellos. Tampoco podréis escapar de aquí; es inútil que lo intentéis.

Para su sorpresa, los labios de Donall temblaron como si luchara por contener una sonrisa... o una señal de regodeo. Pero se quedó callado y se limitó a mirarla fijamente.

—Os aseguro que es inútil —se acomodó la servilleta sobre el regazo—. Que el Señor os dé la sabiduría de reconocerlo.

Una chispa extraña brilló en los ojos marrones de Donall, e Isolde tuvo una sensación incómoda en el estómago, además del hambre que ya sentía. Él le escondía algo, y se le notaba en las hermosas facciones.

—He descubierto cosas que vos no sabéis —le dijo.

Isolde se humedeció los labios.

—¿Podría convenceros de compartir conmigo vuestros descubrimientos?

Se refería a cualquier secreto de vital importancia que le estuviera ocultando, pero, a juzgar por la forma en que se ensombrecieron sus ojos, Donall albergaba ideas de una naturaleza mucho más cruda. En un gesto que confirmaba las sospechas de Isolde, él estiró el brazo y le apretó la mano.

El recuerdo de la última vez que había hecho eso ardía en la memoria de la joven, por lo que trató de soltarse, pero él le envolvió la mano con sus dedos largos, secos, cálidos y sorprendentemente... tranquilizadores. Excepto por el cosquilleo inquietante que le subía por el brazo, igual que el de la otra vez.

—Hay tanto que podría compartir con vos —despacio, empezó a dibujar círculos en su mano con la parte posterior del pulgar. Isolde respiró con agitación. Era peor que la primera vez.

—Sí, muchísimas cosas para... compartir —metió el pulgar en el puño de Isolde y le masajeó la palma de la mano—. Y os aseguro que vos seríais muy receptiva.

Isolde perdió todo el control de su corazón. Una verdadera oleada de sensaciones le recorrió todo el cuerpo, desde las orejas hasta los pies. Él también debió sentir lo mismo, porque le prodigó una mirada que hizo que la joven sintiera un extraño calor en su interior, una sensación que jamás hasta entonces había experimentado.

Reconocía esa mirada. Era la misma expresión que tenía el hombre con el que había soñado la noche de Beltaine. La sacudió un gran escalofrío al entender lo que eso significaba.

La sonrisa fría volvió a instalarse en la cara de MacLean.

—Veo que tembláis de antemano. Es una pena, porque no puedo dejar que me convenzáis —le soltó la mano—. Por muy tentado que esté.

Su arrogancia sofocó las llamas que había encendido en ella con más eficacia que si le hubiera vertido un barril de agua helada de mar en la cabeza.

—Tened cuidado con vuestras palabras atrevidas y vuestro coraje, sir Donall —la ira le daba a su voz un tono malicioso—. Todavía quiero salvaros la vida, pero no me he olvidado de quién sois ni de por qué estáis aquí.

Donall abrió la boca como para protestar, pero la cerró sin haber pronunciado palabra. Miró a la joven con arrogancia y ella se sintió irritada. No podía soportar los aires de dignidad que él exhibía, la sacaban de sus casillas.

—Si os seguís mostrando tan obstinado, señor, tal vez no me quede más opción que hacer caso al consejo de ancianos. Ya están analizando las ventajas de emparedaros vivo en el corredor que surca los muros del torreón...

—Mi querida doncella —la interrumpió la voz grave de Donall—, vuestro avejentado consejo carece de astucia y sagacidad si cree que me confinarán en esos muros ruinosos —apoyó las manos en la mesa y se inclinó hacia delante—. ¿Creen que no soy consciente de la existencia de los muchos pasajes que corren entre los muros dobles de cada torreón como ése que adorna estas islas preciosas?

Volvió a echarse hacia atrás, con una expresión petulante en su bella cara.

—Me habría ido para cuando vuestros ilustres ancianos tuvieran tiempo de usarme de mampostería.

Isolde lo miró, regodeándose también.

—No hacéis justicia a mis mayores. Ni siquiera un caballero de vuestra gran destreza podría perforar, con las manos solamente, los gruesos muros del corredor de nuestro torreón.

Isolde lo miró con atención para disfrutar del efecto que sus palabras habían causado en él. Recorrió con la yema de su dedo índice el borde del jarro y continuó.

—He dicho «corredor», no «corredores». El torreón de Dunmuir tiene un solo corredor, corto, de paredes gruesas, que termina en la puerta bien vigilada de nuestro gran salón. Los otros corredores se derrumbaron hace siglos y ya no se puede transitar por ellos —levantó la jarra y bebió un trago fortificador de cerveza—. Es imposible escapar por allí.

Isolde saboreó su victoria. Él la miró horrorizado durante unos instantes, con una expresión que ella no supo si era de rabia, asombro, furia o las tres cosas a la vez. Pero su desconcierto duró poco; cualquiera que fuese la emoción que habían provocado las palabras de la muchacha, Donall la sofocó con una facilidad asombrosa. Los labios se le curvaron en una sonrisa irónica.

—No voy a discutir con vos —dijo, con la voz muy calmada, como si estuviera sentado en su salón hablando del tiempo. Paseó la mirada fría e inquisidora por la alcoba y luego le clavó los ojos con expresión sombría—. Desdeñáis los adornos y el oro. En mi alcoba de Baldoon hay un baúl cerrado con llave que contiene un tesoro que sospecho será de gran interés para vuestra alma piadosa.

Isolde se cruzó de brazos y esperó. Él vaciló un instante.

—Hilas de la túnica de San Columba.

Más divertida que otra cosa y, por cierto, para nada impresionada, Isolde lo miró, boquiabierta. Se instaló entre ellos un silencio incómodo, que él obviamente entendió mal, porque su sonrisa cínica se hizo más amplia. Volvió a inclinarse hacia ella, cual halcón que despliega sus poderosas alas para abatirse sobre su presa. Bajó la voz y casi susurró:

—La empuñadura de la espada de mi padre tiene la sangre seca del mismísimo Jesucristo.

Isolde se rió. No pudo evitarlo. La carcajada le nació en la boca del estómago y subió como una burbuja hasta que no pudo hacer nada para contenerla y tuvo que dejarla salir.

Las mejillas de Donall el Bravo se tiñeron de un rojo profundo. Aunque sabía que a él le resultaba ofensiva su diversión, Isolde no pudo evitar que la risa siguiera su curso natural. Los santos sabían que, últimamente, no tenía mucho de qué reírse, y la risa la hacía sentirse bien. Y que Donall rabiara.

—Mi buen sir Donall, ya os dije una vez que no podéis comprar vuestra libertad. No me impresionan el esplendor y las riquezas, como tampoco que alardeéis de reliquias sagradas —se detuvo para secarse los lagrimales con una servilleta—. Ni siquiera si creyera que de verdad las tenéis, que no es el caso.

En lugar de responderle, Donall siguió frunciendo el ceño. Finalmente, Isolde dejó de reírse, y se enfrentó a su mirada fulminante.

—Esta noche iré a la capilla y diré una decena más de avemarías si mis próximas palabras ofenden a los ángeles y a los santos, pero sospecho, señor, que si de veras poseyerais esas maravillas, el difunto Eduardo I de Inglaterra habría enviado a sus ejércitos a por ellas hace décadas.

Para sorpresa de Isolde, el enojo de Donall pareció disiparse. Incluso el destello frío de sus ojos empezó a ceder y su expresión adquirió una apariencia completamente diferente.

—¿Os convencería si os dijera que unos monjes intentaron robar una vez nuestra preciada colección de relicarios?

—No, no me convenceríais —Isolde se puso repentinamente seria, impresionada por la transformación que se había obrado en él tras su extraño intento de ser gracioso y a la vez sincero—. No dejaré que me convenzan de que surcan estas aguas hombres santos que en realidad son ladrones, ni he de creer ninguna de esas historias con las que intentáis hacerme reír.

¡Santa María purísima! Pero él tenía una poderosa arma para usar en su contra. El tono de verdadera diversión de su voz profunda y la manera en que sus ojos marrones se habían ensombrecido con un calor interno y refulgente ponían a Isolde en peligro, porque, si él seguía acosándola con ese encanto sincero y demoledor, ella pronto estaría a la deriva, en un mar caótico de deseos encontrados.

—¿Y si son historias interesantes? —preguntó Donall con suavidad.

Isolde suspiró y procuró ignorar la calidad extrañamente tranquilizadora que adquiría su voz cuando hablaba en un tono tan bajo, tan dulce.

—Podéis recitar toda la riqueza que habéis amasado e improvisar sagas tan espurias que os permitan jactaros de ser un maestro en las artes de los juglares y, aun así, no ganaréis mi favor —respondió, y su respuesta sonó más irritada de lo que había querido.

«Pero por favor —pensó— dejad de mirarme como ahora y no habléis más en ese tono tranquilizador o pronto traicionaré todo lo que quiero».

—¿De verdad? —Donall arrastró las palabras, y sus labios de curvaron hasta formar una sonrisa irresistible.

Isolde se sobresaltó, alarmada. Por un instante aterrador, creyó que había expresado sus pensamientos en voz alta.

—De verdad —intentó imprimir un tono de sarcasmo a su respuesta y alzó la voz para que no se oyera el latido desenfrenado de su corazón—. Y si no cooperáis me va a ser muy difícil convencer al consejo de que no utilice con vos los métodos de castigo que os tienen destinados. Están deseando torturaros.

—Nada de lo que puedan hacerme será tormento mayor que estar atado a vuestra cama todas las noches —bajó la vista hasta el canesú de Isolde, a medio desatar—. Sobre todo si os proponéis ser franca respecto de vuestros motivos para haberme traído aquí.

Isolde sintió vergüenza y algo más, algo mucho más perturbador. Cortó un trozo de pan negro crujiente, se lo llevó a la boca y empezó a masticar. Con furia. Hasta que la acritud poco común del pan le llegó a las papilas gustativas. Tratando de reprimir las arcadas, agarró el jarro y empujó el bocado de pan con un generoso trago de cerveza.

—¿Hoy no tenéis apetito? ¿Acaso el banquete de esta noche no es tan suculento como el de ayer? —la miró fingiendo sorpresa.

—Las viandas están bien —se sirvió un anca de rana, pero, cuanto más la acercaba a la boca, más difícil le resultaba no fruncir la nariz. Un mordisco confirmó sus sospechas.

La vieja Devorgilla no sólo había deslizado una botellita de la pócima para contrarrestar la atracción en la bandeja de la cena, sino que también había aprovechado su incursión en la cocina de Dunmuir para empapar a gusto la comida con el brebaje hediondo.

Ahora sabía por qué Bodo dormía tan plácidamente. Dotado de un olfato mucho más sensible que el de ella, sin duda se había percatado de que la comida no era la de siempre en cuanto Rory puso la bandeja sobre la mesa.

Dejó el manjar maloliente en la fuente de madera sin probarlo. En los ojos marrones y sombríos de Donall el Bravo bailaba un brillo pícaro.

—Anoche comisteis con ganas. ¿Os ha abandonado vuestro buen apetito?

—Parece que al cocinero se le ha ido la mano con las especias —improvisó, desviando la vista, procurando no mirarlo a él. Ya había tenido suficiente de los destellos de sus ojos y sus sonrisas tiernas—. Mi apetito sigue intacto —alisó la servilleta con las palmas de las manos—. Os ruego que os saciéis.

—Tal vez lo haga.

La forma en que pronunció esas palabras hizo que Isolde lo mirara fijamente. Donall intentó poner expresión de inocencia, pero un temblor casi imperceptible en una de las comisuras de sus labios reveló cuánto disfrutaba alterándola con sus irónicas insinuaciones.

—Ha pasado mucho tiempo desde la última vez que me... sacié —empezó a amontonar ancas de rana en su lado de la bandeja—. La completa saciedad puede tener un efecto restaurador.

Ella le lanzó una mirada iracunda, pero luego recordó la pócima para contrarrestar la atracción. Todos los planes que había trazado con tanto cuidado estarían en grave peligro si él comía.

—Esperad —le agarró la muñeca justo antes de que mordiera una de las ancas de rana—. Éstas no tienen buen aspecto. No quiero que os sienten mal.

¡Por todos los santos! Sí que era mentirosa.

—¿Mal aspecto? —Donall se soltó. Sosteniendo el anca de rana con dos dedos, fingía que la estudiaba. Aunque tenía un condimento extraño que olía muy fuerte y que no podía identificar, parecía bien cocinada.

—Milady, no os creo.

—Es verdad. Las ranas vienen de un viejo estanque y el agua suele estar contaminada.

—¿De veras?

—Claro que sí —asintió con la cabeza. Quizás con demasiado vigor.

—¿Lo sabe el cocinero?

—Todos lo saben —Isolde acababa de caer en la trampa y él sonrió para sus adentros—. Son aguas estancadas.

Donall contuvo una sonrisa triunfal.

—Entonces os ruego me expliquéis por qué el buen hombre que supervisa vuestra cocina enviaría a la jefa de su clan una cena en mal estado.

Ella abrió la boca, pero la cerró de nuevo con la misma velocidad. Las orejas se le pusieron rojas. Había mentido. Otra vez.

A Donall le rugió el estómago vacío.

—Milady, hace días que no pruebo bocado.

Miró el anca de rana que tenía en la mano. El aroma de especias prometía todo menos un sabor agradable, pero la presa tenía mucha carne y estaba bien dorada. Se le hacía la boca agua. Necesitaba sustento si pretendía escapar. Lanzó una mirada significativa a su atractiva carcelera y mordió el anca de rana.

—Deliciosa —observó a la fuerza antes de tragar con dificultad el bocado pasado de condimentos.

La muchacha ahogó un gritito y trató de quitarle la comida de los dedos.

—¡No podéis comer eso!

—Ah, pero ya lo he comido, dulzura —le dijo, sosteniendo sobre la cabeza el manjar de sabor inmundo cuando ella intentó agarrarle de nuevo la muñeca.

—No soy vuestra «dulzura» —había irritación en sus ojos ambarinos.

—No, no lo sois —asintió Donall. Frunció el ceño fingiendo confusión—. Pero si tanto os disgusta la idea, ¿por qué os importa lo que como?

La respuesta fue un resoplido de exasperación. Donall estaba empezando a perder la paciencia e intentó relajarse. Permaneció unos minutos en silencio, contemplando las viandas que, desde luego, no parecían en mal estado, a pesar de su horrible sabor.

—¿Qué os pasa? —dijo al fin—. Aquí el único que tiene motivos para enfadarse soy yo.

—Ésa es una cuestión discutible, señor —le respondió ella después de un rato, y luego apretó los labios de modo tal que parecieron lujuriosos y suaves. Dignos de un beso.

Donall se concentró en el lunar que le adornaba la mejilla más que en la tentación de su boca.

—Si entrarais en razón, no dudo que compartiríais mi opinión.

—No me convenceréis de que os libere —le devolvió la mirada—. No con vuestras tontas ofertas de tesoros y vuestras absurdas historias.

Donall se llevó la mano libre al pecho.

—Bella señora, me causáis un terrible dolor.

—Más sufriréis si insistís en seguir comiendo —le advirtió.

Para irritarla, él dio otro mordisco.

—Estoy famélico —dijo cuando tragó el bocado odioso. Dejó que la vista se posara un instante en los pechos de ella—. Deseoso de saciarme, de...

—Pediré que traigan más comida —bromeó ella, con las mejillas rosadas por los nervios.

—Demasiado tarde —replicó él, en un tono provocativo—. Me temo que nada me satisfará después de lo que con tanta generosidad me habéis ofrecido.

Trató de cerrar los lazos de su vestido en un vano intento por cubrir su carne expuesta y los dedos temblorosos confirmaron lo que él ya sabía, que Isolde pretendía seducirlo pero no tenía el coraje suficiente para hacerlo.

Y ella entendía todos y cada uno de los osados indicios que le daba él. De lo contrario, si fuera completamente inocente, no se habría alterado tanto cada vez que él se daba el gusto de provocarla.

Sin duda era una doncella, aunque también parecía conocer bien las sutilezas de la pasión carnal. Una combinación potente: la mujer inocente y la sirena en un mismo y maravilloso paquete. Donall sintió que algo se desataba en su interior, una punzada extraña e intensa que lo tomó por sorpresa.

—Aún os queda probar lo que os he ofrecido —dijo la versión tentadora de Isolde, jugueteando con las cintas del vestido.

Donall se estremeció. Cada vez le costaba más controlar su corazón, su garganta y esa otra parte de él que crecía. La miró fijamente.

Ella metió los dedos dentro del lino negro de su canesú. Sacó la lengua para humedecerse los labios, y Donall sintió una punzada entre los muslos. Que los mártires se apiadaran de él... Iba a desvestirse... y haría lo que a él se le antojara ante el menor indicio de que estaba dispuesto a tomarla. Pero algo no funcionaba, pues ella parecía aterrada ante la perspectiva, y eso no tenía sentido.

Donall frunció el ceño, verdaderamente asustado de sí mismo. Hasta ese momento había podido negar su atracción hacia ella.

—¿Qué es lo que me estáis ofreciendo exactamente? —la desafió con las palabras y la fiereza de su mirada a reconocer lo que él ya sabía.

Ella bajó la mano por el canesú.

—Creo que ya lo sabéis.

La cadencia musical de su voz fluyó hasta él y lo invadió, lo tranquilizó, mientras su dulzura le hacía arder la sangre. La miró fijamente.

—¿Y si lo hago?

Ella sostuvo la mirada, con los ojos como oro fundido.

—Entonces os pediré que me hagáis un favor.

—¿Qué favor? —quería que pronunciara las palabras.

Isolde se puso en pie. Aunque tenía la espalda erguida y la barbilla en alto, el rubor brillante que manchaba su tez cremosa revelaba el precio de su osadía.

—Decidme lo que queréis de mí, Isolde de Dunmuir.

Ella bajó la vista, pero la mirada atribulada que alcanzó a ver él en esos ojos hermosos le llegó como un rayo de sol en un día caluroso de verano y se envolvió con firmeza alrededor de su corazón. Lo apretó, implacable, con fuerza, aunque con una gracia suave que le hacía avergonzarse de haberla presionado.

Donall se maldijo por la forma en que había reaccionado su corazón, por los latidos desenfrenados de su pecho, y se quedó mirando la cabeza inclinada, mientras lo invadía una catarata de emociones.

¡Por todos los santos! Era hermosa. La luz de la lámpara la bañaba de un resplandor luminoso y daba un lustre de fino bronce a sus trenzas. Una vez más, se abrió el canesú y dejó al descubierto la columna elegante de su garganta, las sombras delicadas que formaban los hoyuelos debajo de la clavícula y otros señuelos: la turgencia exuberante de sus pechos que se elevaban con dulzura sobre el borde del canesú, pechos que todavía no conocían las caricias masculinas, un canesú hecho de una tela transparente que él no había visto jamás.

Donall se pasó la mano por el pelo e intentó relajarse, pues casi no podía respirar. Y, por las heridas de Jesucristo, ¿cuándo había subido tanto la temperatura? Una película de humedad le mojaba la frente y le hervía la nuca, como si un dragón agazapado a sus espaldas lo bañara en fuego.

Tragó saliva y se frotó la nuca, pero fue en vano. La sequedad de su garganta y el calor que lo consumía por dentro seguían allí. Ella levantó la cabeza para mirarlo, con los ojos bien abiertos, brillantes y tan llenos de temor que él se sintió el peor de los patanes por lo que estaba a punto de hacer.

Como si el mismísimo demonio se hubiera llevado su último vestigio de caballerosidad, dejó el bocado que tenía a medio comer y se puso en pie.

—Decidme, Isolde —su tono era imperativo—. ¿Qué es lo que queréis?

—Quiero que me toméis —respondió ella con suavidad.

Donall suspiró profundamente; se dio cuenta de que no estaba preparado para esa respuesta, aunque la deseaba con todo su corazón.

—¿Tomaros? —repitió, consciente de que sonaba simplón, pero incapaz de contenerse.

Ella asintió.

—Quiero forjar una unión irrefutable con vos para garantizar la paz duradera.

Donall la miraba con la boca abierta y una expresión vergonzosa, pero ella se mantuvo firme, y la altivez de su barbilla denotaba su resolución. Ella quería la paz. Y él la quería a ella.

Maldijo y agarró el jarro de un manotazo. Quedaban unos tragos de cerveza, así que echó la cabeza hacia atrás y bebió de un sorbo.

—Milady, estáis completamente loca —le dijo, golpeando el jarro vacío contra la mesa.

—Ojalá no hubierais comido esas ancas de rana —se lamentó ella, mirando la fuente; sus extrañas palabras eran la prueba de su alteración mental.

Desconcertado por todo lo que estaba sucediendo, Donall miro la comida sin entender qué tenía que ver. Quería poseerla. Pero también quería su libertad.

Espontáneamente, se le vino a la cabeza la imagen del primo pelirrojo. También se le aparecieron, nítidas, las ancas de rana, mientras las palabras que había dicho el gigante al muchachito extraño llamado Lugh le resonaban en los oídos.

«No quiere más que unas cuantas ranas del estanque sagrado. Se marchará enseguida, una vez que encuentre lo que busca».

Por primera vez desde que lo habían capturado, tuvo esperanzas. Recorrió a Isolde con la vista de pies a cabeza. Algo exquisito, cálido y brillante empezó a latir en lo más profundo de su ser. Si le daba lo que ella quería quizás podría escapar antes.

Una sonrisa se dibujó en sus labios. Tal vez pudiera tenerla sin renunciar a su libertad. Sí. Podía tener las dos cosas. ¿Qué mejor manera de ganarse la confianza de Isolde que acostarse con ella? Se estremeció con sólo pensarlo. Y una vez que hubiera conquistado su afecto, ella bajaría la guardia y él huiría.

Experimentó un sentimiento parecido a la culpa, pero hizo caso omiso de él antes de que tomara forma y se concentró en las suaves curvas del cuerpo de Isolde y el brillo del fuego en su cabello.

Como si percibiera su capitulación o, por la gracia de Dios, su victoria, levantó la cabeza y enfrentó su mirada.

—Os habéis decidido —afirmó en un tono seco y llano, resignado.

Donall estuvo a punto de ceder. Pero muchas cosas dependían de su pronto regreso a Baldoon. Tenía que asegurar el bienestar de quienes dependían de él por cualquier medio, justo o injusto.

Decidido, se aclaró la garganta. Sintiendo que retomaba las riendas de su destino, estiró el brazo sobre la mesa y puso la mano en el hombro de Isolde.

—Me habéis convencido, Isolde de Dunmuir —declaró, y la sonrisa diminuta que había estado jugando en sus labios se volvió perversa—. He decidido haceros el favor.

8

EL CALOR DEL HOMBRO DE ISOLDE IMPREGNÓ LA mano de Donall y se esparció por todo su cuerpo con la languidez enternecedora del vino toscano más preciado y particular. Exquisita, soberbia y, aun así, completamente vulnerable, ella lo excitaba hasta la fibra más íntima de su ser; su atractivo atravesaba sus barreras y se enredaba en el lugar más inesperado: su conciencia.

Donall frunció el ceño. Intentó retirar la mano, pero no pudo. Sus dedos seguían firmes contra el hombro de ella, como si hubieran adquirido por arte de magia la capacidad de ignorar su voluntad.

Una maldición le subió por la garganta, aunque tosió para impedir que se escapara. A Isolde le empezó a temblar el hombro. ¿O era su mano la que temblaba? Tosió de nuevo por si acaso.

—¿Os sentís mal? —se oyó la voz dulce de Isolde, insegura, vulnerable y tremendamente sensual.

—¿Si me siento mal? —Donall ladeó la cabeza, confundido por un instante.

Ella asintió.

—Estabais tosiendo.

—Me había atragantado —explicó él, bufando en su interior por la facilidad con que había mentido.

Isolde MacInnes era una mala influencia. Sus mentirijillas constantes habían logrado que ahora él negara la verdad. Y el coraje y la gracia que desplegaba cuando no estaba hilando inventos le inspiraban deseos que sólo podían llevar al caos y al desorden.

—He estado con muchas mujeres —la revelación inesperada se escapó de sus labios antes de que pudiera ahogarla tosiendo de nuevo—. Si insistís en seguir por este... camino, debo haceros saber que, si bien será un placer poseeros, no será un placer único, no hará que ceda ante vuestra voluntad.

Isolde lo miró con asombro.

—Sois un guerrero de renombre —se adivinaba un pequeño temblor detrás de la calma con la que pronunció las palabras—, un hombre de mundo y... y... y agradable a la vista. No esperaría que os hubierais abstenido de tales inclinaciones.

¿Agradable a la vista? Nunca un cumplido le había gustado tanto. El corazón le dio un vuelco y empezó a latir a un ritmo lento y profundo.

—Una infinidad de mujeres, milady —aclaró él, maldiciéndose por dejar que lo afectara el halago de ella—, todas dulces interludios que recuerdo con cariño, pero no me preguntéis sus nombres porque he olvidado todos excepto unos pocos.

Isolde se puso tensa y la mano de Donall por fin se despegó de su hombro.

—Sólo los hombres santos viven una vida de abstinencia y ayuno —objetó con voz calmada, a pesar de la tensión que él sabía se apoderaba de ella en oleadas.

Donall se armó de valor para no sucumbir ante el encanto de la joven, que lo miraba con inocencia, ignorante del poder que tenía sobre él.

—Hay algunas cuyo rostro he olvidado.

Isolde desvió la mirada.

—Es propio de los hombres hacer esas co... cosas a menudo y cuando sienten la urgencia. Dudo que haya muchos que recuerden todos los sitios donde se han acostado.

Donall se frotó la nuca. La frustración le hacía sentir calor, como si lo estuviera acechando una horda de demonios cornudos recién salidos del infierno.

—Sin embargo, decís creer que nuestra unión carnal bendecirá esta isla con una paz eterna —hizo una pausa; los labios se le curvaron hasta dibujar una sonrisa escéptica—. ¿Por qué no habríais de esfumaros de mis recuerdos con la misma facilidad que las que os han precedido?

Adoptando una postura rígida y orgullosa, ella respondió:

—Correré el riesgo.

Donall ahogó una maldición. ¡Por todos los santos! ¿No se daba cuenta de que estaba renunciando a su última oportunidad de apartarse del camino que parecía decidida a seguir? ¿Acaso no adivinaba que él trataba de herir su sensibilidad de doncella para que abandonara sus propósitos antes de que fuera demasiado tarde? ¿Antes de que él se olvidara de lo poco que le quedaba de caballero y, ya sin honor alguno, saciara su sed de ella para huir después?

Se aclaró la garganta y se preparó para hacer el último intento.

—¿Comprendéis lo que os digo, Isolde de Dunmuir?

Ella lo miró con ojos luminosos.

—Sí, Donall de Baldoon, comprendo. Os estáis preguntando por qué me creo capaz de mantener vuestro interés durante el tiempo que sea necesario para garantizar la paz que ansío para esta isla.

—Ninguna mujer ha tenido mi atención durante más tiempo que el que nos llevó disfrutar de alguna que otra voltereta que satisficiera a ambos.

Deliberadamente le ocultó lo que a ella más le habría interesado: que no estaba dispuesto a renunciar por ella a sus otras conquistas. Era infiel por naturaleza y pensaba seguir siéndolo. Tendría que estar más senil que todos los ancianos del consejo juntos para conformarse con una sola mujer.

Insistió una vez más. Sería la última.

—¿Todavía estáis dispuesta a seguir con esta... empresa?

—Sí, así es —respondió Isolde, con un pequeño suspiro, y luego bajó la vista.

Donall tragó saliva; estaba perdido y había perdido su resolución. Ella era encantadora. ¿Qué sucedería cuando se embarcara en el viaje sensual al que lo había invitado? Cerró los ojos y respiró hondo, lo que fue un grave error, porque con el aire fresco de la noche le llegó el sutil perfume femenino.

La leve fragancia de flores silvestres lo envolvió en el hechizo de Isolde, como si ella lo hubiera rodeado con una malla resistente que después hubiera atado con una cuerda.

Donall abrió los ojos y vio que la joven lo estaba mirando. Tenía la expresión tranquila, su actitud toda... aquiescente, preparada. Algo muy dentro de él ardía y se derretía. Pero ni siquiera el deseo voraz que no podía negar disipaba la extraña premonición que lo embargaba, implacable: la sensación de haber sido conquistado en lugar de conquistador.

Ignoró la perturbadora sensación, y la contempló muy serio. Quería que ella fuera verdaderamente consciente de lo que iba a hacer.

—¿Estáis segura? —le preguntó una vez más—. ¿Comprendéis lo que ocurrirá si cedo a vuestros deseos?

—Sí —volvió a confirmar sin un atisbo de duda.

—Entonces que así sea —murmuró Donall, con la voz gruesa... ronca.

Sin apartar sus ojos de los de ella, Donall acarició la curva suave de la mejilla de Isolde. Ella pestañeó y la sacudió un temblor visible, aunque levísimo en comparación con la cruda necesidad que recorría a Donall sin límite alguno. Hacía demasiados meses que no atendía sus necesidades masculinas. Y jamás lo había hecho con una muchacha tan bella como Isolde de Dunmuir.

Apartó la mirada y se concentró en el diseño que formaban la luz plateada y unas sombras negras en el suelo, donde se derramaban los rayos de luna que entraban por las ventanas abiertas. Dios santo... Era un hombre partido en dos.

—Milady, vos sois una doncella que todo hombre desearía, virgen, y, aun así, estáis dispuesta a entregaros a mí —dijo, más a sí mismo que a ella.

Ella soltó un leve suspiro.

—La pérdida de mi virginidad es un pequeño sacrificio por el bien que espero cosechar al entregaros mi inocencia.

Donall seguía mirando los ejes danzarines de luz de luna. Por un instante no vio a la mujer entregada e inocente que tenía delante, sino a la Isolde que había visto en su sueño lujurioso, contoneándose en un baile erótico, apenas vestida con un retazo de seda, etérea y resplandeciente como los rayos de luna que se derramaban en su alcoba.

Creyó que se volvería loco de tanto pensar en ella. Tenía el espíritu sumido en la confusión. Y no sabía si debía sentirse exultante o innoble. Sin embargo, había una parte de él que decididamente no tenía esos escrúpulos.

—¿Qué sabéis del apareamiento? —le preguntó, con demasiada brusquedad—. ¿Qué es lo que sabéis de los hombres? ¿Sois consciente de lo que pasará si... cuando os monte?

Isolde respiró, temblorosa, ante la falta de sutileza y se mordió el labio inferior, con lo que el tinte rosado que le bañaba las mejillas fue la mejor respuesta para Donall. Isolde de Dunmuir sabía poco o nada de los hombres. La zona vulnerable cercana a su corazón se hinchó ante el triunfo indiscutible. Y de... asombro. Nunca se había acostado con una mujer virtuosa.

—Tendré sangre noble, señor, pero no soy ignorante —dijo por fin y, al igual que el rubor de sus mejillas, el temblor de su voz reveló más que sus palabras.

Donall se pellizcó la nariz para volver a la realidad. El se había comportado con nobleza, la había advertido del peligro. Ahora, debía recordarse que su escarceo amoroso con Isolde, fuera doncella pura o sirena experimentada, no podía tener más propósito que el de su huida.

—¿Ignorante? —se concentró en el hierro frío que colgaba de su tobillo derecho y trató de que sus facciones parecieran una máscara impermeable—. Jamás os calificaría de esa manera —declaró—. Consentida, quizás, pero jamás ignorante.

—Es que no lo soy —Isolde puso una voz desafiante—. Los hombres de Dunmuir no son monjes. He visto a más de uno cuando desaparecía entre las sombras con alguna criada y he observado lo que hacían.

Donall arqueó una ceja.

—Así que sabéis cómo toma un hombre a una mujer.

Ella asintió con la cabeza.

Donall tomó una jarra de la mesa y se sirvió cerveza. La miró.

—¿Y la suma de vuestros conocimientos consiste en espiar a los hombres del clan mientras hacían de las suyas con cocineras predispuestas?

El rubor de sus mejillas se acentuó y algo extraño le resplandeció en los ojos. Se humedeció los labios.

—He observado animales.

—¿Animales? —esta vez sí estuvo a punto de soltar la carcajada, pero pudo reprimirse a tiempo—. Viejos que copulan con muchachitas de la servidumbre por los rincones —murmuró—, perros en celo... ¿Creéis que os trataré así... incluso en estas circunstancias tan poco comunes?

La expresión de Isolde se endureció.

—Poco importa la manera en que me tratéis; lo que importa es que lo hagáis. Lo único que interesa es el resultado, no los medios.

Donall maldijo por lo bajo y bebió un trago largo y lento de cerveza. La miró sobre el borde del jarro. Una extraña combinación de emociones cruzó el bello rostro de Isolde y, que se lo llevara la peste, pero Donall no pudo descifrar ni una sola. Aunque sabía que estaba mintiendo. U ocultando algo.

Podía oler las mentirijillas y engaños que había en el aire que los separaba. Por la espalda le corría una sensación fastidiosa de aprensión, y sus instintos de guerrero se pusieron tensos con la certeza de que ella quería algo más que la paz entre los clanes.

—No soy uno de vuestros ancianos imbéciles a quienes podéis engañar con facilidad, milady —le dijo—. Os aflige algo más profundo que vuestra ansiada alianza.

«¡Y a mí me aflige que me metáis en la misma bolsa con viejos estúpidos y perros en celo!», pensó Donall, profundamente herido en su orgullo masculino.

Isolde cruzó las manos con recato delante de sí, y respondió a su ira con una mirada más inocente que diez vírgenes abnegadas que cantan salmos.

—Engañaros es lo último que haría, Donall el Bravo. Y no mentí cuando dije que no era una ignorante en estos asuntos —Donall la miró con incredulidad—. Es cierto —insistió ella, encogiéndose de hombros ante la duda mal disimulada de él—. He llegado a saber muchas cosas.

—Dulzura, sabes tanto sobre los placeres carnales como la madera fría y gruesa de aquella puerta —la contradijo, entusiasmado con el impulso de mostrarle cuán equivocada estaba en sus concepciones.

Una llamarada de furia le atravesó las facciones.

—No sólo estáis manchado por el asesinato, señor MacLean —profirió, con los ojos encendidos de agitación—, sino que además no sabéis juzgar a las mujeres. En efecto, estoy muy bien informada de todos los aspectos de la pasión carnal y soy versada en el arte de la seducción.

—Ni mis manos ni las de mi hermano están manchadas por la muerte de vuestra hermana —declaró, estremeciéndose, molesto sin razón ante la insistencia con que ella lo culpaba. Las otras afirmaciones rayaban en lo absurdo y lo divertían. ¡Versada en el arte de la seducción!

Permanecieron en silencio unos segundos, mientras se miraban retadores.

—Muy bien informada de los placeres carnales, ¿cierto?

Tuvo la osadía de asentir con la cabeza.

—He practicado cómo complacer a un hombre —afirmó, audaz como pocas.

Impulsado por las necesidades menos caballerosas, Donall dio un paso lento adelante, cual predador a punto de abalanzarse sobre su presa.

—¿Acaso nadie os ha advertido jamás de que tengáis cuidado con lo que os lleváis a la boca?

Ella tragó y dio un paso atrás. Donall sonreía mientras, divertido, salvaba la distancia que los separaba.

—Conque instruida en el arte de la seducción, ¿verdad? —cerniéndose sobre ella, la inmovilizó con el poder de su mirada—. Demostradlo —exigió, y se cruzó de brazos.

Isolde inclinó la cabeza en un ángulo desafiante, mientras le devolvía la mirada.

—Como queráis —respondió, llevándose ambas manos al canesú.

Empezó a desatar las cintas que quedaban sin desanudar y, para sorpresa de él, le afectó más el temblor evidente de los dedos de la joven y el nerviosismo que se adivinaba bajo su aparente tranquilidad que la inminente visión de sus hermosos pechos.

Sin proponérselo, Isolde había desencadenado en él una avalancha de emociones de una naturaleza muy peligrosa... emociones que no quería identificar y prefería atribuir a la influencia persistente de lo poco que le quedaba de caballero.

Donall se estremeció ante el intento vano de Isolde por seducirlo, la tomó de las manos y se las llevó a las caderas.

—Mi bella señora —dijo, arrastrando las palabras y apartándose de ella—, admiro vuestra voluntad de refutar el análisis que he hecho de vuestros pretendidos... eh... talentos, pero luego de considerarlo mejor, creo que prefiero ponerlos a prueba yo mismo.

Los pechos turgentes y cremosos de Isolde se elevaron de la indignación.

—Os ruego que no os molestéis, mi buen señor.

—Ah, pero es mi deber —contempló extasiado el exquisito paisaje que presentaba Isolde, inocente o deliberadamente—. Os he advertido de que no soy hombre con cuyas pasiones se deba jugar y vos, mi muy venerada señora, me habéis ofrecido demasiado para que ahora me abstenga de participar de tan preciado botín.

Isolde se erguía muy digna, con la mirada fija en la de él; orgullosa y altanera. Una auténtica princesa.

—¿Entonces qué os detiene?

«Vuestra inocencia», gritaba la conciencia de Donall.

—Mi deseo de prolongar el placer que tendremos juntos —su voz profunda, baja y deliberadamente tranquila, escondía sus verdaderas preocupaciones.

Ella se cruzó de brazos.

—¿Por qué querríais prolongar el placer de nuestra... eh... unión? Vos mismo habéis dicho que sólo os interesa el placer inmediato y que, una vez satisfechas vuestras necesidades, olvidáis los nombres y rostros de vuestras amantes.

«Porque vos no sois una de ellas, y no quiero que sufráis en vuestra primera experiencia», pensó Donall.

—No me digáis que queréis ahorrarme el dolor —Isolde lo sorprendió con sus palabras, haciendo que Donall se preguntara si poseía la extraña capacidad de leer las mentes—. No es consideración lo que pretendo de vos.

Donall se pasó una mano por el pelo.

—Sé muy bien lo que queréis. Y ya os he dicho que satisfaré vuestras... necesidades... —hizo una pausa para tomar aire—. De la manera más adecuada.

Se acercó a ella, tan cerca que pudo oler de nuevo el perfume de flores silvestres.

—Sí, dulzura, entiendo lo que queréis. Es el motivo que subyace al deseo lo que me desconcierta.

La expresión de pánico, de sentirse expuesta por mentir, le apareció fugazmente en el rostro.

—No quiero nada más que la pa...

—Vuestra alianza, lo sé —dijo él, y la hizo callar poniéndole dos dedos en los labios carnosos y suaves.

Sólo la certeza de que escondía algún motivo oscuro y perturbador lo salvaba de sucumbir a la poderosa necesidad de quitar los dos dedos y usar, en su lugar, los labios.

—Milady, He visto tantas batallas como días contáis de vida. No estaría aquí frente a vos si no hubiera aprendido desde muy joven a dejarme guiar por mis instintos —reconoció—. Y, en este momento, me dicen que tenéis más de una razón para desear la paz —se detuvo a propósito, para que le apareciera en los ojos un brillo malicioso—. Para desearme a mí.

—Yo no os deseo.

—Ah, ¿no? —deslizó sus dedos debajo de la barbilla de Isolde y le levantó la cara—. ¿Entonces por qué tembláis?

—Porque soy friolera.

—Lo que sois, milady, es mentirosa —le dijo, y suavizó las palabras acariciándole la barbilla. Isolde soltó un gritito y Donall sonrió—. Dulce Isolde —murmuró—, no hay ni un solo hueso frío en todo vuestro cuerpo.

Al ver que ella no se apartaba para esquivar su caricia, Donall se dio el gusto de tocar con la yema del dedo gordo el lunar de su mejilla. Grave error. Lo invadió algo feroz y primitivo con el contacto, una ola tenebrosa de deseo puro que casi lo hizo ponerse de rodillas, un verdadero torrente sólo por poner un dedo en un atractivo lunar.

Había deseado tocarlo desde el primer momento en que lo viera. Donall el Bravo, señor del gran clan MacLean y señor de Baldoon, caballero del reino escocés, defensor acérrimo de las islas... vencido por un lunar.

Frunció el ceño, consternado, y apartó la mano de la mejilla. ¡Por todos los santos! ¿Qué sensaciones se apoderarían de él cuando tocara por primera vez su excitación ante la dulzura de ella? Se agitó de sólo pensarlo, y la incomodidad que lo había estado aquejando se intensificó hasta llegar a ser de proporciones alarmantes.

Cruzó las manos por detrás de la espalda, donde estuvieran seguras; la miró pero procuró ver Baldoon e imaginar qué sería de todos los que vivían bajo su protección. Se obligó a no detener la vista en ella y la tentación que representaba, sino en el caos que enfrentaría a su clan si no lograba liberarse de las garras de esa mujer.

Necesitaba pensar y para eso tenía que alejarse de ella, así que volvió a la cama y se recostó contra el poste.

—No hacéis más que inventar cuentos —le dijo, y esta vez sus palabras no tenían el más mínimo dejo de suavidad. Tampoco su sonrisa.

Y la de ella tampoco.

—No hago más que soportar cargas onerosas, señor, nada más que eso.

La amargura que se traslucía en la voz de Isolde fue un duro golpe para él, porque le recordó sus propias cargas, el maldito punto débil que ella le había hecho descubrir, sin quererlo; pero él no podía perseguir y dar muerte a los dragones que atormentaban a esa mujer porque él tenía los suyos propios; y sus problemas también eran graves y urgentes. Aunque al parecer no eran lo suficientemente urgentes, porque, casi por voluntad propia, la lengua se empeñaba en continuar su conversación con Isolde.

—Una carga compartida pesa menos —las piadosas palabras se le escaparon de los labios antes de que se diera cuenta de que las había pensado. Donall frunció el ceño. ¡Por todos los discípulos de Cristo! Juraría que ella lo había hechizado.

—No quiero que otros se hagan responsables de mis desgracias, mucho menos vos —decía ella, sin que la afectara en lo más mínimo la creciente irritación de él—. Lo que quiero es librarme de ellas.

—Y la paz —le recordó Donall, que ni siquiera trataba de disimular el tono burlón de su voz.

Ella asintió con la cabeza.

—Así es, eso sobre todas las cosas. Si Dios quiere y mi plan da sus frutos, se cumplirán todas mis metas.

Donall levantó una ceja.

—¿Hago bien en esperar que reveléis en este instante la naturaleza de esas metas?

Isolde apenas esbozó una sonrisa.

—No.

—¿No hago bien en esperar o no revelaréis vuestros planes?

—Ya estáis en conocimiento de mi deseo más ferviente. Por eso estáis aquí.

Donall se alejó del poste de la cama. El tono nostálgico de la voz de Isolde hizo que sintiera pequeños escalofríos en la nuca.

—Estoy aquí para acostarme con vos —le dijo sin la menor delicadeza, diciendo las cosas tal como eran con la esperanza de que ella le desvelara sus secretos.

Pero en vez de hablar, Isolde se limitó a asentir con la cabeza, y una sonrisita cautelosa se le coló en los labios y en los ojos. A Donall se le puso la piel de gallina, primero en la nuca y luego en los brazos.

—¿Todavía deseáis seguir con esta tontería después de lo que os he dicho?

—¿Lo que me habéis dicho? —ladeó la cabeza, una visión de la inocencia, de la inocencia afectada.

Donall se llevó las manos a la cadera.

—Quiero saber si todavía deseáis que os tome, sabiendo que mi interés se desvanecerá una vez que lo haya hecho —entornó los ojos y la miró detenidamente—. Siempre sucede.

Ella soltó un leve suspiro, un suspiro resignado, y se adelantó hasta quedar frente a él. Levantó la cabeza para mirarlo y Donall se asustó al verla. Su expresión no era una buena señal, y el caballero tuvo la seguridad de que estaba a punto de recibir una buena parte de la «carga onerosa» que llevaba ella.

—¿Creéis que me importa conservar vuestro interés, señor MacLean?

Preparándose para la respuesta, Donall no hizo más que esperarla. Por fortuna, no tuvo que esperar mucho.

—Os jactáis demasiado de vos mismo, Donall el Bravo. No es atención duradera lo que pretendo conservar de vos, sino un hijo —anunció, y la resolución le destellaba en los ojos—. Quiero que me deis un hijo.

* * *

A la hora en que todos duermen, a la hora más silenciosa de la noche, Iain MacLean estaba tendido en su cama y fruncía el ceño mientras contemplaba el dosel que se cernía sombrío sobre su cabeza. Tenía las manos apoyadas sobre varias capas de cubrecamas bordados de la mejor calidad, y los dedos se le ponían cada vez más tensos cuanto más miraba los agujeros del techo de madera de la cama.

Unas cortinas pesadas y lo suficientemente suntuosas como para satisfacer los gustos exaltados de un rey lo envolvían en un capullo de oscuridad, un mar aislado de sedas suaves, pieles delicadas y... vacío.

Dando un grito de angustia que no oyó nadie, sólo los muros macizos de su alcoba, apartó las mantas con un movimiento brusco y se sentó erguido.

—¡Lileas! —el nombre salió como un trueno de su garganta, desde lo más hondo de su alma.

Le desgarraba el pecho un dolor feroz, barras heladas de acero que le quitaban la respiración y le aplastaban el alma.

—Amada mía —esta vez las palabras eran apenas un susurro, perlas de miseria murmuradas con suavidad en un suspiro agonizante.

Se aferraba con las manos a los pesados pliegues de los cortinajes, y los dedos se hundían en la opulencia de la seda de ricos bordados, como si por soltarlos fuera a sumergirse en el más vil de los abismos del infierno.

Dejó caer la cabeza morena.

—Lileas, te extraño...

Sus hombros fornidos empezaron a temblar. Cuando los sollozos que le retumbaban en el pecho abrieron una brecha en sus labios, Iain soltó los cortinajes y hundió la cara en las manos. Sólo cuando no tuvo más lágrimas que derramar y su voz se volvió demasiado ronca para expresar su dolor, sólo en ese momento, soltó las cortinas y se puso en pie.

La quietud opresiva de la habitación en penumbra era casi tan amenazadora como el silencio condenatorio que acechaba dentro de la enorme cama cuando se cerraban las cortinas que la envolvían. Incluso el hogar estaba quieto y frío, y el fuego se había apagado hacía tiempo. Muerto, extinguido como la preciosa vida de su esposa.

Con paso lento y apesadumbrado, siguió el camino que marcaba la única iluminación del cuarto, un ancho rayo de una pálida luz de luna, hasta que llegó al punto desde donde entraba: una ventana coronada por un espléndido arco y empotrada en los muros macizos de Baldoon.

Suspirando hondo, apoyó el hombro contra la hornacina de mampostería y dejó que lo refrescara el aire salobre de la noche. Posó la palma de la mano en la fría piedra y miró hacia fuera, a la vastedad infinita del mar.

Una niebla fina, plateada por la luz de la luna, se levantaba lentamente en dirección a tierra firme desde el horizonte lejano, enmudecía el sonido rítmico del mar, tranquilo a causa de la noche, y cubría su superficie cual delicado velo.

Iain avanzó unos pasos en la hornacina oscura, apoyó la frente contra el montante y recibió con agrado la sensación de la textura fría y porosa, tal como había recibido la calma espeluznante que llenaba la habitación. Entornó los ojos y se quedó mirando fijamente hacia la oscuridad negra y plateada de la noche, estudiando las sombras hasta que descubrió lo que buscaba: la Roca de la Novia, medio escondida entre las capas tenues de la neblina que ya se disipaba, pero aún allí.

Un montículo de apariencia inofensiva interrumpía la superficie a una distancia sorprendentemente cercana a la costa escarpada de Doon. Parecía que alguien lo había puesto a propósito en la trayectoria, entre blanquecina y plateada, de la luz que daba la luna impermeable sobre las aguas oscuras. Era un islote rocoso de la muerte, tan asesino como los hijos de perra de los MacKinnon que habían dejado a su esposa allí, condenándola a que se ahogara, condenando al corazón de Iain a morir con ella.

Iain apretó los puños y la furia, cruda e indómita, creció dentro de él hasta que su fuerza amenazó con quebrarlo en dos. Pero su pena pesaba mucho más que la noche extraña y calma, y la furia cedía y no dejaba más que una nada tras de sí.

Se apartó de la ventana, se pasó la mano por la cara y se hundió con cansancio en uno de los dos asientos empotrados en las paredes de la jamba, ahora duros e incómodos, aunque una vez estuvieron recubiertos con cómodos almohadones de seda de colores alegres y brillantes.

Eran su lugar favorito de encuentro, donde Lileas y él habían pasado muchas horas disfrutando cada uno de la compañía del otro. Ahora ya no estaban los almohadones, ni su esposa... Iain se sentó solo en la piedra desnuda, fría, y lloró. O habría llorado si no hubiera agotado ya todas sus lágrimas.

Se dejó caer contra la pared y giró la cabeza hacia el mar. La Roca de la Novia ya no se veía, se la había tragado la bruma que cubría el mar o la había envuelto la marea veleidosa.

Pero él seguía mirando, estudiando la oscuridad y su manto de niebla plateada, como si su sola voluntad bastara para que la roca se moviera y le hablara, contándole sus secretos.

Después de un rato largo, se puso en pie y cerró los postigos.

—Pronto vengaré tu muerte, dulzura —anunció a la habitación oscura y silenciosa, con la mano en los listones de madera húmeda que ahora no dejaban ver el mar ni sus amenazas—. Una semana, no más, y la venganza será mía.

Se puso de espaldas a la ventana y miró con furia el vasto vacío de su magnífica cama, de su cama fría e incómoda.

—Siete días y zarparé, Lileas —afirmó, y empezó a caminar hacia delante... hacia la masa descomunal de roble tallado—. Siete días y los MacKinnon desearán no haber nacido.

* * *

También de madrugada, pero lejos y en lo profundo de la llanura que se extendía entre las tierras de los MacLean y los MacInnes, la vieja Devorgilla se paseaba frente a su hogar de piedra, mientras removía hábilmente con un atizador de hierro montones de turba que resplandecían. Una lluvia de chispas y una voluta de humo dulce recompensaron sus esfuerzos y adornaron su cara arrugada con una sonrisa satisfecha.

Con los hombros encorvados y la mano libre apoyada en la cadera, atizó la montaña ardiente hasta que se convirtió en llamas danzarinas y el humo aromático se volvió más espeso y empezó a subir hacia el agujero de la chimenea que se abría en el techo bajo.

Cuando sus huesos ancianos estuvieron tibios otra vez, dejó el atizador contra la pared y se concentró de nuevo en la caldera negra que estaba suspendida sobre el fuego y en su burbujeo y olor nauseabundo. Se inclinó hacia delante, contempló con ojo experto el brebaje que despedía vapor y lo olió. Y volvió a olerlo.

—Ajá —cogió un cucharón de mango largo de la mesa.

Mientras seguía murmurando, hundió el cucharón en el brebaje burbujeante y se llevó un poco a la boca. Lo probó y se rió, contenta. Volvió a probarlo y quedó convencida. Cada vez más entusiasmada, la vieja usó el cucharón para llenar un recipiente hasta el borde. Se lo bebió de un trago.

—El incienso y el agua bendita no son tan potentes —comentó a Mab, la felina tricolor que dormía acurrucada en el suelo de piedra.

La gata abrió los ojos y la miró, con una mirada altanera, un reproche por atreverse a interrumpir su sueño. Pero la mirada altiva de Mab no hizo más que poner más contenta a Devorgilla. Era la primera vez que observaba que Mab tenía los ojos de dos colores.

Riéndose con satisfacción, y con un andar más ágil que de costumbre, la vieja atravesó la habitación principal de la casa hasta llegar al largo estante de madera en el que guardaba su colección de ingredientes y preparaciones para pócimas sanadoras y hechizos.

—Casi tan bueno como para que vuelen bueyes —se halagó a sí misma mientras estudiaba el caos de hierbas, polvos, aceites y otros objetos mágicos.

Frunció los labios, se rascó la barbilla y dejó que su mirada nublada fuera de un recipiente de barro al siguiente. Tras un instante, tomó un pequeño cuenco de madera y empezó a llenarlo con un poquitito de esto y más de lo otro, mezcló los ingredientes y llevó el cuenco afuera, donde lo levantó en alto para que le diera la luz pálida de la luna.

—En el nombre de los antiguos dioses —cantó—, por la luna y las estrellas, os invoco... —un viento fuerte y extraño, blanco azulado y resplandeciente, sopló en el claro para arrancarle la invocación de los labios y llevarla al cielo.

Satisfecha, Devorgilla bajó el cuenco e hizo una reverencia humilde a la luna en señal de agradecimiento. Cuando volvió a entrar en la casa, fue directamente a la caldera, echó el contenido del cuenco en el brebaje burbujeante y lo revolvió con el cucharón.

Mientras removía la olla hacía planes. Todo tipo de males. Todo tipo de bienes. Aunque algunos no le hubieran agradecido todavía lo que había hecho por ellos.

9

¿QUE OS DÉ UN HIJO!? —DONALL EL BRAVO NO podía creerse lo que estaba oyendo. ¡Esa mujer debía estar loca de remate!

Isolde se sonrojó, herida en su amor propio, al ver la expresión de sorpresa que se reflejaba en el rostro del caballero.

—Es... lo que ocurre cuando un hombre y una mujer se han... aco... acostado —tartamudeó. La expresión de asombro en la cara de Donall hacía que ella no pudiera controlar su propia lengua.

Él echó atrás su cabeza morena y fijó la vista en las vigas del techo, mientras de su garganta escapaba un sonido indefinible, a mitad de camino entre un gruñido de fastidio infinito y un bufido de sorna insoportable. Cuando se dignó a mirarla una vez más, los ojos marrones se habían oscurecido hasta extremos peligrosos.

—Y pensar que a mí me llaman audaz.

Con las mejillas de un profundo carmesí, Isolde respondió:

—Si yo fuera audaz, esta situación no me parecería tan desagradable.

—¿Desagradable? —estaba tan irritado que sus ojos despedían chispas—. Si a vos, experta seductora, os parece desagradable acostaros conmigo, entonces liberadme y ahorraos la agonía.

Isolde se sintió mortificada. La situación se le estaba yendo de las manos.

—No puedo —contestó, casi ahogada, esforzándose para no pronunciar las palabras que se agolpaban en sus labios.

«No puedo porque un niño que lleve nuestra sangre es la única salvación que veo para esta isla y para mi diezmado clan, la única manera de evitar mi boda con Balloch MacArthur. Sólo así podré quedar libre para desposar a mi verdadera alma gemela, ¡y ruego al Cielo que no seáis vos!».

—No, señora, no podéis —contestó él con frialdad, desestimando las preocupaciones de la joven—. No podéis forzarme a desposaros utilizando mi simiente como excusa. ¿Acaso creéis que...?

—No busco matrimonio, sólo un niño. Jamás di...

—¿Acaso creéis...? —insistió él, interrumpiendo las objeciones de Isolde—. ¿Acaso creéis que deseo que mi hijo, mi primogénito, salga de vuestro vientre? ¿De una MacInnes? ¿De la jefa MacInnes? ¿Una mentirosa desvergonzada? ¿Una mujer con el corazón tan frío como para torturarme de día y entregarme lo que hay entre sus piernas cuando llega la noche?

Isolde se estremeció ante la ira incandescente de Donall.

—No, estáis equivocado. No habéis comp...

—No, mujer, sois vos la que estáis equivocada —bramó, con la cara oscurecida por la ira—. Sois vos la que se cree una experta cuando no tiene la más pálida idea... —echó atrás la abundante cabellera negra que le cubría la cara—. ¿O realmente no sabíais que un hombre puede satisfacer a una mujer, e incluso llegar al éxtasis, sin dejar una sola gota de su simiente?

Isolde abrió la boca para responder, pero la cerró al instante. Estuvo a punto de contestar que, en efecto, estaba al tanto de esos obstáculos para su plan. Sin control sobre su corazón, presa de la perplejidad y la vergüenza, recordó las advertencias de Evelina y sus calmas palabras: una seductora habilidosa podía lograr que un hombre derramara su semilla aunque él no quisiera.

—¿Queréis una demostración? —preguntó MacLean, con voz grave, perfecta y... peligrosamente tentadora.

Otra de esas sonrisas sutiles comenzó a dibujarse en la cara hermosa de Donall, en la comisura de sus labios, pecaminosamente atractivos. Isolde se sintió vencida ante el espectáculo de esa sonrisa, ante el espectáculo de él. Era bello y huraño, como el hombre que había aparecido en su sueño; la mirada furiosa y la ira que lo embargaban le daban un aspecto imponente, más descaradamente masculino que antes. Su presencia abrumadora llenaba la alcoba. Isolde no podía hacer nada más que mirarlo, cautiva sin remedio, suya.

—Sí, creo que debo hacerlo —dijo, con los ojos resplandecientes de perversión.

—¿Hacer qué? —preguntó Isolde sorprendida, y su voz fue poco más que un chillido.

—Iluminaros —contestó él, y tuvo el descaro de guiñarle un ojo. Luego, mientras su expresión se tornaba fría y ardiente a la vez, avanzó hacia ella. Su paso seguro y su aspecto masculino, puramente sensual, hicieron que una extraña ráfaga de regocijo se sumara, confundiéndola, al pánico que la embargaba.

—Sois... Sois un caballero —chilló Isolde una vez más, recurriendo a la noble condición de Donall para escudarse—. Un paladín, famoso por...

—Soy muchas cosas, señora, y famoso por muchas más —contestó, deteniéndose junto al borde de la mesa, refrenado por su cadena. Algo oscuro y demasiado perturbador brilló en sus ojos por un momento, pero éstos recuperaron al instante su tibieza marrón y clara.

Mientras la miraba, sus labios esbozaron una sonrisa demoledora. Nunca le había regalado nadie una sonrisa así, tan devastadora que Isolde sintió que algo se derretía en su interior: una cascada desbocada de sensaciones, que le nacía en la cabeza coronada de rizos dorados y le llegaba hasta los pies, llenando de tibieza todo lo que encontraba a su paso.

El pánico la embargaba y casi no la dejaba respirar cuando comenzó a acercar su mano al pequeño frasco del elixir que le había dado Devorgilla para combatir la atracción y que descansaba ahora cerca del borde de la mesa. Lo necesitaba, y mucho.

—Vuestro honor os obliga a ser caballeroso —argumentó, con la esperanza de distraer a Donall mientras ella tomaba el frasco—. Un caballero...

Con la velocidad del rayo, Donall se abalanzó sobre ella y le arrebató la pócima con una mano, mientras que con la otra le agarraba la muñeca con la fuerza de una tenaza de hierro.

—Soy un hombre —dijo, sosteniendo el frasco por encima de su cabeza, fuera del alcance de la joven—. Y estoy a punto de mostraros cuán poco caballerosos podemos ser los hombres.

Isolde se quedó muda. Los latidos de su corazón comenzaban a asimilarse al trueno. El cabello de Donall, negro como la noche, salvaje y resplandeciente, apenas besaba la amplitud de sus hombros. Era como un dios pagano: indómito, lujurioso y abrumadoramente hermoso, con una belleza que ningún mortal debía poseer.

Como tentada por el mismísimo demonio, se sintió dominada por un deseo incontrolable de recorrer esa brillante abundancia de pelo con los dedos y, al hacerlo, experimentó una sensación estimulante, extraña y perturbadora, en el centro de su ser. Por Dios, en verdad necesitaba la pócima de la bruja, con urgencia, y mucha más de la que había en ese pequeño frasco. Observó el frasco que el caballero aún sostenía fuera de su alcance.

—Sir Donall, os ruego...

—Lo haréis, creedme, querida mía —dijo, con un tono oscuro y áspero en la voz—. No lo dudéis.

Isolde parpadeó, perpleja.

—No soy vuestra querida.

Para sorpresa de la joven, la sonrisa de Donall se tornó un poco más cálida, más... íntima.

—Aún no —respondió él, arrastrando las vocales. Dando muestras de una gran confianza en sí mismo, soltó la muñeca de Isolde y se alejó del borde de la mesa—. No, Isolde de Dunmuir, aún no sois mía —una nueva expresión se le dibujó en la cara, una expresión perspicaz—. Sin embargo, tampoco os veo huir.

Isolde bufó con furia ante la arrogancia de Donall, que la frustraba tanto como el hecho de que no podía moverse, no podría haberse alejado de la mesa ni aunque él se hubiera convertido en un dragón, con llamas en la boca y todo: ¡era como si le hubiesen clavado los pies al suelo!

Se quedó de pie en el lugar, mirándolo boquiabierta, aferrándose con dedos lívidos a su silla, inmóvil, como si los antiguos dioses la hubiesen convertido en piedra. Frunció el ceño al notar la expresión soberbia de MacLean. Él la miraba fijamente, sin quitarle los ojos de encima, mientras destapaba el frasco y olfateaba su contenido. Con una expresión de evidente desagrado, frunció la nariz.

A decir verdad, Isolde tuvo una reacción similar al sentir el olor fétido que salía del frasco. Donall le lanzó una mirada pícara, que decía más que cualquier palabra, y vació el contenido del recipiente sobre los juncos del suelo.

—Un brebaje sorprendente —dijo, y dejó el frasco vacío y el corcho sobre la mesa de roble—. Borra los lunares y ahuyenta a las pulgas.

Con el cuerpo rígido, expectante, Isolde contuvo el aliento, aguardando para ver qué diría... o haría... Donall a continuación. El suspense no duró mucho.

—¿Qué otros milagros obra vuestra maravillosa pócima, de tan fuerte aroma? —el tono de su voz era un indicio de que lo peor aún no había llegado—. ¿Quizás os salvará de ser besada, al robar la dulzura de vuestro aliento?

Isolde quedó boquiabierta al notar qué cerca había estado Donall de descubrir el verdadero propósito del elixir, pero la afectó aún más el significado de sus palabras. ¿Acaso pretendía besarla?

No, aún no. Aún no estaba preparada para ese grado de intimidad. Sin embargo, Donall comenzó a esbozar una de sus sonrisas lánguidas y sutiles, con los ojos marrones llenos de un brillo perverso. Él sí estaba preparado.

Como si supiera perfectamente que la joven no escaparía, adoptó su postura predilecta junto a los pies de la cama. Con un hombro apoyado contra el poste, cruzó los brazos sobre el pecho y se limitó a mirarla.

Aunque, a decir verdad, hizo mucho más que eso. Isolde se humedeció los labios, mientras sus dedos se aferraban con más fuerza al respaldo de la silla. Donall no sólo la miraba: la observaba con un ardor mortecino en los ojos, con una mirada abrasadora, tan intensa que obligó a la doncella a contener el aliento. Entrecerró los ojos mientras la contemplaba, bajando los párpados coronados de gruesas pestañas, recorriéndola de pies a cabeza con la mirada.

La apasionada inspección llenó de calor el cuerpo de la joven, abrasándole con mil pequeñas hogueras la carne donde él posaba los ojos, avivando el fuego latente en las profundidades más íntimas de su vientre.

—Acercaos —ordenó él, con un tono cada vez más sombrío en los ojos, casi tan negros como el carbón.

Isolde negó con la cabeza. Él arqueó una de sus negras cejas.

—¿Estáis asustada, Isolde de Dunmuir?

Ella lo miró fijamente. Casi no había podido oír las palabras de Donall, dichas con extrema delicadeza, porque el frenesí de los latidos de su propio corazón le llenaba los oídos.

—Acercaos —insistió.

Y, esta vez, ella lo escuchó. Era una orden irrefutable y enérgica, tan irresistible que sus pies comenzaron a moverse sobre los juncos del suelo, como si quisieran llevarla hacia él con voluntad propia.

—¿Y bien?

Isolde tragó saliva. La sequedad de su boca era insoportable, el nudo de la garganta a duras penas la dejaba respirar y el corazón le latía con violencia contra las costillas. Sin embargo, lo peor era que sus dedos se habían dado por vencidos y ya no se aferraban al respaldo de la silla, sino que se habían unido a la impune traición de sus pies, que se negaban a respetar su deseo de permanecer lejos de Donall. Aterrada por el hechizo extraño que estaba lanzando el caballero sobre ella, hundió los talones en los juncos y se cruzó de brazos.

Donall el Bravo ladeó la cabeza, con una leve sonrisa en la comisura de los labios.

—Sólo quiero un beso —dijo, evidentemente divertido por la situación—. Una sesión de iluminación, si os place.

—No —contestó Isolde, que al fin había recuperado la voz—. Esta noche no.

—¿No? —insistió él, posando la vista sobre los labios de la joven por un instante, antes de levantar una mano para frotarse la barbilla lentamente—. Dulzura, ¿es posible que haya tenido tanta mala suerte como para perder no sólo mi libertad, sino también mi inteligencia?

—¿Perdón? —demasiado tarde, Isolde se dio cuenta de que había caído una vez más en las inteligentes tretas de Donall. Con el corazón derrotado, observó la expresión de confusión que empezaba a fingir el caballero en sus hermosas facciones.

—Sí, todo indica que he perdido mi inteligencia —contestó él, rascándose la barbilla con gesto despreocupado—. A menos que vos, con vuestro vasto conocimiento de los hombres, pretendierais recibir mi semilla con sólo respirar el mismo aire que yo en esta alcoba.

El calor se abatió como un rayo sobre las mejillas de Isolde.

—Sé perfectamente cómo se hacen los niños.

Donall arqueó una ceja.

—¿De veras?

—Sí —contestó ella, fijando sobre él una mirada furibunda—. Ya os lo he dicho.

—Entonces sabéis que un mero beso es en extremo inocente —dijo, extendiéndole una mano—. Acercaos, Isolde de Dunmuir, demostraos a vos misma que sois audaz.

—¡Vos, señor, provocaríais audacia en un trozo de madera! —contestó ella con vehemencia, rechazando la mano que Donall le extendía.

—Ah, me complacéis —dijo él, casi ronroneando, cerrando la tenaza de sus dedos fuertes y cálidos sobre los de ella—. Y ahora, dulzura, yo os complaceré a vos.

Algo indefinible de las palabras bajas, casi susurradas, se hundió como una daga en el corazón de la joven, estimulándola, mientras la sensación de la imponente mano de Donall sobre la suya, extrañamente reconfortante, calmaba su ira y la llenaba de calidez pura y lánguida, de un calor maravilloso que amenazaba con derretir sus defensas y conducirla a la rendición.

—No deseo que me... complazcan —logró decir, esforzándose por ignorar el cosquilleo que generaba en su interior la cercanía de Donall. Isolde estaba más que consciente de la forma en que él la miraba, como si pudiera contemplar su alma. Echó una ojeada al frasco vacío que descansaba sobre la mesa. Verdaderamente, necesitaba un trago.

—Si eso es cierto, ¿por qué tembláis cuando os toco? —suspiró él cerca de su oído y recorrió con los nudillos la curva de su mejilla.

Isolde se inclinó, como tratando de escapar del contacto. Sin embargo, a decir verdad, y de acuerdo con las palabras de Donall, su cuerpo se llenó de temblores deliciosos en cuanto sintió sus caricias.

—Es el enojo, y no el placer, lo que me hace temblar —contestó, desviando la mirada y alejando el rostro deliberadamente.

—¿De veras? —la expresión que había en la oscuridad de los ojos de Donall aceleró aún más el pulso de Isolde—. Hermosa dama, no os creo.

Ella también lo miró, fijando la vista sobre los ojos marrones de su prisionero, que parecían tener el don de la clarividencia.

—Me molestáis terriblemente, eso es todo.

Donall elevó las manos, con las palmas hacia arriba.

—Huid entonces a vuestro refugio detrás de la silla, si así lo deseáis.

Isolde no se movió.

—Lo que deseo...

—Yo sé lo que deseáis —interrumpió él, aferrando los brazos de Isolde, reteniéndola en el lugar con una mezcla de suavidad y firmeza, acariciándola desde los codos hasta los hombros, una y otra vez—. Hay una diferencia muy sutil entre la ira y la pasión —agregó—. Y muchas veces ambas cosas se confunden.

—¿Y pretendéis mostrarme esa diferencia?

—No, no lo pretendo. Lo haré —murmuró, acariciando los brazos de la joven con delicadeza—. Con un beso.

Ya no sonreía, pero sus ojos brillaban con un fuego abrasador que el instinto de Isolde reconoció como la pasión más pura y descontrolada. La rodeó con los brazos y la arrastró hacia él.

—Un beso lento y absoluto —dijo, mirándola directamente a los ojos.

El calor que vio Isolde en la expresión de Donall acalló las pequeñas voces de protesta que comenzaban a alzarse en su interior. Intentó apartarse, pero él la sujetó con más fuerza para impedírselo.

—¿Debéis hacerlo? —preguntó ella, casi ahogándose, casi derrotada en su empresa de vencer las sensaciones que el abrazo comenzaba a generar en su cuerpo y en su corazón.

—¿Qué? ¿Besaros? —inclinó la cabeza con lentitud, hasta que se mezclaron los alientos de ambos—. Sí, debo hacerlo.

Y la besó, apoyando sus labios contra los de ella con la mayor ternura. Fue un beso tan poderoso como el abrazo férreo con el que la rodeaba.

Un ligero suspiro escapó de los labios de Isolde mientras Donall movía sus labios con extrema delicadeza, y una calidez suave y perfecta, más embriagadora que cualquier beso con el que la joven hubiera soñado. Su corazón se aceleraba y su sangre se hacía más espesa mientras la languidez se adueñaba de su cuerpo, acumulándose en la región más baja de su vientre, avivando un dolor salvaje y pulsante.

Quería más, presa de una urgencia que su cuerpo comprendía mucho mejor que ella. Posó las manos sobre los hombros de Donall, deleitándose al sentir el calor y la solidez de su fortaleza bajo la tela suave del *lenicroich*.

—Por todos los santos —jadeó Donall al sentir que Isolde ladeaba la cabeza y separaba los labios, invitándolo, llevada por su instinto, a profundizar el beso. Él accedió, cruzando su boca sobre la de ella, adueñándose de los labios de la joven con un beso más firme y dominante, robándole el aliento con su fervor ardiente y llevándola hasta la locura.

Otro ligero gemido escapó de la garganta de Isolde. Donall lo capturó con la lengua y lo mezcló, diestro, con sus propios suspiros de placer, hasta que los quejidos de ambos eran uno en el éxtasis de sus respiraciones.

Algo se liberó en las profundidades del cuerpo de la joven y generó una pleamar de placer líquido y tórrido que la bañó por completo, de la cabeza a los pies, como un torrente violento y estremecedor. Un mar de sensaciones tan tentador y poderoso como para sumirla en un abismo frenético de éxtasis.

Donall la abrazó con más fuerza, recorriéndole la espalda con las manos, acariciándola, casi moldeándola para que se adaptara a su silueta. Profundizó el beso y posó las manos sobre el trasero de la joven, desplegando los dedos sobre las curvas y arrastrándolo hacia él, hasta que era tanta la cercanía que la doncella advirtió la excitación del caballero y la fuerza arrolladora de su urgencia.

Se vio envuelta en una bruma deliciosa y separó aún más los labios, aceptando la pasión de Donall mientras su propia urgencia se intensificaba cada vez más. Se hundió contra el cuerpo del caballero, le rodeó el cuello con las manos y dejó que sus dedos se enredaran en la abundancia de su pelo, perdiéndose en el torbellino maravilloso de la excitación, hasta que todo perdió importancia... su nombre, por qué se encontraba allí, todo.

Como si hubiera advertido su rendición, Donall atenuó la fuerza de su abrazo y su beso, lentamente. Al fin, como al principio, se limitó a rozar con sus labios la calidez de los de la joven, por un instante, y luego los separó. La miró fijamente, con la cara tan cerca que su aliento le acarició las mejillas..

—Señora.... —musitó. Nada más. Sin embargo, la palabra, casi susurrada, tenía tanta intensidad como para reavivar el fuego furioso que había despertado en la sangre de Isolde. Con gran delicadeza, recorrió con el pulgar el labio inferior de la joven—. No volváis a compararme con perros en celo o ancianos lujuriosos —pidió, y en sus hermosas facciones brilló una chispa de ese humor extraño y maravilloso que tenía.

Aunque breve, la efímera muestra de jovialidad genuina fue como un bálsamo de tibieza para Isolde, y le derritió el corazón con la misma destreza con que los besos y los abrazos habían vencido su resistencia.

Sintiéndose como la seductora que decía ser, se entregó al deseo irresistible de posar los dedos sobre la boca de Donall. La textura de los labios del caballero, firmes, pero cálidos y suaves, la fascinaba. Su respiración dejó paso a un suspiro de deleite en cuanto una de esas sonrisas sutiles y devastadoras se dibujó sobre los labios de Donall, bajo sus dedos.

—Ahora sabéis cómo besa un caballero —dijo él, con voz baja y sedosa, desencadenando una serie de ligeros escalofríos de placer sobre la espalda de Isolde. Esclavizándola con el calor de su mirada, la tomó por la muñeca y posó un beso abrasadoramente suave sobre su palma—. Otro para vuestros sueños —murmuró, obligándola a cerrar los dedos sobre el lugar donde había posado el beso.

Isolde parpadeó, demasiado absorta para emitir palabra.

Él le ofreció su palma.

—¿No me regalaréis uno a mí también?

—¿Uno a vos también? —repitió ella, completamente consciente de lo que Donall pretendía que hiciese.

—Nada más que un beso en la mano —dijo, aún con ardor en el cálido marrón de sus ojos—, algo que me permita pasar las largas y solitarias horas del calabozo.

Esas últimas palabras extinguieron el fuego de la sangre de Isolde en un instante, recordándole los obstáculos de la situación y, al mismo tiempo, haciendo añicos la ficción de galanterías y gallardos caballeros que con tanta destreza había creado, todo con la delicadeza de un martillo de herrero que destruye un frágil huevo de ganso.

—Dijisteis que sólo queríais un beso —respondió, con un tono más brusco que el que hubiese deseado. Al menos sus labios habían dejado de temblar—. Ya van dos.

Donall cerró la mano sobre el hombro de la joven.

—Deseo más —aseguró, con un tono indefinible en su voz grave—. Y vos, hermosa doncella, tendréis más... siempre que lo deseéis.

—Sois un impostor descarado, Donall MacLean —lo acusó, tratando en vano de liberarse de la mano que le ceñía el hombro con la fuerza de una tenaza de hierro—. Un bastardo arrogante y bruto, sin un ápice de caballerosidad en el cuerpo.

—¿Eso creéis? —preguntó él, arqueando una ceja.

—¡Sí, eso creo! —gritó ella, con las mejillas abrasadas de furia. La vergüenza dolorosa de haber sido engañada para entregarse con tanta facilidad la llenaba con una ira suficiente para avivar diez fogatas.

Temiendo que aún quedaran rastros de esa entrega en sus ojos, desvió la vista con violencia, escondiendo su rostro de la mirada de Donall. No podía permitir que él viera que aún le temblaban los labios, esos labios que deseaban que los besaran una vez más.

—Aaaah... —la furia bullía y se retorcía en su interior. ¡Con qué facilidad había jugado Donall con sus deseos más íntimos!

—¿Aaaah... me ha encantado vuestro beso? ¿Aaaah... estoy furiosa? —susurró él junto al oído de la joven, antes de posar un beso rápido y furtivo sobre su cabeza—. Y con éste son tres.

Isolde le lanzó una mirada furibunda.

—Estáis loco.

—Eso dicen algunos —se encogió de hombros—. Esta noche, sin embargo, sólo estoy loco por vos, milady —agregó, y su boca comenzó a brillar con otra de sus sonrisas devastadoras.

Isolde desvió la mirada antes de que la sonrisa terminara de florecer.

—Claro... y mañana será otra la doncella la que os enloquezca.

—Es posible —la velocidad con que la respuesta, muy poco halagadora, salió de los labios de Donall irritó aún más a la joven—. Ya os he dicho que mi cariño es volátil.

Con un bufido lleno de nerviosismo, Isolde forcejeó hasta librarse de la mano de Donall. Al fin libre, huyó hasta su refugio detrás de la silla. Se aferró una vez más al respaldo y tomó aire para recobrar fuerzas.

—Y yo os he dicho que no deseo vuestro... cariño.

Donall cruzó los brazos sobre el pecho. Todo su cuerpo emanaba superioridad pura y masculina: triunfo.

—Sí, me lo habéis dicho —la miró, ladeando la cabeza y afectando una vez más una expresión de consternación—. Decidme entonces por qué vuestro cuerpo no opina lo mismo.

Isolde apretó los labios con fuerza, irritada.

Los labios de Donall, por su parte, se curvaron, cargados de jovialidad.

—Aah... muchacha, sí que sois hermosa cuando os enojáis.

Con las mejillas en llamas, Isolde lanzó una mirada hacia la mesa; cualquier lugar era mejor que él para posar los ojos. El pequeño frasco de Devorgilla seguía donde él lo había lanzado antes: vacío, de aspecto inofensivo y, sin el líquido, completamente inútil. Isolde frunció el ceño. Hasta ese momento, la pócima de la *cailleach* no había servido para nada a la hora de resistir los encantos de Donall MacLean. Sin embargo, por fortuna, tampoco había apagado el ardor aparente del caballero.

Donall carraspeó.

—Me siento bastante impresionado por vos, Isolde de Dunmuir —dijo, como si conociera a la perfección lo que ella estaba pensando.

«Y nosotras con vos, magnífico señor nuestro», contestaron a coro las entrometidas mariposas que seguían revoloteando en las regiones más íntimas de Isolde. Se enderezó y se negó a regalarle una respuesta. En lugar de eso, no quitó la vista del frasco, pensando que obligaría a la bruja a mezclar una pócima más potente.

—Los caballeros admiran a las muchachas con fuego en el corazón.

El tono tentador de la observación y la observación misma casi lograron dibujar una pequeña sonrisa en los labios de Isolde. Casi. Pero no ocurrió porque ella logró controlar los movimientos de las comisuras de sus labios antes de que la traicionaran.

Enderezándose, se aseguró de que su postura revelara fuego suficiente para enloquecer a ese hermoso demonio. Sin embargo, su intento fue recibido con una carcajada sonora y profunda.

No estaba dispuesta a aceptar la jovialidad del caballero. Se acercó a la ventana abierta con toda la dignidad y toda la gracia que pudo reunir. Cruzó las manos sobre el alfeizar, dejó que el aire frío y salobre atenuara el rubor de sus mejillas y miró en lontananza, hacia la luz gris y rosácea del amanecer, cada vez más próximo. Niels y Rory vendrían a llevárselo de un momento a otro.

Al pensar en ello, sintió que una punzada de culpabilidad se le hundía en el corazón. Se arriesgó a lanzarle una mirada rápida por encima del hombro. Donall había adoptado una vez más su postura predilecta: recostado contra el poste de la cama, con los tobillos cruzados, los brazos sobre el pecho y una ceja arqueada en dirección del cielo, desde el momento en que advirtió que gozaba de la atención de Isolde. El hombre resplandecía de belleza oscura y masculina, orgulloso.

—¿Un beso de despedida, antes de que vuestros guardias vengan a por mí? —la voz grave de Donall hizo añicos el hechizo en el que Isolde estaba a punto de perderse una vez más.

«Querría un millón de besos», quisieron decir sus labios, pero dejó que el silencio hablara. Atormentada por su propia debilidad y la necesidad imperiosa de escapar de la presencia de Donall, se recogió la falda y se preparó para huir rápidamente de su alcoba. Y de él.

Era un hombre insufrible, aunque tan guapo que podría conquistar el corazón de cualquier doncella sólo con proponérselo. Besaba como un caballero, y su nombre era Donall MacLean. Sólo entonces, con esas certezas en mente, pudo Isolde levantar la barbilla con cierta dignidad y pasar rauda junto a él, sin detenerse hasta llegar a la puerta. Con dedos temblorosos, corrió la pesada barra que trababa la puerta y la abrió.

—Sir Donall —empezó, sorprendida ante la audacia de lo que se disponía a decir, incluso antes de que las descaradas palabras abandonaran sus labios.

—¿Sí, dulzura? —respondió él a sus espaldas, con dos palabras cargadas de la más reveladora elocuencia.

Intuyó el fuego latente en el corazón de la joven, y una chispa de calidez se encendió en algún recóndito lugar de su alma. Porque a Donall el Bravo le gustaba el fuego.

—Me gustaría retomar nuestra charla mañana —contestó rápidamente, y salió rauda de la alcoba.

—En verdad sois audaz, Isolde de Dunmuir —exclamó mientras ella cerraba la puerta—. Una muchacha hermosa y audaz.

* * *

Esas palabras la siguieron por el corredor en penumbras, incluso hasta la torre de las escaleras y cuando bajó los escalones de piedra. Hubiera querido entrar en el oscuro salón a toda prisa no bien llegó a la base de las escaleras, ya que buscaba la calma y quietud que encontraría allí a esta hora de la mañana, pero el gruñido de unas voces, algunas furiosas, la obligó a detenerse como si se hubiera topado de lleno con una pared.

Se quedó quieta y trató de ver algo entre la tenebrosa oscuridad. La mayoría de las antorchas de las paredes estaban apagadas, aunque un fuego casi extinto y algunas brasas de sebo de vela que habían quedado en una mesa irradiaban algo de luz.

Y era alrededor de esa mesa donde se apiñaban los ancianos, mientras sus quejas colectivas y bufidos malhumorados retumbaban en la vastedad de un salón vacío.

Isolde se escabulló entre las sombras y salió de la torre de las escaleras por el arco de la entrada; ladeó la cabeza y se esforzó por escuchar. Lorne, el miembro más joven del consejo, levantó su voz autoritaria sobre los quejidos de los demás.

—Digo que no, rotundamente. Balloch MacArthur es un fanfarrón. No se va a guardar lo que sabe de ese golpe.

Un coro de puños nudosos que golpeaban la mesa larga de roble señaló que el consejo estaba de acuerdo. Todos menos uno. Struan, el líder guerrero, tío de Isolde, miraba a los demás con ira en sus ojos de halcón.

—¿Y qué proponéis que hagamos con ellos? ¿Que tiremos la buena carne de caballo por el acantilado, junto con MacFie?

Isolde se llevó una mano a la boca y se hundió aún más en las sombras; el corazón le latía con fuerza.

—Lastimar a MacFie es una locura —argumentó Lorne—. No tenemos contienda alguna con su gente.

—Estoy con Lorne —se oyó la voz temblorosa del canoso Ailbert—. Todos los clanes de la isla nos desearán la peste si cometemos semejante atrocidad.

—Así es, provocaría un incendio —asintió otro más, golpeando el jarro contra la mesa para enfatizar la afirmación—. No podemos asesinar a Gavin MacFie, ni podemos entregar los caballos a Balloch MacArthur. El idiota tiene la lengua muy larga.

Maldiciendo con furia, el tío de Isolde se puso en pie con resolución.

—¡Imbéciles! MacArthur también tiene un brazo firme y diestro con la espada y bolsillos abultados —bramó, echándoles una mirada funesta—. ¿Qué habremos de darle en dote por nuestra señora si no son los dos buenos corceles de MacLean? —exigió saber, con el pecho henchido—. ¿Un cofre con piedras?

Ailbert, el mayor del clan, ahogó una risita. La perfidia con que lo hizo le mereció una mirada severa del *ceann cath.*

—Piensa antes de soltar esa risita socarrona, imbécil —lo reprendió Struan—. Piedras viejas es lo único que tenemos, y no son un bien muy preciado, desperdigadas como están por todas y cada una de estas islas y de las tierras que las rodean.

—Archibald dice que debemos honrar a los mayores —intervino una melodiosa voz femenina, y sólo en ese momento vio Isolde a su madre, de mirada perdida. Lady Edina estaba sentada en un rincón oscuro, cerca de los miembros del consejo, y envolvía su figura menuda un grueso *plaid* de lana—. Archibald dice...

—Archibald está muerto —Struan le lanzó una mirada irritada, pero, cuando la confusión ensombreció ese rostro que alguna vez había sido bellísimo, al *ceann cath* se le suavizaron las facciones—. Venid, os ayudaré a subir las escaleras.

Lady Edina se aferró a los brazos del sillón.

—No. No mientras no regrese Archibald.

Struan murmuró algo en voz baja y volvió a la mesa, con expresión sombría. Tomando asiento, bebió un largo trago de cerveza.

—No nos queda más opción que deshacernos de MacFie después de que ejecutemos a Donall MacLean. Si lo dejamos libre junto con los dos caballos, como proponéis vosotros, simplones, cabalgará directamente a Baldoon. En cuestión de horas tendríamos a toda la horda del clan MacLean respirándonos en la nuca.

—No me convence —dijo alguien desde el otro extremo de la mesa. Los otros se le unieron.

—Un plan lleno de peligros, demasiado peligroso.

Lorne se puso en pie.

—Hasta ahora, Donall MacLean ha demostrado hombría y resolución frente a los tormentos —dijo, mientras el resplandor de las velas hacía juegos de luces y sombras en sus facciones angulosas—. No tenemos motivos para infligir una pena a MacFie. Tal vez...

—¿Qué es lo que dices? —lo interrumpió otro anciano, con la voz cargada de mal humor.

—Lo que digo —respondió Lorne— es que tal vez deberíamos liberar a ambos hombres y sus caballos antes de cometer una locura que nos depararía un destino peor que el que pudiéramos infligir a los MacLean.

El corazón de Isolde se estremeció de alegría, pero la euforia no duró mucho. El salón se llenó de objeciones y quejas escandalizadas a medida que cada anciano ventilaba su desacuerdo.

—... dijimos que no tendríamos piedad...

—... que pague hasta que lo venza la agonía...

Lorne apretó los labios. Isolde esperaba que volviera a intentar hacer entrar en razón a los miembros del consejo, pero se hundió en la silla sin más que una expresión atribulada que reflejaba su descontento. Struan, en cambio, brillaba victorioso.

—Donall el Bravo y su amigo serán ejecutados antes de que termine el mes. Los hombres de Balloch MacArthur llegarán poco después y ultimaremos los esponsales de su señor y nuestra jefa, lady Isolde —anunció—. Cuando se vaya, se llevará los dos caballos de MacLean como presente nuestro.

Dirigió una mirada punzante a Lorne.

—Si viene alguien a husmear, diremos que MacLean, sir Gavin y sus corceles se perdieron en el viaje a Glasgow. Nadie podrá probar lo contrario.

Isolde se quedó mirando a su tío, tratando de oír más. Veía que se le movían los labios, pero las palabras se perdían en el murmullo y el caos que se había gestado entre los ancianos.

A excepción de Lorne, todos eran del mismo parecer que su tío. Y el propio Lorne cambiaría de opinión si supiera exactamente cómo pretendía ella forjar la paz.

Entonces, con una mirada de enorme disgusto en la cara, Lorne se puso en pie enérgicamente y se retiró del salón. También ella tenía que irse antes de que la descubrieran, pero en ese momento sentía plomo en los pies y eso le impedía moverse.

Un mes. Ya sabía que habían planeado la ejecución de MacLean para el solsticio de verano, pero por algún motivo la fecha le había parecido lejana. Las palabras de Struan la habían hecho caer en la cuenta. Pronto llegaría el pleno verano, en apenas un mes y unos días. Le recorrió el cuerpo un escalofrío al notar la amarga ironía de la fecha.

Los días que seguían al solsticio de verano eran más cortos; la oscuridad engulliría poco a poco la luz, y la negrura envolvería todo lo que ella amaba si no era capaz de disuadir a los ancianos de proseguir con sus planes. Y no le quedaban más que unas pocas semanas.

Con el corazón apesadumbrado, volvió a entrar en la torre, deseosa de encontrar la quietud olvidada en el salón. Sin volver la vista, subió las escaleras de caracol, mucho más lentamente que cuando las había bajado hacía un rato.

Y esta vez, los demonios que la perseguían no guardaban relación alguna con las palabras arrogantes de un apuesto diablo, sino con el temor gélido que se había apoderado de su corazón.

10

ISOLDE PASÓ VARIAS HORAS ENTRANDO Y SALIENDO DE los bosquecillos de arbustos, recorriendo la tenebrosa extensión de los páramos de Doon, cubiertos de promontorios, y otros terrenos mucho peores, antes de encontrar a la *cailleach,* que caminaba con cautela por el borde de las ciénagas. Con la figura encorvada y una gran canasta de sauce en el brazo, la bruja escudriñaba el suelo mientras bordeaba la turba de un pozo cercano.

—¡Devorgilla! —Isolde se apuró para alcanzarla, seguida de cerca por Bodo.

La anciana recogió una flor púrpura y oscura de una pequeña mata de hierbas que crecía junto al agua y la dejó en su canasta antes de saludar a Isolde.

—Buen día, muchacha.

La joven estuvo a punto de decirle que el mundo no había conocido día más aciago hasta entonces, pero se limitó a mirar el interior de la canasta repleta de todo tipo de hierbas, que llevaba la anciana; raíces aún cubiertas de tierra; pequeñas violetas de pantano; y algo cuyo aroma le resultaba muy conocido, algo que esperaba tuviese un poder tan intenso como su olor.

—¿Estás juntando ingredientes para la pócima? —preguntó Isolde, frunciendo la nariz al advertir la peste que despedía la canasta.

—Los huesos me dijeron que necesitabas más —contestó Devorgilla. Había un tono extraño en su voz, como el de quien trata de ocultar algo, y la expresión de su cara era demasiado vaga y, de algún modo, cerrada y... reservada. Como si hubiese aprendido a fingir indiferencia con cierto caballero insufrible.

—Tus huesos tienen razón, como siempre —Isolde se quitó del rostro un rizo de cabello húmedo—. Necesito más, mucho más. Y tiene que ser más poderosa.

Los ojos nublados de Devorgilla se abrieron un poco más, como sorprendidos.

—¿Por qué?

—La pócima no funciona demasiado bien —explicó Isolde, ruborizándose ante la confesión—. Y no vuelvas a ponerla en mis viandas... él se ha dado cuenta.

Devorgilla se pasó una mano nudosa por la cara.

—Por la luna y las estrellas, no sabía que él cenaría contigo —exclamó, e Isolde supo al instante que estaba mintiendo.

—Sólo procura que sea dos o tres veces más fuerte, por favor —pidió Isolde—. Y asegúrate de que llegue directamente a mis manos.

—Como desees —dijo la bruja, haciendo un gesto afirmativo con la cabeza cana, un intento patético de fingirse humilde y dócil—. ¿Probó MacLean las vituallas que traté con la pócima? —la excitación de su tono de voz, a duras penas disimulada, delataba que ése había sido su plan desde un primer momento.

Isolde ignoró la pregunta.

—He estado buscándote desde el alba; todavía estaría haciéndolo si Lugh no me hubiese dicho dónde podía encontrarte.

—¿Ha hablado contigo? —una chispa de interés resplandeció en los ojos nublados de Devorgilla.

—Sólo unas pocas palabras —Isolde recorrió con la vista la superficie negra y estancada de la ciénaga—. El muchacho temía que me perdiese si no me decía en qué dirección habías venido —agregó, tratando de allanar el camino para la pregunta que debía realizar—. Le dije que tenía que hablar contigo por un asunto de lo más importante.

La bruja se agachó para recoger otra de las pequeñas violetas de pantano.

—¿Más importante que la falta de pócimas? —preguntó, separando las hojas verdes hasta que los dedos huesudos encontraron la pequeña flor.

—Sí, mucho más importante —dijo Isolde, mirando al cielo azul, deseando que su vida también pudiese estar tan libre de nubes—. Un favor... —vaciló, fijando la vista sobre la bruja una vez más—. No, una petición. Algo que necesito que hagas para mí.

La bruja se incorporó y examinó detenidamente la pequeña flor que tenía en la mano.

—A ver si lo he entendido bien: necesitas que haga algo por ti. Naturalmente, es muy importante.

Isolde asintió, y la *cailleach* chasqueó la lengua.

—¿Por qué se te traba la lengua? ¿Por la sonrisa hermosa de MacLean o por la fuerza de su abrazo?

Isolde estuvo a punto de estallar y responder: «¿Y qué sabes tú de sus sonrisas hermosas y de sus besos de caballero?», pero se contuvo y dijo:

—Hablas como si lo conocieras.

—Conozco historias sobre él —reconoció Devorgilla, y la mirada de ojos nublados despidió un brillo increíble—. Y lo he visto.

—¿En el vapor del caldero? —preguntó la joven, tratando de ser más astuta que la anciana, con la esperanza de que le revelara de una vez si era la cara de Donall la que le había mostrado el ramito de milenrama la noche de Beltaine, el rostro de su verdadera alma gemela, que Devorgilla decía haber visto también esa noche, flotando en el vapor de su caldero de hierro.

—En el calabozo, muchacha —dijo la bruja, con una sonrisa sutil y cargada de picardía—. Y fue suficiente.

—¿Suficiente para qué? —estaba tan alterada que el timbre de su voz asustó al pequeño Bodo, que gimió reclamando su atención. Isolde lo acarició. Consolar a un ser asustado fue un alivio para ella entre tanto sufrimiento.

—Suficiente. Nada más que eso —dijo Devorgilla, críptica—. Ya deberías saber que no me atrevo a revelar todo lo que veo, si lo hiciera ofendería a quienes confieren esos dones —se adelantó lentamente, arrastrando los pies, y acarició la mejilla de Isolde con la violeta del pantano—. Ah, muchacha... ¿No sabes aún que hay cosas que debemos ver por nuestros propios medios?

Incómoda, Isolde miró la pequeña flor que Devorgilla sostenía en sus ancianas manos manchadas por el tiempo.

—Entonces dime qué es lo que sabes, por favor, no puedes comenzar algo y luego no acabar. Me tienes en ascuas —frunció el ceño, presa de la confusión más absoluta.

Una sonrisa de sabiduría se dibujó en los labios de Devorgilla.

—Los tesoros más valiosos aparecen en los lugares más inesperados —declaró, depositando la flor en la canasta.

«Los caballeros admiran a las muchachas con fuego en el corazón», creyó escuchar Isolde. Eran las palabras de MacLean, que viajaban en alas de una brisa suave y cálida, tan deliciosa como para erizarle la piel de los brazos. Frunció el ceño y se encogió de hombros.

—Quiero que le hagas llegar un mensaje a Balloch MacArthur —se apuró a decir, antes de que el súbito coraje que sentía la abandonara.

Devorgilla parpadeó, perpleja.

—Todas las tormentas pasan, muchacha, hasta la más terrible —dijo, reemplazando su habitual reserva con preocupación—. No es sabio despertar a un perro que duerme.

Isolde le dio la espalda; la preocupación de Devorgilla sólo avivaba su propio fuego.

—Es demasiado tarde —repuso, tratando de tragar el frío nudo que comenzaba a formarse en su garganta.

Como si hubiera sabido que su ama necesitaba consuelo, Bodo se frotó contra las piernas de Isolde. Ella se agachó para rascarlo detrás de las pequeñas orejas, suaves y flojas.

—¿Puedes enviar un mensaje a Balloch MacArthur? —preguntó mientras se incorporaba—. ¿Puedes hacerlo?

La bruja juntó los labios y permaneció en silencio, mirándose las botas negras.

—Devorgilla... —insistió Isolde, mientras la anciana exploraba entre unos matorrales con la punta gastada de su bota—. ¿Puedes?

—Dime por qué.

«Muchachas con fuego en el corazón».

—Porque te lo estoy pidiendo —respondió la joven, sintiéndose bastante audaz.

La bruja miró el firmamento.

—Pronto lloverá —predijo—. Será una tormenta terrible.

Ni una sola nube se dibujaba en el cielo.

—Hay vidas que dependen de que le envíe un mensaje a Balloch —insistió Isolde, probando una nueva estrategia—. Y no sólo la de Donall MacLean.

Con eso logró hacerse con la atención de la *cailleach*.

—¿Las vidas de quién?

—Gavin MacFie, para empezar —dijo Isolde, tratando de convencer a la anciana de la urgencia de su misión—. Y dos hermosos caballos.

Sin pestañear, Devorgilla se sentó sobre su canasta, con los puños en las caderas.

—Será mejor que me digas qué está ocurriendo.

Isolde se lo contó, repitiendo todo lo que había escuchado en la sala esa mañana. Cuando terminó, Devorgilla sacudió la cabeza, mirando la extensión de los páramos, en dirección a Dunmuir.

—Esto no me gusta nada —murmuró, sin saber que estaba repitiendo lo que uno de los ancianos había dicho—. Te estarás metiendo en terreno peligroso si haces eso, muchacha.

«Una muchacha hermosa y audaz».

—Debo hacerlo —las dos palabras salieron de sus labios como un rayo—. ¿Puedes hacer que mi mensaje llegue hasta Balloch?

La bruja recogió su canasta.

—Sí, puedo hacerlo —afirmó, tras una pausa larga e incómoda—. ¿Qué quieres decirle?

—Que estoy embarazada —contestó, dejando que la muchacha audaz que había en su interior hablara por ella—. Quiero que sepa que llevo el hijo de otro hombre en el vientre.

* * *

Muchas horas después, Isolde se encontraba en el pasaje abovedado fuera de la capilla de Dunmuir, escuchando el rugido estridente de los truenos. Los estruendos eran tan intensos que hacían temblar el suelo de piedra bajo sus pies.

Devorgilla había predicho una tormenta violenta, e Isolde no lo había creído, al menos hasta que, unas horas después de su reunión, las nubes se instalaron en el cielo de la tarde, cubriéndolo rápidamente de nimbos grises y amenazantes, cargados de rayos, que viajaban en alas de las ráfagas violentas y gélidas provenientes del mar. Tal como la bruja había predicho.

Isolde sintió un escalofrío y se ajustó el *arisaid* de lana alrededor de los hombros. Que la Virgen la ayudara si las demás profecías de Devorgilla también se cumplían. Iba a necesitar más entereza de la que tenía en ese momento para enfrentarse al clamor furioso de Balloch MacArthur. Dunmuir ya había resistido demasiadas penas en los últimos tiempos, y no necesitaba que un error suyo desatara más caos y desastre.

Con un nudo en el estómago, se acercó al cerrojo de hierro de la puerta de la capilla. Había dejado sus ofrendas en el pozo sagrado anteriormente, y ahora debía rezar las plegarias de cada día por el alma de su hermana, junto con algunas otras por su propia alma y las de todos. Con esa intención, ingresó a la penumbra del pequeño oratorio y cerró la puerta a sus espaldas.

En un instante, el terror de se apoderó de ella. Toda la entereza que creía poseer desapareció en un instante.

No estaba sola. Había alguien más en la capilla: una presencia que podía sentir, pero no ver. ¿Era Lileas? Con una mano en el corazón, dio unos pasos hacia atrás, hasta que sintió la puerta cerrada contra sus espaldas. Allí se quedó. Allí se quedaría, al menos hasta que pudiera reunir el coraje suficiente para huir.

Sentía el sabor metálico del miedo sobre la lengua, mientras miraba la penumbra y sus ojos se acostumbraban a la oscuridad. Alguno de los ancianos debía de haber estado antes en la capilla, porque las velas del altar lateral estaban encendidas. La luz que emanaban, si bien no era suficiente para iluminar la atmósfera de tinieblas, lograba calmar un poco a Isolde.

La joven frunció el ceño, confundida. No sabía de nadie más que encendiera velas para Lileas. Con la esperanza de calmar sus nervios, se llenó los pulmones con el aire rancio y viciado de incienso de la capilla. Sin embargo, junto con el aroma a incienso, le llegó otra fragancia muy leve, que Isolde, extrañamente, creyó conocer: un matiz oscuro y femenino que no había terminado de mezclarse con el olor rancio de la capilla y las piedras húmedas del suelo.

Una vez más, la sensación de que no se encontraba sola le llenó la espalda de escalofríos y le erizó el vello de la nuca. Mordiéndose el labio inferior, recorrió las sombras con la mirada. Algo se movió. Quizás fue a causa de una corriente de aire o por sus propios nervios, pero algo se había movido, seguido por un sonido leve, pero claro. Isolde miró en dirección a la fuente del sonido y dejó escapar un grito de terror... ¡Su hermana muerta se estaba incorporando frente al altar lateral, con el rostro cubierto por un velo!

—No temas, soy yo —dijo Lileas, con un tono de voz distinto al que tuviera en vida, más lleno y más ronco. La muerte también le había dado una figura más voluptuosa que la que tenía cuando estaba viva.

El espectro avanzó hacia su hermana con gracia y fluidez. El velo negro danzaba en torno a su silueta, y una fragancia femenina y oscura flotaba a su alrededor como una nube exótica: un perfume exuberante, de almizcle, que la inocente Lileas jamás habría utilizado.

—No me miréis como a un fantasma, milady —dijo el espectro, apartándose el velo que le cubría el rostro—. Soy yo, Evelina.

Isolde sintió que el alivio la invadía el cuerpo como un bálsamo.

—Juro por mi vida que me habéis asustado, señora.

Evelina acomodó sus rizos, negros como la noche, y luego ajustó los pliegues de la capucha sobre sus hombros.

—Ya os he dicho que no soy ninguna señora, pero me alegra que me llaméis así —le dijo a Isolde, con una sonrisa de agradecimiento—. Sois muy amable.

—¿Qué... qué hacéis aquí? —jadeó Isolde; cada latido de su corazón era una prueba irrefutable de que seguía sobresaltada—. Sois la última persona que esperaba ver en este lugar.

—¿Os referís a vuestra capilla o a Dunmuir?

—A ambos —fue la respuesta sincera de Isolde.

Evelina se encogió un poco de hombros.

—Nada es imposible si uno es discreto —dijo, mostrando el envolvente manto negro y la capucha que llevaba—. Si acaso os he ofendido...

—No he querido decir... —Isolde se cruzó de brazos, como tratando de ocultar la vergüenza que comenzaba a embargarle el pecho—. Sois bienvenida aquí, ya os lo he dicho.

La sonrisa de Evelina también adoptó un cariz de vergüenza.

—Sé que me lo habéis dicho y os lo agradezco.

El pulso de Isolde ya había vuelto a la normalidad cuando miró la hilera de velas que iluminaba el altar lateral.

—¿Vos las encendisteis?

La mujer asintió.

—Alguien tuvo la gentileza de decirme que veníais aquí a rezar por vuestra hermana, y decidí rezar un par de plegarias en su memoria mientras esperaba.

Isolde suspiró.

—Gracias.

Evelina posó una mano sobre el brazo de Isolde, con gesto fraternal.

—He oído muchas cosas buenas de Lileas —dijo, con un dejo de melancolía—. Ojalá la hubiera conocido.

—Pero supongo que no habéis venido aquí a hablar de mi hermana.

—No. Hay algo que debo deciros —contestó Evelina, con la voz llena de preocupación mientras aferraba las manos de Isolde—. Os ruego me perdonéis por tomarme esta libertad, pero debo pediros que no mandéis ese mensaje a Balloch MacArthur.

Isolde quedó boquiabierta, presa de la sorpresa.

—¿Cómo...? —dejó que las palabras se perdieran en el aire, demasiado avergonzada para completar las preguntas que le quemaban la punta de la lengua.

La libertina no tenía esos miramientos.

—¿Cómo obtuve información tan confidencial?

—¿Sabéis cuál es el mensaje?

Isolde sintió un nudo insoportable en la garganta, mezcla de vergüenza y perplejidad.

—No estaría tan preocupada si no lo supiera —Evelina soltó las manos de Isolde—. Vine inmediatamente después de enterarme. MacArthur es un hombre violento —desvió la mirada, pero Isolde había advertido el brillo de terror en sus ojos cuando pronunció el temido nombre.

—¿Lo... conocéis?

—Lo conocí, sí —Evelina volvió a posar la mirada sobre Isolde, con un brillo de melancolía en los hermosos ojos oscuros—. Pero sólo estuve con él en una ocasión, y fue más que suficiente.

—Lo lamento —Isolde posó su mano sobre el brazo de Evelina, tal como ella hiciera antes para consolarla.

—Ocurrió hace tiempo, y es mejor olvidarlo —los ojos de Evelina brillaron con unas lágrimas que comenzaban a acumularse—. Pero agradezco que os importe.

—No me habéis dicho cómo sabéis que le he enviado un mensaje.

La sonrisa cálida de Evelina se dibujó sobre sus labios una vez más.

—¿Cómo creíais que iba a hacer llegar Devorgilla vuestras nuevas hasta la lejana isla de los MacArthur?

—¿Vos? —Isolde la miró fijamente y recordó la ocasión en que Evelina le había dicho que Gavin la abastecía de provisiones—. Pero ahora sir Gavin...

—Sí, sir Gavin está detenido —hizo un gesto con la mano para evitar que Isolde la interrumpiera con más preguntas—. Hay otros... digamos... viejos amigos, que se ocupan de mis necesidades, y cualquiera de ellos me ayudaría de muy buen grado a enviar una misiva —fijó sobre Isolde una mirada penetrante—. Pero soy yo la que preferiría no llevar a cabo la tarea.

Se hizo a un lado y comenzó caminar frente al altar lateral. El dobladillo de su capa susurraba al rozarle los tobillos, danzando como una nube negra, una nube de tormenta. Levantó la mano como para suplicar, pero la dejó caer al instante.

—Darle semejantes noticias a un hombre como Balloch no puede traeros nada bueno.

Isolde juntó las manos a la altura del pecho. No podía dejarse avasallar por la otra mujer.

—A mí tampoco me gusta inventar mentiras, pero si no lo hago enviará a su heraldo en menos de un mes para concertar nuestro compromiso, y no puedo dejar que eso ocurra.

—¿Y vuestro plan para evitar la llegada de este heraldo consiste en decirle a Balloch que lleváis el hijo de otro hombre en las entrañas? —el hermoso rostro de Evelina mostraba la misma preocupación que el de Isolde—. Señora, se pondrá furioso. Nada lo traería aquí con mayor rapidez. Balloch MacArthur es un hombre orgulloso.

Isolde miró el lugar donde depositaran el cuerpo de su hermana, y sintió que el recuerdo de esa Lileas tan pálida y silenciosa le desgarraba el corazón. La imagen permanecería para siempre en su mente. En esa ocasión, la pobre y dulce Lileas parecía sólo dormida, lista para despertar de un momento a otro. Pero no despertó ni lo haría jamás.

Y con su muerte, Lileas había obligado a su hermana a recorrer un camino que no conocía. Y se había perdido.

Cerró los ojos, dejando que un silencio abrumador se abatiera sobre la capilla, un silencio tangible, espeso y absoluto, interrumpido sólo por el rugido grave del trueno y los latidos de su corazón.

Tras una larga pausa, abrió los ojos y buscó la mirada consternada de Evelina.

—Ese orgullo es mi única esperanza —reconoció—. Los ancianos planean ejecutar a Donall MacLean cerca del solsticio de verano —Isolde sintió que sus propias palabras le helaban la sangre—. Y él y yo aún no hemos... no hay tiempo suficiente para que yo... para que yo quede verdaderamente... —dejó que las palabras se perdieran en el aire y comenzó a caminar, tal como Evelina había hecho unos momentos atrás. El eco de sus pasos nerviosos contra las piedras del suelo llenó la capilla—. Mi esperanza es que, si Balloch se entera de que estoy embarazada de otro hombre, su orgullo lo obligue callar —se detuvo frente al altar y comenzó a arreglar, sin darse cuenta, unas arrugas de la mortaja negra que habían dejado allí en memoria de Lileas—. Estoy segura de que renunciará al compromiso si se entera de algo así.

—Comprendo —dijo Evelina, con un tono que distaba mucho de ser alentador.

—¿Pero no creéis también que su orgullo le impedirá venir? —Isolde mantenía la vista fija sobre la mortaja del altar y la llama débil de las velas.

—No, no lo creo.

Isolde se volvió para mirarla.

—¿Entregaréis el mensaje de todos modos?

Evelina hizo una larga pausa antes de asentir.

—Si es lo que deseáis...

—Sí —dijo. Deseó no haber visto la sombra que cubrió el rostro de la otra mujer en cuanto ella pronunció esa palabra.

—Que así sea, entonces —aunque la perturbación era evidente en los ojos oscuros de la mujer, logró dibujar sobre sus labios una de sus cálidas sonrisas. Esa imagen llegó al corazón de Isolde, que comenzó a sentir que la humedad le quemaba los ojos. Tomó la mano de Evelina.

—Os lo agradezco —dijo—. Y algún día devolveré vuestra gentileza.

Los ojos de Evelina también brillaron, y la libertina desvió la mirada, como si estuviese avergonzada de mostrarse emocionada.

—Ya lo habéis hecho —murmuró—. Con creces.

Tras ese arrebato de emoción, Evelina volvió a adquirir su postura de digna frialdad. Soltó la mano de Isolde, extrajo una pequeña bolsa de cuero que tenía entre los pliegues de su capa y se la entregó.

—Éste es el rubor de rosas que os mencioné. Usadlo como os he dicho y podréis acelerar vuestro progreso con MacLean.

«Rubor de rosas», pensó Isolde mientras aferraba la pequeña bolsa y sentía el frasco que había en su interior. Era bermellón: grasa de ganso, teñida de rojo y con fragancia de rosas; pintura de rameras, que debía untarse sobre los pezones. Evelina le había asegurado que no había forma más eficaz de avivar la lujuria de un hombre, cuando hablaron sobre el millar de métodos que podía utilizar para seducir a Donall el Bravo. «Rubor de rosas», volvió a pensar. La mera sensación del frasco contra su mano le llenaba las mejillas de color.

—Debéis utilizarlo —la alentó Evelina—. En especial ahora.

Isolde tragó saliva y asintió.

Evelina posó el dorso de su mano contra la mejilla sonrojada de Isolde.

—Cuanto antes sucumba MacLean, más posibilidades tendréis, señora.

«¿Y qué pasa si soy yo quien sucumbe?», pensó Isolde, con palabras que resonaron en su corazón con un estruendo tan aterrador como el de los truenos que desgarraban la noche. Evelina arqueó una ceja negra y elegante, como si también las hubiese oído.

—Si lográis complacerlo... quizás él también os complazca.

Avergonzada, Isolde restregó los pies contra el suelo. Su rostro, su cuerpo todo, ganaban temperatura con cada minuto que pasaba. A ese paso, el fuego de sus mejillas sería tan intenso como el de una antorcha bien embebida en resina.

Evelina respiró hondo.

—Debo irme —dijo, quitando la mano de la mejilla de Isolde. Cuando comenzaba a retirarse, la joven la tomó del brazo.

—No podéis iros con esta tormenta. Pasad la noche aquí. Pediré comida y...

—Gracias, pero ya me han ofrecido un buen catre para la noche y hasta una abundante cena —contestó Evelina, con un tono extraño en la voz—. Os deseo suerte con MacLean —agregó, antes de encaminarse hacia la puerta. Con una mano en el cerrojo, se detuvo y se volvió para mirar a Isolde—. Nunca olvidéis que el camino que conduce a la mayor felicidad suele estar plagado de peligros y es, a menudo, el más largo que debemos recorrer.

Tal como esperaba, las palabras llegaron directamente al corazón de Isolde. Como si hubiera sabido que habían logrado su objetivo, regaló a la joven una última sonrisa.

—Debéis saber también, señora, que las recompensas que os esperan al final de la travesía valen más que el rescate de un rey —dicho eso, traspuso la puerta y la cerró con fuerza a sus espaldas.

* * *

Donall gruñó cuando una ola se estrelló contra sus costillas.

—¡Por las heridas de Cristo! —maldijo, pestañeando con fuerza para quitarse el agua de los ojos—. ¡Por los santos, por María y por José! —continuó, mientras una ola aún más grande que la anterior rompía sobre su cuerpo.

Sacudió la cabeza, escupiendo, tratando en vano de despejar su visión, aunque no le importaba averiguar cuánto había subido la marea desde el comienzo de la tormenta que se había desatado hacía más de una hora. La lluvia lacerante llegaba de costado, a través de la entrada de la ruinosa torre que daba al mar.

Las gotas eran frías y duras como perdigones de acero, y las ráfagas de lluvia las lanzaban contra él con una fuerza equiparable a la de las olas que le goleaban las piernas con violencia. Forzó la vista en dirección del mar abierto y vio... la nada. Sólo la negrura del agua revuelta y frenética de olas, iluminada de vez en cuando por el brillo del rayo contra el cielo furioso de la noche.

Haciendo uso de todas sus fuerzas, se aferró a la cadena fría y húmeda que ascendía tirante por encima de su cabeza. Utilizó los músculos de brazos y hombros y se alzó por encima de la furia de las olas. Cerró los párpados con fuerza para proteger sus ojos de las dagas de agua salada y comenzó a rezar a todos sus santos patronos y a algunos otros más.

Si un rayo no lo mataba pronto, el rompiente furioso lo haría. De cualquier modo, a menos que los dos bufones de la muchacha lo sacaran pronto de ese pozo infernal, no tendría que enviar sus plegarias al cielo por mucho más tiempo; si no lo sacaban rápido de allí, tendría la posibilidad de hablar con los santos en persona.

—Bajadlo —resonó una voz fuerte, como una orden, deliciosa para los oídos de Donall. Demasiado deliciosa, quizás, porque la voz no tardó en desaparecer bajo el rugido del mar y el aullido estridente del viento. Tal vez había sido su imaginación o, quizás, el engaño de un duende del mar, deseoso de agregar a su lista la muerte, cada vez más cercana, de otro hombre.

—¡Rápido! —la voz volvió a alzarse. Era extrañamente conocida, pero no era la de ninguno de esos dos remedos de guardias. Aun así, sin duda, era una voz humana. Ninguna sirena trataba de arrastrarlo hasta sus garras acuosas—. ¡Ahora! —ordenó la voz, y Donall murmuró unas plegarias de agradecimiento. Ya hablaría con los santos en otra ocasión, no tenía prisa.

Esforzándose para no dar muestras del alivio que sentía, estiró el cuello en dirección a la voz y abrió los ojos doloridos, sólo un poco: tres siluetas masculinas se movían por la estrecha cornisa. Reconoció a los dos guardias en dos de ellas, pero no pudo discernir quién era el tercero. Habían puesto antorchas en los soportes de las paredes y las llamas danzaban y se estremecían bajo la fuerza del viento, cubriendo con su fulgor anaranjado las paredes toscas y húmedas de la torre y también a ellos. Eran como tres dragones surgidos de las profundidades del infierno.

Pero a Donall le parecieron más hermosos que la más sagrada comitiva de ángeles, sobre todo cuando dos de ellos bajaron con rapidez la empinada escalera, se zambulleron en la rompiente y comenzaron a avanzar hacia donde él estaba. Sin embargo, no tenía la más mínima intención de darles las gracias. Los esperó con una máscara de indiferencia.

—No trates de mostrarte agradecido, bastardo hijo de perra —bramó Rory en cuanto llegó junto a Donall. Con una mueca feroz de odio, hundió los brazos en la espuma de las olas y comenzó a gruñir, mientras trataba de soltar la cadena de las pesas que lo habían mantenido suspendido en el aire desde el alba.

El gigante llegó un instante después, avanzando trabajosamente a través de la corriente, y también miró a Donall con odio.

—Parece que tienes más de un amigo allá arriba —dijo, y envolvió con los brazos imponentes la cintura de Donall, sosteniéndolo en el preciso instante en que la cadena cedía y salvándolo de sumergirse bajo las olas—. Preferiría hundir en el agua esa cara fea que tienes antes que sacarte de aquí —amenazó Niels, aferrando la parte superior del brazo de Donall, justo cuando Rory hacía lo mismo con el otro brazo, para arrastrarlo fuera de la rompiente, hacia los resbaladizos escalones que llevaban a la cornisa.

Sin soltarlo, lo condujeron frente al tercer hombre, quien entregó a Donall un trozo de tela para que se secara y le envolvió los hombros con una cálida manta de lana. Por un instante, Donall contempló la posibilidad de lanzar la tela y la manta al mar, pero sus ansias de escapar le obligaron a ser astuto y a no dejarse dominar por las emociones. Debía esperar el momento adecuado. Y eso haría.

Con la postura más recta que el cuerpo dolorido y entumecido le permitía adoptar, se frotó el trozo de tela contra los ojos, hasta que desapareció casi todo el ardor. Al abrirlos, reconoció con sorpresa a su salvador: no era sino ese bastardo de cara adusta que con tanta arrogancia se había plantado frente a la rendija por donde entraba el aire, el primer día de cautiverio de Donall, el más joven de los ancianos, aquél a quien Isolde llamaba Lorne. Estaba de pie frente a él, altivo y orgulloso, tan arrogante como en esa ocasión. Sin embargo, había un brillo extraño en sus ojos.

—Vos —dijo Donall. Nada más.

El anciano asintió con parquedad.

—Soy Lorne —se presentó, antes de dirigirse a Rory y a Niels—. Traedle agua —ordenó y, cuando Rory ya se alejaba, agregó—: Agua fresca.

Mientras el bruto de cara deformada llenaba una copa en un balde de madera que descansaba junto a la entrada del corredor, Lorne miró las manos temblorosas de Donall. El caballero juntó los labios y trato de controlar el temblor, pero sus manos estaban demasiado entumecidas por el frío y demasiado débiles después de haber soportado durante tantas horas el peso de su cuerpo colgado del techo.

—Ayúdalo —ordenó Lorne, fijando sobre Rory una mirada adusta mientras éste regresaba con la copa.

Rory estaba indignadísimo, pero obedeció las órdenes del anciano de todos modos y acercó la copa a los labios de Donall para que pudiera beber. El agua fresca y dulce recorrió como un bálsamo la garganta del caballero, que jamás había tomado una libación con tanto placer. Sin embargo, en cuanto Rory alejó la copa, volvió a concentrarse en el anciano.

—¿A qué se debe vuestra clemencia? —preguntó, sin poder creer el tono áspero y reseco que tenía su voz.

Las facciones adustas de Lorne no perdieron ni un ápice de rigidez, y tampoco su postura. Con los anchos hombros erguidos y las manos a la espalda, miraba fijamente a Donall, sin pestañear. El brillo incomprensible que seguía iluminándole los ojos era el único indicio de que algo había generado esta inusual muestra de consideración.

—No os equivoquéis, MacLean —la voz grave era tan imponente que se dejaba oír sobre el rugido del mar y la tormenta—. La muerte de Lileas aún está sobre vuestros hombros, y no hay duda de que tomaremos vuestra vida para vengar la pérdida de la de ella. Sin embargo, soy un hombre honorable.

Donall no dijo nada y se limitó a arquear una ceja. No estaba dispuesto a ponerse en ridículo una vez más con esa voz que sonaba más como la de una rana que como la de un hombre.

—Como guerrero, como el guerrero que alguna vez fui —continuó Lorne—, respeto vuestro valor —tomó aire antes de proseguir—. Como hombre, en cambio, os desprecio por haber participado en el asesinato de una inocente. Sin embargo, mi honor de caballero me impide dejar sin recompensa vuestra fuerza de voluntad y vuestra sorprendente resistencia.

Donall lo miró fijamente, perplejo. No podría haber hablado, ni siquiera con la garganta menos áspera y seca.

Luego de inclinar la cabeza con un gesto casi respetuoso, Lorne se dirigió a los dos guardias cobardes.

—Llevadlo a la celda de su amigo.

Rory lo miró boquiabierto. Niels apretó los labios y fijó la vista en las goteras del techo.

—Pero, señor... —protestó Rory—. El consejo...

—Yo me encargaré del consejo —contestó Lorne—. Ocúpate de que reciba un baño caliente, sus propias ropas y una buena comida, suficiente para él y para MacFie.

—Por todos los dioses... —maldijo el gigante, pasándose una mano enorme por la maraña húmeda de pelo rojo.

La cara de Rory adoptó un matiz purpúreo.

—Prefiero rascarle el trasero al demonio.

El anciano echó a andar en dirección a la entrada de la cueva. Pero, como los otros dos no dejaran de despotricar, se detuvo a mitad de camino y se volvió para enfrentarse a ellos. El resplandor de las antorchas sobre su cara adusta le hacía parecer temible y Donall pensó que, en su juventud, debió haber sido un digno contrincante en el campo de batalla.

—Haced lo que os he dicho —Donall supo instintivamente que ni Rory ni el gigante se atreverían a desobedecer. Lorne, como si también lo hubiera sabido, miró una vez más al prisionero—. No me deis razones para arrepentirme de mi indulgencia.

Dicho eso, se retiró, desapareció en el fulgor anaranjado que provenía del pasaje de la pared de la ruinosa torre, y Donall quedó en compañía de los irascibles guardias de la hermosa muchacha.

II

¡POR LA CRUZ, DONALL! —GAVIN MACFIE SE PUSO en pie trabajosamente y avanzó tanto como le permitió la cadena que le ceñía el tobillo—. ¡Alabados sean los santos! —exclamó, fundiéndose en un abrazo fraterno con Donall—. Creí que estabas muerto. No querían decirme nada —soltó a Donall, con la cara iluminada por una sonrisa radiante.

Donall devolvió el gesto de su amigo con una sonrisa socarrona.

—Este lugar está repleto de truhanes que pretenden verme con una soga al cuello —dijo, lanzando una mirada a los dos guardias que, con expresión de fastidio, fijaban su cadena a una pesada anilla de hierro en la pared de la celda de Gavin—. Sin embargo —agregó, afectando tanta jovialidad como le permitía el tono áspero de su voz—, me niego a darles el gusto.

—Bastardo arrogante —gruñó Rory entre dientes, tirando de la cadena para comprobar la resistencia de la anilla de hierro. Aparentemente satisfecho con el resultado de su prueba, se encaminó presuroso hacia la puerta—. Si no fuera por nuestra confundida señora, estrellaría mi puño contra esa sonrisa tuya una y otra vez, hasta que escupieras el último de tus dientes.

—Cálmate —lo amonestó el gigante, haciéndose a un lado para dejar pasar una fila de mozos de cocina, que miraban el interior de la celda con ojos desorbitados y llevaban algún tipo de paquete en los brazos esmirriados—. El solsticio de verano está cerca, pronto los cuervos estarán pelándose por sus huesos.

—¿Ah, sí? —Gavin crispó los puños—. Dame mi espada, y veremos quién termina como carroña para los pájaros.

Donall se recostó contra las rocas ásperas de la pared y afectó una actitud de indeferencia. Levantando una mano, fingió examinarse los nudillos.

—Ya sabes lo que dicen, Gavin; perro ladrador poco mordedor.

Gavin estalló en una carcajada, echando hacia atrás su maraña de pelo cobrizo. Para sorpresa de Donall, hasta el gigante torció la boca con una breve mueca de furia, pero logró contenerse. Rory escupió, con la mirada inyectada de ira; nadie se habría sorprendido si sus ojos hubieran comenzado a despedir humo.

—Empieza a rezar, bribón hijo de perra —gruñó Rory, desenfundando su daga como un rayo. Sólo llegó a avanzar un paso antes de que el anciano caballero, el inesperado defensor de Donall, entrara en la celda, con el ceño fruncido.

—Cálmate o te mandaré a limpiar el pozo negro —le dijo a Rory. Con expresión adusta, se paró junto a la puerta, con los brazos en jarra y las piernas, aún musculosas a pesar de la edad, ligeramente separadas. Hizo un gesto en dirección de la daga de doble filo que llevaba Rory—. Enváinala.

—Lo que querría hacer es hundírsela en el pescuezo —mascculló Rory. Lanzándoles una última mirada de odio a Donall y a Gavin, guardó el arma en la vaina de cuero que llevaba en el cinturón y salió como una tromba rumbo a la puerta.

—Ocúpate de que se tranquilice —dijo Lorne al gigante, inclinando la cabeza leonina en dirección a la puerta para indicarle que también él debía abandonar la celda.

Niels obedeció y, agachándose para pasar bajo el dintel, se esfumó en la oscuridad del corredor exterior, seguido por los mozos de cocina, que a todas luces estaban esperando una oportunidad para huir de allí.

No bien se acallaron los pasos de la comitiva, Donall se recostó un poco más contra las frías piedras de la pared. No podía más de agotamiento. Si el anciano de expresión adusta no se retiraba pronto, iba a mostrar ante él toda su debilidad pues estaba seguro de que, de un momento a otro, acabaría por derrumbarse.

Miró el catre que los mozos de cocina habían preparado para él. Aunque no era más que un saco basto de lino lleno de paja y helecho, cubierto con una manta gastada, su dudosa comodidad resultaba tan atractiva para Donall como la fastuosa cama con dosel que tenía en Baldoon. Por Dios, estaba agotado. Trató de ocultar su dolor con la mueca de fastidio más oscura que pudo afectar, mientras soltaba un suspiro que, con un poco de suerte, no delataría con tanta facilidad su derrota.

Por fortuna, sus manos habían dejado de temblar. Sin embargo, en ese preciso instante, sintió que la firmeza abandonaba sus rodillas, como si un demonio cruel y malvado estuviese poniéndolo a prueba. Estaba tambaleándose, sus piernas se sacudían con una intensidad que, a ese paso, pronto se oiría más que el estruendo de la tormenta.

Lorne miró por un instante las rodillas de Donall. Las cejas tupidas se arquearon casi imperceptiblemente, pero el caballero no dio ningún indicio más de haber notado algo extraño; sólo se limitó a hacer un gesto con la cabeza.

—Pronto recibiréis vituallas, y luego podréis daros un baño —señalando los bultos de tela que yacían junto a la pared opuesta, agregó—: vuestras ropas. Todo esta intacto, menos las armas. No puedo hacer nada más por vosotros.

—Podríais dejarnos... —comenzó a decir Gavin, pero se detuvo al advertir la mirada de reproche que le lanzaba Donall.

Ignorando la perplejidad de su amigo, Donall se dirigió al anciano.

—Es suficiente, y os lo agradecemos —dijo, sorprendido por sus propias palabras.

A duras penas podía creer que sus labios hubieran resistido la tentación de soltar la respuesta sarcástica que tenía en la punta de la lengua para reemplazarla con cortesías, eran palabras dichas a regañadientes, pero, a decir verdad, no sin respeto para el destinatario; su actitud se ceñía escrupulosamente a las peculiares reglas de caballería que respetaban todos aquellos que alguna vez se habían postrado para recibir con honor el golpe suave de la espada, aliados o enemigos.

—Entonces, señores, os deseo una buena noche.

Hizo una reverencia para honrar el vínculo de caballería que los unía y luego partió.

Gavin soltó un largo suspiro de alivio.

—¿Quién diablos era ése?

—Un amigo —la respuesta salió del corazón de Donall, de un lugar tan profundo que ni siquiera él la comprendía—. No me preguntes por qué, pero creo que está de nuestro lado.

—Un amigo, pero no tan bueno como para liberarnos —repuso Gavin, desplomándose una vez más en su catre.

—Espero que no sea así —respondió Donall, con sinceridad, antes de dirigirse a su lugar de descanso.

—¿Y quién es esta «confundida señora» que mencionó ese perro con la cara deformada? —quiso saber Gavin—. ¿La atractiva jefa del clan MacInnes, quizás?

Donall lanzó una mirada de soslayo en dirección a su amigo. Tal como sospechaba, los ojos color avellana de Gavin tenían un extraño brillo de jovialidad. Donall conocía esa expresión a la perfección y le tenía terror. A decir verdad, le habría tenido terror, si MacFie, con su encanto y su facilidad de palabra, no hubiera sido capaz de aligerar muchas situaciones incómodas. Gavin era en verdad una fuente de alegrías, un amigo leal y un guerrero temible, dotado, además, con la extraña capacidad de ver más cosas que la bruja más adiestrada en la clarividencia. Al menos, algunas veces.

Donall deseaba con toda su alma que no fuera ésa una de esas ocasiones. De todos modos, por si acaso, simuló concentrarse en otra cosa. Era un método que a veces funcionaba para evitar los intentos de Gavin de embarcarse en discusiones filosóficas que nadie había propuesto. Con meticulosidad fingida, tomó el manto de lana, incómodo y cálido, que Lorne le había entregado y comenzó a alisarlo sobre sus piernas extendidas.

Gavin carraspeó, con fuerza. Con una mueca de fastidio, Donall se preparó para recibir el embate bienintencionado que su amigo estaba a punto de lanzar.

—El movimiento incesante de tus dedos sobre esa manta apolillada te delata, amigo mío —comenzó a decir Gavin, golpeándose la barbilla con un dedo extendido—. Conque sí se trata de lady Isolde.

—¿Qué sabes de ella? —replicó Donall, sin llegar a cubrir sus palabras con un manto frío de indiferencia.

Entusiasmándose con el tema de conversación, Gavin extendió los brazos y chasqueó los nudillos.

—Hay quienes dicen que es la muchacha más hermosa que jamás vivió en las islas.

Donall recostó la cabeza contra la pared.

—Es pasable.

—¿La has visto? —preguntó Gavin, sentándose sobre el catre, con los ojos llenos de interés—. Por Dios, sí que tienes suerte, truhán —exclamó, con sorna, pero sin ningún tipo de malicia—. Estas paredes miserables son lo único que yo he visto, el único estímulo que he tenido durante todos estos días.

—Yo no he tenido ningún estímulo —contestó Donall, sin poder comprender por qué estaba molesto con la palabra que había escogido Gavin.

—Aaah... —Gavin torció la comisura de los labios para lanzarle a Donall una sonrisa socarrona—. Ya veo cómo están las cosas.

—Las «cosas» están más allá de los sueños de cualquiera, incluso de alguien con una imaginación tan fecunda como la tuya —Donall se acarició la frente, frustrado—. No me creerías si te lo contara.

—Haz la prueba —dijo Gavin, descansando los brazos sobre las rodillas flexionadas.

—Date por vencido, Gavin. Estoy terriblemente exhausto y sólo quiero dormir —Donall cerró los ojos—. Pronto sabrás qué tipo de trato tengo con la muchacha.

—¿Dormir? —preguntó Gavin, inclinándose para golpear a Donall en las costillas—. Ni te atrevas a pensar en dormir después de decirme algo así. ¿Qué tipo de trato estás disfrutando con ella?

Los ojos de Donall se abrieron súbitamente.

—¡Por mil diablos, MacFie! ¿Tengo el aspecto de alguien que ha estado disfrutando de algo?

Gavin se frotó la barbilla, pensativo.

—Aunque estés mojado y hecho polvo, sigo creyendo que estabas pasándolo bien. ¿Acaso habéis estado retozando junto al mar? —la voz de Gavin evidenciaba que se estaba divirtiendo—. ¿Y ahora estás enojado porque a causa de la tormenta os habéis tenido que separar?

—Ojalá no hubiera pedido tu opinión —dijo, cerrando los ojos para buscar el dulce descanso del sueño que, por Dios, tanto necesitaba.

Sin embargo, aún percibía bajo sus párpados cerrados la sonrisa socarrona y el buen humor que Gavin mostraba, a pesar de la grave situación en la que se encontraban. Y esa imagen le robaba el sueño y el enojo y le recordaba por qué amaba a MacFie, no como a un hermano adoptivo, sino como a uno de sangre. Abrió un poco los ojos y lanzó una mirada de soslayo a su amigo, que seguía sonriendo.

—Por Dios, sí que me alegra verte —dijo, pasándole una mano por el pelo.

La sonrisa de Gavin brilló con más intensidad. Inclinándose para cubrir el espacio entre los dos catres, golpeó a Donall en el hombro, amistosamente.

—A mí también me alegra verte.

—¡Demonios! —exclamó Donall, con una mueca de dolor.

—¡Por Dios! —Gavin palideció—. ¿Qué te han hecho?

—Todo tipo de maldades —suspiró Donall, esforzándose para evitar que sus párpados se desplomaran sobre sus ojos.

«Y las más deliciosas torturas, tan exquisitas que no puedo pensar en otra cosa», dijo para sus adentros.

Gavin se recostó contra la pared, desplomándose. Se pasó una mano por la cara y dejó escapar un prolongado suspiro.

—Por Dios, lo siento —se disculpó—. Bromeando sobre muchachas y frivolidades... sólo trataba de animarte.

—Y lo has conseguido, siempre lo consigues —dijo Donall, frotándose el hombro cuidadosamente mientras hablaba—. Ya estoy un poco mejor.

—¿Deseas contarme qué ha ocurrido?

—Quizás después —borrando de su mente, tanto como podía, el recuerdo de esos encantos exuberantes, Donall se llenó los pulmones con el aroma reconfortante de la lluvia y el mar.

—¿Después? ¿Cuándo?

—Quizás después de la comida y el baño que me han prometido —dijo Donall, acomodando la manta de lana sobre sus piernas una vez más—. Pero considérate advertido: cuando te cuente lo que he estado haciendo, creerás que he decidido transformarme en juglar para escupir las historias más ridículas.

—¿Dónde te han tenido? —insistió Gavin. La mirada clarividente, aguda y penetrante, abandonó por un instante la manta que cubría las piernas de Donall y se posó sobre su pelo, aún mojado—. No me digas que, en su estúpido afán de venganza, te ataron a una roca en el mar.

Donall arqueó una ceja.

—Algo parecido —confirmó. Decidió que no tenía sentido seguir ocultándolo y, soltando un suspiro lastimero, describió el viejo calabozo del torreón del mar y cómo había pasado los días colgado de una cadena, entre las goteras del techo.

—¡Por los santos y los profetas! —exclamó Gavin, con los ojos color avellana desorbitados.

Donall soltó un bufido sarcástico.

—Te aseguro que hace siglos que este extremo de Doon no ve a los venerables hombres que tú acabas de nombrar, amigo —recorrió con la vista las paredes de piedra de la estrecha celda y agregó—: Me alegro de que a ti te hayan reservado una forma de hospitalidad menos terrible. Al menos las paredes no están cubiertas de porquería, y no hay cosas reptando y alimentándose entre los juncos mugrientos del suelo.

—Por Dios que me mira, han ido demasiado lejos...

—Sí, en verdad han ido demasiado lejos —estuvo de acuerdo Donall. El sufrimiento que padeciera en los confines terribles de su primera celda e incluso en el calabozo del mar, le parecía más lejano que el recuerdo del esplendor de la corte de Robert Bruce y de todas las muchachas, hermosas y dispuestas, con las que se había acostado allí.

Dejó de hablar y fijó la mirada sobre las llamas que danzaban en la antorcha que Lorne había dejado en el soporte de hierro de la pared. La luminosidad que despedía era suave y agradable, un oasis de comodidad entre las sombras negras, un contraste cálido con la luz fría y argéntea que irrumpía en la celda cada vez que el rayo de la tormenta desgarraba el cielo, un resplandor brillante y dorado en un mar de oscuridad.

Era un fulgor áureo idéntico al de las trenzas de la muchacha, hijo del mismo fuego que, Donall sabía, corría por las venas de la joven: pasión descontrolada, que ella ni siquiera sabía que poseía. Hasta que él se lo demostrara.

Donall se sobresaltó y lanzó una rápida mirada a Gavin. El sueño se había apoderado de él por un instante; no sabía si había pronunciado en voz alta esas últimas palabras o si sólo las había pensado mientras le recorrían la conciencia, desafiándolo y provocándolo, tal como la bella dama que las había inspirado.

—¿Qué has dicho? —preguntó Gavin, con un tono de voz demasiado inocente—. Si sigues mascullando, los truenos no me dejarán oírte.

Donall hizo una mueca; no necesitaba ver la expresión soberbia del clarividente para darse cuenta de que, de hecho, había pronunciado esas palabras y, por desgracia, con suficiente intensidad como para que su amigo las escuchara.

—He dicho «espera a que te cuente dónde he pasado las noches» —dijo, tratando de reparar su desliz.

—¿Por la noche te llevaban a otro lugar? —el interés de Gavin ya era absoluto.

—Sí —con la vista baja a propósito, para evitar la mirada penetrante de su amigo, Donall continuó acomodando la manta sobre sus piernas, pues aún le temblaban las rodillas. Nunca había tenido tanto frío ni se había sentido tan exhausto. Un baño caliente sería como una bendición del cielo.

—¿Te torturaban por las noches? —preguntó Gavin.

Donall no se atrevió a mirarlo, pues sabía que la imaginación fecunda de su amigo estaba preparándose para atacar con todas sus fuerzas. Otra vez sintió un golpe contra las costillas. Presa de la frustración, se pasó una mano por la cara, tratando de atenuar su fastidio. Cuando sintió que se había aplacado un poco su enojo, lo suficiente como para buscar los ojos penetrantes de su amigo, le lanzó una mirada cargada de furia.

—Sí, mis noches también han sido horribles —admitió—. Unas orgías mucho peores que los tormentos que me aplicaban durante el día.

Gavin ladeó la cabeza desgreñada.

—¿Por qué creo que estás hablando de la jefa del clan MacInnes?

Donall lo miró con odio, mordiéndose los labios. Por Dios, era cierto... Gavin podía leer la mente. En ese momento, no se habría sorprendido si le hubieran dicho que podía ver a través de la más infranqueable de las murallas de Baldoon.

Gavin mostró una vez más su sonrisa socarrona.

—Dime, ¿por qué no puedo evitar pensar que te refieres a ella?

Donall suspiró, liberando el aliento que había estado conteniendo.

—Porque... —empezó, aceptando la irrefutable victoria de su amigo—. Porque estoy refiriéndome a ella.

* * *

Isolde se mordió el labio y trató de no pensar en cuánto tiempo llevaba esperando. Maitines había quedado atrás y el alba se acercaba. Incluso la feroz tormenta había terminado, llevándose todo su estruendo para lanzar sus terrores en otro rincón desprevenido de la noche. La furia de la tormenta que Devorgilla vaticinara con tanta precisión se había atenuado, y sólo quedaba una estela de llovizna y humedad.

Sin embargo, el caos que Isolde sentía en lo más profundo de su ser se intensificaba con cada latido de su corazón y con cada segundo agónico que pasaba esperando la llegada de Rory y Niels, que debían traerlo hasta su alcoba para continuar con... los besos de caballero.

Miró el candelabro labrado en plata que adornaba la mesa, un tesoro que había recuperado furtivamente de la alcoba de sus padres, vacía y carente de vida desde la muerte de su padre; un lugar oscuro, lleno de telarañas, recuerdos y algunas cosas bonitas, como el candelabro. Con el ceño fruncido, recorrió con los dedos el brillo de la base argéntea. Había pasado una hora lustrándolo para que recuperara su belleza original. Incluso había buscado velas aromáticas de cera de abeja: todo para impresionar a MacLean. Pero no había ido.

Las velas, que en algún momento de la noche resplandecieron de elegancia, ya no eran más que trozos deformes de cera que se enfriaban en el candelabro. Las esperanzas de la joven para esa noche sufrieron un destino similar. Al igual que las velas, ya se habían extinguido.

Al menos había cenado bien, y Bodo tampoco podía quejarse. De la fastuosa comida que creyó disfrutaría junto a Donall esa noche, no quedaban más que restos en la bandeja. Incluso le había ordenado al cocinero que entregara las vituallas en persona, pues no confiaba en Rory, por miedo a que Devorgilla lo abordara en el camino y lo engañara con otro de sus trucos impertinentes. Sí... había cenado bien, pero no le habían dado besos de caballero.

Con un suspiro, se puso en pie. No recordaba cuántas veces lo había hecho esa noche, pero, una vez más, atravesó la alcoba, abrió la puerta y lanzó una mirada furtiva hacia las sombras del siniestro corredor. Estaba desierto. Crispando las manos con ira, juró que hablaría con Niels y Rory a primera hora. Ninguno de los dos se había dignado decirle por qué no habían llevado a MacLean a su alcoba.

Se odió por estar tan preocupada. Cerró la puerta con violencia y recostó la espalda contra la solidez de la madera, cuya firmeza la obligaba a pensar en la dureza y los músculos del ancho torso de Donall MacLean.

—¡Alas de murciélago y uñas de rana! —maldijo, apropiándose de una de las frases favoritas de la *cailleach* y separándose de la puerta. Por más que fueran sandeces sin sentido, repetir las maldiciones de la bruja la hacía sentirse mejor. ¡Por todos los santos, hasta se había pintado los pezones para ese arrogante señor de los besos!

El calor comenzó a apoderarse de sus mejillas y de otras partes de su cuerpo que es mejor no mencionar. Tomó el pequeño frasco de rubor de rosas y lo miró con odio. ¿Realmente había pensado en presentarse ante Donall el Bravo con la camisola traslúcida que Evelina la había obligado a usar, con los pezones teñidos de rojo, evidentes a través del vestido?

Sí, realmente lo había pensado. Y esa certeza la forzó a recorrer una vez más su alcoba, desandando el camino que sus pasos constantes habían marcado sobre los juncos del suelo. Bodo la miraba desde la cama, con la cabeza sobre las pequeñas garras y la mirada cargada de perplejidad y... comprensión. Pero Isolde no buscaba comprensión, ni siquiera la del pequeño Bodo. Una mueca de fastidio, digna de la magnificencia de Donall el Bravo, se dibujó en el rostro de la joven, que sonrió curvando los labios, unos labios que deseaban ser besados.

Su ruta circular la llevó junto al poste de la cama, el poste de Donall. No pudo evitar la tentación de detenerse para recorrer con los dedos los detalles labrados: madera de roble, dura, fría y... perfecta, como él. Aferró con más fuerza el frasco de tintura bermellón, y la sensación fría del barro contra su palma la devolvió a la realidad. Supo entonces que debía concentrarse en la frialdad de ese hombre, no en sus sonrisas hermosas, en la calidez que ocasionalmente le brillaba en los ojos y, sobre todo, en la destreza de sus manos y... sus besos. No. Se suponía que ella debía seducirlo, y lo haría. Sólo necesitaba aferrarse a la única imperfección de Donall: la mancha gélida de la sangre de Lileas.

Se estremeció, presa de la más terrible culpa; ni siquiera esa idea infernal, esa horrible convicción, podía eliminar el deseo que sentía, la necesidad que él había despertado en su interior.

Aceptando su derrota, soltó un suspiro profundo y prolongado. El pequeño frasco de rubor de rosas escapó de sus dedos. Estuvo a punto de agacharse para recogerlo, pero el cansancio la obligó a buscar la comodidad de la cama. Con dedos temblorosos, descorrió la cortina que colgaba del dosel y comenzó a quitarse con parsimonia el vestido de luto y esa suerte de camisola que Evelina le había dado. De la pintura que le cubría los pezones se ocuparía al día siguiente.

Por última vez, dejó que la yema de sus dedos recorriera las tallas del poste de su cama, el poste de Donall. Luego, antes de que sus pies la llevaran una vez más hasta la puerta, para escudriñar en vano el silencio del corredor, apagó las velas que aún quedaban encendidas y subió al refugio oscuro de su cama vacía.

No tenía esperanzas de dormir. No, lo más probable era que pasara el resto de la noche como estaba en ese momento, tumbada boca arriba, completamente desnuda salvo por las manchas de bermellón en las cimas de sus senos, cubierta hasta la barbilla con las muchas sábanas y mantas, con la vista fija en el dosel de la cama, deseando que su noche hubiera estado llena de besos de caballero.

* * *

En un rincón oscuro y silencioso de Dunmuir, un rincón oculto, donde sólo podían entrar el aroma húmedo de la lluvia y el almizcle terroso de la lujuria, Evelina soltó un suspiro de placer, perdiéndose en el abrazo de su viejo caballero. Saciada y satisfecha, jugueteó con el escaso vello gris que poblaba el ancho pecho y le besó con dulzura el valle que había entre el cuello y los hombros. El avejentado guerrero dejó escapar un gemido de satisfacción y paseó la mano curtida a lo largo de la curva de las caderas de Evelina.

—No conozco satisfacción más grande que la de tenerte en mis brazos —declaró, dejando que sus dedos se deslizaran sobre el muslo de la mujer por un instante, antes de posarlos con delicadeza sobre la húmeda feminidad, para juguetear con los rizos íntimos, tal como hacía ella con el vello gris de su pecho.

—¿Y ahora que te has saciado una vez, pretendes conformarte con tenerme en tus brazos? —susurró ella sugestivamente, separando los muslos, invitándolo a comenzar una exploración más profunda.

Su amante accedió, hundiendo la mano entre las piernas de la mujer, ya no con gentileza, sino firmemente, palpando la humedad con bruscos movimientos circulares, hasta que ella arqueó la espalda, restregando su cuerpo contra la mano que lo recorría, abriendo aún más las piernas, presa de una urgencia descontrolada.

—Saboréame —pidió, casi como dándole una orden, pero una orden adornada con un gemido ardiente, que ningún hombre podía desobedecer.

Su hombre, otrora caballero, ni siquiera contempló la posibilidad de desobedecer. Soltando un gemido salvaje y haciendo gala de una agilidad extraña para alguien de su edad, que justificaba los largos años de entrenamiento físico, la puso de espaldas y se ubicó sobre el centro de la dulzura de ella, para aceptar todo lo que le ofrecía. No levantó la cabeza, cubierta de una abundante cabellera gris, hasta hacerse con los últimos gemidos y los dulces temblores que quedaban en el cuerpo de Evelina; gemidos, temblores y la liberación más estridente que él podía provocarle.

Soltando un profundo suspiro de satisfacción, el viejo caballero se recostó al lado de ella en el humilde camastro y volvió a tomarla en sus brazos.

—Eres mi vida, Evelina —le dijo. Sintió que el cuerpo de la mujer se estremecía.

—No debes decir esas tonterías —advirtió ella, con un escalofrío que, se dijo, con un poco de suerte, él confundiría con la estela del éxtasis, los últimos vestigios de su liberación.

—¿Tonterías? —se incorporó, apoyándose sobre su codo para mirarla fijamente, con los ojos aún chispeantes de pasión. Tomó el extremo de la manta gastada y la tendió sobre las curvas exuberantes de la mujer, para protegerla del frío—. ¿Te atreves a calificar de ese modo lo que siento por ti?

Ella suspiró y lo miró, con una sonrisa melancólica en los labios.

—No lo que sientes por mí, alma mía —dijo, haciendo a un lado un rizo cano y castaño que cubría la frente del caballero—. Nunca hablaría así de lo que sientes por mí.

—¿A qué te refieres entonces, por Dios? —la voz se oyó grave y áspera entre el sonido suave de la lluvia y la leve melodía de ronquidos de los que dormían no muy lejos de allí y que, por fortuna, ignoraban que los dos amantes estaban refugiados en ese nicho oscuro y apartado de la enorme sala.

—Olvídalo —pidió ella, posando sus dedos sobre los labios del caballero—. No tiene sentido que te atormentes.

—¡Entonces deja de atormentarme! —exclamó él, tomando la muñeca de la mujer y llevándosela a los labios para posar un beso ardiente y posesivo—. Si no quieres verme enojado, abandona tus tonterías y cásate conmigo.

Evelina suspiró.

—No me obligues a arrepentirme de haber venido esta noche, mi amor.

—Te obligaría a arrepentirte hasta que llegaras a las puertas del purgatorio, si me sirviera de algo —juró su amante, con la voz cargada de agitación, estremeciendo el aire frío y húmedo que había entre ambos—. Te amo, Evelina. Soy un hombre honorable y quiero que ocupes el lugar que te corresponde, a mi lado, como mi esposa.

Evelina sintió que una daga le desgarraba el corazón.

—Es por eso, porque eres un hombre honorable, por lo que no me casaré contigo —suspiró, recurriendo a todos sus años de «entrenamiento» para ocultar el dolor que le causaba rechazarlo—. No quiero que se burlen de ti.

—¿Crees que me importa algo lo que digan los chismosos?

—Sé perfectamente que no te importa —respondió ella, cerrando los ojos para no ver el dolor que comenzaba a dibujarse en los de su amante—. Pero a mí sí. Ahora, por favor, baja la voz antes de que todos te escuchen y nos descubran.

—¡Quizás sería lo mejor! —exclamó el viejo caballero con evidente frustración.

—Por favor, amor, tranquilízate, y disfrutemos lo que tenemos —Evelina deslizó su mano por debajo de la manta y comenzó a recorrer el pecho del caballero, henchido por la furia, con movimientos circulares que ella esperaba lo reconfortaran—. Cálmate. Entreguémonos al sueño —dijo, posando un beso sobre el hombro de su amante—. Hemos pasado toda una noche juntos, por primera vez. Conformémonos con eso.

—Nunca podré conformarme con eso —murmuró el caballero, pero su respiración ya era mucho más lenta, y sus ronquidos no tardaron en unirse a los del resto de los miembros de su clan.

Evelina era la única que no dormía. Sólo esperaba el alba, tal como había hecho un sinfín de noches, con la vista perdida en la oscuridad, escuchando las delicadas gotas de lluvia y el suspiro tenue del viento, enjugando, de tanto en tanto, las lágrimas que le cubrían los ojos.

12

TEMPRANO, A LA MAÑANA SIGUIENTE, ISOLDE estaba sentada a la mesa principal, con la espalda firme contra el respaldo finamente tallado del asiento de honor, la silla del señor de Dunmuir, que alguna vez había ocupado su padre. La altivez de su rostro la ayudaba a ocultar la batalla de emociones que se libraba en su interior mientras escuchaba a su tío Struan, indignado por la intervención de Lorne y el trato que éste había prodigado al prisionero, desobedeciendo los dictados del consejo. La conducta de Lorne le parecía a Isolde que decía muy poco del guerrero. La joven suspiró. También le guardaba cierto rencor porque había impedido que ella recibiera más lecciones sobre el noble arte de los besos de caballero.

Isolde sintió el hocico frío de Bodo contra el tobillo y se agachó para acariciarlo y agradecerle que estuviera allí, porque su presencia la aliviaba. Estaba verdaderamente sorprendida; nunca hubiera imaginado a Lorne capaz de un acto como ése. ¿Qué pensaría Donall de todo aquello? Debía creer que en su clan estaban todos locos. La imagen de Donall hizo que acudiera a su mente el recuerdo de sus besos de caballero, y sintió un intenso calor en las mejillas.

Agradeció a Bodo que le hubiera dado la excusa de agachar la cabeza para acariciarlo, si no todos hubieran sido testigos de cómo su señora se ponía como la grana.

—Te has tomado más atribuciones de las que tienes, Lorne —la voz grave de Struan se extendió hasta las vigas cubiertas de hollín que surcaban el techo y resonó contra las armas que colgaban de las paredes de la gran sala.

—Lo mismo digo de ti —contraatacó Lorne, y su tono era tan imperativo como el del líder guerrero—. Ya hemos violado las reglas de hospitalidad. No traigamos más vergüenza sobre nuestra casa olvidando los derechos de...

—¿Derechos, dices? —Struan empezó a ponerse en pie—. ¿Te has vuelto tan altruista como para conferirle derechos a esa escoria?

—No deja de ser un caballero —acotó la voz aguda de Ailbert—. Señor de Baldoon.

—Señor de Baldoon —repitió Struan, burlándose de las palabras del anciano de pelo blanco antes volver a hundirse en su silla—. Es un asesino que renunció a todos los derechos que le confiere su clase en el preciso momento en que nuestra querida Lileas se ahogó en la Roca de la Novia.

—No estamos seguros de que haya sido responsabilidad de los MacLean —Isolde se sorprendió de su propia declaración, sus palabras le sonaron tan extrañas como al resto del consejo. Sin excepción, la contemplaban admirados y boquiabiertos.

Todos, menos Niels y Rory. A unos pasos de distancia, cerca del fuego del hogar, Niels desvió la mirada, pero Rory no fue tan discreto y la miró con los ojos entornados, con la cara sombría y una mano en la empuñadura de su espada, como si Donall el Bravo y su banda de fieros guerreros MacLean estuviesen a punto de irrumpir en la sala, con las armas desenvainadas y el ánimo furioso.

Isolde se estremeció de excitación al imaginar cómo sería MacLean blandiendo su espada. Si su destreza con el arma podía compararse con su habilidad para besar, sin duda sería un espectáculo digno de verse. El corazón comenzó a latirle lenta pero poderosamente. La imagen perturbadora casi la sumergió en la nebulosa del más placentero ensueño. Y así habría sido, de no haber escuchado que su tío la llamaba por su nombre. Parpadeando, se obligó a apartar la mirada de la espada de Rory.

—¿Sí?

Su tío tenía los ojos clavados en ella.

—¿Quién crees que es el responsable?

—¿El responsable de qué? —volvió a parpadear, esforzándose por borrar de su mente la imagen de MacLean y su espada, con el torso desnudo perlado de sudor y el pelo negro y brillante cayéndole sobre los fuertes hombros.

—¿Dónde tienes la cabeza, muchacha? —Struan le lanzó una mirada cargada de reproches—. Si no fueron los MacLean, quiero saber quién crees que fue. ¿Uno de los *selkies,* quizás?

Un torrente de risas se apoderó de los que ocupaban el otro extremo de la mesa.

—¿Los *selkies?* Tendremos que preguntárselo a Gavin MacFie. ¡Dicen que todo su clan desciende de una *selkie!*

Struan acalló el alboroto con una mirada severa y se dirigió a Isolde:

—¿Entonces, muchacha? ¿Quién crees que fue, si no lo hizo Iain MacLean?

—No lo sé —reconoció Isolde con voz firme—. Pero no fueron los *selkies,* de eso estoy segura —casi tan perturbada por el deseo repentino de que Donall el Bravo no tuviese nada que ver con la muerte de Lileas como por la tragedia en sí misma, agregó—: Sólo sé que no pueden haber sido los MacKinnon, porque los habríamos visto pasar por nuestras aguas.

—Pero no los vimos, ¿no? —Struan bajó la voz por primera vez desde que amonestó a Lorne—. Tenemos vigías que controlan la isla de los MacKinnon a todas horas, día y noche —los ojos de ave de presa le brillaban con luz propia—. Sin embargo, hace meses que no vemos ni una de sus naves por el mar, ni siquiera una chalupa cubierta de pieles.

—Hace años que los MacKinnon pelean con nosotros y con los MacLean, así que tienen un motivo. Pueden haber viajado a Doon subrepticiamente —el argumento de Lorne le granjeó las miradas furibundas de los demás.

Struan resopló con sorna.

—Sólo el más ingenuo de los ingenuos creería algo así.

Lorne se levantó de un salto.

—Rebuznas como mula —maldijo, provocándole a Ailbert una risa nerviosa—. Con excepción de lady Isolde, no hay inocentes a esta mesa. Todos somos esclavos de nuestros vicios y nuestros pecados, y es posible que yo sea el peor de todos.

Una carcajada vulgar se multiplicó entre las filas de los ancianos. Algunos daban codazos a sus compañeros en las costillas, mientras las miradas cómplices y de soslayo cruzaban la mesa a lo ancho y a lo largo. Lorne los obligó a callarse lanzando a cada uno una mirada furibunda.

—No hay duda de que MacLean debe ser castigado. Por vagas que sean, existen razones para sospechar de los MacKinnon. En tanto ningún MacLean se reconozca culpable, su señor está obligado moralmente a recibir la pena.

Isolde sintió un escalofrío al escuchar esas palabras. Esperaba que la tolerancia que mostraba Lorne estuviese basada en un nuevo descubrimiento acerca del crimen, algo que permitiese proponer la liberación de Donall el Bravo y su amigo.

Lorne tomó una jarra de cerveza de la mesa y la vació de un trago.

—Pero... e incluso en el caso de que MacLean fuera culpable... mi conciencia de caballero me fulminaría si no condenara la falta de respeto que hemos demostrado para con su noble condición.

—Como tú eres el único caballero entre nosotros, supongo que los demás no tenemos de qué preocuparnos —dijo una voz, acompañada por un coro de burlas y risas.

Struan tomó otro largo trago de cerveza antes de hablar.

—Estás solo en tus opiniones, Lorne. El consejo no ve necesidad de reconocer a MacLean sus derechos de caballería —estampó la jarra de cerveza contra la mesa—. Ansían que tenga una muerte lenta y horrible; y yo también.

—No me opongo a que muera —argumentó Lorne—. Sólo os pido que tengáis en cuenta el valor que ha demostrado frente a las agonías que le hemos infligido. Su valentía y su noble rango merecen nuestro respeto.

—¿Respeto, dices? —gritó alguien con indignación—. ¿Noble rango? No me importaría que el mismísimo espíritu de nuestro buen rey Robert Bruce viniese a aprobar la condición de ese canalla. Yo digo que lo llevemos al torreón del mar ahora mismo.

—¡Eso! —se oyeron voces de aprobación.

Lorne estrelló su puño contra la mesa, y los murmullos cesaron. Cuando notó que nada perturbaba el silencio, asintió satisfecho.

—No ensuciemos nuestro buen nombre negándole un catre seco para que duerma hasta el día de su ejecución. Eso es todo lo que pido.

—Tan elocuente como un cortesano afeminado —murmuró alguien.

Fue sólo un murmullo, pero fue suficiente para reavivar la llama de la obstinación y el orgullo en los ojos de Struan.

—¿Ensuciar nuestro buen nombre, dices? ¡Juro que hablas como una ramera!

Isolde quedó boquiabierta ante las palabras de su tío, pero el sonido de su sorpresa se perdió entre los bramidos que soltaba Lorne mientras se levantaba impetuosamente, derribando su silla. El puño del caballero, con los nudillos crispados hasta la lividez, se acercaba amenazante al estoque que colgaba de su cinturón.

—Vuelve a insultarme así y te mataré —gruñó—. No me importa que estemos en el mismo clan.

—Hazlo. Cúbrete de deshonor, a ti y a los tuyos —Struan se acomodó en su asiento y fijó sobre Lorne su mirada impenetrable—. ¿Cómo afectaría un pecado tan terrible a tu legendario sentido del honor?

Por toda respuesta, Lorne contrajo los músculos de la mandíbula.

—¿No lo sabes? —los dedos de Struan surcaron el aire—. Sería como echar tu honor a los cuatro vientos.

Un aura oscura de furia se cernía sobre Lorne. Sin embargo, tras una pausa dolorosamente larga, sus manos se relajaron y se abrieron.

—Cuidaré de mi honor mientras quede aire en mis pulmones —dijo—. Sería bueno que tú cuidaras del tuyo... si lo tuvieras.

Un pandemonio de gritos se desató en la sala, y Struan soltó una carcajada.

—Te estás volviendo orgulloso, si crees que puedes decirme qué debo y qué no debo hacer —señaló a los presentes con un movimiento despreocupado de su mano—. Y el objeto de esta reunión no es precisamente cantar alabanzas al supuesto valor de un diablo engreído como Donall MacLean.

Los puños de algunos miembros del consejo se estrellaron contra la mesa y los cansados pies de otros hicieron lo mismo contra el suelo hasta que, con gran alboroto, todos expresaron su aprobación. Tontos, de volátiles convicciones y faltos de fe.

Isolde se obligó a esbozar una sonrisa sutil; una ficción, necesaria para ocultar sus verdaderos propósitos.

—Estamos aquí —continuó Struan, con el pecho henchido— para descargar la furia de nuestra venganza sobre un hombre que Lorne pretende que admiremos sólo porque, al igual que él, lleva espuelas y cinturón de caballero.

Isolde podía sentir cómo la ira se apoderaba de Lorne, sentado a su lado. Con bastante osadía, deslizó una mano por debajo de la mesa y aferró la rodilla del caballero hasta que sintió que los músculos tensos se relajaban bajo su mano.

—El ser armado caballero no hace hombres a quienes no lo son —prosiguió Struan, vociferando—. Las ropas de MacLean ya no tienen la pureza blanca de los que ostentan tan noble privilegio: están manchadas de rojo, con la sangre de los nuestros.

A lo largo de la mesa se repitieron los gestos y las palabras de aprobación, pero también se escucharon algunos murmullos que decían «Archibald». Struan lanzó una mirada sombría hacia el sector donde habían surgido las referencias hacia su hermano.

—Si Archibald estuviese con nosotros, no aprobaría que fuésemos hospitalarios con quien perpetró la muerte de su hija.

El rostro dulce de Lileas se le apareció a Isolde en los pensamientos; los ojos azules e inocentes de su hermana parecían perturbados y los labios pálidos articulaban alertas, sin palabras. Pero el mensaje que intentaba transmitir, cualquiera fuese, se perdió. La efímera imagen sucumbió bajo el poder de la diatriba que, puesto en pie, estaba lanzando Struan en esos momentos.

—Archibald querría que protegiéramos a su otra hija, ¡y eso haremos! Hasta la muerte, si nuestro buen Dios así lo dispone.

Una sombra de perplejidad se posó sobre el azul acuoso de los ojos de Ailbert antes de que levantara la mano.

—¿Cómo la protegeremos si los MacLean atacan?

—No con tu espada, seguro —Struan sacudió la cabeza, echando hacia atrás las greñas cobrizas que le cubrían el rostro—. Los MacLean no intentarán vengar al desgraciado si creen que murió en el mar.

—¿Y si empiezan a sospechar? —la quijada cana de Ailbert se proyectaba hacia delante—. Tu espada no será mucho más útil que la mía.

Las risas nerviosas se multiplicaron a lo largo de la mesa. Struan lanzó una mirada de odio a la comitiva.

—¡Estoy rodeado de idiotas! ¿Cómo la protegeremos? —protestó—. ¿Para qué creen que vamos a casarla con MacArthur?

Isolde se quedó sin respiración al oír aquel nombre que tanto odiaba, pero conservó su aire de indeferencia. Ailbert frunció los labios, con el odio marcado en cada una de las líneas que surcaban su cara marchita.

—No me digas que dudas del poder del brazo de MacArthur —atacó Struan—. ¡Nunca ha sido derrotado!

—Por más fuerte que sea su brazo, tendrá que estirarlo bastante para defender estas paredes —respondió Ailbert, abriendo los brazos para enfatizar su argumento.

Isolde miró a Lorne, que se había inclinado hacia delante y seguía el intercambio cada vez con más atención.

—¿Qué sandeces dices? —preguntó alguien—. Balloch prometió traer un batallón entero de guerreros para defender los muros de Dunmuir.

La mano de Isolde se aferró con más fuerza a la rodilla de Lorne.

—Y eso hará —declaró Struan, tomando asiento una vez más. Se llevó a los labios la jarra de cerveza. No había tomado más que un trago cuando vio que Ailbert golpeaba su bastón contra el borde la mesa—. ¡Por mil diablos! —maldijo, escupiendo la espuma de su cerveza sobre la mesa—. ¿Ahora qué, Ailbert?

—Quiero saber cómo vamos a defender a nuestra señora —contestó Ailbert, con la voz aflautada cargada de soberbia—. MacArthur no expondrá sus brazos ni los de sus hombres para defendernos.

Struan estrelló su jarra contra la mesa.

—¿Qué embustero te ha llenado la cabeza con esa basura?

—Más de uno —Ailbert sostuvo la mirada furibunda que le lanzaba Struan—. Todos dicen que haría mejor dejando sus fuerzas en sus tierras porque su padre querrá contar con todos sus hombres para defender sus propias posesiones.

—¿Defenderlas de quién? —Struan arqueó las cejas—. Su isla es tan remota que dudo que alguien esté interesado en ella.

Ailbert se encogió de hombros.

—Los ingleses, tal vez.

Algo brilló en los ojos de Struan e Isolde sintió que el vello se le erizaba. Su tío parecía molesto por las palabras de Ailbert, pero no sorprendido.

—¿Los ingleses? —preguntó Struan con sorna—. Lloras como Magdalena, y no dices más que sandeces. Eduardo de Inglaterra firmó un tratado, hace dos años, mediante el cual se comprometía a no atacar nuestras aguas.

Ailbert negó con la cabeza.

—El tratado de Northampton se firmó antes de la muerte de Robert Bruce. Éstas son épocas peligrosas, Struan.

—Peligrosas para ti, a menos que dejes de escupir idioteces —gruñó Struan.

Ailbert alzó su bastón.

—Es la verdad. Reconozco que mis habilidades con la espada ya no son las de antes, pero aún puedo pensar —volvió a bajar el bastón—. Tan bien como en mi juventud.

—Casi me engañas... —murmuró Struan.

Lorne dejó escapar un largo suspiro.

—Ailbert está en lo cierto. Muchos dicen que Edward Balliol está dispuesto a pedir ayuda a los ingleses para robar la corona de las manos inocentes de nuestro joven rey David.

—Así es, y Eduardo III está más que dispuesto a ayudarlo, y en gran forma —dijo alguien más—. Se dice que el joven rey inglés muestra las condiciones de su abuelo para la batalla y que, si vuelve sus ojos hacia nosotros, será una amenaza mucho mayor que su enclenque padre.

Ailbert suspiró.

—Los MacArthur querrán a sus hombres defendiendo sus propias murallas... a todos y a cada uno de ellos, en especial a Balloch.

Lorne posó la mano sobre el hombro de Isolde.

—Balloch juró que viviría en Dunmuir y que fortalecería nuestras defensas.

Un brillo de especulación resplandeció bajo las tupidas cejas de Struan.

—Si esos presagios son ciertos, ¿no deberíamos hacer un favor al futuro esposo de nuestra señora en tiempos tan difíciles?

Isolde pudo sentir que el color abandonaba sus mejillas. Struan no podía sugerir que ella viviera junto a Balloch en la isla de los MacArthur. En realidad, no estaba en sus planes vivir junto a él, en ningún lado.

Lorne le aferró el hombro con más fuerza.

—¿Qué sugieres, Struan?

—No es nada más que una sugerencia —respondió Struan, acariciándose la barbilla—. Quizás sería mejor que nuestra señora ocupara la residencia de Balloch después de la boda; así él podría defender mejor los dominios de su padre, ella estaría libre del acecho de los MacLean y nosotros ganaríamos prestigio mostrándoles a los MacArthur lo amistosos que somos como aliados —hizo una pausa para recobrar el aliento—. Una vez que los ingleses hayan dejado de ser una amenaza, la feliz pareja puede regresar a Dunmuir.

La conmoción y la sorpresa de Isolde no permitieron que sus protestas abandonaran su garganta. Por fortuna, Lorne habló en su lugar. Fijando una mirada acusadora sobre Struan, dijo:

—Juro que nunca había oído una sarta de sandeces como ésa. Isolde debe permanecer en Dunmuir.

Al unísono, las voces del consejo se pusieron del lado de Lorne, y Struan, con una impavidez que sorprendió a todos, se encogió de hombros.

—Si es lo que el consejo quiere, no me opondré —dijo con indiferencia—. No era más que una observación.

—Espero que sólo fuera una observación y que no pase de serlo —por fin, Isolde había liberado su voz—. Y también espero que Donall el Bravo permanezca en la celda de Gavin MacFie. No me interesa lo que le ocurra en el futuro —mintió—, pero quiero que se le muestre el respeto que merece un guerrero de su valía, amigo o enemigo, condenado a muerte o no —se puso en pie—. Así hacemos las cosas en nuestras islas, así habría hecho las cosas mi padre y así —terminó, elevando la barbilla— las haré yo.

Tras demostrar su autoridad, posó sus ojos sobre el rostro de Struan, sumido en el más profundo silencio, y sobre los demás miembros del consejo. Algunos estaban boquiabiertos y otros mostraban exageradas sonrisas. Ailbert ahogó una carcajada. Todos, con excepción de su tío, tenían una chispa de admiración en los ojos.

Sin embargo, ella sabía que no merecía tal admiración, pues era sólo una embustera, y su lengua mentirosa se bifurcaba más veces que la del mismo demonio. Con presteza, antes de que notaran la verdad, se excusó y abandonó la sala, seguida por Bodo. Junto a ella también iban todas sus mentiras. Sólo ella sabía cuánto le importaba el destino de Donall el Bravo. Y no quería que permaneciera en la celda de sir Gavin. Quería tenerlo a su lado.

* * *

—Tienes visita.

Donall notó algo en el tono de Rory y tuvo la incómoda sensación de saber de quién se trataba o, al menos, de quién quería que se tratara. Abrió los ojos y olvidó al instante el sueño que había estado intentando conciliar. El guardia con las cicatrices en la cara ocupaba la totalidad del umbral, con los pies contra las jambas y los imponentes brazos cruzados sobre el pecho. Una mueca más oscura que la mirada del demonio le ensombrecía el rostro.

Donall también frunció el ceño, sin demasiado esfuerzo. Fue suficiente con pensar en la euforia que le causaba saber que la vería de un momento a otro. El hecho de sentir tal entusiasmo ante la mera idea de las faldas de una hembra era tan aterrador como para incomodar a cualquier hombre. Sintió que lo invadía un deseo incontrolable de hacer de rabiar a Rory, así que cruzó las manos detrás de la cabeza y fijó una mirada impertinente sobre el gigante.

—Me pregunto quién podrá ser... —dijo, fingiendo confusión—. ¿Será un sacerdote que viene a fumigar la celda con humo de mirra? ¿O quizás una sabia bruja, con una canasta llena de encantos y amuletos?

Donall podía sentir las miradas de reproche que Gavin le lanzaba, pero no habría podido guardarse las provocaciones ni aunque la mismísima Santa Madre se lo hubiese pedido porque el espectáculo del tartamudeo y la inquietud de ese bastardo de Rory era demasiado valioso como para renunciar a él.

—Lamento informarte de que ninguno de los dos es bienvenido —prosiguió Donall—. La mirra hace que Gavin estornude, y yo dejé de creer en los dudosos talentos de las que se dicen sabias cuando contaba sólo cuatro años.

La mano de Rory se acercó velozmente a su espada.

—Eres un ingrato hijo de perra, MacLean —masculló, silbando como una serpiente.

Donall cruzó las piernas a la altura de los tobillos y le dedicó a Rory su sonrisa más altanera.

—Hazte a un lado, Rory —la voz de ella, delicada y suave como la crema, se oyó detrás de la torpe humanidad del gigante—. No puedo pasar si ocupas toda la entrada.

El corazón de Donall dio un respingo, como si tratara de escapar de su cárcel de odiosas costillas, preso de la misma euforia que siente un joven imberbe la primera vez que una muchacha con ojos y figura de gacela le dedica una sonrisa esquiva.

Donall creyó escuchar que Gavin murmuraba «por las verrugas de la nariz de mi abuela, creí que no viviría para ver...», pero las palabras de su amigo tenían tantas posibilidades de distraerlo como su pie de deslizarse fuera de la argolla de acero que le ceñía el tobillo. Era ella la que se deslizaba ante los ojos de Donall, arrebatando toda la atención y la conciencia del caballero.

Ya eran cuatro los días que llevaba sin verla. Había logrado convencerse casi por completo de que no podía ser tan hermosa como aparecía en sus recuerdos, pero en ese momento supo cuán equivocado estaba.

Isolde MacInnes era más arrebatadora que la mayor de las fantasías.

—Señora —la saludó, poniéndose en pie.

Gavin también se levantó.

—Gavin MacFie, mi señora —se presentó, con una reverencia solemne—. Con la mayor humildad me pongo a vuestro servicio —se encogió de hombros con expresión afable—. Aunque dudo que mi situación actual me permita seros de utilidad.

—Sir Gavin —saludó, inclinando la frente—. Son muchas las historias de honor que acompañan a vuestro nombre. Creedme si os digo que lamento que tengamos que conocernos en estas... circunstancias —se volvió hacia el otro cautivo, casi sin mirarlo—. Sir Donall.

La muestra de desprecio caló hondo en el corazón de Donall, pero no tanto como la sonrisa socarrona que cruzaba la cara de Gavin. Le lanzó al miserable una mirada sombría, pero su compañero estaba absorto, cautivo sin remedio de la belleza y la gracia de Isolde de Dunmuir. Donall frunció el ceño, temiendo que a Gavin se le salieran los ojos de las órbitas de tan abiertos como los tenía.

Sin embargo, ella parecía ajena a las circunstancias, ajena a la creciente irritación que causaba en Donall su desdén y ajena también al hecho de haberse ganado la devoción de Gavin con sólo un par de halagos y una mirada de sus ojos color miel. Sin decir palabra, se dirigió a la pequeña abertura que hacía las veces de ventana. La falda negra danzaba en torno a sus piernas y el aroma a flores silvestres, precioso y delicado, invadía el ambiente viciado de la celda.

Isolde miraba por la ventana, con los hombros rectos y la espalda altiva. El efecto que esa silenciosa dignidad tenía sobre el corazón de Donall era casi tan terrible como el que la graciosa figura tenía sobre su sangre. Isolde llevaba las manos a la espalda, y Donall no podía despegar la vista de ellas. Recordaba esos dedos, que se hundieron en su pecho, exploraron sus hombros y danzaron por sus cabellos durante el beso que compartieron. El recuerdo le llenaba el cuerpo con retazos incandescentes de deseo, y sintió que la necesidad ardiente le comprimía las entrañas.

Gavin tampoco dejaba de mirarla, lo cual llegó a molestar a Donall, cuyos dedos se debatían entre ceñir el cuello estirado de su amigo o deshacer las dos largas trenzas que descansaban contra la espalda de la muchacha y que, abundantes y resplandecientes como el satén, reflejaban la luminosidad dorada de las antorchas. Esta vez, Isolde no se las había recogido a los lados de la cabeza, como parecía preferir, sino que las llevaba sueltas, de manera que las puntas se balanceaban libremente a la altura de sus caderas.

—Por todos los santos... —susurró Gavin, dándose un golpe brusco sobre el corazón.

Donall lo miró con el ceño fruncido. Si no intercedía rápido, el condenado truhán se pondría de rodillas a recitar un soneto. Sin demora, tomó cartas en el asunto y le dio a su amigo un puñetazo en las costillas. Imperturbable, Gavin se apartó para escapar del alcance de Donall y siguió contemplando a Isolde boquiabierto. Era un milagro que su lengua no escapara por el espacio que la exagerada sonrisa dejaba entre sus labios. Donall carraspeó.

—¿A qué debo el honor de vuestra visita, bella señora? —se recostó contra la pared y fingió una postura calma y despreocupada, por si Isolde se volvía para mirarlo. ¡Y con cuántas ansias esperaba que así lo hiciese!—. ¿Quizás para discutir las bondades de la... iluminación? —agregó, al notar que su primer intento, más cortés, no había logrado llamar la atención de la dama.

Gavin le lanzó una mirada de incredulidad absoluta; sabía perfectamente qué tipo de «iluminación» habían compartido, y no podía creer de ningún modo que Donall tuviese el descaro de mencionarlo cuando estaba él presente. Donall tampoco podía creer su descaro. Sin embargo, la cercanía de Isolde tenía un efecto extraño sobre su cordura, lo frustraba hasta la locura y hacía que toda su caballerosidad lo abandonase, dejando tras de sí sólo la necesidad imperiosa de robarle una reacción.

Isolde se volvió.

—No he venido a veros a vos, sino a sir Gavin.

Donall sintió que le faltaba el aliento y que el corazón dejaba de latir en su pecho.

—¿Sir Gavin?

Ella desvió la vista.

—A decir verdad, no pensaba encontraros aquí. Creí que...

—Creísteis que estaría en otro lado, sufriendo alguna forma nueva y maldita de agonía a manos de vuestros dos sicarios —respondió, completando la frase de Isolde mientras sentía que otro calor lo invadía: el calor de la furia.

—Bueno... es cierto —dijo ella, sin mostrar flaqueza a la hora de darle la razón—. Quería hablar con sir Gavin acerca de... acerca de vuestro hermano.

—¿Mi hermano? ¿Queréis hablar con Gavin acerca de mi hermano?

Isolde asintió, y luego se dio la vuelta, con la vista fija en la ventana, pues no se atrevía a mirarlo. Estaba a punto de huir escaleras arriba cuando advirtió que Donall no llevaba camisa. La última vez que había visto su torso desnudo, estaba cubierto con la mugre del suelo de su primera celda y era tan oscuro que a duras penas era posible discernir dónde comenzaba el cuerpo y dónde terminaban las sombras tenebrosas del antro.

La imagen de ese torso desnudo, ahora limpio después del baño, afectaba el juicio de Isolde más allá de su control, impidiéndole articular las preguntas que tenía que hacer. Por esa razón, les dio la espalda a ambos, para protegerse de la belleza oscura de Donall, de su temperamento, aún más oscuro, y de las extrañas sensaciones que le provocaban.

Fijó la vista en la otra fuente de su incomodidad, en esa presencia sobrecogedora que la hacía dudar de convicciones que en algún momento había creído inquebrantables, dejando a su paso migajas de molestas dudas, esa masa oscura que se erguía sobre el horizonte para provocarla: la isla de los MacKinnon.

13

La isla de los MacKinnon. Con el perfil rocoso de su costa atenuado por la distancia, y la fachada adusta de sus acantilados suavizada por el resplandor del ocaso de las Hébridas, el territorio de los MacKinnon no parecía mucho más amenazante que un bulto oscuro desparramado sobre el horizonte.

Sin embargo, Isolde sentía muy cerca la pesada carga que la isla representaba y podía paladear su sabor repugnante, más amargo que el de los últimos vestigios de la pócima de Devorgilla, que aún podía sentir en la lengua. Gracias a todos los santos, la anciana le había entregado una versión más potente. Por desgracia, todo indicaba que tampoco hacía efecto. ¿Era posible que el pecho desnudo de Donall fuese demasiado hermoso?

Dejó escapar un suspiro, decidida a no prestar atención a la figura fornida de Donall ni a los deliciosos estremecimientos que comenzaba a sentir en el vientre; no, fijaría su atención en la única cosa incapaz de agitar sus sentidos o, al menos, esos sentidos. Se humedeció los labios con la punta de la lengua, impregnada con el sabor de la pócima.

—¿Habéis mirado por esta ventana? —preguntó, sintiendo que un escalofrío le recorría el cuerpo y cubría con un aliento gélido cada una de las brasas que la presencia de MacLean había avivado en su interior—. ¿Sabéis qué es lo que se extiende en lontananza?

Uno de los prisioneros resopló con sorna. Isolde sospechó que había sido él.

—Hay cosas que no hace falta ver para saber que existen —dijo Donall—. Advertimos su presencia por el peso de su influencia o, algunas veces, por su... olor.

Isolde parpadeó, sorprendida por el doble sentido del discurso, articulado a la perfección. Donall había advertido que estaba usando la pócima y quería hacérselo saber.

—Bella señora —intervino Gavin MacFie—. Os juro que, de no estar encadenados a vuestra pared, habríamos mirado por la ventana —el tono burlón limpió de ofensa las palabras, que podrían haber sido malinterpretadas de no haberse dicho con tanta gracia y cortesía. Una sonrisa sutil se dibujó sobre los labios de Isolde. Gavin MacFie era increíblemente galante. Isolde empezaba a comprender por qué lo tenía Evelina en tan alta estima—. Nuestras cadenas son demasiado cortas para que podamos disfrutar de la vista que tanto os atrae, cualquiera que sea —agregó.

Sintió que la sonrisa de Gavin podía oírse en sus palabras. Se volvió para mirarlo.

—No es una vista que me atraiga, milord —le contradijo, procurando no despegar la mirada de sir Gavin—, y tampoco es una vista que pueda evitar, pues me saluda todas las mañanas.

—Supongo que os referís al mismo paisaje que se ve desde el calabozo que da al mar —balbuceó él—. ¿La isla de los MacKinnon?

Isolde asintió y se arriesgó a mirarlo al percibir el resentimiento que invadía sus palabras. La luz de la antorcha de resina bañaba su pelo oscuro y resplandeciente y resaltaba la amplitud de sus hombros.

—Os doy mi palabra —agregó él, con una mirada oscura y vehemente—: No hay tema que me irrite más.

—¿Deseabais hablar acerca de Iain? —interrumpió sir Gavin, con la intención evidente de atenuar la tensión entre ella y Donall.

Isolde miró a Gavin, sorprendida ante su encanto, cálido e infatigable. Era casi tan alto y fornido como Donall, con un brillo de jovialidad en los ojos color avellana. Las pecas que le cubrían la cara y su sonrisa socarrona lo hacían parecer más joven que su hermanastro, aunque seguramente tenían la misma edad. Antes de que Isolde pudiera darse cuenta, Gavin se había ganado la sonrisa y la confianza de la joven.

—¿Qué deseáis saber de Iain? —preguntó.

Isolde tomó aire para comenzar a hablar, pero Donall la interrumpió, moviéndose ruidosamente sobre su catre.

—Ya le han dicho todo lo que debe saber sobre Iain —dijo, y la voz grave adoptó un tono de advertencia—. Iain es inocente.

Isolde corrió una vez más el riesgo de mirarlo y, al verlo recostado con tanta displicencia sobre su catre, perdió el aliento; tenía los brazos cruzados detrás de la cabeza y la miraba fijamente, con los ojos como tizones.

—¿Podéis jurar que las manos de vuestro hermano no están manchadas con la sangre de Lileas? —lo desafió, como ya había hecho antes.

Esta vez, al igual que la anterior, Donall juntó los labios y se limitó a fijar sobre ella el marrón oscuro de esos ojos irresistibles, penetrantes, como si supiera de las noches que Isolde había pasado en vilo rememorando el beso que compartieron, rogando que se repitiera y ardiendo en deseos de algunas cosas más, las cosas que había aprendido hablando con Evelina.

—¿Por qué me preguntáis a mí, si habéis venido a entrevistaros con sir Gavin? —respondió él, con la voz cargada de irritación.

Algo en el tono de Donall avivó una chispa de emoción en el corazón de Isolde. Parecía ofuscado, pero no como en otras ocasiones en las que lo había interrogado sobre su hermano. ¿Era posible que le molestara su intención de hablar con Gavin? ¿Que sintiese celos? Por alguna razón inexplicable, la joven sintió que la mera posibilidad la alegraba.

—Es cierto, he venido a hablar con sir Gavin y no con vos —observó con atención las facciones de Donall mientras pronunciaba esas palabras y pudo comprobar, complacida, que la tensión de su mandíbula se intensificaba y la postura deliberadamente despreocupada con la que ocupaba el catre ya no parecía tan espontánea.

Era cierto... ¡Estaba celoso! Antes de que la sonrisa que le ocupaba el corazón llegara a sus labios, se volvió para dirigirse a Gavin.

—¿Podríais decirme si los rumores que he oído son ciertos, milord? ¿Es verdad que Iain MacLean es esclavo de un temperamento incontrolable? —una sombra de incomodidad cubrió las facciones juveniles de Gavin. Antes de que pudiera responder, Isolde lo interrumpió—. Es cierto, entonces —dijo ella, sintiendo que la pesadumbre se adueñaba de su corazón.

—¡Sí, es cierto! —gritó Donall, levantándose de un salto, con la mirada incandescente—. ¡Los MacLean somos temperamentales, pero no asesinamos a nuestras esposas!

Isolde se estremeció ante la fuerza oscura de la furia de Donall.

—¿Y qué hay del MacLean que causó la disputa de nuestros clanes? —insistió ella—. El que ahogó a su esposa, una MacInnes, en la Roca de la Novia.

—¡Que la ira de Dios hunda ese peñasco del demonio bajo las olas! —Donall lanzó una mirada al cielo. Cuando bajó la vista y volvió a mirarla, sus hermosas facciones se habían escondido detrás de una máscara de frialdad—. Eso pasó hace tantos siglos, que dudo que haya un MacLean, o un MacInnes, capaz de recordar los nombres de esos dos desdichados.

—Pero hay dos nombres que sí conocemos: Iain y Lileas —repuso ella, como inspirada por un pequeño demonio.

—Mi hermano amaba a su esposa —juró, posando los ojos sobre ella una vez más—. Los MacLean somos apasionados —el tono de su voz parecía retarla a negar lo que decía—. Cuando un MacLean ama a una mujer, la ama incondicionalmente. Cada vez que respira, le entrega todo su ser y la protege con su vida. Ella es su vida.

Isolde dio un paso atrás, a punto de claudicar ante la sinceridad del tono de su voz. Por el rabillo del ojo, vio que Gavin comenzaba a acercarse a ella.

—La estás asustando, Donall. Ya lo... —comenzó a decir, pero Donall el Bravo le lanzó un manotazo y lo aferró por el codo, cortando en seco su avance y sus palabras.

—No la estoy asustando —aseguró, fijando una mirada de furia sobre Gavin—. Es una mujer con fuego en el corazón, con más entereza que esos dos idiotas que tiene por guardias. Sólo le digo lo que quiere saber: ¡la verdad!

Isolde tragó saliva. No quería admitir, ni siquiera para sí, que el formidable espectáculo de dignidad y de pasión que estaba dando Donall le provocaba más excitación que miedo.

Sintió que una ola de calidez le bañaba el cuerpo cuando Donall dijo «fuego en el corazón» para referirse a ella, y la expresión que adoptó su cara cuando él pronunció esas palabras lo convirtió en dueño de su alma, como la fuerza de sus brazos y sus besos de caballero lo habían hecho dueño de su pasión.

Donall soltó el codo de Gavin y se cruzó de brazos, con la vista fija en Isolde.

—Habéis venido a escuchar la verdad, ¿no es cierto?

Isolde lanzó a Gavin una mirada furtiva. También él miraba fijamente a Donall, y su habitual jovialidad había sido reemplazada por un gesto que la joven no acababa de entender. Parecía tan hechizado como ella por el temperamento sombrío de MacLean y sus palabras audaces.

—¿Y bien? —insistió Donall.

—Por la Cruz, Donall. No sigas tratando de intimidarla con tus arranques de furia —dijo sir Gavin—. Es evidente que ha venido a buscar respuestas honestas.

Donall dirigió a su amigo una de sus habituales miradas de ira.

—Ya ha escuchado la verdad muchas veces, pero no está dispuesta a aceptarla —dijo, de pie delante de ella y, al verlo, Isolde se quedó paralizada, incapaz de moverse, tan presa de la virilidad que emanaba ese cuerpo como lo estaba Donall de la cadena que lo sujetaba. Sintió que la mano del caballero se posaba sobre su mentón, obligándola a levantar la vista—. ¿Buscáis la verdad, Isolde de Dunmuir? ¿La aceptaréis si os la digo?

Isolde no podía hacer más que mirarlo fijamente, en silencio, mientras el pulgar de Donall recorría su mejilla.

—¿Lo haréis?

Asintió en silencio. La expresión feroz de Donall se relajó al instante, pero la llama de triunfo viril que ardía en sus ojos era casi tan perturbadora como su ira, si no más. Mientras el caballero inclinaba la cara ligeramente, el corazón de Isolde retumbaba contra las costillas que lo apresaban... ¡iba a besarla!

Sin embargo, Donall se limitó a asentir, indicándole sucintamente que aceptaba la rendición. Para decepción de Isolde, apartó la mano de su mejilla y dio un paso atrás para retomar su lugar junto al catre.

—Si un MacLean asesinara a su señora, estaría asesinándose a sí mismo —musitó, con palabras fluidas y llenas de convicción, mientras los tizones de sus ojos marrones se transformaban en llamas incontrolables—. Ésa, Isolde de Dunmuir, es la verdad. Mi hermano no asesinó a su esposa porque la amaba.

Isolde no pudo evitar sorprenderse al darse cuenta de que le creía o que, al menos, quería creerle. Sin embargo, aún podía ver el rostro dulce de Lileas en su mente; su hermana movía los labios y trataba de decirle algo desesperadamente, pero la imagen se esfumó, silenciada por los latidos ensordecedores de su corazón. Suspiró con vehemencia, consciente de que Lileas intentaba evitar que cayera presa de las perfidias de una lengua mentirosa, sin importar la belleza de quien la esgrimía.

Sólo un obstáculo innegable impedía que Isolde aceptara lo que Donall deseaba que creyera, un obstáculo que se erguía sobre el horizonte, frío y silencioso como el cuerpo inerte de Lileas.

Donall la miraba con atención, como exigiendo una respuesta. Era evidente que su ímpetu desaparecía a medida que el silencio se prolongaba. Isolde sintió que el sufrimiento que se adivinaba tras los ojos del caballero la lastimaba tanto como las agujas incandescentes que llenaban los suyos de lágrimas.

—Me gustaría poder creeros —dijo ella por fin—. Realmente me gustaría.

—A mí me gustaría saber qué es lo que no os deja ver la verdad.

Isolde posó la vista sobre la pequeña ventana.

—Lo que no pude ver, milord.

—¿Lo que no pudisteis ver? —Donall habló con una ironía que hirió a Isolde en lo más profundo de su corazón.

—Déjala en paz —intercedió Gavin—. Aceptará que Iain es inocente y que los MacKinnon son culpables cuando esté lista, y no antes.

—¡Está jugando a las adivinanzas! —la máscara de indiferencia que cubría la cara de Donall se movió lo suficiente como para revelar la frustración que lo embargaba—. No acepta la verdad porque hay algo que no pudo ver —dijo, pasándose una mano por la cara—. Es un disparate.

Isolde pestañeó para controlar la humedad que sentía en los ojos, que ya amenazaba con derramarse, y volvió a colocarse junto a la ventana. El ocaso ya había ocultado por completo la isla de los MacKinnon, pero ella podía verla... como siempre.

—No digo adivinanzas ni disparates —se aferró al borde áspero de la ventana—. Lo que no pude ver fueron las naves de los MacKinnon surcando nuestras aguas. Si fueran culpables, como vosotros queréis que crea, mis vigías los habrían visto navegando hacia vuestros dominios —suspiró con vehemencia—. Sólo ese hecho me impide creer en la inocencia de vuestro hermano. Nadie más pudo haberlo hecho.

Pudo escuchar que ambos prisioneros soltaban un suspiro y sintió los ojos de MacLean clavados en su espalda. Sin embargo, se mantuvo firme junto a la ventana, sin moverse, pues sabía que si los miraba claudicaría al instante, tan intenso era su deseo de creerles.

El sonido de algo que se arrastraba y el ruido metálico de una cadena rompieron el silencio, seguidos por una imprecación. Era él, que estaba intentado acercarse a ella; Isolde se sobresaltó ante lo que eso implicaba.

—Temo preguntaros esto, pero debo hacerlo —dijo Donall bruscamente; la cadena le había impedido acercarse a ella todo cuanto hubiera querido; aun así, a Isolde le parecía que estaba demasiado cerca—. ¿Qué estáis insinuando, exactamente?

—No insinúo nada.

Isolde se aferró con más fuerza al alféizar de la ventana, asiéndose a su solidez, tratando en vano de absorber un poco su fortaleza. El mero hecho de confesar lo que sospechaba la había despojado de gran parte de su entereza, la había debilitado y dejaba a la vista de todos una fragilidad que no estaba dispuesta a revelar.

—Lo único que he hecho ha sido mostraros una verdad que vos no queréis aceptar —dijo—. Los MacKinnon nunca fueron nuestros amigos, pero no ahogaron a mi hermana en la Roca de la Novia.

—Mi hermano tampoco —la respuesta ferviente de Donall no tardó en llegar.

—¿Entonces quién lo hizo? —preguntó ella, y odió que su voz se quebrara de ese modo—. Por favor, decídmelo, porque no puedo vivir sin saberlo.

No hubo más respuesta que un silencio oscuro y abrumador, y a Isolde no le gustó en lo más mínimo cómo se oía.

* * *

Unos días después, al alba, Iain MacLean y todos los guerreros que podía llevar el bote recién reparado llegaban a las costas arenosas de la isla de los MacKinnon y... no podían creer lo que veían sus ojos.

De la fiereza de los renombrados guerreros MacKinnon no podía verse ni la sombra, mucho menos el brazo musculoso y la afilada espada. De su formidable flota de barcos de alta mar, en cambio, había mucho para ver: todo estaba en ruinas. Alguna vez orgullosas, todas las embarcaciones, desde el barco más grandioso hasta los pobres esquifes cubiertos de pieles, estaban deshechas, rotas, y sus cuerdas, otrora impecables, yacían completamente torcidas, melladas y cubiertas de algas secas.

Parte de los barcos ya había desaparecido bajo los movimientos de las mareas y sólo quedaban unos pocos, despojos tristes, recuerdos trágicos de una flota hundida, cuyo patetismo se acentuaba bajo el cielo despejado y el rayo brillante del sol. Un día preso en las garras de un viento gélido y una niebla densa y oscura habría sido un decorado más acorde con el grotesco escenario que se representaba a lo largo de la costa sinuosa, y más acorde también con la desazón que embargó a Iain al encontrarse con tal ruina.

—Os ruegos me disculpéis, señor, pero parece que algo no anda bien —dijo, Gerbert, valiente senescal del castillo de Baldoon, pateando un trozo de roble carbonizado y cubierto de percebes mientras se acariciaba la barbilla, cubierta de vello—. Algo no anda nada bien.

—¡Por las heridas de Cristo! —Iain desenvainó su espada como un rayo y la enterró en la arena—. ¿Crees que estoy ciego? ¡Nada anda bien! —con la cara ensombrecida por la ira, dedicó una mirada furibunda a Gerbert, el único miembro de la comitiva que no había viajado por su habilidad con la espada. A decir verdad, en ese momento, Iain no pudo determinar qué justificaba su participación en ese viaje, aparte de su destreza para molestar a los demás.

Sabía que así serían las cosas incluso antes de que el entrometido senescal lo persuadiera para ganarse un lugar a bordo. Por desgracia, como el viejo era el único MacLean que había estado alguna vez en la isla de los MacKinnon, Iain se vio obligado a llevarlo. Tomó un puñado de arena y elevó la mano por encima de su cabeza, cerrándola con fuerza.

—Los MacKinnon no se nos escurrirán por entre... —sin terminar la frase, bajó la mano. Separó los dedos y miró con furia los clavos oxidados que descansaban sobre su palma; con una maldición en los labios, los lanzó hacia las olas. Cayó de rodillas y hundió la cara entre las manos. Sus hombres, incluso el viejo Gerbert, mantenían una distancia respetuosa, contemplando en silencio los restos del naufragio. Cuando, al cabo de unos instantes, se puso en pie, las sombras de su cara parecían más oscuras que antes y los ojos habían perdido toda expresión.

Nadie habló. Sin excepción, los hombres desviaron la mirada porque todos sabían por experiencia que cuando Iain MacLean se enfadaba era mejor posar la vista en cualquier otro lado. Para alivio general, él tampoco los miró. Tenía la vista fija en su barco, una hermosa nave de contornos bien acabados, roda altiva y postes firmes, el mástil alto y orgulloso, las velas recogidas y una fila de aberturas para los remos que lo miraban como ojos muertos, pero cargados de un resentimiento completamente justificado.

Con las velas izadas, esa nave de guerra podía surcar a gran velocidad las estelas de la mar; y, cuando cesaba el viento, era fácil dirigirla con la fuerza combinada de los brazos fornidos que guiaban los remos. Los había llevado raudo hasta la isla de los MacKinnon con una velocidad superior a las expectativas más optimistas de Iain, y ahora...

Ahora se mecía con suavidad al compás de la marea, y era posible que toda la travesía y todos los días arduos que habían pasado reparando el casco dañado por la tormenta hubiesen sido en vano, una misión inconsciente y temeraria, como había dicho Amicia en sus incontables sermones.

Iain miró el cielo. La furia del sol le lastimaba los ojos, pero la incomodidad era bienvenida. Las gaviotas volaban en círculos y llenaban el aire con sus gritos, y la imagen hundió otra lanza de dolor en el corazón del guerrero. ¿Había estado alguna vez tan despreocupado como las aves?

Se sobresaltó cuando uno de los hombres se dirigió a él con voz cautelosa.

—Señor... ¿Qué haremos ahora?

Iain lo ignoró y extrajo la espada hundida en la arena, elevándola hacia el sol para recoger el brillo de sus rayos en el acero de la hoja.

—Haremos lo que vinimos a hacer —afirmó, y la frialdad de su voz era tanta como el calor del día.

—Pero...

—Pero... ¿qué? —la expresión de Iain fue suficiente para condenar al silencio a su interlocutor. Recorrió la ronda de hombres con una mirada penetrante y la espada todavía en alto. Cuando estuvo seguro de que nadie desafiaría sus órdenes, envainó el arma—. Un MacKinnon por cada año de vida de mi esposa, y el resto para compensar el dolor que nos han causado —juró, elevando la voz por encima del viento—. Hace años que toleramos sus juegos, pero esta vez han ido demasiado lejos. Ya es hora de que paguen.

A diferencia de lo que ocurriera en la gran sala del castillo de Baldoon, los hombres de Iain no desenvainaron sus espadas ni gritaron para expresar su apoyo. Parecían mujeres. Estaban inquietos, movían los pies sobre la arena y procuraban no mirar a su jefe. También parecía que habían perdido la lengua. Iain gruñó, con un sonido cavernoso arrancado del rincón más negro de su alma, y luego gritó para llamar al único hombre cuyo conocimiento necesitaba: Gerbert.

A diferencia de los más jóvenes, él no temía mirar a su jefe a los ojos. Iain también lo observaba fijamente, con la esperanza de que lo que veía en la cara del anciano fuese sólo una ilusión causada por el sol y no lo que parecía ser en verdad. Por desgracia, la sombra de tristeza que teñía de oscuridad los claros ojos de Gerbert no era ninguna ilusión.

—¿Aún crees que puedes llevarnos a la fortaleza de los MacKinnon? —le pregunto bruscamente.

Iain había decidido ignorar la expresión del viejo.

—¿Y bien? —insistió, al no recibir respuesta.

Gerbert titubeó sólo un instante.

—Sí, puedo. Pero ahora que estamos aquí, preferiría no hacerlo.

—¿Y por qué no? —preguntó con sequedad. Los puños crispados y los nudillos blancos eran prueba de la furia que crecía en su interior y de su terror, cada vez mayor. En realidad, sabía perfectamente por qué Gerbert no quería buscar a los MacKinnon, a pesar de haber hecho con ese único objetivo una travesía tan larga—. ¿Por qué no? —repitió, pero las palabras murieron en el viento, que se las llevó tan rápido como Dios Padre había borrado la vida de los labios dulces de Lileas—. ¿Por qué no? —Iain sintió que el horror lo invadía al ver la expresión de lástima en los ojos del viejo.

—Me temo que molestarlos no sería lo más inteligente —dijo Gerbert, con la voz cargada de compasión—. Ahora que estamos aquí, es evidente que nuestras acusaciones eran falsas.

—¡No! —bramó Iain, levantando las manos como si creyera que así podría espantar lo que Gerbert estaba a punto de decir sólo porque no quería que fuese cierto—. No —repitió mientras el viejo senescal se agachaba para recoger en la arena una pieza de madera que alguna vez fue parte de un barco, blanqueada por el sol—. No.

Gerbert sacudió la cabeza y acercó la tabla a Iain para que la examinara, pero éste desvió la mirada. Había visto suficiente, no necesitaba que Gerbert pusiese la condenada evidencia en palabras para aceptar la verdad.

La tormenta que había dañado la nave MacLean no había sido la misma que destruyera toda la flota de los MacKinnon, pues el estado de los restos era prueba irrefutable de que las ráfagas furiosas que habían abatido la isla lo habían hecho mucho tiempo atrás, demasiado para que hubiesen usado uno de los barcos para viajar a Doon y asesinar a Lileas. Debía admitirlo. Los MacKinnon no eran responsables de la muerte de su esposa.

* * *

—Esta noche —enfatizó Isolde mientras se dirigía a Niels y a Rory—. Si no está allí para la hora de completas, iré a buscarlo yo misma.

A sus pies, Bodo miraba a los dos guardias fijamente y sin pestañear, como advirtiéndoles que no desobedeciesen los deseos de su ama. Rory lanzó al perro una mirada furiosa y desvió la vista hacia las planchas de hierro que reforzaban la puerta a sus espaldas. Con la pesada barra echada, la fuerte solidez de la puerta condenaba a quienes estaban al otro lado a permanecer sin remedio en el lugar en el que merecían estar: encerrados en el oscuro rincón del calabozo de Dunmuir que les hubiese tocado en suerte.

—Ya te lo hemos dicho —comenzó a decir Rory—. Lorne nos acompaña en las rondas nocturnas todas las noches desde que hizo sacar al bastardo del calabozo del mar —miró a Bodo con desconfianza—. ¿Cómo se supone que debemos sacar al desgraciado de la celda de MacFie, bajo la vigilancia de Lorne, para llevarlo a tu alcoba, sin que todo el castillo se entere de tus actos indecorosos?

Isolde arqueó una ceja, imitando a la perfección el gesto de indignación que Donall prefería.

—¿Indecorosos? —se cruzó de brazos—. Muchos dirían que mis metas son audaces y temerarias; y no es agradable para mí llevarlas a cabo —prefirió ocultarles que ganar el favor de Donall el Bravo ya no le parecía una tarea repugnante.

Mientras Rory juntaba los labios pensativo, Niels se rascaba el cuello.

—No sé cómo haremos para que Lorne no lo vea.

Isolde demostró su impaciencia golpeando su pie contra el suelo.

—Intentadlo.

—Estáis muy nerviosa, señora —comentó Niels.

—El demonio le ha lanzado un hechizo —dijo Rory—. También a Lorne.

—Sí —consintió Niels—. Últimamente, Dunmuir está lleno de locos.

Isolde miró hacia las escaleras que daban a la gran sala. Algunos sonidos mitigados, el ruido de la cubertería y un murmullo de voces casi imperceptible se colaban por las escaleras de caracol de la torre, lo que significaba que los preparativos para la comida de la noche ya habían comenzado. Bodo también miró hacia las escaleras, seguramente anticipando los bocados que pronto conseguiría.

Isolde volvió a dirigirse a los guardias.

—¿No podéis pedirle a Lorne que vigile la entrada al calabozo que hay en la sala, la que da al pasaje de la pared de la torre?

Niels y Rory intercambiaron miradas cargadas de incomodidad.

—¿Qué ocurre? —Isolde miró a uno y a otro.

Rory desvió la mirada y comenzó a mascullar por lo bajo, y su primo se pasó la enorme mano por el pelo rojo y despeinado.

—Ocurre que Lorne no está vigilando a MacLean y a su amigo, sino a nosotros dos —explicó, mientras un ligero rubor comenzaba a apoderarse de sus facciones anchas.

—¿A vosotros?

—Ya te hemos dicho que el mundo se ha vuelto loco —dijo Rory—. Lorne teme que, aprovechando algún momento en que él se distraiga, Struan y los demás nos pidan que llevemos otra vez a MacLean al calabozo del mar.

—¿Y lo haríais? —preguntó Isolde, tomando una de sus trenzas y dejándola caer por detrás de su hombro.

—Por todos los santos... nos gustaría.

El rostro de Isolde adoptó la expresión masculina de su padre.

—Pero no lo haréis, ¿verdad?

—No... —concedió Niels entre gruñidos.

Rory escupió al suelo, por fortuna, lejos de Bodo.

—No, no lo haremos —consintió—. Por mucho que ese truhán arrogante necesite que le saquen el orgullo a golpes.

Satisfecha, Isolde dejó escapar el suspiro que estaba conteniendo.

—No queda mucho tiempo. No puedo esperar más... de ningún modo. Ya he esperado demasiado. Hace una semana que no visita mi alcoba. No me importa cómo, pero quiero que me lo llevéis esta noche.

Dicho eso, recogió su falda y se alejó, mientras su pequeño perro correteaba delante de ella, indicándole el camino. Antes de que hubiese subido tres peldaños, oyó la voz de Rory a sus espaldas.

—No podemos prometer nada, Lorne...

Sin dejar de subir las escaleras, Isolde contestó por encima de su hombro.

—Encontrad la manera. Quiero verlo.

Quería que le dieran besos de caballero.

14

Había perdido el rubor de rosas. Isolde recorrió su alcoba una vez más, revisando cada hendidura y cada resquicio a su paso. Miró en la alacena, horadada en las gruesas paredes, buscó en todos lados, pero el pequeño frasco de pintura bermellón había desaparecido. Incluso deshizo su majestuosa cama con baldaquino y sacudió cada una de las capas de ropa que la cubrían: sábanas, colchas y pieles. Echó un vistazo debajo de la cama, que resultó tan infructuoso como los anteriores. El rubor de rosas no estaba.

Necesitaba otro método para atraer la atención de Donall el Bravo hacia sus pechos, hacia sus pezones, hacia todo su cuerpo. Sintió que la invadía un calor lánguido ante la sola idea, una sensación exquisita cuya deliciosa calidez la inquietaba con un latido lento e incesante en el centro mismo de su feminidad. Fuera lo que fuera, quería más... y pronto. Una tras otra, las imágenes salvajes y lascivas se sucedían en su mente, a cual más tentadora. ¡Y no podía hallar el condenado frasco de pintura!

—Por la luna y las estrellas —gruñó, adueñándose de una de las maldiciones preferidas de Devorgilla. Resopló con frustración, y habría continuado su búsqueda desesperada de no haber oído el sonido apagado de unos pies que se acercaban... eran ellos. Por fin le llevaban a Donall.

Como un rayo, antes de que llegaran a la puerta, corrió hacia la fila de ventanas y afectó una postura tranquila y desenfadada. Bodo se dirigió raudo hacia la puerta, jadeando y moviendo la cola. Estaba tan nervioso como ella, pero ella no tenía la más mínima intención de mostrar sus sentimientos tan abiertamente.

Sin embargo, en cuanto las puertas se abrieron, la afectada tranquilidad de Isolde se derrumbó. Le bastó una mirada a Donall para convencerse de que jamás podría estar en calma si él se encontraba a su lado... Estaba perfecto, digno, orgulloso. No iba con los harapos que le habían proporcionado para cubrir su cuerpo durante el cautiverio. Donall el Bravo vestía sus propias ropas y la joven pensó que si alguna vez había existido un hombre perfecto, ése era él.

Estaba tan guapo que sintió que le flaqueaban las rodillas y la sangre le hervía en las venas. Una túnica de color marrón claro le caía desde los hombros, adaptándose a la perfección a sus músculos torneados, y el cinturón finamente labrado que le ceñía las caderas dirigió la atención de Isolde hacia los contornos protuberantes y bien definidos de su hombría: un espectáculo impresionante, espléndido, evidente y, sobre todo, abrumador.

La joven bajó la vista hacia las piernas esculturales de Donall. Llevaba unas calzas ajustadas, de un marrón más claro que el de la túnica. Sólo sus pies estaban desnudos, en favor del grillete que le ceñía el tobillo. Sin duda, Rory y Niels se lo habían quitado para que se vistiese y luego se lo habían vuelto a poner.

Sintió que le ardían las mejillas cuando lo imaginó desnudo, deslizando las piernas dentro las calzas de delicado lino. Sin embargo, fue la imagen de Donall quitándose las calzas, saliendo de ellas, la que transformó el rubor de sus mejillas en una llama incandescente, un matiz escarlata que él advirtió, como delató la sonrisa irónica que se dibujó en sus labios.

Isolde se puso muy seria y trató de ocultar el rubor de sus mejillas adoptando un aire señorial y digno. Aparentaría indiferencia... Al menos, hasta que Niels y Rory abandonaran el lugar. Luego, pretendía seducirlo.

Bodo, sin embargo, no tenía intención de esperar la partida de los dos guardias para mostrar su afecto. Con un agudo ladrido de entusiasmo, se lanzó hacia MacLean con tanto ímpetu que terminó por tropezar. Por un momento permaneció tendido, con el vientre blanco expuesto y rascando el aire con las patas cortas, pero al instante se irguió y comenzó a correr por el cuarto, saltando y jugando a los pies de Donall cada vez que pasaba a su lado.

Cuando sonrió, el rostro de MacLean perdió toda la arrogancia señorial que lo caracterizaba, y esa transformación obró un daño irreparable sobre el corazón de Isolde. Además, la simpatía genuina de Donall para con los juegos de Bodo era una caricia para el alma de la doncella. Sonrió con ironía al pensar que el espectáculo de afecto canino montado por Bodo había logrado en un instante lo que ella, con todas las pócimas de Devorgilla y los consejos de Evelina, no había podido conseguir. No cabía duda de que el perrito se había ganado un lugar en el corazón de Donall MacLean.

—Te dije que Dunmuir estaba lleno de locos —se quejó Rory, inclinándose para asegurar la cadena de Donall a la cama. En un parpadeo, Bodo estaba a su lado—. ¡Por el santo sepulcro! —gritó, saltando hacia atrás para evitar que el perro lo mordiera.

Cuando Niels y Rory se retiraron y cerraron la puerta, Isolde abandonó el lugar que ocupaba junto a las ventanas. Con una tranquilidad que no sentía, le ordenó a Bodo que se acostara.

—Vuestro pequeño paladín os defendería hasta la muerte, señora —dijo MacLean, con algo cálido e indefinible en la voz, algo que llegaba hasta las profundidades del alma de Isolde y se envolvía en torno a su corazón, acariciándola y reconfortándola de un modo maravilloso.

—Bodo intentaba defenderos a vos —repuso ella, aún sorprendida por el cariño que mostraba su perro hacia MacLean.

Donall encogió los hombros, cubiertos por la túnica.

—El pequeño os ama con locura —agregó, mientras una de sus sonrisas sutiles comenzaba a dibujarse sobre el rostro hermoso—. Parece un MacLean.

«¿Parece un MacLean? Bodo me ama con locura... ¿y parece un MacLean?».

El corazón de Isolde latía lento y con fuerza en su pecho. ¿Estaba insinuando Donall que la amaba? Era imposible. Sin embargo, si no podía ser, ¿por qué se emocionaba tanto con la idea? Ella no lo amaba, de eso estaba segura; lo consideraba atractivo, nada más. Donall el Bravo sólo era un medio para lograr sus fines.

Tragó saliva y, al fin, las palabras escaparon con un ímpetu arrollador, rompiendo la prisión de la garganta y el corazón de Isolde.

—¿Qué queréis decir con que Bodo parece un MacLean?

—¿No podéis adivinarlo?

Isolde negó con la cabeza.

—He querido decir que el perro os ama con la pasión con que un MacLean ama a su señora —contestó.

Su tono era áspero, y su respuesta, decepcionante.

—Oh —dijo ella, bajando la vista—. Comprendo.

—¿De verdad? —preguntó él, adoptando una vez más ese tono peculiar, el que tenía un efecto extraño sobre el corazón de Isolde, tan extraño que ella se vio obligada a alejarse hacia la seguridad del otro extremo del cuarto. De pie ante los postigos abiertos, aspiró el aire salobre de la noche mientras su mano buscaba instintivamente la bolsita de lino que colgaba de su faja y sus dedos juguetearon con el pequeño objeto que allí estaba escondido.

—Gavin se ha dado cuenta —siguió Donall, y el tono peculiar de su voz era cada vez más inquietante. Luego, para sorpresa de Isolde, rió. O, al menos, eso creyó ella—. Sí, se ha dado cuenta de todo —agregó, y ya era innegable que se estaba divirtiendo—. El truhán jura que lo sabe por las verrugas de la nariz de su abuela, o al menos eso dice.

Isolde se estremeció. Las palabras habían resonado en sus oídos con tanta fuerza, que podría haber jurado que Donall estaba de pie a su lado. Se dio la vuelta bruscamente y el asombro se apoderó de ella; en efecto, él estaba de pie a su lado. En realidad, delante de ella.

—Vuestros hombres olvidaron encadenarme a la cama —una ráfaga de ironía brilló en sus ojos mientras mostraba la cadena suelta que llevaba en la mano. Isolde tragó saliva, molesta porque él no dejaba de sonreír y parecía francamente divertido—. Supongo que nuestro paladín cuadrúpedo los ahuyentó antes de que pudieran hacerlo —dijo, mirando brevemente al perro dormido.

Isolde también miró a su mascota, asombrada por su actitud. Esa dejadez no era propia de él; Bodo jamás dormiría tan tranquilo si ella estuviese en peligro. Más tranquila, posó los ojos sobre MacLean una vez más.

Él la miraba con una sonrisa de belleza demasiado abrumadora. Sabía que debía cuidarse de los peligros que esa sonrisa podía ocultar, pero prefirió seguir su instinto y el de Bodo.

Sin darse tiempo para cambiar de opinión, hundió la mano en los pliegues de su falda, extrajo el objeto que llevaba en la bolsa oculta y se lo ofreció. La sorpresa se hizo evidente en los ojos de Donall, fijos sobre la llave de hierro que descansaba sobre la palma de Isolde; un ruido seco y apagado llenó el ambiente cuando la cadena se escurrió por entre sus dedos y fue a dar al suelo.

Lentamente, Donall elevó la mirada y buscó los ojos de la joven, mientras la luz suave de una tea cercana le iluminaba la cara. La expresión de él era inescrutable. Sin embargo, una sonrisa amplia y resplandeciente se apoderó de sus labios cuando ella lo miró.

—Sabía que tenías fuego en el corazón —dijo, y aceptó la llave.

El corazón de Isolde se estremeció al oírlo hablando una vez más del fuego de su corazón.

—No me des razones para arrepentirme —murmuró, mirándolo mientras se agachaba para abrir el grillete de hierro que le ceñía el tobillo.

La miró mientras introducía la llave en el cerrojo.

—Nunca.

Por alguna razón inexplicable, ella le creyó y, por Dios, ¡quiso que la besara una vez más! Se humedeció los labios, mientras su corazón se derretía y sus sentidos enloquecían por la cercanía de Donall.

—Esa llave también abre el grillete de sir Gavin —explicó—. Me ocuparé de que ninguno de los dos vuelva a ser encadenado.

Al oír eso, Donall arqueó una ceja.

—Oh... —dijo, mientras se ponía en pie—. ¿Quieres decir que finalmente has aceptado la verdad?

Isolde se volvió hacia la ventana y dejó que su mirada escapara hacia la inmensidad del océano, oscurecido por la noche: a lo lejos, la silueta de la isla de los MacKinnon se dibujaba sobre el horizonte negro.

—Sé la verdad —respondió, con un dejo de melancolía en la voz—, y realmente querría que nuestras verdades fueran la misma.

—¿Y por qué querrías eso? —preguntó él, hablándole casi al oído. Su presencia era tan abrumadora que ella a duras penas podía respirar. Se vio inundada por una marea de pasión cuando sintió las manos de Donall posándose sobre sus hombros.

Con gran delicadeza, MacLean la obligó a darse la vuelta para quedar frente a él. Los últimos vestigios del coraje de Isolde y todos sus osados planes de seducción estaban a punto de esfumarse. Ya no podía más.

Pero aún no quería darse por vencida; debía ser ella quien llevara la iniciativa, e intentaría hacerlo mientras tuviera fuerzas suficientes. Animada por ese propósito, escapó de las manos de Donall y cruzó el cuarto hacia su arcón. Luego de abrir torpemente el cerrojo, levantó la pesada tapa reforzada con hierro y hundió su mano en el interior.

—¡Aquí está! —exclamó mientras extraía un broche—. Tu broche de oro.

Quizás, pensó, las joyas del tesoro podían distraerlo y atenuar un poco el fuego de su mirada, hasta que ella recuperara su firmeza, su audacia y el coraje para pedirle que la besara una vez más, hasta que reuniera el valor que necesitaba para quitarse el camisón y mostrarle sus senos. Evelina le había jurado que nada excitaba a un hombre tan rápido como el pecho desnudo de una mujer.

Sin embargo, cuando le ofreció el broche, Donall sacudió la cabeza.

—No, quédatelo tú —pidió—. Es muy valioso y debería ser más que suficiente para pagar... el placer de tu compañía.

Con los ojos desorbitados, Isolde dejó caer el broche, como si se hubiese convertido en un objeto maligno. Pero se rehizo enseguida y recogió la prueba del insulto, sosteniéndola entre sus dedos como si fuera una serpiente venenosa, para dejarla sobre la mesa. Con el alma erizada de furia, se volvió para enfrentarse a MacLean e, inmediatamente, deseó no haberlo hecho. No había sonrisa en la cara de Donall, pero algo insondable brillaba en la profundidad de sus ojos, una calidez que contradecía las frías palabras que había lanzado.

—¿No quieres el broche? —preguntó, con un tono peculiar en la voz—. ¿De veras?

Isolde sacudió la cabeza. La ira que la embargara un instante atrás había desaparecido bajo el poder de la mirada de Donall.

—Ya te... te lo dije, no necesito esas trivialidades —tartamudeó.

Por todos los santos, Donall sabía cómo mirar a una mujer. Las comisuras de sus labios comenzaron a formar una suerte de sonrisa.

—Lo dices en serio, ¿no? —preguntó él, e Isolde pudo detectar el asombro en su voz, la incredulidad.

—No miento —se sonrojó.

El esbozo de sonrisa que jugueteaba en los labios de Donall terminó de conformarse. La miró con tal intensidad que ella sintió el ardor de su mirada sobre su rostro.

—Me complaces más de lo que crees, Isolde de Dunmuir —el tono suave de su voz se clavó de lleno en el corazón de la doncella, que ya se sentía más segura y sólo quería ser arrastrada hacia ese cuerpo musculoso, que la rodearan una vez más con esos brazos y que la ahogaran en la magia del beso—. Ven aquí —ordenó, con los ojos como brasas incandescentes.

Isolde se estremeció, presa de un deseo que no había sentido hasta entonces. Había olvidado el broche y no podía hacer más que mirar a Donall, demasiado encantada para moverse.

La luz plateada que entraba por las ventanas resplandecía sobre el pelo negro de Donall, mientras que una luz más cálida, proveniente de las teas, danzaba sobre la superficie de su rostro y sus anchos hombros. Isolde respiró hondo, un mar de emociones se debatía en su interior. Pero, aunque su lucha estaba siendo muy dura, no pensaba dar el primer paso, pues, según sus planes, era él quien debía caer rendido a sus pies. No debía olvidar que había planeado seducirlo. Ése era su plan y estaba dispuesta a seguirlo hasta el final.

La sonrisa de Donall cobró un cariz más intenso, más abrumador, y ella lamentó no haber encontrado el rubor de rosas. Si MacLean viese sus pezones cubiertos de escarlata, tendría ventaja. Soltó un suspiro de desazón y cerró los ojos, sólo por un instante, suficiente para protegerse de la atracción salvaje que Donall ejercía sobre ella.

Él, por su parte, no parecía afectado del mismo modo. Su aspecto era valiente y orgulloso, con las piernas levemente separadas, las manos en la cintura y los ojos resplandecientes, con la vista fija en Isolde, en el interior de Isolde. Podía verle el alma, el corazón.

—Acércate —insistió—. Quiero preguntarte algo —como Isolde no se movía, le mostró las manos, con las palmas hacia arriba—. Hermosa doncella, de tener guantes en mis manos, os ofrecería uno de rodillas. Un tributo caballeresco a vuestra gracia y belleza —la declaración fue suficiente para impresionar a la doncella, y la sinceridad de las palabras alcanzó para conmoverla—. Por desgracia, mis manos están desnudas —continuó, con tono cálido y melifluo—. Tendré que recurrir a otras artes caballerescas para ganar vuestro favor.

«Pero ya lo tienes», respondió el corazón de Isolde.

—¿Un beso, quizás? —quiso saber la doncella de fuego.

—Sí, un beso —dijo él, extendiendo una mano para acercar a la joven—. Pero antes, debo hacerte una pregunta sencilla.

—¿Una pregunta? —esperaba que Donall no notara la decepción que la embargaba.

—¿Deseas más? —preguntó, fingiendo sorpresa—. ¿Más que un beso y algunas palabras?

Sí, deseaba más. Lo deseaba... todo.

—¿No puedo responderte desde aquí? —preguntó ella, jugando con una de sus trenzas, en un intento vano de ocultar el temblor de su mano, y para atraer la atención de Donall hacia su cabello, otro señuelo infalible para las víctimas de seducción, según le había asegurado Evelina.

—Como gustes —Donall se encogió de hombros, displicente, pero algo en el brillo de sus ojos indicaba que indiferencia era lo último que sentía. Se cruzó de brazos y fijó sobre Isolde una mirada penetrante—. ¿Por qué evitaste mirarme cuando viniste a hablar con Gavin? —Isolde se quedó muda. No podía decirle el porqué—. Espero su respuesta, milady.

—Yo... yo.... —se dio por vencida, lanzando las manos al aire—. Fue por tu pecho —disparó con audacia la desdichada, sin poder creer sus palabras—. Eres muy fuerte tu pecho me... me perturba.

La risa tempestuosa de Donall llenó el cuarto. Ella lo miró, aún sin poder creer la osadía de lo que había dicho.

—¿Te perturba? —preguntó él, mirándola fijamente—. ¿Crees que mi pecho desnudo es hermoso y eso te perturba? —ella asintió, incapaz de mentir. La pícara sonrisa de Donall volvió a dibujarse sobre sus labios, más devastadora que nunca—. Quizás, entonces, deberías verlo de nuevo —sin despegar la vista de Isolde, se deshizo del cinturón de cuero labrado y lo arrojó a un lado, antes de comenzar a alzar el extremo inferior de su túnica—. Sí, creo que deberías ver mi hermoso pecho una vez más —dijo, y se quitó la ropa que lo cubría.

Isolde contempló el esplendor de Donall, perfectamente consciente de su deseo y de la excitación que sentía al verlo. Por Dios, era magnífico. Él lo sabía, y esa certeza podía leerse en el marrón vívido de sus ojos. La belleza de Donall y la confianza sublime que tenía en sí mismo eran un vendaval que surcaba el cuerpo de Isolde y avivaba los fuegos de cada lugar oscuro y misterioso de su feminidad.

—Y ahora, dulzura, creo que es tiempo de una nueva sesión de *iluminación* —dijo él mientras se acercaba, hundiendo con cada paso una daga de deseo puro y abrasador en el centro mismo de Isolde.

La atracción sombría de Donall la envolvió como un cálido manto de seda, cubriéndola hábilmente, hasta que lo único que pudo hacer fue quedarse de pie, mirándolo. Los ojos del caballero brillaban divertidos. ¡El muy tunante se estaba divirtiendo!

—¿Un pecho hermoso, dices? —ladeó la cabeza y puso sus manos sobre las de ella. Isolde perdió el control de sus sentidos al sentir esos dedos, fuertes y cálidos, cerrándose sobre los suyos—. Mírame entonces, Isolde de Dunmuir, hasta que deje de perturbarte.

Y ella lo miró. Su parte más audaz se regodeó en la amplitud de los hombros y en la danza que el fuego del hogar ejecutaba sobre los músculos de granito que conformaban el ancho pecho de Donall. Una tensión deliciosa le recorrió el cuerpo, tan inquietante como enloquecedora.

Deseaba recorrer con los dedos los contornos suaves de los fuertes brazos. Bajó la vista hacia la tersa piel del abdomen. Era perfecto, cada centímetro de ese cuerpo emanaba virilidad, coraje, fortaleza y poder.

La terrible belleza y la actitud encantadora eran más potentes que todos los brebajes de amor de Devorgilla juntos. Claro que su pócima no había sido preparada para obtener los favores de un hombre. No debía olvidar que era ella quien tenía que seducirlo... pero lo olvidó, perdida en el mar de sensaciones que le provocaba la visión de aquel hombre. Era maravilloso mirarlo, e Isolde decidió tomarse su tiempo.

Así, tras estudiar a placer el aristocrático físico de Donall, volvió a concentrarse en la cara: primero, en la línea firme y tenaz de la barbilla, luego en la curva carnosa y sensual de los labios y en el cabello negro y abundante, que caía como la seda y, por último, en los ojos.

Eran ojos de caballero, cargados de deseo, oscuros y llenos de ardor, del ardor que ella le causaba. Dejó escapar un suave suspiro y le dio la espalda, buscando inconscientemente un respiro de la terrible embriaguez que el solo hecho de verlo le provocaba. Necesitaba mantener la cordura si pretendía seducirlo. Hasta ese momento, era él quien se estaba encargando de la seducción y ella quien se ocupaba de sucumbir. La preocupación le hizo fruncir el ceño.

—Creo que debes mirar un poco más —la frivolidad evidente de su voz grave deshacía la compostura que ella necesitaba para contrarrestar la incomodidad que le producía abandonar sus planes con tanta facilidad. La tomó por las manos y, acercándolas a sus labios, besó las yemas de los diez dedos. Cada beso desataba una oleada de estremecimiento en el cuerpo de Isolde—. Aún pareces... perturbada.

—Ya... ya he visto suficiente —musitó ella, y odió la vacilación en su voz.

Donall le soltó las manos, separó los brazos y comenzó a describir un círculo a su alrededor.

—No tienes por qué temer —aseguró, deteniéndose frente a ella—. Ya te he dicho que los caballeros admiran a las muchachas con fuego en el corazón.

Los juegos de Donall hacían que el corazón de Isolde temblara fuera de control. Sin embargo, la jovialidad desapareció de las facciones del caballero al instante, presa de una expresión de depredador, sombría, resuelta y atrayente: una expresión que hubiera provocado en una mujer con menos coraje deseos de esconderse bajo su cama. Sin embargo, en Isolde provocaba ansias de lanzarse inmediatamente sobre la cama... con él.

—¿Y qué quieren los caballeros que hagan las muchachas? —preguntó, intentando imitar el tono bajo y sensual de Evelina, aunque sin éxito, a juzgar por la mirada de Donall, que, en lugar de oscurecerse de deseo, se iluminó de júbilo renovado. Había descubierto su plan y se estaba burlando de ella. Le estaba siguiendo la corriente y se lo estaba pasando divinamente a su costa.

Bien, también ella sabía jugar a ese juego. Que se divirtiera lo que deseara a su costa. Daba igual. Ella lo seduciría de todas maneras.

Donall estaba pensativo y la joven sintió una íntima satisfacción al creer que su pregunta le había dejado sorprendido. Aguardó su respuesta con una sonrisa, segura de que esta vez lo había pillado. Pero estaba equivocada. Lo supo en cuanto él respondió formulándole, a su vez, otra pregunta...

—¿A qué te refieres? ¿Qué quieren los caballeros que hagan las muchachas con ellos, o para ellos...?

¿Con ellos? ¿Para ellos?

Isolde sintió un terrible calor cerca de los muslos, donde un extraño dolor había comenzado a latir. ¿Hacer cosas con él o para él? Dios, quería las dos opciones, en todas sus variantes.

—¿Y bien?

Donall se acercó tanto a ella que Isolde sintió que su aroma la envolvía en una nube de deseo. No podía hablar; lo único que podía hacer era mirarlo, esperando que aliviara las sensaciones incandescentes que había avivado en su feminidad, esperando sus besos de caballero.

—Este caballero querría que hicieses algo para él —pidió, rozando con los dedos la suave curva de la mejilla de Isolde. Ella se relajó. Era una doncella osada, y le rogaba en silencio que no quitara la mano, que no se llevara la magia—. ¿Harás algo para mí? —la voz, grave y viril, llegó a lo más profundo del alma de Isolde.

Ella asintió, sin siquiera contemplar la posibilidad de negarse, sin pensar qué era lo que él quería. El rubor comenzó a subir por su cuello porque, a decir verdad, deseaba un acto audaz, cualquiera que fuera. Un acto lascivo y descarado, suficiente para apagar el fuego que le consumía la sangre.

¡Que los santos se apiadasen de su alma lujuriosa!

Donall rodeó el cuello de Isolde con una mano y dejó que sus dedos le recorrieran la nuca libremente.

—¿Harás dos cosas por mí?

Isolde tragó saliva y asintió una vez más.

—Si lo deseas —aceptó, pero los nervios hicieron de su voz un chillido vergonzoso.

Él la miró fijamente.

—¿Has vuelto a tomar esa maldita pócima?

Isolde quiso negar con la cabeza, pero antes de que pudiera hacerlo, Donall posó los labios sobre su boca.

Sintió que su corazón había dejado de latir, tal era la intensidad de las llamas que danzaban en su interior y abrasaban el centro mismo de su ser, tal la emoción que sentía al recibir una vez más esos besos. Sin embargo, en lugar de grandiosos besos de caballero, sólo sintió que la punta de una lengua le rozaba los labios, como saboreándola: un roce suave y delicado, nada más, veloz y ligero como el ala de una mariposa, que sólo buscaba detectar la presencia de la pócima en los labios de Isolde. Aunque había sido rápido como el rayo, la mera sensación de esa lengua sobre sus labios fue suficiente para llenarla de un deseo incandescente.

Deslizó los brazos sobre los hombros de MacLean y hundió los dedos en la espesura de su cabellera resplandeciente. Se recostó contra él, sin temer la posibilidad de parecer tan descarada como Evelina. Separó los labios y rogó más, dejando que sus urgencias hablaran. Deseaba con dolor que la besara profunda y completamente, como ya había hecho antes.

—Lo deseo tanto, mi amor...

La dulzura del apelativo tuvo un efecto tan abrasador sobre el corazón de Isolde como el que, sin duda, tenía el contacto sobre su piel. Posó la frente sobre la de ella, acariciándole la piel con el cálido aliento.

—Tus apetitos me complacen inmensamente... sí, me excitas hasta los límites de mi control —murmuró—, y tendrás todos los besos de caballero que deseas y más, mucho más, pero antes debes cumplir con tus dos promesas —posó las manos sobre los hombros de la doncella—. ¿Lo harás?

—¿Qué es lo que deseas? —suspiró Isolde, a punto de derretirse ante la idea de entregarse a él por completo, para que hiciera lo que quisiese con ella... cualquier cosa.

Él tomó entre sus manos una de las trenzas de la muchacha, acariciándola con suavidad..

—¿La moderación no está entre tus dones, no es cierto?

Ella negó con la cabeza. No tenía palabras para expresar cuán grande era su deseo de hacer la voluntad de Donall, de sentir su contacto.

Dejó caer la trenza.

—Son muchas las cosas que desearía hicieras para mí y conmigo, y viceversa —dijo él, mientras su expresión se oscurecía, en voz baja y... seductora—. Sin embargo, el sabor intenso de la expectativa es casi tan dulce como el de los placeres últimos, y sería una pena sacrificarlo —le recorrió el hombro con uno mano, bajando por el brazo—. Quiero iniciarte en los placeres carnales poco a poco, dando un paso lascivo cada vez —agregó—. Una fruta tan dulce como tú debería saborearse entera, pero despacio, muy, muy despacio.

—¿Y... y cómo deseas... saborearme? —quiso saber la lujuria que acababa de descubrir Isolde—. ¿De qué dos maneras?

Donall volvió adueñarse del cabello de Isolde, tomando ambas trenzas esta vez. Mirándola a los ojos, dijo:

—Quiero que te sueltes el cabello para mí.

La confusión y la decepción se reflejaron en la expresión de su rostro. Los latidos de necesidad que esperaba ver satisfechos se rebelaron, incitados por el dolor, y contestaron por ella:

—¿Que me suelte el cabello? ¿Eso es todo?

—Ése es el principio —contestó él, levantando las trenzas que tenía en las manos—. Que veas tu cabello —le dijo—, que veas mis dedos tocando los rizos, que me veas sintiéndolos, acariciándolos mientras se deslizan sobre mis palmas como cuerdas sedosas de oro y de bronce —los latidos del vientre de Isolde resurgieron, con más intensidad que antes. Por Dios, Donall podía hacer una magia maravillosa sólo con palabras—. ¿Ves, mi dulce Isolde, cómo te excita el mero hecho de verme jugar con tus trenzas? —preguntó, y ella supo que estaba en lo cierto. Era verdad, la estaba excitando. Los labios de Donall formaron lentamente una sonrisa sutil—. ¿Cómo crees que te sentirás cuando me deleite acariciando tu cabello? ¿Cómo crees que me sentiré yo?

Isolde dejó escapar el suspiro profundo que pugnaba por huir de su garganta. Las palabras de Donall eran tan eróticas como sus caricias, y mucho más sugerentes.

—Quiero bañarme en tu cabello —le dijo, soltando al fin las trenzas que sostenía—, beber su fragancia, perderme entre su calidez de satén.

Isolde tragó saliva. Ella también quería eso, con todo su ser. Sin embargo, Donall tenía una petición más, un último deseo. La expectativa le aceleraba el pulso.

—¿Y cuál es vuestro segundo deseo, milord?

El brillo mortecino de los ojos de Donall tomó un cariz perverso, muy perverso.

—Quiero ver tus senos —respondió él, y el corazón de Isolde estuvo a punto de estallar.

Había esperado toda la noche una oportunidad para mostrarle sus senos, temiendo no atreverse, después de perder la crema que le había dado Evelina para sus pezones. Una ola de fuego la cubrió por completo y un hormigueo enloquecedor se apoderó de sus senos, tan intenso como los latidos que sentía en el vientre.

—¿Quieres verlos? ¿Sólo eso? —preguntó la audaz joven, y se vio embargada por un placer inexorable cuando Donall negó con la cabeza.

—No, dulzura —respondió, rozando las curvas de los senos de Isolde con el dorso de la mano—. Quiero hacer mucho más que eso —hizo una pausa—. ¿Puedo?

Ella asintió.

—Pero quiero que me lo digas —contestó, comenzando a sentir que lo que hacían, el hablar de esas cosas, era en extremo estimulante, exactamente como Evelina había dicho—. Sí, quiero que me digas con lujo de detalles lo que pretendes hacer con mis senos —agregó. El calor que se agolpaba en el centro de su feminidad latía con insoportable urgencia—. Dímelo, y me soltaré el cabello y dejaré mis senos a tu voluntad.

—Me complaces, Isolde de Dunmuir, y no puedo hacer más que satisfacer tus deseos —dijo, frotándose la barbilla—. En primer lugar, me limitaré a mirarte, pero desde todos los ángulos: desde lejos y de cerca, muy cerca.

—Dime más —rogó ella, disfrutando del juego.

Donall sonrió.

—Te tocaré con las manos, de mil maneras —dejó que su vista recorriera el busto de Isolde mientras hablaba—. Dejaré que mis dedos se deslicen por encima de tus senos, alrededor y también por debajo, dibujaré círculos, ligeros como plumas, con las yemas de mis dedos, hasta que tu cuerpo se estremezca de placer; y, por último, me concentraré en la cima de tus senos... tus pezones.

La miró fijamente, esperando un gesto afirmativo que le indicara que podía seguir hablando. Ella mantuvo una quietud deliberada, sólo por un momento, y luego inclinó la cabeza.

—Tus palabras me estimulan —admitió, casi sin poder creer la osadía de lo que decía—. Por favor, continúa. ¿Qué más harás?

—Oh... sostendré y sopesaré tus senos, jugaré con ellos y los acariciaré... quizás de manera un poco brusca, pero de una forma que te encenderá y te hará suspirar de placer.

—¿Hay más? —preguntó ella, mientras un delicioso calor le recorría el cuerpo, y su feminidad latía.

—Sí, mucho más —Isolde se maravilló ante la intensa dicha que le producían sus palabras—. Te adoraré con mis labios y con mi lengua, te lameré y te frotaré, te... —dejó de hablar, y levantó uno de sus pies descalzos—. ¿Qué dia...? —se agachó para recoger algo de la gruesa estera de juncos que cubría el suelo.

Lo examinó detenidamente, y luego extendió su mano para mostrárselo a Isolde: sobre la palma descansaba un pequeño recipiente de barro. El rostro de Isolde adoptó una tonalidad escarlata: era el rubor de rosas, la crema que Evelina le había dado.

—¿Es vuestro, milady? —cerró bruscamente la mano cuando Isolde trató de tomarlo—. A juzgar por el color de vuestras mejillas, diría que sí.

Abrió el frasco e investigó su contenido; la expresión de su hermoso rostro pasó de la sorpresa al entendimiento. Sabía lo que era. Miró a Isolde, haciendo verdaderos esfuerzos para no soltar una carcajada. Otra vez se estaba divirtiendo a su costa.

—Esto es bermellón —dijo, fijando en la joven una mirada de perplejidad—. Pintura de rameras —Isolde desvió la mirada, demasiado avergonzada para admitir que sabía qué uso se le daba a la pintura—. Pretendías usar esto para seducirme —dijo él, con mismo tono peculiar que había usado anteriormente.

—Sí, ése era mi plan —aceptó, sin deseos de afectar una falsa modestia, después de la lasciva charla que acababan de tener—, pero lo perdí.

Un brillo relampagueó en la oscuridad de los ojos de Donall.

—Y aquí lo tienes de nuevo.

—¿Entonces? —el corazón de Isolde comenzó a latir con frenesí. Por Dios, MacLean quería que usara la crema.

—Quiero que te lo pongas —dijo él, confirmando lo que ella ya sabía mientras le entregaba el pequeño recipiente.

—Si quieres... —contestó ella, sintiendo un dejo de decepción porque ya no podía lograr la sorpresa que esperaba conseguir con la crema—. No será lo mismo si sabes que lo tengo puesto.

Donall sacudió la cabeza.

—El propósito de esa pintura de pezones ya no es sorprenderme, dulzura.

—¿No? —preguntó ella, confundida.

Donall entrecerró los ojos.

—¿Hasta donde puede llegar tu osadía?

—Tan lejos como tu placer —contestó ella, dejando que la lujuria hablara.

—Entonces, me complacería mucho que me dejaras ver cómo te pones la pintura sobre los pezones.

Isolde estaba boquiabierta. La idea le pareció repulsiva en un principio, pero no tardó en volverse estimulante, muy estimulante. Envolvió con los dedos el pequeño recipiente de barro, mientras sus mejillas se incendiaban. Rubor de rosas... un nombre muy apropiado para aquello que Isolde no veía la hora de probar.

15

FUEGO LÍQUIDO, HILOS DE ORO, BESADOS POR LA LUZ de la luna, seda brillante y resplandeciente, de una magnificencia indescriptible...

Donall estaba conmovido por el espectáculo suntuoso que brindaba el cabello suelto de Isolde de Dunmuir. La joven se encontraba junto a la ventana, bañada en la luminosidad plateada de la noche, mientras que él esperaba al abrigo seguro de las sombras, oculto en la calma palidez, fuera del alcance del azul argénteo de la luz reveladora.

Un delicado resplandor, producto de la magia de la noche, se esparcía por la alcoba resaltando los encantos de Isolde con una dulzura enternecedora, hechizando a Donall y reclamando con audacia un corazón que hasta entonces ninguna muchacha había oído latir, mucho menos poseído.

Intentó sobreponerse. Si ella lo descubría mirándola con ojos de cervatillo, tendría que deshacerse del epíteto de «el Bravo» que tanto trabajo le había costado agregar a su nombre. Por desgracia, no podía dejar de mirarla. Estaba anonadado, cautivado como un rapaz que percibe por primera vez la esencia de la excitación de una muchacha hermosa.

Y, por Dios, Isolde ni siquiera había terminado de desatarse las trenzas largas y sedosas. Aún le faltaba la mitad.

La impresión que le causaba la sensualidad de Isolde era tan intensa que la mera imagen lo tenía pensando en palabras más adecuadas para un perfumado cortesano francés que para un hombre de las islas, de sangre caliente, conocido como «el Bravo». En ese momento, lo único bravo en Donall era la presión férrea de su virilidad contra la ajustada prisión de sus calzas. Tenía la boca seca, el abdomen duro como una piedra y el corazón... perdido.

Se recostó contra la pared, rogándole en secreto que le prestara un poco de su solidez de piedra para ayudarlo a salir airoso de la tortura que era verla deshaciendo sus trenzas; los delicados dedos fueron soltando lentamente, uno por uno, los rizos brillantes, hasta que toda la riqueza de su cabello de bronce y oro quedó libre y se derramó indómito alrededor de sus caderas.

Esa cascada de oro puso a prueba la capacidad de control del caballero, más allá de lo que su entrenada resistencia le permitía soportar, y liberó, en lo más profundo de su ser, un quejido lastimero de necesidad imperiosa, un lamento, arrancado desde las raíces mismas de su alma y producto del hechizo con el que Isolde le había castigado, produciéndole un dolor con vida propia, ardiente y agudo, una furia descontrolada que hacía que su corazón latiera a un ritmo vertiginoso que lo asustó cuando pensó que ella podría llegar a escuchar los desbocados latidos. Quería gritar, quería correr hacia ella... Pero permaneció quieto, apoyado contra el muro.

—¿No te agrado?

La dulzura y la suavidad de su voz destrozaron los demonios que acosaban a Donall con mayor facilidad que la espada más afilada. La inseguridad de Isolde, la forma en que dejó de acomodar la cascada resplandeciente de su cabello, le llegó al corazón, conmoviéndolo.

Por Dios, ¡la muchacha se había adueñado de su corazón! Era una doncella agradable, la más hermosa que había visto, pero también era aquella que había permitido que lo torturasen, que mentía cada vez que podía, que cosecharía su simiente si se lo permitía y que... bebía pócimas espantosas, elixires de aroma acre, que, él bien lo sabía, no tenían nada que ver con borrar los lunares del rostro o librar de pulgas a un animal.

—¿Y bien? —insistió la voz de Isolde, suave como una nube, tentándolo con su relajante melodía y su calidez. Donall resopló con fastidio y miró hacia el cielo—. Veo que sí te desagrado.

—¡Por la cruz! —exclamó él, mirándola, sin poder creer que la doncella no se maravillara de verlo tan... conmovido, tan vulnerable. Le estaba revelando los secretos de su alma, la parte más débil de su personalidad... ¡Y ella ni siquiera se daba cuenta!

—¿Te desagrado? —volvió a preguntar, mirándolo con una irresistible expresión de inseguridad.

Donall parpadeó, cautivo sin remedio. Por Dios, ¿era posible que Isolde no viera lo que le estaba provocando? ¿De verdad no se daba cuenta de que su corazón y su alma estaban a sus pies?

—¿Preguntas si me desagradas?

Las palabras salieron de su boca con un sonido increíblemente agudo. Por mil demonios, Donall no esperaba producir un chillido como ése. Se dio la vuelta, hizo a un lado el cabello que le cubría la frente y tosió con una mano sobre la boca. Con un poco de suerte, Isolde creería que era un acceso de tos, y no otra cosa, lo que lo había obligado a hablar con la voz de un eunuco.

—Tú me pediste que me soltara el cabello, pero ahora parece que no te agrada —insistió ella. El dejo de orgullo implícito en su voz quedaba desmentido por la duda que le inundaba los ojos—. ¿Quieres que vuelva a hacerme las trenzas? —dijo, tomando dos abundantes rizos y ofreciéndoselos a Donall como resplandecientes madejas de hilos de bronce, que se escurrían entre sus dedos.

Donall se estremeció; estaba tan excitado que podía escuchar los latidos de su corazón.

—No, deja tus rizos en paz —su voz, gracias al cielo, era una vez más grave y profunda. Sin embargo, extrañamente, también era... áspera, como si su dueño estuviese cansado de luchar en la vanguardia de una batalla que no podía ganar, enamorándose de Isolde MacInnes, a pesar de su arsenal de pociones y mentiras—. Me gusta verte con el cabello así —agregó, aunque los últimos vestigios de juicio que le quedaban lo mortificaban sin descanso, aconsejándole que no siguiera adelante, que gritara, que se marchara de allí... cualquier cosa que evitara que cayera en sus redes.

Ella lo miró con expresión curiosa y bajó las manos. Los pesados rizos se escurrieron por entre sus dedos y cayeron hasta sus caderas, brillantes como la seda a la luz de la luna.

—Como desees —dijo, encogiendo un poco los hombros.

—Lo que deseo, milady, es amaros —apretó los puños al escuchar las palabras que su propio corazón había lanzado a los pies de Isolde con tanto descuido y tan inesperadamente. Lo más inquietante de todo, sin embargo, era saber que era cierto.

Donall notó que algo se encendía en los ojos de Isolde, pero, fuera lo que fuera, desapareció detrás de una sonrisa sutil y cargada de deseo.

—¿No es por eso por lo que estamos haciendo... esto?

—¿Esto? —preguntó él, señalando a Isolde primero y luego al pequeño recipiente de barro que descansaba inocente sobre el alféizar de la ventana—. Lo hacemos porque deseas mis favores, porque es, será, placentero para ambos y porque estás muy necesitada de iluminación.

«Y porque me he enamorado de ti», agregó su corazón.

Isolde sonrió, inconsciente de que el inmenso poder de amor de un MacLean se estaba acumulando muy cerca de ella, y tomó los rizos con sus manos, juntando esa abundancia de gloria y dejándola caer sobre su espalda.

—Iluminación y besos de caballero —la sonrisa tomó un cariz más esquivo—. ¿Disfrutas iluminándome?

La virilidad de Donall se hinchaba y crecía, ansiosa de mostrarle precisamente cuánto disfrutaba... iluminándola. Sintió que el corazón se le salía del pecho y que su alma se derretía.

—Por Dios, sí que haces preguntas tontas. ¿No ves que sí?

—Lo que veo es que algo te desagrada —contestó ella—. Eso es todo lo que veo.

Donall frunció el ceño. ¿Acaso no veía la pétrea prominencia de su excitación, cargada de deseo? Era evidente, sólo era cuestión de que Isolde bajara la vista.

—Milady, vuestra belleza me deja sin aliento. Como seductora, tenéis un gran talento —lanzó una mirada fugaz hacia su entrepierna, esperando que ella lo imitara. Pero no lo hizo—. Podrás tener encantos irresistibles, pero estás bastante ciega —afirmó, separándose de la pared y abandonando con imprudencia el amparo de las sombras. Caminó hasta la luz que entraba por las ventanas, esperando que Isolde reparara en el deseo que lo dominaba. Pero ella seguía sin verlo.

La mera presencia de la doncella hacía que su sangre hirviera y endurecía su hombría, causándole un intenso dolor. Desvió la mirada, concentrándose en la noche plateada que se extendía detrás de las ventanas, y aspiró el aire frío, en un vano intento por calmarse.

Por desgracia, no sirvió para enfriarlo en lo más mínimo. Volvió a mirarla y no tardó en perderse en sus hermosos ojos y en la cascada gloriosa de su cabello. También se perdió en su destino, porque los hábiles dedos de la doncella habían deshecho más que sus trenzas. Sin que Donall lo supiera, la audaz hechicera también le había deshecho el corazón. Había comenzado destruyendo la barrera que lo protegía, cuando rechazó sorprendentemente el pago de rescate; luego, se lo había arrancado del pecho cuando despreció, hermosa y terrible, el broche de oro que le había ofrecido.

Y ahora continuaba la conquista, posando sobre Donall la luminosidad de sus ojos. Parecían llenos de vulnerabilidad y deseosa inocencia, por completo libres de las frías maquinaciones que había visto en los ojos de todas las mujeres que se habían fijado en él: ojos que sólo veían su fortuna y su posición, y quizás su aspecto, algo que no había pedido, pero que no podía negar. Todas habían querido lo que él podía darles. Ninguna se había conformado, sencillamente, con quererlo a él. Con excepción de Isolde de Dunmuir.

Donall sofocó la amarga carcajada que subía por su garganta y tomó el pequeño frasco de pintura para rameras, sosteniéndolo con firmeza y dejando que la frialdad del recipiente de barro se confundiera con el calor de su mano. Sabía Dios que necesitaba enfriarse. Se acercó a la ventana, de espaldas a ella, y observó una delgada línea de niebla que se formaba en lontananza sobre el mar; una línea suave y volátil, grisácea, que desdibujaba el perfil de la isla de los MacKinnon y cambiaba los contornos del horizonte.

Finalmente, los movimientos de la masa blanquecina y cambiante envolvieron el maldito peñasco, ocultándolo por completo. Donall aferró con más fuerza el pequeño frasco, con el deseo de poder borrar sus preocupaciones con la facilidad con que esa pequeña línea de niebla había borrado el paisaje, de poder olvidar la certeza de que Isolde de Dunmuir, en realidad, tampoco lo quería a él. Sin embargo, tenía una chispa de esperanza que no podía eliminar.

Maldijo a la niebla marina y a la condenada lógica. Él haría que lo quisiera. Para Isolde no importaban todas las baratijas que él podía regalarle, y su posición de privilegio entre los nobles de las islas no la impresionaba. Y, por Dios, era esa certeza la que lo obligaba a quererla, de la peor manera posible.

La comezón que embargaba su virilidad no era lo único que deseaba aliviar, no. Quería que Isolde aliviara el dolor de su corazón, que llenara el vacío que sentía, del que no había sido consciente hasta que vio los ojos de la muchacha encendidos de indignación ante la oferta de rescate, y resplandecientes de orgullo y esperanza cuando le confesó lo único que quería de él: un hijo. No buscaba esplendor, riquezas, ni fama. Sólo quería un niño para construir la paz.

En un principio, Donall creyó que era una idea estúpida, pero había comenzado a encontrarla mucho más agradable. Sintiéndose totalmente derrotado, se recostó contra el marco de la ventana e inhaló el aroma inerte de la piedra fría, el aroma de la rendición. En verdad, hasta el descabellado plan de Isolde para formar una alianza comenzaba a parecerle atractivo. ¿Y ella preguntaba si la encontraba desagradable?

Donall no podía creer que a Isolde se le hubiera ocurrido una cosa así, porque lo cierto era que lo único que encontraba desagradable era no haberla conocido antes, en un momento menos problemático, en el que hubiera sido posible secuestrarla para desposarla en Baldoon, como tanto deseaba. Sin embargo, una hazaña de esa magnitud era imposible en esas circunstancias.

Se irguió y enderezó los hombros una vez más, con la sangre hirviente y llena de nuevos bríos, decidido y listo para poner sitio al corazón de Isolde de Dunmuir.

La doncella se estremeció mientras miraba a Donall en la ventana. Advirtió el cambio del caballero en el preciso instante en que se produjo, casi podía ver cómo la convicción lo abandonaba. No le hizo falta oír sus lastimeros suspiros para saber que se había deshecho del hábil control que demostrara hasta entonces y que se estaba preparando para... rendirse.

Tragó saliva y comenzó a desabrochar la parte superior de su vestido. Las manos le temblaban, y sus dedos progresaban con lentitud y torpeza. Su corazón y su cuerpo, la totalidad de su ser, se rendían ante él; no podía evitarlo, aunque tenía la certeza de que Donall estaba a punto de rendirse ante ella.

Un escalofrío le recorrió la espalda, y la gélida sensación fue como un reproche por haber cambiado de manera tan drástica sus razones para rendirse. Los motivos originales seguían presentes en su mente, pero era la verdadera razón detrás de su rendición la que intensificaba sus latidos mientras desataba los últimos nudos del vestido: quería a Donall MacLean a pesar de lo que era y lo que representaba, a pesar de las dudas que aún la atormentaban, a pesar de todo. Estaba enamorándose de él. No... Se había enamorado de él.

Tragó saliva, consciente de cómo la miraba Donall mientras ella deslizaba los brazos fuera de las mangas y dejaba que el vestido cayera en torno a su cintura. Donall inclinó hacia atrás la cabeza y miró por la ventana, como si tratara de pedirles fortaleza a los dioses. Luego, con los ojos llenos de un deseo salvaje, le entregó el frasco de rubor de rosas, fijando la mirada sobre la parte superior de la camisola que Evelina le había prestado, confeccionada con gasa translúcida y aberturas a los costados.

Algo urgente y primitivo, un sonido completamente viril, surgió de las profundidades de la garganta de Donall, mientras su expresión se hacía más salvaje y, aunque Isolde no podía creerlo, sus ojos tomaban un matiz aún más oscuro. La agarró por la muñeca y la atrajo hasta el círculo mortecino de luz lunar.

—Quédate aquí, donde puedo verte mejor —la aspereza de la voz estimulaba a Isolde tanto como la sensación de esos dedos sobre su muñeca—. Eres más hermosa de lo que imaginaba —agregó. Las palabras la afectaron tan intensamente como la mirada lasciva con la que Donall contemplaba cada centímetro de su piel—. Por Dios, juro que me dejas sin aliento —su respiración ya no era firme y profunda, sino rápida y liviana.

Soltó la muñeca y hundió la mano en el cabello de Isolde, deleitándose en su abundancia y recorriéndolo con las palmas a lo largo de todo su resplandor, tomando, investigando, enredando los dedos en cada lugar que podía, como si buscara saborear y palpar todos los rizos, uno por uno. Isolde se mordió el labio, dominada por los deliciosos escalofríos que liberaban los movimientos de Donall, encantada con el hormigueo que extendía su tacto sobre ella y a través de ella. Así de intenso era el deseo que sentía, la exquisita expectativa que Donall tanto parecía valorar.

Con un gemido grave que la maravilló, Donall hundió la cara en los abundantes manojos de rizos; la negrura de su soberbia cabellera marcaba un contraste nítido al mezclarse con el bronce y el oro del cabello de la doncella. Luego gruñó, liberando un sonido extraño y viril, mezcla de dolor y pasión.

Isolde sabía que estaba muy excitado, y esa certeza la estimulaba de una manera por demás inquietante. En verdad, estaba bebiendo de sus cabellos. Movía la cabeza con delicadeza, hacia atrás y hacia delante, frotando la cara contra los rizos. El verlo rindiéndole un tributo de tal magnitud tenía un efecto peculiar sobre ella, la hacía sentirse osada.

—Y ahora que habéis satisfecho vuestra necesidad de ver, tocar y beber mi cabello suelto, señor caballero —dijo ella, y su propio descaro avivaba pequeñas brasas de placer en un lugar oculto entre sus muslos—, ¿cuál es vuestro segundo deseo? ¿La crema de color bermellón? ¿Es momento de usar el rubor de rosas? —El lado seductor de su alma comenzaba a disfrutar del juego—. ¿Creéis que aún necesito esa... iluminación?

Él asintió, pero la detuvo en cuanto comenzó a quitarle el corcho al pequeño frasco.

—Oh, sí la necesitas —dijo con un brillo perverso en los ojos oscuros—, pero antes, un beso, como recompensa por haberte soltado el cabello.

El corazón de Isolde se estremeció.

—¿Un beso de caballero?

Volvió a asentir. Tomó el cabello de la doncella y posó los labios sobre los rizos abundantes para luego dejar que se escurrieran suavemente entre sus dedos. Al aceptar que su intención de controlarse se le escurría de entre los dedos con tanta facilidad como la seda del cabello de Isolde, Donall se rindió ante el deseo de aceptar lo que ella le ofrecía, todo lo que ofrecía. Deslizó las manos sobre los hombros de la doncella y a lo largo de la suavidad de sus brazos desnudos, para recorrerle luego la espalda, hacia arriba. Dejó que sus dedos se perdieran en la delicada cortina que formaban los cabellos de Isolde, acariciando la tibieza sedosa de su nuca.

—Un beso de caballero, entonces —murmuró, explorando con los dedos el brillo y la frialdad de los rizos, inhalando su aroma de flores silvestres—. Un beso verdadero.

La miró a los ojos mientras dejaba que sus manos bajaran lentamente por su espalda. Un deseo lacerante lo consumía por dentro. Desplegó los dedos y la aferró por las caderas, atrayéndola hacia sí tanto como podía sin poseerla por completo.

Con un dedo tembloroso, Isolde recorrió la línea de los hombros de Donall, enloqueciéndolo, haciendo que se sintiera emocionado por la gracia y la belleza de quien tenía delante. Sintió que una urgencia cruda y primitiva le quemaba las entrañas cuando la vio ofrecer sus labios con tanta dulzura, la necesidad fue tan salvaje que su corazón retumbó como el trueno dentro de su pecho.

Se cruzaron sus miradas y cada uno contempló el baile de luces y sombras que se desarrollaba sobre el rostro del otro. Donall, incapaz de seguir esperando, posó un delicado beso sobre el lunar que tanto adoraba y deslizó la boca hasta unirla con la de Isolde, en un beso con el que esperaba marcar a fuego el alma de la doncella, un beso que no era suave y tierno como los anteriores, sino poderoso, posesivo y conquistador; una forma cabal de reclamar para sí los labios cálidos y dispuestos de la joven. Sin embargo, también era un acto de entrega, porque nunca había deseado tanto a una mujer, ni había sentido tantas ansias de satisfacer a alguien, ni había amado así.

Sosteniendo la nuca de Isolde con la palma, inclinó la cara para profundizar el beso, utilizando los delicados movimientos de su lengua para invitarla a separar los labios, obligándola en silencio a ser la diosa audaz que él sabía podía ser. Ella aceptó, abriendo su boca bajo la de él, recibiendo los movimientos de la lengua de Donall en su cálida suavidad, en sus labios, en su pasión, finalmente libres de todo rastro de la terrible pócima. Donall la saboreó, bebió de su aliento, dulce, fresco y suave como un suspiro, un elixir más potente que todos los brebajes que podía mezclar la anciana bruja, y mil veces más cautivador.

Isolde se aferró a los hombros de Donall, sintiendo que la urgencia florecía en su interior, presionando su cuerpo contra el de él, cautiva de un deseo cada vez más intenso. La sangre de Donall hervía a medida que aumentaba la violencia de los besos, frotando su lengua contra la de ella con movimientos prolongados y audaces.

La doncella no tardó en adaptarse al ritmo del baile de las lenguas, y el ardor que mostraba estimulaba a Donall hasta la locura. Las lenguas se enredaban en una danza cansina que mezclaba no sólo las bocas, sino el aliento, los corazones y las almas.

La abrazó con fuerza. La intimidad y la violencia del beso le ablandaban el corazón, transformándolo en esclavo de Isolde, mientras que la manera en que ésta intentaba igualar la pasión endurecía otras partes de su masculinidad. Y ella, finalmente, se dio cuenta. Dio un paso atrás y lo miró con ojos desorbitados, con una expresión de perplejidad que parecía bañada en oro.

Se quedó quieta, pero sólo por un momento; enseguida, sus labios delicados, suavizados por los besos, formaron un dulce círculo de sorpresa, que no tardó en dejar su lugar a una sonrisa que tenía tanto de vacilación como de complicidad. Dejó escapar un jadeo sutil, un pequeño quejido, que Donall detectó al instante y envolvió con sus propios gruñidos de placer, abrazándola con fuerza, robándole el suspiro antes de que pudiera manifestarse por completo.

Isolde se derretía contra Donall. Su cuerpo curvilíneo y dispuesto se amoldaba a la perfección al del caballero, como si se tratara de un oasis de suavidad y calor. Él la besaba una y otra vez, consumido por una pasión atronadora que nunca antes había sentido, una necesidad que sólo ella podía satisfacer. Los besos se sucedían, a cual más profundo, y recorrían los labios de la joven con la destreza que sólo un caballero posee, con violencia y exigencia crecientes, hasta que Donall fue consciente del fuego que lo quemaba por dentro, hasta que se dio cuenta de lo que Isolde era, contemplándola al fin en toda su gloria.

La fuerza de su abrazo fue tal que, sin duda, sus corazones latieron al unísono. Donall se perdía en la gloria de la única mujer destinada a incendiar las violentas pasiones de su corazón de MacLean. Sin esfuerzo, ella avivaba el famoso fuego de amor que se decía que los hombres MacLean podían entregar a sus mujeres, una especie de infierno incontrolable, una maldición de la que Donall creía haberse salvado.

En ese momento supo qué ingenuo había sido; sólo era cuestión de conocer a la mujer indicada. Ahora la conocía, y el peso de esa certeza estuvo a punto de ponerlo de rodillas. Atenuó el beso hasta que no fue más que un suspiro de dulzura que recorría con parsimonia los labios de la amada, una tierna lluvia de besos dolorosamente dulces, delicados como el rocío. Se separó al fin y posó sus labios sobre el cuello de la joven.

Cuando ella comenzaba a dudar de su habilidad para mantenerse en pie, Donall finalmente levantó la cabeza. El calor que brillaba en sus ojos echó por tierra los últimos vestigios de la modestia de Isolde.

—¿El rubor de rosas? —preguntó, sabiendo instintivamente lo que él necesitaba y lo que ella también deseaba.

Donall tomó el rostro de Isolde entre sus manos. El resplandor abrumador en los ojos oscuros del caballero demandaba saber la verdad.

—¿Sabes lo que pasará cuando seas tú quien me bese a mí? —Isolde asintió. Sí, lo sabía, y necesitaba con extrema urgencia que la tomara de manera definitiva. Donall se inclinó y arrastró sus labios sobre los de ella, sellándolos con su sabor y su poder, erigiéndose como único dueño de la doncella—. Así sea, entonces —dijo, con los ojos negros como el carbón.

Con la vista fija en los ojos de su amada, le recorrió los hombros y los brazos con las manos, pero esta vez, en lugar de deleitarse en el cabello que caía libre y salvaje sobre su espalda, hizo a un lado los rizos que le cubrían los hombros, tratando de quitar de su camino hasta el último de los cabellos que ocultaban los senos casi desnudos de Isolde.

—Tu belleza es demasiada para describirla con palabras —le dijo, con la voz entrecortada por la furia con la que su deseo arreciaba.

Isolde se sonrojó, hermosa, y Donall habría jurado que la vio hinchando un poco el pecho para que sus senos se acercaran a él, como si también ella deseara sentir su tacto, como si también ardiera, anticipando el placer que estaba a punto de entregarle. «El placer que le enseñaré a entregar», pensó Donall, y su virilidad se hinchó y se estremeció ante la idea.

—La pintura... —jadeó. Era evidente el ardor que sentía y cuánto disfrutaba del juego, un juego mucho más estimulante si se jugaba con palabras—. Abre el frasco de pintura, Isolde —ordenó, y ella obedeció.

La doncella no podía dejar de mirar cómo Donall la contemplaba, y la imagen generaba una sensación ardiente y líquida en la parte más escondida y vulnerable de su cuerpo.

—¿Y ahora, señor caballero? —susurró—. ¿Me diréis qué debo hacer?

Donall respiró hondo antes de hablar.

—¿Deseas seguir con nuestro juego de palabras? —el gesto de aprobación de Isolde estuvo a punto de desarmarlo—. Comencemos, entonces —dijo, posando sus manos sobre los hombros de la doncella—. Tus senos son exuberantes y perfectos —agregó, dando comienzo a un nuevo asalto, una versión superior del juego que le había enseñado antes.

Esta vez, pretendía hacer las cosas que decía, en lugar de limitarse a estimularla contándole lo que quería hacer. La miraba fijamente, con una mirada intensa en extremo, casi capaz de quemar y traspasar la camisola que Evelina le había prestado.

—Voluptuosos y maduros, a punto de romper la tela que los cubre, tales son las ansias que tienen de sentir cómo los toco —prosiguió, masajeándole los hombros mientras hablaba, sintiendo que su propia sangre se volvía más espesa con cada sílaba que pronunciaba.

Isolde saboreaba cada palabra, mirándolo con expresión embelesada, con una urgencia tan evidente que Donall casi podía tocarla. Entretanto, el caballero desplazaba las manos hasta la base del cuello de la doncella y comenzaba a jugar con los lóbulos de sus orejas y la piel que las rodeaba.

—Sus cimas, tus pezones, son del más bello rosa pálido... pequeños pimpollos, tensos, proyectándose hacia mí a través de la tela delicada y traslúcida de tu camisola, erguidos porque arden en deseos de ser acariciados.

La magia de las palabras de Donall tejió un encantamiento maravilloso en torno a Isolde, que se estremecía en mil hormigueos al escucharlo hablar así. La urgencia la consumía.

—Soy yo la que arde en deseos —jadeó.

La confesión afectó a Donall de un modo insoportable, endureciendo su virilidad hasta causarle dolor.

No podía dejar de tocarla. Le recorrió la parte superior de los senos con la yema de los dedos, viendo cómo la carne desnuda se hinchaba sobre el escote de la camisola. Una espiral de ansias descontroladas recorría las entrañas de la chica, que, entre suspiros, deseaba desgarrarse la ropa para exponerse por completo ante el calor de la mirada de Donall.

—Y yo ardo en deseos por ti, dulce Isolde —afirmó él, acariciándole los brazos con delicadeza, hechizándola más allá de todo su decoro de doncella.

—Entonces tómame —contestó ella, dejando que la lujuria hablara—. Tómame ahora.

—¿Y perderme... esto? —la sonrisa sutil volvió a dibujarse sobre los labios de Donall, y el efecto que tuvo sobre ella fue devastador—. No, mi amor. Para ser la señora audaz de un caballero, deberás aprender a resistir y a controlarte, incluso cuando te sientas al borde de la locura —la lengua de Isolde salió rauda de su boca para humedecer sus labios. Donall se inclinó como un rayo para atraparla entre sus dientes, rozarle la punta con su propia lengua y deleitarse por un momento mordiéndole el labio inferior, para luego liberarla—. Verás, Isolde... cuando la anticipación es excitante y poderosa, la liberación posterior es capaz de mover las estrellas, y es eso lo que quiero darte nada menos.

La miró a los ojos, profundamente.

—Quiero mover las estrellas para ti.

Bajó la vista al lino negro del vestido de luto que no había terminado de quitarse y que aún estaba arrugado en torno a sus caderas, formando un marco irresistiblemente erótico para el exuberante tesoro que había más arriba. Era el momento.

—Bájate la camisola, Isolde.

Una puñalada de placer se hundió en el centro mismo de su ser. Sus manos comenzaron a temblar, casi siguiendo el ritmo del latido insoportable que estremecía el espacio entre sus muslos. A punto de desmayarse a causa del deseo, mantuvo su mirada sobre la de Donall y comenzó a quitarse la camisola, empezando por los hombros. La prenda translúcida cayó un poco cuando bajó los brazos, pero la gasa sedosa seguía aferrándose a la gloria de sus senos, dejando adivinar bajo ella los rígidos pezones.

—¿Está bien así? —preguntó, siguiendo con el juego, casi sin poder resistir el latido en el centro de su feminidad—. ¿Es... suficiente?

Donall sacudió la cabeza, fijando sobre ella el marrón vívido y líquido de sus ojos.

—Tira de la tela, Isolde —ordenó, con voz de mando—. Quiero que tires de la camisola hasta que tus senos estén completamente desnudos, a mi disposición.

Juntando los muslos, porque ya no podía aguantar el ardor que producía en ella ese juego erótico, Isolde aferró el borde superior de la camisola de Evelina y tiró hacia abajo, hasta que entre su piel desnuda y MacLean sólo quedó el aire frío de la noche y el placer glorioso de saberse ante él, mostrándose de esa manera.

—Tócate —las palabras de Donall fueron casi un susurro, hasta el punto de que Isolde las creyó producto de su imaginación—. Tócate —insistió, esta vez con mayor ímpetu—. Tócate para mí, y haré todo tipo de cosas deliciosamente perversas —prometió—, y no sólo con tus senos —hizo un gesto hacia el pequeño frasco de bermellón que Isolde había recogido—. Deja eso por un momento.

Ella obedeció, incapaz de negarse a nada que él le pidiera, fuera lo que fuese. La creciente pasión era evidente en los ojos de Donall.

—Toma tus senos entre tus manos y elévalos. Elévalos hacia mí.

Muy lentamente, con el cuerpo entero presa del temblor, ella puso sus manos debajo de sus senos y... no los movió, se quedó parada, sosteniéndolos, sintiendo el peso sobre las palmas, demasiado avergonzada para hacer otra cosa.

—Muéstramelos, Isolde.

Un suspiro áspero escapó de la garganta de la chica mientras dudaba, deseando hacerlo por una parte y sintiéndose muy incómoda por otra. Mientras ella se lo pensaba, él se mantuvo en silencio, sin gemir ni suspirar, con los ojos marcados por la droga de la pasión. Lujuria en estado puro, que brillaba en las profundidades de su mirada y se derramaba sobre Isolde, avivando fuegos similares en la sangre de la doncella. Por fin, ella hizo lo que le pedía, mientras lo miraba a los ojos para darse ánimos.

—Ahora tócate los pezones —ordenó Donall, y los latidos ardientes del centro de Isolde llegaron a niveles completamente desconocidos para ella—. Juega con ellos, Isolde.

Un grito llenó el cuarto en cuanto la doncella tomó entre sus dedos las cúspides endurecidas. Sintió que las rodillas dejaban de responderle, pero él la tomó en el aire y la abrazó con firmeza contra su pecho de guerrero, reclinándose contra la mesa. La sostuvo tiernamente y le besó con delicadeza la frente.

—¿Puedes seguir, mi amor? —deslizó un dedo a lo largo del brazo de Isolde, cuidadosamente, tratando de evitar el contacto con el dolor de sus senos, con sus pezones. Se sentó sobre la mesa, sosteniéndola en la seguridad de sus fuertes brazos—. ¿Quieres que te satisfaga ahora? ¿O prefieres que prolonguemos nuestro placer un poco más?

Isolde asintió.

—Más —pidió, casi en un suspiro, desdibujado por el placer, pero nítido.

La sonrisa de Donall resplandeció, triunfante.

—Mi diosa audaz —alabó, con música en el corazón—. Pellizca tus pezones, entonces —agregó, y la urgencia era evidente en la voz—. Déjame ver cómo juegas con ellos.

Los ojos de Isolde se cerraron lentamente, movidos por el intenso placer que la recorría. Sus caderas comenzaron a temblar mientras sus muslos se separaban, esclavos del instinto y del doloroso latido que se repetía entre ellos, rogando satisfacción inmediata. Con suavidad infinita, Donall posó la palma de su mano sobre la carne ardiente de la feminidad de Isolde, cuyo calor traspasaba los dobleces del vestido, la acarició brevemente en el centro de su urgencia, casi como haciendo una promesa.

—Pronto, mi amor —jadeó él mientras sacaba la mano—. Cuando haya satisfecho mis deseos de verte jugando con tus senos; cuando haya jugado con tus senos. Ahora, pellizca tus pezones, Isolde. Por favor.

Ella lo hizo. Al principio con indecisión, tocándose suavemente, con la punta de los dedos. Luego describió pequeños círculos, casi sin tocar los picos rugosos, hasta que, incitada por las palabras y la mirada ardiente de Donall, cobró coraje y comenzó a jugar realmente, a estimularse con cada pellizco, con cada tirón. Mirar cómo Donall la contemplaba la excitaba más allá de todas sus expectativas.

—La crema, Isolde —la voz era una llamada que llegaba desde la bruma del placer lascivo—. Estás lista, mi amor.

Todavía obnubilada, Isolde sintió que Donall tomaba una de sus manos y esparcía sobre sus dedos el ungüento frío y fragante de rosas.

—La crema para pezones. Úsala, Isolde —exigió él—. Para mí.

Otro gemido se abrió camino en la garganta de la doncella, cuando sintió que el placer era casi irresistible, que sentía una necesidad incandescente y pulsante que la llevaba al límite de la urgencia.

—Frota la crema sobre tus pezones —la mano derecha de Isolde, sobre la que Donall había esparcido el rubor de rosas, flotó hacia sus senos, casi como si tuviera voluntad propia. Se acercó lentamente y se detuvo justo antes de tocar la dolorosa hinchazón que coronaba el seno izquierdo—. Hazlo, Isolde —las palabras la ahogaban en la lujuria y la hacían esclava del control y del ardor de Donall, de su pasión—. Déjame ver cómo te pones la crema sobre los pezones —pidió, acariciando sus oídos con la seda de su voz, embrujándola—. Círculos lentos y delicados y un par de pellizcos, luego... frótalos para que cobren color, y luego...

Isolde lo miró.

—¿Y luego...? —jadeó, casi sin poder reconocer su propia voz, desfigurada por la urgencia.

—Hazlo, dulzura —dijo él, tomando uno de los rizos de Isolde y acomodándolo detrás de su oreja, con los ojos llenos de una lujuria que obligaba a los dedos cubiertos de crema de la doncella a abalanzarse sobre los pezones. Le regaló una sonrisa resplandeciente, rival del sol.

—Lo estoy haciendo, señor caballero —volvió a jadear, buscando en la sonrisa de Donall la audacia que necesitaba para ser lujuriosa, quería ser lujuriosa para *él*—. ¿Y qué harás tú, ahora que hago lo que me pides? —preguntó, frotando incesantemente, con la mirada presa de los ojos de Donall—. ¿Qué es este «y luego...» del que hablas?

—Y luego, dulce Isolde... —respondió él, inclinándose para besarla en la nariz—, luego bajaré la luna y las estrellas hasta ti.

16

BAJARÁS LA LUNA Y LAS ESTRELLAS?

—Hasta la última —contestó Donall, aún recostado contra la mesa, sosteniéndola en sus brazos—. Te lo prometo.

—¿Todas? —preguntó ella, mirándolo, mientras la luz y las sombras danzaban sobre su hermoso rostro de doncella.

—Eso he dicho —respondió él. Ebrio de pasión, describió círculos lentos y delicados con su pulgar en torno del bermellón de uno de los pezones de Isolde—. Y cuando llegue el alba, quizás te baje el sol también.

La doncella suspiró, perdiéndose en el abrazo, con los ojos llenos de paz.

—¿Y qué hay de vos, milord? ¿Qué hay de vuestro placer?

¿Su placer? ¿Era posible que no supiera que el solo hecho de tenerla en sus brazos lo llenaba de un placer tan intenso que se sentía a punto de estallar?

—Mi placer está en dar —repuso, concentrándose nuevamente en los pezones perfumados de rosas. Deseaba poder entregarse a la pasión antes de que su conciencia lo castigara por lo que estaba a punto de hacer: satisfacer el deseo feroz que sentía por Isolde para marcharse luego, una vez conseguido su objetivo.

Y lo haría. Tomaría la llave que con tanta valentía ella había puesto a su disposición y escaparía en cuanto la oportunidad se presentase, sin respetar su placer ni su corazón, sino su deber, la necesidad de volver a Baldoon antes de que la furia de Iain desatara un caos tal que los juglares tardarían siglos en contarlo en toda su magnitud. Sintió los dedos de Isolde, cálidos, suaves y sorprendentemente fuertes, rozando su mano, como rogándole que prolongara los placeres que le prodigaba de tan buen grado.

—Con la llave que ha servido para que te quitaras los grilletes, también podrás quitarle los suyos a sir Gavin; así estaréis más cómodos, por eso te la he dado.

Donall no salía de su asombro. ¿Acaso ella podía leer sus pensamientos? Fijó sobre Isolde una mirada penetrante: ¡Por Dios, era tan perceptiva como Gavin! Detrás del deseo que le iluminaba los ojos se ocultaba algo agudo y doloroso, pero la doncella volvió a hablar antes de que Donall pudiese interpretar su expresión.

—Todo sigue igual.

Donall arqueó una ceja.

—¿Tú crees?

Isolde lo miró directamente a los ojos, resplandeciente de coraje.

—Gavin MacFie y tú podéis moveros con libertad dentro de vuestra celda, pero la puerta seguirá cerrada.

Donall sintió que una furia ardiente se acumulaba en sus entrañas, la maldición de los MacLean, y luchó para controlarla, para enfriar su temperamento y no perder de vista la lucha que estaba librando con Isolde. Y ella también luchaba consigo misma, sin duda, pues en su rostro se reflejaba una batalla de emociones, mientras que en el cariz amargo de su voz se traslucía la importancia que le daba al cumplimiento de sus deberes. Donall cerró los ojos por un momento, maldiciéndose en silencio por ser tan ingenuo. A pesar del enojo que sentía, verla en ese estado de confusión le producía una inquietud difícil de definir.

—Estás ciega, Isolde de Dunmuir —aseguró, tratando de imponer un control estricto sobre su tono de voz porque temía que la frustración que sentía se manifestara en un grito que le recordara a la doncella el famoso temperamento de los MacLean, con lo que aumentarían las sospechas que ésta tenía respecto de Iain.

—¿Ciega? —preguntó ella, ladeando la cabeza. El movimiento provocó que uno de sus rizos cayera sobre su brazo como seda líquida y ardiente, haciendo hervir la sangre de Donall y acrecentando la furia que le provocaba el ser tan inepto para convencerla de la inocencia de su hermano.

—Sí, ciega —contestó él. Tratando de controlar el acceso de furia, deslizó la mano que tenía libre a lo largo del brazo de Isolde. Tomó la mano de la doncella y la acercó a sus labios—. Una muchacha valiente buscaría la verdad en su corazón y no en lo que se ve por sus ventanas —dijo, atenuando las palabras con un delicado beso sobre cada uno de los dedos de la muchacha

Isolde separó los párpados, como sorprendida. Sin embargo, en lugar de contradecirlo, juntó los labios y se limitó a mirarlo fijamente. Donall se encogió de hombros.

—Es ése el lugar, y ningún otro, donde encontrarás la respuesta —afirmó, soltando la mano de Isolde—: No en las ventanas, y tampoco en el interior de un frasco de pócimas apestosas.

Isolde se sonrojó al escuchar esas palabras, y desvió la mirada. A pesar de la advertencia de Donall, fijó la vista en la hilera de ventanas abiertas en la pared opuesta: ojos estrechos, coronados con dinteles, que miraban hacia la noche plateada. Impertérrito, Donall la tomó delicadamente por el mentón y la obligó a mirarlo una vez más.

—Señora hermosa, eres una maravilla llena de misterios —susurró, posando el dedo sobre el adorado lunar—. ¿Cómo es posible que puedas ponerte pintura de rameras en los senos sin pestañear y al mismo tiempo sonrojarte furiosamente a la primera mención de esa condenada pócima?

El rubor de las mejillas de la doncella adoptó un tono casi tan intenso como el bermellón que coronaba sus senos. Donall la miró fijamente, esclavo de la curiosidad.

—¿Qué es la pócima? —preguntó—. Ten piedad y aplaca mis dudas, porque no soy tan ingenuo para creer que es lo que me dijiste que era —la miró íntegramente, desde la belleza que coronaba su cabeza hasta el punto donde el vestido y la camisola le caían en torno a su cintura, y no encontró más que piel blanca e inmaculada—. No tienes más que un lunar.

Su furia de MacLean había sido aplacada por el calor de la lujuria. Posó sus labios sobre el lunar, besándolo suavemente.

—Y un lunar más que atractivo, por cierto —agregó, con una sonrisa sincera en los labios—. Verdaderamente hermoso —bromeó, encantado por la forma en que los labios de Isolde respondían a sus juegos con una sonrisa discreta y sutil. Obnubilado por completo, volvió a besar el lunar—. Lamentaría en el alma que desapareciera.

—Había más pecas —comenzó a decir ella, vacilando por la mentira—, pero las eliminé a todas con... —dejó de hablar en cuanto vio que Donall sacudía la cabeza.

La derrota de Isolde era evidente. El rubor desapareció de sus mejillas, reemplazado al instante por la delicada vulnerabilidad a la que tanto le costaba resistirse, una vulnerabilidad con una belleza suficiente para derretir el corazón del caballero más curtido, que se combinaba con el fuego de su sangre, suficientemente intenso como para henchir de orgullo el alma pétrea de ese mismo caballero.

A pesar de todos los esfuerzos de Donall para permanecer impasible, un suspiro de frustración se formó en su pecho, y esta vez ni siquiera intentó retenerlo.

—Por todos los profetas y todos los apóstoles, muchacha, no puede ser tan terrible —maldijo él, dejando traslucir en el tono áspero de su voz el enojo que lo embargaba—. ¿Qué es esa maldita pócima? —Isolde desvió la mirada y, por un momento que se hizo interminable, Donall creyó que iba a llorar. Sin embargo, una idea peor llegó al instante para torturarlo—. ¿Estás enferma? —el corazón del caballero se retorcía mientras esperaba la respuesta.

Para sorpresa de Donall, Isolde sonrió; al principio, sólo fue un ligero temblor en la comisura de los labios, pero luego floreció y se convirtió en una sonrisa resplandeciente, cuya luz rivalizaba con la que proporcionaban los candelabros más finos de Baldoon. Su sola sonrisa bastaba para iluminar la noche más oscura y llevar calor al más yermo de los corazones.

—Sí, estoy enferma —contestó ella—. Gravemente enferma, y no hay cura. Se suponía que la pócima funcionaría como medida... preventiva, pero para lo único que ha servido es para espantar a quienes la huelen.

Donall sintió que algo le comprimía el pecho, aunque no a causa de las palabras de Isolde, sino por la expresión que tenía su rostro mientras las decía. De haber sido Gavin MacFie, habría sabido qué significaba esa expresión. Sin embargo, como no era Gavin, preguntó:

—¿Y de qué terrible azote se supone que tiene que protegerte la pócima?

Isolde vaciló sólo por un instante.

—De vos, milord —contestó ella, mirándolo a los ojos—, de vos.

—¿De mí? —preguntó él, y ella asintió—. ¿Una pócima para protegerte de mí? —las ganas de reír que sentía comenzaron a superar la sorpresa que lo embargaba; una jovialidad audaz, que batallaba con ímpetu, adueñándose del espacio que hasta entonces había sido patrimonio de su asombro e, incluso, de su sorpresa—. Por los santos que me miran, muchacha, no soy yo quien intentaba seducir —dijo, rozando con los dedos el contorno de los senos de Isolde, desnudos y expuestos. Sintió que el deseo ardiente se reavivaba en el centro de su virilidad—. ¿Por qué habrías de protegerte de aquello que tan abiertamente buscabas?

Isolde pestañeó, tuvo la gentileza de parecer apesadumbrada.

—Lo que buscabas... y has conseguido —agregó, rindiéndose ante la necesidad de aumentar la intensidad de sus galanteos. Acarició con la yema del dedo uno de los pezones de Isolde—. ¿Y ahora que has vencido mi resistencia, quieres protegerte de mí con pociones malolientes?

—No, las cosas no son así —objetó ella—. Bebí la pócima para protegerme de mí misma.

—¿De ti misma?

—Devorgilla me entregó la pócima contra la atracción para hacerme invulnerable a tus encantos —contestó, audaz como la luz del día, recuperando el fuego que Donall ya conocía—. Encantos como tu hermoso pecho y esa sonrisa sutil y pícara que no dejas de mostrarme —lo miró a los ojos, como desafiándolo a reírse—. Es mucho lo que se comenta acerca de tu maestría con las mujeres y de tus ínfulas de galán —declaró—. Yo sólo buscaba una alianza, nunca quise ser presa de tu encanto legendario. Me aseguraron que la pócima me permitiría librarme de ese destino.

Perdiendo el último vestigio caballeresco que le quedaba, Donall inclinó la cabeza y se rindió ante la tentación de rozar con la lengua uno de los pezones coloreados. Incapaz de controlar su lujuria después de haber oído la explicación de Isolde, cerró su boca sobre el pezón y dejó que su lengua danzara en torno de la tierna hinchazón. La joven arqueó la espalda, presionando su cuerpo contra el de él, rogando instintivamente que no acabara nunca; era la reacción que Donall esperaba, todo lo que necesitaba saber.

—Y esa pócima... ¿surtió efecto? —preguntó él, separando sus labios de la dulzura de Isolde—. ¿Aún deseas sólo un hijo? ¿O prefieres tener todo el hombre también?

«¿En cuerpo, corazón y alma?», pensó Isolde.

Donall posó un dedo sobre el pezón húmedo de saliva y preguntó:

—¿Os habéis enamorado de mí, milady?

El silencio fue la única respuesta que recibió; silencio y una presión obstinada, de lo más reveladora, que mantenía cerrada la boca de Isolde. El corazón de Donall se iluminó. Su orgullo feroz de MacLean quería gritar su triunfo.

Isolde diría que sólo quería una alianza y nada más. Sin embargo, las palabras calladas y la expresión de su hermoso rostro eran mucho más locuaces. Donall estaba seguro; sin importar cuáles fueran las ingenuas ideas que la habían llevado a querer un niño para sellar su ridículo pacto, en ese momento lo deseaba a él. Con el cuerpo presa de un huracán furioso de alegría, le regaló una de sus sonrisas, infalibles a la hora de derretir el corazón de una muchacha.

—¿Y crees que la pócima es inservible?

Isolde lo sorprendió posando una mano sobre su pecho y recorriendo la extensión de sus músculos. Donall sintió que se derretía y la sonrisa murió en sus labios, siendo reemplazada por un gesto de deseo que ella no podía ignorar.

Isolde llegó con su mano a la piel que cubría el corazón del caballero y detuvo el movimiento; tensó los dedos, como si tratara de sentir en las terminaciones nerviosas los evidentes latidos, las convulsiones lentas de un corazón sitiado y conquistado. Una ligera sonrisa de comprensión le iluminó el rostro cuando sus dedos curiosos detectaron lo que buscaban.

—De esto quería protegerme —suspiró ella, acariciando el alma de Donall como un bálsamo—. De esto, exactamente.

—¿El latido de mi corazón? —Donall apenas podía hablar, a causa de la emoción que le embargaba.

—No, señor, de lo que este latido lento y poderoso significa —dijo ella. Haciendo gala de la audacia que él tanto amaba, tomó la mano de Donall y la posó sobre los latidos de su corazón—. Y de lo que esto significa —agregó.

Donall supo que estaba perdido, total e inexorablemente. Un temblor, suave y delicado, recorría el cuerpo de Isolde. Era un signo tan evidente y cierto como los golpes de su propio pecho. Isolde lo deseaba con una intensidad terrible, igual que él a ella.

Una marea de alegría en su estado más puro cubrió el alma de Donall, audaz, furiosa y resplandeciente.

—¿Y me dirás lo que significa? —preguntó él, separando su mano de la de Isolde, a fin de poder acariciarle la mejilla—. Quiero oírte decirlo.

Ella negó con la cabeza, y la negativa fue un duro golpe para Donall, tan lacerante y dolorosa como una flecha que alcanza su blanco. Luego, sin embargo, la doncella lo rodeó con sus brazos, atenuando el dolor.

—No puedo decírtelo, Donall de Baldoon, pero te lo mostraré.

Levantó la barbilla y le ofreció los labios para un beso. Donall la abrazó ferozmente, apretándola contra su cuerpo, y puso su boca sobre la de ella, posesivo, para conquistar de forma cabal sus labios, su lengua, su aliento y su alma. Cuando él dejó que el beso languideciera hasta terminar, Isolde lo miró con ojos luminosos, con el pulso desenfrenado, palpitante en la base del cuello.

Los latidos del corazón de Donall tampoco tenían control, eran un río furioso de excitación, veloz, ardiente e imperioso, que desembocaba directamente en su sexo, llenándolo y exigiendo una liberación. Sin embargo, aunque la tenía entre sus brazos y le sería fácil satisfacer su deseo, se sentía detenido por mil cadenas.

Eran límites invisibles, forjados con un acero tan resistente que ni el mejor de los herreros podía producir, un vínculo inmortal, formado por sus sentimientos y los de ella, porque no había duda de que ella también los albergaba. Sus sentimientos se revelaban con nitidez en sus ojos moteados de ámbar; sin importar cuántas botellas de su ridícula pócima contra la atracción hubiese bebido para impedirlos.

Una sensación completamente inesperada, mezcla de mareo y alegría, se apoderó de él, una sensación salvaje y descontrolada, exultante. No tenía otras palabras para describirla, y su intensidad amenazaba con ponerlo de rodillas. Se separó de la mesa y, levantando a Isolde y sosteniéndola contra su pecho, avanzó a grandes pasos hacia la cama. Con gran delicadeza, la bajó junto al poste del lecho, su poste.

Con los ojos oscuros cargados de deseo, la contempló con una mirada incandescente, tan intensa que ella se vio obligada a quitarse las sandalias de cuero y hundir los dedos en los juncos que cubrían el suelo, presa de una emoción sobrecogedora.

La sensación fría y áspera de los juncos contra los pies le proporcionó el contraste necesario con el fuego latente que sentía en el vientre y el calor líquido de la mirada de Donall.

—Tus ansias de desvestirte me llenan de placer —bromeó él, provocativo, mirando con expresión jovial los pies desnudos, por un instante, antes de descorrer las cortinas de la cama.

Se deshizo de las colchas tirando de ellas con violencia; y la velocidad de sus movimientos delataba que sus ansias también eran grandes, quizás mayores que las de ella porque, de improviso, Isolde se vio asaltada por un mar de dudas. Él la miró, con una sonrisa en los labios.

—Ahora voy a jugar con tus senos —le dijo, tomándolos entre sus manos mientras hablaba—. Y luego nos ocuparemos de dejarte completamente desnuda, y te amaré hasta que la satisfacción de tus deseos te llene la boca de gemidos.

—¿Me besarás?

—Te besaré durante mil y un días —prometió, inclinando la cabeza hacia los senos de Isolde y dejando que sus labios acariciaran uno de los pezones mientras su mano frotaba y palpaba el otro.

Isolde hundió los dedos en la espesura sedosa del pelo de Donall y disfrutó boquiabierta de su embelesamiento, aferrada a él por miedo a perder el equilibrio bajo las sobrecogedoras y exquisitas ráfagas de placer que la sensación de su boca generaba en todo su cuerpo. Con extrema delicadeza, Donall mordió los pezones y luego los lamió, hasta que no quedaron rastros del rubor de rosas.

—Desearía tener una pócima que me salvara de tus encantos —murmuró, en voz tan baja que Isolde casi no lo oyó, aunque sintió el aliento, cálido y suave, contra su carne, y se deleitó en él. Irguiéndose, Donall fijó la vista en las ropas que aún estaban alrededor de sus caderas—. Quiero besarte íntegramente —dijo—. Quítate el vestido y la camisa.

—No necesitas que esté desnuda para... para besarme.

Su lado inocente no terminaba de comprender la intención de Donall, pero su vena lasciva no tenía dudas de a qué tipo de beso se refería él exactamente.

—¡Oh! —exclamó, cuando al fin lo comprendió, mientras el color le encendía las mejillas con pequeñas y deliciosas llamas, avivadas por el placer que sentía en todo el cuerpo, en especial en el lugar donde, según lo que su lado lascivo le había revelado, Donall quería posar sus labios para besarla y hacer quién sabe qué más. Dio un paso atrás.

—No puedes hacer eso.

—¿No puedo o... no quiero? —la sonrisa se volvió juguetona—. Hermosa Isolde, te prometo que puedo y quiero, y lo haré con la mayor de las destrezas.

Isolde tragó saliva; el corazón le latía desenfrenadamente, fuera de control, y los latidos que sentía en *esa* zona de su cuerpo pedían a gritos lo que él pretendía hacer.

—Bájate la ropa, Isolde, o lo haré por ti.

Llevada por la necesidad que él había avivado en su interior, comenzó a forcejear con los dobleces de su vestimenta, hasta que finalmente cedió. Sin embargo, antes de deslizar la camisola y el vestido hasta sus tobillos, recordó el dije esmeralda que Evelina le había dado y la mortificación se adueñó de ella; había olvidado la delgada cadena de oro y la gran gema con forma de lágrima.

Era una chuchería de ramera, osada e impúdica, evidente sobre la espesura de rulos dorados y rojos que coronaba el espacio entre sus muslos: el último bastión de esperanza que tenía en caso de que MacLean rechazara sus intentos de seducción. Evelina había jurado que, si todo lo demás fallaba, la imagen del dije descansando contra el íntimo vello sería estimulante para cualquier hombre, incluso para uno tan recio como Donall MacLean. Sin embargo, Isolde no contaba con que Donall la sedujera a ella. Hundió los dedos en la tela aún enrollada en torno de sus caderas.

—Creo que no... no puedo hacer esto, después de todo —declaró—. ¿No podemos limitarnos a los besos?

Donall la tomó por las manos, cerró sus dedos sobre los de ella y sobre la tela que aferraba con tanto ahínco. Un brillo perverso danzaba en sus ojos oscuros.

—Besarte es lo que quiero —afirmó.

Mirándola a los ojos, comenzó a bajarle el vestido y la camisola. Mientras trataba de que soltara la tela, le rozaba las caderas y la parte superior de los muslos con la punta de los dedos, secos y ardientes. Cada vez que sentía el contacto, Isolde perdía el aliento un poco más, y aumentaba su excitación.

De no haber tenido la esmeralda sobre esa parte de su cuerpo, habría dejado de aferrarse a las estrechas vestimentas y se habría deshecho de ellas, para separar los muslos y entregarse salvaje a él, a sus manos, a los besos prometidos, a *esos* besos. Era presa de unas ansias terribles y lascivas, un calor líquido que le recorría el cuerpo, la dejaba sin aliento y... a disposición de Donall. Comenzó a tambalearse, y habría perdido el equilibrio si él no la hubiese sujetado por las caderas.

—No luches contra tus sentimientos, Isolde —dijo para reconfortarla, recorriendo con los dedos las curvas de las nalgas, generando con este nuevo contacto una marea de éxtasis que le cubrió el cuerpo—. Deja que tus ropas caigan —murmuró, aplicándole un hechizo maravilloso con sus caricias, haciendo que los dedos soltaran la tela, casi como si tuvieran voluntad propia—. Déjame darte este placer.

Los dedos de Isolde se tensaron, como por reflejo, contra el lino y la seda que aferraba con las manos.

—No quiero que me besen... allí —mintió.

—Lo querrás —aseguró él, tirando de la tela.

Los dedos de la joven cedieron y las prendas cayeron al suelo, formando a sus pies un montoncito de lino negro y gasa translúcida. Isolde no llevaba nada debajo, sólo su deseo y el dije de Evelina.

—¡Jesús y María!

Donall emitió un grito salvaje y oscuro que surgió de las profundidades de su excitación. Por Dios, la belleza de esa mujer era abrumadora. El dije lo miraba desde la espesura de vello femenino, llenando de sangre la virilidad del caballero, acentuándola e hinchándola, hasta que ya no quedaron rastros de control. El corazón le golpeaba con furia en las costillas y su respiración era rápida y violenta. Alzó la vista hacia el rostro de Isolde, concentrándose en los ojos de la doncella mientras posaba los labios contra la piel tersa y cálida de su vientre, besándola con la boca abierta y sin control.

—¡Por los dioses! —exclamó, ahogándose contra los rizos de la feminidad de Isolde—. ¿Qué encantamiento de sirenas es éste?

Hizo a un lado el dije, frotó el rostro contra la suavidad y bebió con gula el aroma dulce de la esencia de Isolde, ambiciosamente. El sabor de la excitación acentuaba su lujuria. Deslizó las manos a lo largo de los muslos de la doncella, desplegó los dedos sobre las curvas firmes de sus nalgas, acercándola, a punto de embriagarse con la esencia y perder el control, acariciando con los labios el triángulo de vello íntimo, deliciosamente exuberante.

Inspeccionó la gema con los dedos, tratando de refrenarse, pues aún no estaba listo para tocar la dulce carne escondida detrás de la espesura de rizos rojos y dorados; no quería que llegara aún el placer del orgasmo, quería esperar, alargar esa dulce tortura.

—¿A mi señora le gustan los dijes? —preguntó, recorriendo con los dedos la suavidad y la tibieza de la piedra, tibieza que era producto del fuego de Isolde.

La doncella bajó la vista para mirarlo, obnubilada por la cercanía que separaba los labios de Donall de su feminidad, extremadamente estimulada sólo por el hecho de mirarlo. Se sentía excitada incluso por la manera en que sus dedos tocaban la gema: caricias lánguidas y parsimoniosas. «Tócame así», pensaba Isolde, y los latidos de su centro gritaban las palabras como un ruego. Donall debió de oírlas, porque dejó el dije y deslizó uno de sus dedos entre los muslos de Isolde, recorriendo con la yema la línea que marcaba el centro, lentamente.

—La piedra, Isolde —retiró el dedo y la miró. La doncella se quedó sin aliento al ver la lujuria en los ojos de Donall—. ¿Por qué te la pusiste?

Abrió la boca para explicárselo, pero las palabras se perdieron bajo un suave gemido. Al darse cuenta, Donall volvió a tocarla, agregando más dedos al proceso. Jugaba con ella, tiraba del vello húmedo, acariciando e investigando con delicadeza la carne sensible, hasta que el cuerpo de la joven se estremeció con el éxtasis terrible que le provocaba el contacto.

—¿Por qué, Isolde? —insistió.

—Me la prestó una amiga —jadeó, recostándose contra el poste de la cama: necesitaba un lugar donde apoyarse—. Para... para vencer tus límites, en caso de que rechazaras mis... avances.

Donall la miró, con ojos desorbitados.

—¿Qué fabricante de pamplinas te dijo que necesitas de estratagemas como ésa? —preguntó, cerrando la mano bruscamente sobre el contorno de la feminidad de Isolde, trazando un suave círculo con una presión que acentuó los latidos deliciosos de urgencia en el centro de la doncella—. Juro por mi vida, mujer, que ni un ejército de prostitutas paganas con baratijas como ésta podría avivar mi lujuria tanto como una mirada dorada de tus ojos hermosos —agregó, quitando la mano, arrastrándola sobre la humedad.

La tomó en brazos y la depositó con delicadeza sobre las frías sábanas de lino.

—Ahora nos amaremos, Isolde.

Se levantó para quitarse el calzado. Y ella lo contempló orgullosa. De pie, alto e imponente, junto a aquel poste al que tantas veces lo habían encadenado cuando era su prisionero. Ahora, era ella la que estaba prisionera, llena de lujuria, a su disposición.

—Eres hermosa —dijo, con los ojos cargados de pasión, con el sexo henchido y firme, erguido contra la negrura de su entrepierna. Bajó una mano hasta la rigidez de su hombría y dejó que sus dedos la envolvieran, subiendo y bajando, mientras mantenía la vista fija en los ojos de Isolde—. Mira bien lo que provocas en mí —su voz era áspera, urgente—. Lo que sólo tú provocas en mí —aseguró, mientras su mente agregaba «y en mi corazón de MacLean».

Renunciando a la mesura, se acercó al borde de la cama y acarició el cuerpo desnudo de Isolde.

—Mira bien y mira todo lo que tengas que mirar, porque mi honor me impide seguir tocándote si antes no te confieso que pretendo abandonar este lugar, abandonarte a ti, a la primera oportunidad.

«Te abandonaré hasta que pueda reunir cordura, armas y hombres. Luego gritaré tu nombre a lo ancho y a lo largo de esta isla hasta que haya ganando tu corazón y tu pasión, hasta que te haya hecho mía».

Repitió esa frase en su mente una y otra vez. Isolde sólo oyó las palabras que él había pronunciado en voz alta, pero escuchó en su corazón la promesa que había detrás de las que sólo había pronunciado en su mente.

—¿Aún deseáis esto, milady? —preguntó, recorriendo con los dedos la espesura de la feminidad de Isolde—. Habla ahora si no es así, porque no puedo controlarme por mucho tiempo más.

Isolde no podía hacer más que mirarlo. Demasiado abrumada para hablar, contemplaba obnubilada la masculinidad oscura de su hombría, la longitud y el grosor de la carne viril. No podía creer cuán escultural era esa parte de Donall, cuán excitante y cuán llena de excitación.

Jamás habría creído que un hombre podía ponerse tan... grande. Sintió que su corazón pugnaba por escapar de su pecho, en alas de su propia pasión. El mero hecho de ver la longitud y el grosor del sexo, y los latidos que recorrían visiblemente su superficie, la hacían estremecerse con maravillosos espasmos de placer. Sintió que algo se liberaba en su interior, algo estremecedor. Un frenesí que hacía que toda ella temblara.

Arqueó la espalda, despegándose de la cama, forzada por su instinto que buscaba satisfacción para las urgencias salvajes que le convulsionaban el cuerpo. Era un nudo doloroso hasta la delicia, que se apretaba más y más, tanto que Isolde temía que estallara en mil pedazos si Donall no le prodigaba la liberación que ansiaba.

—Puedo ver tu deseo, Isolde de Dunmuir —dijo, con palabras orgullosas, viriles y triunfantes, posando la mano sobre la rigidez que lo dominaba, por un instante—. Así como tú puedes ver el mío. Dime que aún deseas esto, y será tuyo —agregó.

«Me perderé por completo en ti, te daré mi corazón y mi simiente, conoceré y amaré todas tus versiones, encontraré el paraíso en el refugio glorioso de tu abrazo». Las palabras retumbaban en su mente y, aunque no las pronunció en voz alta, Isolde pudo oírlas. Pero estaba tan conmovida que era incapaz de hablar.

Donall esperó. Su alma de MacLean latía con más intensidad que su sexo henchido y, mientras esperaba, se esforzó para no escuchar las tonterías que gritaba el lado sensible de su corazón. Era insoportable, el estigma de todos los hombres MacLean: un gran corazón y una terrible debilidad, causada por una sola mujer audaz.

—¿Y bien? —insistió, incapaz de impedir que su temperamento y la dolorosa hinchazón de su hombría ganaran la batalla contra su corazón, esclavo de Isolde. Creyó escuchar que alguien decía: «Sé cortés, muchacho, ella te ama». Se volvió sobresaltado, con la respiración detenida en la garganta, pero no había nadie a sus espaldas: ninguna anciana desapareció entre las sombras tratando de ocultarse tras advertirle que fuera gentil con su señora.

¿Su señora? Sí, era suya, y al darse cuenta de ello Donall dejó escapar un sonido extraño, similar a la risa. Sintió que se le erizaba la piel detrás del cuello y miró con atención cada uno de los rincones oscuros del cuarto, pero nada se movía, con excepción de las brasas que brillaban en el hogar y la estela de la brisa marina que acababa de pasar por la alcoba. Sólo el viento, y no la vieja que había visto una o dos veces acechando en las sombras de Dunmuir. Nada más que el viento.

Casi como tratando de demostrarlo, uno de los postigos se estrelló ruidosamente contra la pared, arrastrado por el mismo viento marino cuyo agudo canto Donall había confundido con el consejo de una anciana, consejo que él no había solicitado. Volvió a mirar a Isolde.

—Quisiera saber si aún deseas esto.

—Sí, lo deseo —susurró ella, separando los muslos.

Donall se estremeció cuando creyó escuchar que Isolde agregaba: «Pero no es sólo... esto lo que deseo. Te deseo a ti».

La miró fijamente, pero en los labios de la doncella no había más que una sonrisa sutil, y no percibió miedo en los ojos luminosos. El viento había tratado de confundirlo una vez más. O quizás había sido el sonido de su propia sangre ardiente, retumbando en sus oídos. Agotado, tanto por el excesivo esfuerzo al que se había sometido para refrenarse como por las condenadas voces que le susurraban en los oídos, se unió a Isolde en la cama, arrodillándose sobre las sábanas, entre las piernas abiertas de la doncella.

La recorrió íntegra con la mirada, estudiando cada curva: los contornos suaves de las extremidades, la redondez de los senos y los dulces pezones. Miró también la estrechez de la esbelta cintura, el abdomen perfecto y la exuberante mata de rizos rojos y dorados entre los muslos separados, donde se concentró con especial atención.

Sintió que su sangre hervía e inundaba su masculinidad, cada vez más henchida. Deslizó las manos por debajo de las rodillas de Isolde y le flexionó con delicadeza las piernas, separándolas aún más, hasta que la apertura fue total, e Isolde quedó completamente expuesta. Rizos dorados y rojos, húmedos y fragantes; carne hinchada y vibrante de latidos que esperaba por sus manos... y por sus besos.

Se inclinó y frotó la cara contra la humedad de Isolde, posando los labios contra la dulzura y recorriéndola con la lengua, saboreándola, bebiendo sin restricciones de su esencia, hasta que se vio envuelto por el aroma de la excitación de la doncella. El sabor, el aroma y los gemidos de Isolde provocaban en Donall estruendos de urgencia, henchían su sexo y lo llevaban hasta los límites de su capacidad para refrenarse.

Isolde movió las caderas, meciéndolas con suavidad al comienzo y aumentando luego la velocidad, sacudiéndolas frenética e indecorosamente, en un inocente intento de acercar su urgencia al placer que Donall le prodigaba. Las extremidades de la doncella se tensaban con cada movimiento, acercándose a la rigidez previa al momento del éxtasis.

Era entonces cuando Donall demoraba la dulce tortura, atenuando los besos y reduciendo los movimientos de su lengua, lentos y exagerados, a poco más que caricias, casi imperceptibles, sobre la protuberancia dulce y con aroma de almizcle. Finalmente, cuando ella extremó el esfuerzo para acercarse a los labios de su amante, arqueando la espalda y despegándose de la cama, el caballero aceptó en su boca el pequeño pimpollo de sexo, succionándolo violentamente, como si pretendiera beber la liberación de la doncella y llenarse con ella el alma.

Cuando la pasión de Isolde se acercó al límite, Donall succionó profundamente. Deleitándose en el placer, despegó sus labios y su lengua y comenzó a utilizar sus dedos, manteniéndola al borde del éxtasis. La acariciaba con delicadeza, describiendo círculo tras círculo en torno al centro rígido del deseo, para mantener vivo el fuego de la urgencia mientras él se acomodaba sobre ella y la penetraba con un movimiento rápido y perfecto, atravesando su inocencia en el preciso instante en que el grito agudo de la liberación escapa de su garganta.

Se detuvo sólo por un momento y comenzó a deslizarse una y otra vez dentro de la calidez estrecha y sedosa, con movimientos lentos y parsimoniosos, prolongados y delicados, hasta que no pudo refrenarse más.

El grito de Donall se mezcló con el de Isolde en el aire mientras su simiente se derramaba con una potencia cegadora y estruendosa, capaz de ocultar la luna y las estrellas, como una fuerza capaz de extinguir la luz, calmar el viento y borrar de la percepción de Donall el cuarto en el que se encontraba, sumergiéndolo en un vórtice formado por el éxtasis más intenso que había vivido nunca.

Como a la distancia, pudo oír suaves gemidos, y sintió una gran dicha al advertir que no eran de dolor, sino de satisfacción. Sin embargo, los sonidos también se desvanecieron, y Donall se vio preso de la estela de la liberación, que lo arrastraba hacia abajo, hasta las profundidades de un mar formado por nieblas cambiantes, los gemidos de satisfacción de una mujer y la paz exquisita de tenerla cerca.

* * *

Mientras dormían, luego de haber acallado sus ardores, con los cuerpos y los corazones entrelazados, una niebla cada vez más oscura y más espesa se cernía sobre la isla de los MacKinnon, hasta que no fue posible ver ni un ápice de la mole de tierra. La bruma turbia del mar —húmeda, gris y reptante— borraba las dunas, las bahías y la fachada adusta de los acantilados. Una sombra oscura que cubría los restos desperdigados de la flota, otrora temida, con un velo impenetrable de frío y humedad cambiantes.

Lo único que podía distinguirse en lontananza era una nave de velas cuadradas con los emblemas de los MacLean, que atravesaba firmemente la cortina de bruma en el periplo triste y lento que la llevaba de regreso a Baldoon.

17

UNA SEMANA DESPUÉS, IAIN MACLEAN RECORRÍA nervioso el estrado de la inmensidad de la gran sala de Baldoon, inmensa y cavernosa, preguntándose cómo había sido tan ingenuo para aceptar la ayuda que le había ofrecido el lastimero señor de los MacKinnon de tan buen grado. Hasta ese momento, la única «ayuda» había estado a cargo de las bien provistas cocinas de los MacLean: bienes prodigados, existencias mermadas, todo para llenar los estómagos insaciables de los guerreros MacKinnon que habían acompañado a Iain y a sus hombres en su travesía de regreso desde la isla, que no sólo estaba cubierta con los restos de la flota destrozada.

De creer las trágicas historias que contaban, la isla también estaba maldita por todo tipo de desgracias desde que, hacía un año, un vendaval feroz la azotara con su aliento de muerte. Iain creía esas historias, pues él y sus hombres habían sido testigos de la calamidad que se había cebado sobre la isla; habían visto la flota destrozada a lo largo de las dunas de la costa, los restos patéticos de la fortaleza, otrora formidable, y el pobre estado físico en que se encontraban los hombres que habían sobrevivido a tanta miseria.

Incluso estaba dispuesto a confesar, a regañadientes, que valoraba la generosa oferta de los MacKinnon de enviar a sus mejores guerreros, aquellos que todavía estaban en condiciones de blandir una espada, para ayudarlo a encontrar a los verdaderos asesinos de su esposa.

Claro, era una oferta de doble filo, pues provenía de un clan caído en desgracia que necesitaba acercarse a su viejo adversario con la esperanza de zanjar antiguas rivalidades con un objetivo común, quizás buscando un poco de respaldo hasta haberse recuperado lo suficiente como para mantenerse en pie sin ayuda. Una oferta de doble filo, que Iain había aceptado con humildad.

No aceptarla habría sido una violación grave de los códigos de honor. Ni siquiera un hombre de temperamento y marcado por la pena como él podía permitirse rechazar la mano extendida de un enemigo derrotado, al menos si pretendía mantener su dignidad y el respeto de sus hombres.

Por desgracia, desde que la Roca de la Novia le había robado a Lileas, honor y temperamento eran lo único a lo que podía aferrarse: tristes consejeros, no siempre compatibles. Pero eran lo único que quedaba, además, por supuesto, de la sed de venganza.

Sintió que una mano lo tomaba por el brazo, delicada, pero firme.

—Dos pasos más, hermano, y habrías incendiado la sala —dijo Amicia, chasqueando los dedos frente al rostro de Iain. Hizo un gesto en dirección del candelabro de hierro que el caballero casi había derribado—. Los juncos del suelo se encenderían en menos tiempo que el que tus invitados necesitan para devorar una pierna de jabalí asado.

Parpadeando, Iain refrenó el deseo de derribar de todos modos el voluminoso esperpento, repleto de velas, para que las llamas del infierno lo consumieran a él, a su pena y a todo el mundo, que desde la muerte de Lileas ya no le importaba. Dejó escapar un suspiro lastimero y se pasó una mano por el pelo oscuro.

—No hacen más que atiborrarse con nuestra comida e hincharse de vino vaciando nuestras bodegas.

Amicia se cruzó de brazos.

—Si hubieras tenido un poco de sentido común, no estarían sentados en la sala molestándote con su presencia glotona.

—Ofrecieron ayuda.

Miró a los MacKinnon. Ocupaban dos de las muchas mesas de la sala y, en verdad, se atiborraban con extrema prodigalidad, aparentemente muy cómodos en la compañía de sus antiguos enemigos; charlaban plácidamente con los hombres de Iain, se hacían bromas sin mala intención e intercambiaban alardes e historias de hazañas, como si ninguno de ellos llevara una preocupación sobre las espaldas. Los puños de Iain se crisparon.

—Debería haber rechazado la oferta del señor.

Los ojos oscuros de Amicia adoptaron una expresión más comprensiva, demasiado cercana a la lástima.

—No, Iain, es bueno que estén aquí, sin importar la razón —aseguró, con un tono peculiar en la voz—. Nuestro padre habría estado orgulloso de ti. Como sabes, él y el antiguo señor de los MacKinnon fueron una vez grandes amigos —posó su mano sobre el brazo de Iain al notar que no respondía—. Donall estará orgulloso cuando regrese.

Iain se rascó la parte trasera del cuello, en un intento vano de deshacerse de la masa de calor que comenzaba a agolparse en su garganta.

—Lo que me gustaría saber es dónde se ha metido ese muchacho —murmuró Gerbert mientras pasaba junto a ellos, llevando un plato de huesos mondos y otros restos de comida—. Sí que es extraño —balbuceó, perdiéndose en las sombras que proyectaban los biombos de madera del corredor que comunicaba la sala con la cocina.

Iain corrió tras él.

—¿Qué es extraño? —preguntó, poniéndose delante del viejo senescal de pelo cano—. ¿Tienes noticias de Donall y Gavin?

—Sólo sé lo que seguramente tú también has oído, muchacho —respondió el viejo, mirándolo con el azul acuoso de sus ojos, chasqueando la lengua, para fastidio de Iain, exactamente como cuando él y Donall eran niños y los descubría en alguna travesura.

—Quizás tenga cera en las orejas, viejo de lengua ruidosa —disparó Iain, poniendo los brazos en jarra—. Dime qué ocurre con Donall.

Gerbert encogió los hombros flacos, al parecer indiferente al arranque de Iain.

—Debes tener cera en toda la cabeza, si no has prestado atención a lo que los MacKinnon han estado preguntando desde que abandonamos esa apestada isla suya.

Donall sintió que se le erizaba el pelo de la nuca, cosa que solía ocurrirle cuando tenía la extraña sensación de que algo, o alguien, estaba a sus espaldas. Y en ese instante, tuvo esa sensación; había alguien detrás de él.

Se volvió y lanzó una mirada nerviosa por encima de su hombro, pero no encontró nada extraordinario, sólo los hombres que cenaban, el fuego que danzaba en los tres grandes hogares y, con igual intensidad, en las antorchas de pino fijas a la pared con soportes de hierro, y los sabuesos que buscaban restos entre los juncos.

Todo era normal, con excepción de los atareados sirvientes, que iban de aquí para allá tratando de satisfacer el apetito insaciable de los MacKinnon con las vituallas y la cerveza de Baldoon; una situación enojosa, de la que sólo él era responsable. Con el ceño fruncido, volvió a dirigirse a Gerbert:

—¿De qué misterios y preguntas hablas? Donall todavía debe de estar en Glasgow.

Gerbert se permitió chasquear la lengua un par de veces más antes de contestar.

—No si nunca llegó allí.

Las cejas de Iain se arquearon abruptamente, en una imitación perfecta del gesto preferido de su hermano mayor a la hora de mostrar sorpresa.

—¿Si nunca llegó allí? —dijo, repitiendo las palabras de Gerbert—. ¿Qué sandeces son ésas? —los cabellos plateados del viejo senescal danzaron cuando sacudió la cabeza. Iain lo miró con furia—. Donall partió hacia Glasgow hace semanas, con los MacInnes, cuando... —continuó, sin terminar la frase.

No tenía deseos de mencionar la razón por la que Donall y Gavin habían viajado al castillo de Dunmuir. Era demasiado doloroso recordar el momento en que su hermano y Gavin salieron de Baldoon, llevando con ellos a Lileas; su cuerpo amortajado en el carro fúnebre, acompañado por el sonido de las campanas y las velas que portaban los niños que lo seguían lentamente para rendirle sus respetos.

—Partió hacia Glasgow, sí. Pero... —la voz aguda de Gerbert atravesó la niebla del dolor de Iain, espabilándolo y obligándolo a prestar atención con tanta eficacia como el viento hiriente del invierno. El caballero fijó su vista sobre el anciano senescal, que miraba de soslayo en dirección de los MacKinnon—. Si vamos a creer lo que ellos dicen —murmuró Gerbert—, hace meses que no ven una nave MacInnes pasando cerca de su isla.

Iain volvió a sentir esa extraña sensación en la nuca, y esta vez continuó bajando por su espalda.

—¿Qué quieres decir?

Gerbert se encogió de hombros.

—Quizá sea mejor que les preguntes a ellos —dijo, haciendo un gesto en dirección de los invitados—. Sólo digo que es extraño que, si vigilan sus aguas día y noche, como dicen, no hayan visto ninguna nave MacInnes yendo hacia Glasgow.

—Porque... —comenzó a decir Iain, escarbando en su memoria para recuperar retazos de las conversaciones que habían tenido con los MacKinnon. Se pasó una mano por la cara, tratando de eliminar la niebla con que la pena había cubierto su mente. Por fin, consiguió la idea que buscaba—. Porque los MacInnes tendrían que pasar por la isla de los MacKinnon antes de llegar a Glasgow.

—Así es —Gerbert asintió con satisfacción taciturna—. Es eso lo que encuentro un poco extraño —agregó, dándose la vuelta para regresar a sus ocupaciones. Iain quedó boquiabierto y frotándose la nuca, presa de ese raro hormigueo.

* * *

Casi a la misma hora, pero muy lejos de la sala vasta y esplendorosa de Baldoon, Isolde se encontraba envuelta en la quietud nocturna de la cabaña de Devorgilla, mirando boquiabierta a la anciana.

—¿Una poción de amor? —preguntó, desplomándose sobre una silla de respaldo duro. Su corazón también se desplomó—. ¿Una poción de amor?

La *cailleach,* que aparentemente pretendía ser sorda, además de casi ciega, ignoró las preguntas y se subió a un bloque irregular de madera, estirándose para cortar algunas hojas de romero seco de uno de los muchos ramos de hierbas que colgaban de las vigas del techo.

—No te asustes, muchacha —dijo, lanzándole una mirada perspicaz mientras bajaba del bloque de madera—. No estoy diciendo que la poción fuera un hechizo de amor —volvió cojeando hasta su caldero y agregó el romero al preparado, que olía como el más delicioso guisado de conejo—. Sólo digo que es posible que, accidentalmente, pusiera algunos ingredientes equivocados.

—Ingredientes para incitar la pasión y avivar el corazón, según tus palabras —corrigió Isolde, mirando cómo la anciana revolvía el caldero burbujeante. Frunció el ceño. Problemas, eso era lo que Devorgilla estaba avivando.

Reclinándose contra el respaldo áspero de la silla, llenó sus pulmones con el aire hogareño de la cabaña, una atmósfera de calidez y hospitalidad que siempre había valorado, al menos, claro, hasta que Devorgilla le confirmó sus sospechas de que la repugnante poción que había bebido durante semanas no era una pócima contra la atracción, ¡sino una poción de amor!

Con la confesión inquietante de la bruja, la belleza hogareña de la cabaña había desaparecido por la chimenea, y su atractivo ya formaba espirales junto a los hilos etéreos de humo que despedía el fuego bajo el caldero. Ni siquiera el olor dulce de la turba ardiente, ni la esencia terrosa de las hierbas secas ni el aroma tentador del guisado que Devorgilla hervía a fuego lento podían hacer que recuperara el encantamiento, porque Isolde ya estaba harta de los encantamientos.

Enderezando su postura, enfurecida por el inexorable poder que él ejercía sobre su corazón, soltó en un exabrupto:

—¡Me he enamorado de él! —bufó, dominada por la frustración—. Me dejé poseer por la lujuria y... ¡y lo disfruté! Ansié que me tocara, y todo es por tu culpa.

Devorgilla arqueó una ceja despeinada, fingiendo sorpresa, y sólo con ese gesto estremeció el corazón de la joven, de tan parecido que era al que él repetía una y otra vez. Sin prestar atención a la conmoción de Isolde, la hechicera cojeó hasta una de las ventanas abiertas, aún aferrando el cucharón con el que revolvía el guisado.

—¿Has visto a Lugh o a Mab mientras venías hacia aquí? —preguntó, con la vista en la oscuridad creciente de la noche y tono despreocupado, como si no hubiera advertido que Isolde acababa de exponer su alma íntegramente—. El muchacho se aleja cada vez más, y Mab está muy vieja para deambular en noches de tormenta —agregó con inquietud—. Pronto lloverá.

—No los he visto —contestó Isolde, con voz monocorde, llena de irritación—. Tampoco he visto una sola nube en el cielo, pero sé que debo creerte si dices que una tormenta se acerca.

No le tenía miedo a la furia de la tormenta que se avecinaba, ni siquiera una tempestad proveniente del mar podría igualar el tumulto que se desarrollaba en su interior. Sin embargo, su resolución se desplomó en cuanto vio que Devorgilla volvía al fuego y hundía el cucharón de madera en el caldero para revolver el guisado parsimoniosamente, como si la visita de Isolde hubiera sido de cortesía, y no un grito de auxilio hijo de la desesperación más terrible.

—Ay, Devorgilla —se quejó, casi como un lamento—, ¿cómo pudiste?

—Deberías saber que nunca haría nada para incomodarte a propósito —contestó la bruja, posando sobre Isolde una mirada sincera—. Es posible que haya confundido uno o dos ingredientes, pero no era mi intención, señora —agregó, con la voz aguda cargada de arrepentimiento, un arrepentimiento que era tan falso como la deliberada expresión inocente de su rostro y tan falaz como el apelativo de «señora»; porque Devorgilla sólo la llamaba «muchacha» o «niña».

Isolde frunció el ceño, consciente de que la expresión de la bruja, su tono de voz y su elección de palabras no eran más que intentos poco disimulados de ocultar su traición.

—Es por mi vista —continuó Devorgilla, cada vez mas cómoda entre sus mentiras. Dejó el cucharón a un lado y se frotó los ojos con los dedos nudosos—. Mi vista empeora día a día...

—Tu vista te bastó para encontrar esas minúsculas violetas de pantano al borde de los esteros cuando te pedí ayuda para enviarle mi... mensaje a Balloch —protestó Isolde. Se sintió reconfortada cuando Bodo trepó a su regazo. Lo abrazó y lo acercó a ella, deleitándose al notar cómo acomodaba su peso contra su cuerpo; él era incapaz de caer en las trampas de Devorgilla, él nunca la traicionaría, jamás.

Pero esa convicción comenzó a tambalearse hasta un punto de lo más inquietante cuando recordó las imágenes de Bodo jugueteando con él... La evidencia irrefutable de la traición del pequeño Bodo la tocaba en lo más profundo de su sensibilidad.

Se sentía como si estuviera ahogándose en una la de las traicioneras ciénagas desperdigadas en el interior de Doon. Esperó a que el perro terminara de acomodarse antes de continuar con su diatriba.

—Creo que me engañaste a propósito —afirmó, mirando fijamente a la anciana. No dio importancia al modo en que la bruja apretaba los labios—. Te ha encantado.

—¿Que me ha encantado a mí? —preguntó Devorgilla, sacudiendo la cabeza cana. Por un momento, Isolde creyó que trataba de ocultar una sonrisa.

—Sí, a ti —insistió, hundiendo los dedos en el pelaje tibio de Bodo, buscando aferrarse a su mundo antes de que desapareciera por completo—. Tú te las ingeniaste para unirnos, y te lo has pasado divinamente.

Un brillo extraño resplandeció en los ojos nublados de Devorgilla. De improviso, la piel que los rodeaba parecía más arrugada de felicidad que de vejez.

—No fui yo quien te dio la idea de librarte de Balloch MacArthur tratando de conseguir un heredero de

MacLean —repuso la bruja, llenando dos copas de madera con su cerveza de brezo—. No fui yo quien quiso ramitos de milenrama mágica para poner bajo mi almohada en la noche de Beltaine a fin de ver la cara hermosa de mi verdadera alma gemela.

Isolde levantó la barbilla.

—¿Y es él el que viste en el vapor de tu caldero esa misma noche?

Todo el rostro marchito de la bruja se contrajo en una sonrisa arrugada. Ladeó la cabeza con expresión tímida, mucho más acorde a una doncella de catorce años.

—¿Quieres que sea él?

Isolde sintió que su ira comenzaba a aumentar, y rechazó el vaso de cerveza que le ofrecía la *cailleach*.

—Lo que quería era una alianza para ponerle fin a la guerra y al sufrimiento —insistió—. Quería paz para esta isla.

La bruja dejó el vaso frente ella y, descansando las manos marcadas por los años sobre la superficie áspera de la mesa, se inclinó hacia delante, acercándose a Isolde.

—Una persona sabia sabría que los dioses suelen darnos no lo que deseamos o lo que pretendemos conseguir, sino lo que necesitamos.

Con una perturbación mayor que la que estaba dispuesta a reconocer, Isolde desvió la vista hacia las ventas cuadradas de la cabaña y vio las nubes de tormenta que arreciaban en el horizonte, como la *cailleach* había predicho. Como siempre, estaba en lo cierto. Sintió un escalofrío en la espalda.

—Y presta atención —continuó Devorgilla, enderezándose—: la mayoría de las veces descubrimos con sorpresa que lo que necesitamos es también aquello que más queríamos, pero estábamos demasiado ciegos para verlo.

Fue suficiente para Isolde; se puso en pie de un salto, enviando a Bodo al suelo, y fijó sobre Devorgilla una mirada lívida de reproches e indignación.

—Estoy cansada de que todo el mundo me diga que estoy ciega —dijo, mirando hacia abajo para alisar su falda y sacudirle el polvo. «Es posible que tus ojos no estén ciegos, pero ¿qué hay de tu corazón?», creyó escuchar, y elevó la vista al instante.

Sin embargo, contra todas sus expectativas, Devorgilla no estaba mirándola con la expresión marchita de su rostro inmemorial, orgullosa por haberle regalado otra perla noble de sabiduría; la anciana ya volvía hacia su caldero, y era evidente que había dejado atrás a Isolde y a sus problemas. Los había olvidado.

—Es posible que tus ojos no estén ciegos, pero ¿qué hay de tu corazón? — repitió Isolde para sus adentros mientras atravesaba el umbral, acompañada por Bodo. Cerró la puerta detrás de sí y se encaminó apurada a Dunmuir, donde la esperaba una noche de pasión—. Pero ¿qué hay de tu corazón? —remedó con furia, burlándose de sí misma.

Aceleró el paso, ajustándose los pliegues de su *arisaid* alrededor de los hombros. Necesitaba llegar al refugio de las paredes de Dunmuir antes de que se desatara la tormenta. Lo que no necesitaba, malditos fueran Devorgilla, Evelina e incluso Donall el Bravo y su belleza, por decirle lo contrario, era inspeccionar su propio corazón, porque ya sabía qué se encontraría si lo hacía. Y no le gustaba ni pizca..

Era él quien acechaba cuando Isolde entró en su alcoba, lleno de orgullo y porte señorial. El cabello negro como la noche todavía brillaba con la humedad de las abluciones y los ojos oscuros eran tizones que fulguraban con necesidad ardiente y algo más salvaje, más osado; algo feroz y furioso, descontrolado como la poderosa tormenta que comenzaba a desatar su furia sobre la noche.

Alguien, seguramente él, había olvidado trabar los postigos. El cuarto se vio invadido por un viento raudo y ululante. Las dos lámparas se balanceaban en las cadenas que las sostenían, con llamas avivadas y danzantes, mientras las velas del candelabro, más débiles, vacilaban y se apagaban, lanzando pequeñas garras de humo gris que se aferraban al aire frío y húmedo de la noche.

Ellas tampoco tardaron en ser derrotadas. El frágil humo desapareció bajo la fuerza de las mismas ráfagas que lamían las mejillas de Isolde y todas las partes de su cuerpo expuestas a los vientos húmedos y lacerantes. El humo desapareció con la misma facilidad que se habían borrado los planes que ella con tanto mimo había trazado.

Y luego Isolde se vio frente a él, frente a la presencia audaz, fornida e inmensa que se erguía frente a ella: un dios pagano del mar, surgido del océano tormentoso, con la furia brillante de los cielos sobre el hermoso rostro, en la firme barbilla, en la amplitud orgullosa y abrumadora de sus hombros y en la magnificencia de su pecho que, por Dios, estaba desnudo una vez más.

Isolde miró la túnica desparramada a los pies de la cama, enroscada impotente alrededor de uno de los postes. Se aterró al notar qué mundano era ese trozo fláccido de tela marrón, qué inofensivo e insignificante era cuando no estaba ajustado en torno al cuerpo de Donall, que lo llenaba con tanta gracia, con tanta belleza.

Isolde aferró el *arisaid* húmedo que le cubría los hombros. Algo había cambiado. Aunque Donall seguía siendo su prisionero, el equilibrio de poder entre ellos era distinto. Ella sabía que el cambio llegaría tarde o temprano, pero hasta ese momento no había sido tan evidente y real.

Incluso Bodo había advertido la diferencia; el perrito miraba fijamente a Donall, moviendo la cola como siempre, pero la inclinación de su cabeza y la expresión perpleja de sus ojos de color miel delataban su confusión. Isolde también lo miraba fijamente. No podía hacer otra cosa; el poder terrible de la presencia de Donall la dejaba sin aliento y la inmovilizaba. Ni siquiera podía levantar las manos para quitarse el *arisaid*.

Como si le hubiera leído la mente, él extendió la mano y le quitó la tela a cuadros que cubría sus hombros.

—No quiero que te resfríes —el tono áspero de su voz iba a las mil maravillas con el fuego oscuro de sus ojos—. Quiero... —continuó, pero se detuvo en cuanto vio a Bodo que, abrazado a sus calzas, lo miraba fijamente, al parecer tan obnubilado como Isolde.

Por un momento, la cara terrible de MacLean se suavizó, pero luego volvió a fijar su vista sobre ella, y el brillo oscuro de convicción volvió a iluminarle los ojos, más intenso y más abrumador que antes. Sin decir palabra, se dio la vuelta y se encaminó raudo hacia la cama. Bodo, traidor pequeño y lanudo, corrió detrás de él.

El audaz caballero tomó su túnica de los pies de la cama, pero no se la puso, como Isolde esperaba que hiciera, sino que comenzó a juguetear con ella, mientras ella no podía hacer otra cosa que mirarlo y desearlo, invadida por un ansia desesperada, un dolor invencible, tan innegable como los latidos de su corazón.

Bodo también lo miraba, moviendo la cola corta y marrón con frenesí, con el mismo frenesí que se adueñaba del pulso de su ama. La joven tenía la vista fija en la espalda poderosa de Donall y en la negra cabellera, que apenas le tocaba los hombros, rizos sedosos y abundantes, resplandecientes bajo la luz mortecina de las lámparas, acariciados por el viento nocturno que entraba por las ventanas abiertas.

Por Dios, Isolde ansiaba enredar los dedos en la exuberante suavidad de ese pelo, ardía en deseos de recorrer con las manos los contornos musculosos de los hombros y la espalda de Donall. Quería tocarlo, íntegramente, y ser tocada por él. Sin embargo, sus pies, sus brazos e incluso su lengua estaban petrificados. No podía moverse, sólo podía mirarlo... y desearlo con todo su corazón.

La anticipación incandescente con la que esperaba el abrazo y el amor de Donall le llenaba el cuerpo sin control. Era una calidez lánguida y deliciosa que combatía el frío de la noche y le reconfortaba el alma, incluso mientras su corazón denunciaba a gritos que amarlo era imposible y deshonroso.

Presa de una súbita incomodidad, desvió la mirada. No tardó en arrepentirse de haberlo hecho cuando el rostro angustioso de Lileas se dibujó, etéreo, sólo por un instante, contra las nubes que viajaban raudas en lontananza, llevadas por el viento furioso.

«No es deshonra, no con...»

Isolde creyó oír la voz de Lileas, como en un suspiro, pero la ilusión se vio interrumpida por el aumento repentino de la intensidad de la lluvia y el resplandor del relámpago. Las violentas ráfagas de viento y el estruendo ensordecedor del trueno se llevaron las palabras imaginadas.

Un silencio abrumador se abatió sobre ambos, denso y pulsante. Un silencio estridente y palpable, suficientemente intenso como para acallar la furia de la tormenta; una quietud incómoda, capaz de tragarse hasta el rugido del mar, tan contundente como para silenciar los estruendosos latidos del corazón de Isolde y también los del de él, porque la joven estaba segura de haberlos oído, lentos y firmes.

Sentía que el deseo, salvaje y amenazador como la tormenta, le recorría el cuerpo y la hacía estremecerse. Lo deseaba, como él la deseaba a ella con una furia amenazadora, tan peligrosa como una tormenta en el mar.

Sintió que sus pies, obligados por su corazón, la llevaban hacia delante, hacia él, hacia todo lo que deseaba.

Se detuvo a una corta distancia y comenzó a recorrer con los dedos los músculos definidos que marcaban los hombros de Donall.

—¿Quieres... —murmuró, conminándolo a completar la frase que había dejado inconclusa.

Donall se volvió, con los ojos oscuros cargados de deseo y una expresión resuelta, lleno de una renovada convicción.

—Te quiero a ti —afirmó—. Nada más que a ti.

Isolde bajó la mirada, incapaz de soportar la intensidad que se acumulaba en los ojos de Donall. Vio entonces la camisa que llevaba en la mano, y su corazón se hinchó de placer al ver cómo la había arrugado entre sus manos, seguramente a causa de los nervios. Lo miró mientras le entregaba a Bodo la túnica arrugada, casi sin poder controlar sus emociones.

Con expresión de adoración absoluta, el pequeño perro tomó el juguete que le ofrecían y salió corriendo, antes de que el corazón de Isolde pudiese comprender el regalo y el placer que el gesto sencillo de ese hombre representaban para su pequeño paladín. Con qué facilidad se había hecho dueño del afecto y la confianza de Bodo. El afecto de Isolde, aunque no su confianza, también era suyo.

—Si eres inteligente, milady —dijo él, interrumpiendo con su voz profunda las meditaciones de la joven—, te entregarás a mí por tu propia voluntad y me amarás y confiarás en mí tanto como tu compañero lanudo—. Puso sus manos sobre las de la joven—. Pero debes saber que si me rechazas, nada impedirá que te tome —amenazó, con la mirada resplandeciente—. Nada: ni los terribles castigos que tus confundidos acólitos puedan tratar de aplicarme, ni todos los terrores del infierno.

Le apretó las manos con delicada firmeza, para indicarle que hablaba en serio.

—Quieras o no, serás mía.

—No te he negado nada —dijo ella, mirándolo a los ojos.

Aunque sabía que Donall no hablaba sólo de poseer su cuerpo, aún era incapaz de librarse de la poca resistencia que quedaba en su corazón. El fantasma de su hermana seguía separándolos con una barrera de tal magnitud que ni el ardor físico ni los deseos del corazón podían penetrarla.

—He sido tuya de muchas formas, y el serlo me llena de placer —continuó, tratando de jugar un poco y agregar un tono jovial a la conversación para relajar los ánimos, pues los dos estaban muy tensos.

Desesperada por alejar la mente de Donall de lo que sólo podía causarles dolor, separó sus manos de las del caballero y, dándole la espalda lentamente, entrelazó los dedos detrás de su cuello, debajo de su larga cabellera dorada.

—¿Cómo puedo complacerte esta noche? —preguntó, intentando estimularlo—. Di lo que deseas, y yo lo haré —dijo, con la sensación de que era muy seductora—. Ya he cumplido uno de tus deseos: no llevo nada bajo la falda.

La pícara sonrisa de Donall volvió a apoderarse de sus labios.

—Baila para mí, entonces —pidió, y casi no pudo reconocer su propia voz, desfigurada por la lujuria. Sus ansias aumentaban, derrotando incluso a su renombrada disciplina. Tomándola por la cintura, apoyó la hinchazón de su necesidad contra las caderas de la joven, obligándola a recibir su pasión, aunque no estuviese dispuesta a aceptar su corazón y... su amor.

—Maldita seas, Isolde de Dunmuir —blasfemó, irritado por su propia debilidad, dando mentalmente las gracias a los santos por el estridente trueno que había ahogado las palabras con el rugido de su propia ira.

—¿Quieres que baile para ti? —repuso ella al fin, arqueando sus delicadas cejas con interés evidente.

Donall advirtió la lujuria que la idea avivaba en la sangre de Isolde, y el verla tan interesada encendía su propia pasión. Sintió que sus entrañas se endurecían y su sexo se hinchaba, mientras su corazón retumbaba con violencia, motivado por la imagen de la danza que esperaba ver y el recuerdo vívido del sueño carnal que había tenido semanas atrás.

—¿Bailar para ti? —preguntó ella una vez más, posando sobre Donall su mirada límpida. Posó los brazos sobre los hombros del caballero, enredando los dedos en su pelo. El deseo mutuo cargaba el aire que los separaba, y la excitación de Isolde perfumaba la noche húmeda. Separó las manos del pelo de Donall y, temblorosa, se dispuso a desabrocharse la ropa—. A cambio de un beso, bailaré de la manera que vos ordenéis, señor caballero —aceptó, mientras sus dedos comenzaban a desatar los lazos del vestido.

—Tendrás todos los besos que desees —prometió Donall, posando un beso sobre el solitario lunar del rostro de Isolde—, después de bailar para mí.

—¿Besos de caballero?

Con el corazón fundido, Donall le regaló una sonrisa burlona.

—Besos de caballero y de muchas otras clases.

El caballero tomó las manos de Isolde y las separó del vestido con delicadeza. La lujuria se agolpaba en su garganta y a duras penas lo dejaba respirar. Recorrió con sus manos la espalda de Isolde, describiendo círculos reconfortantes, masajeándola y eliminando la tensión, para dejar a la muchacha en un estado de relajación plena, preparada para lo que estaba a punto de pedirle.

—¿Tienes un poco de seda, dulzura? —preguntó, mientras Isolde comenzaba a mecerse bajo el poder de las caricias—. Cualquier tamaño está bien.

Isolde sacudió la cabeza, con la mirada cargada de perplejidad.

—Ya te he dicho que no me interesan esos lujos —contestó ella, humedeciéndose los labios. Fue entonces cuando Donall perdió el control y, con un gemido grave en la garganta, la tomó contra él, contra todo su cuerpo, y se adueñó de sus labios con un beso incandescente. Dejó que sus dedos se perdieran en las curvas dulces de las nalgas de Isolde, tratando de que se acercara aún más.

Bebió de la joven, absorbió su sabor y su esencia, amándola con los labios, aflojando y eliminando todas las dudas y vacilaciones que albergaba su cuerpo de mujer. Finalmente, se derrumbó contra él, débil y derrotada. Sólo entonces Donall atenuó la intensidad del beso. Se separó un poco, pero sin soltar las caderas, acariciándola con extrema suavidad.

—¿Realmente no tienes un trozo de seda? —insistió, posando su frente contra la de ella.

Isolde volvió a negar con la cabeza, mientras rozaba con los labios la barbilla de Donall.

—No, no tengo ningún tipo de adorno —explicó, sonrojándose furiosamente—. Sólo el dije de Eve... de mi amiga, y eso fue un préstamo.

—No tienes ornamentos ni los necesitas. Bailarás para mí sin la seda, y yo estaré maravillado —prometió él.

—No entiendo qué quieres que haga —respondió la voz de su señora, rescatándolo con su magia de las negras profundidades de las ansias que le recorrían las venas.

—Lo entenderás en un instante —repuso él, mostrándole su sonrisa más seductora. Mirándola fijamente a los ojos, se agachó y se tumbó sobre los juncos frescos que cubrían el suelo. Sin prestar atención a la sorpresa de Isolde, se incorporó parcialmente, apoyándose sobre los antebrazos, y la miró con expresión audaz y desafiante, como invitándola a que se atreviera a no comprender lo que él quería.

Pero Isolde comprendió. Evelina le había mencionado este tipo de cosas, y le había asegurado que satisfacer de ese modo los deseos más primitivos de un hombre era suficiente para volverlo loco. Tragó saliva, mientras su respiración se hacía cada vez más liviana, rápida y excitada. Él no dijo nada. Se limitó a mirarla, con una ceja arqueada y las facciones hermosas marcadas por una expresión de deseo salvaje. Sin dejar de mirarla a los ojos, se recostó, apoyando la cabeza sobre sus manos.

—Ponte de pie sobre mí, Isolde de Dunmuir —dijo al fin. La petición llenó el vientre de Isolde con latidos de deseo, calientes y estremecedores—. Vamos, muchacha, levántate la falda y ponte sobre mi rostro para que pueda verte íntegramente.

Isolde sintió que se derretía. Se ubicó sobre la cara de Donall, pero se detuvo un instante antes de hacer lo que le pedía y darle lo que deseaba. Un gruñido grave y primitivo escapó de la garganta del caballero mientras cerraba los dedos en torno a los tobillos de Isolde, para mantenerla firme en su lugar. Las manos eran como tenazas, férreas e increíblemente estimulantes.

—No puedo verte bien —dijo él, con voz ardiente y húmeda como la calidez que se acumulaba entre los muslos de Isolde—. Está muy oscuro, amor mío. Debes levantarte la falda por encima de las caderas —Isolde se sintió bañada por oleadas de placer intenso, que se llevaban todo menos su urgencia ardiente—. Levanta el vestido y sepáralo de tu cuerpo —agregó, con tono imperativo—. Mueve tus faldas como si trataras de secarlas, y podré deleitarme en tu dulzura.

El cuerpo de Isolde era presa de un calor líquido y lánguido, que latía en el preciso lugar que él deseaba contemplar, en esa zona que habría de mirar mientras ella movía las caderas de acuerdo con las instrucciones que Evelina le había dado en caso de que tuviera que satisfacer un favor como ése, bailando y exhibiendo su feminidad sobre la cara de Donall, con tanta lascivia.

De sólo pensar en ese acto tan terriblemente lujurioso, sus zonas más sensibles eran presa de un hormigueo intenso y placentero. Dominada y enloquecida por esas sensaciones, Isolde hundió los dedos en los pliegues de su falda y comenzó a levantarla lentamente, tanto como él quisiera. El aire de la noche posó su beso gélido sobre la piel desnuda de la joven, pero pasó inadvertido; su humedad fría y lacerante pereció bajo el calor que las manos del caballero generaban al recorrer sus piernas.

—Más arriba... quiero ver más —rogó él, dejando que sus manos subieran también. Las caricias de sus dedos avivaron las llamas de la pasión de Isolde, hasta quemar los últimos vestigios de recato.

Isolde dejó escapar un gemido al sentirse derrotada por la pasión, terrible y visceral. Rindiéndose ante el placer que generaban los dedos de Donall y el calor de su mirada, volvió a gemir y levantó la tela sobre sus caderas, amontonándola en torno a su cintura.

—Dios santo... —gruñó Donall, a punto de estallar. El brillo del fuego la iluminaba en un ángulo perfecto, bañando en oro el bronce exuberante que poblaba su entrepierna, regalándole una vista hipnotizante de la desnudez de la joven—. Date la vuelta, Isolde —dijo, tan ebrio de lujuria que a duras penas podía articular las palabras, pero demasiado encendido de deseo para no hacerlo—. Mueve tus caderas lentamente. Gira, una y otra vez, hasta que te diga que te detengas.

Isolde accedió, y la imagen de los rizos exuberantes y la tierna carne femenina girando tan provocativamente forzó hasta el límite el sexo henchido de Donall, con una urgencia tan terrible que el cuerpo del caballero se estremeció, dominado por la fuerza de su sed, subyugado por el poder de su *amor*.

Donall deslizó sus manos a lo largo de los muslos de Isolde y dejó que sus dedos se perdieran en la selva de rizos húmedos, rozando con las yemas la línea que marcaba el centro, una y otra vez, hasta que los suspiros de placer de la dama delataron cuánto disfrutaba de ese contacto y de esa inspección tan íntima.

—Eres hermosa —murmuró él, con palabras bañadas de urgencia, y se detuvo, aferrándose a los muslos de Isolde hasta que ella quedó quieta encima de él, completamente inmóvil.

Haciendo un esfuerzo para refrenar su propia urgencia, comenzó a tocarla una vez más, acariciando su dulzura, jugando con los rizos y la carne, hasta que los gemidos de ella fueron tan intensos como los suyos. Isolde soltó un alarido estridente y desenfrenado, digno de la magia de la noche; un ruego crudo y salvaje, que exigía libertad para la masa tensa y pulsante que crecía en el centro mismo de su feminidad.

Una ráfaga de viento, terrible y estruendosa, azotó la alcoba en ese preciso instante, una ola de poder de tal magnitud y fuerza que derribó a Isolde, poniéndola de rodillas, en la posición perfecta para el caballero. Donall escuchó incrédulo la ferocidad del sonido que rompió la prisión de su propia garganta, casi tan intenso como el grito del viento.

Desenfrenado, tomó a Isolde por los muslos y la arrastró hacia él, posando los labios sobre su feminidad. Una urgencia increíble, cegadora y hambrienta lo consumía. Saboreaba, lamía e inhalaba profundamente, llenándose con la esencia embriagadora de la joven, paladeándola como el tesoro que era, perdiéndose en su gloria, hasta que las extremidades de Isolde perdieron firmeza y comenzaron a temblar, indicio inequívoco de la cercanía del clímax. Luchando contra el reclamo urgente de su propio sexo, Donall posó la lengua sobre el centro de la pasión de Isolde.

—Eres mía —jadeó, respirando contra el sexo ardiente y tenso de la joven. Bebió el almizcle húmedo de Isolde, absorbiendo la dulzura y estimulándola, mientras con los dedos de una de sus manos tironeaba de las ataduras de sus calzas. Avivaba su deseo, llevándola a un precipicio de ansias tan intensas que la obligaba a conceder lo que él deseaba; no sólo su cuerpo, sino también su alma—. Eres mía —insistió, casi ebrio por la suavidad de los rizos y el aroma dulce de la excitación de Isolde—. No trates de negarlo.

«Sí, tuya», creyó escuchar Donall, pero las palabras se perdieron en un gemido lascivo y cargado de lujuria, cuando rozó con sus dientes el pequeño botón de sexo, profundizando su beso cada vez más. Temblando por el ardor de su propia urgencia, se ocupó del obstáculo de sus ropas y se bajó las calzas, sólo un poco, lo suficiente para poder moverse sobre ella, para tomarla.

Se incorporó, apoyándose sus brazos, y buscó la mirada de Isolde para cerciorarse de que los ojos color de ámbar resplandecían con el mismo fuego que consumía los suyos. Deslizó la cadera hacia atrás, sin despegar los ojos de la mirada de la joven, y trató de tomar su sexo henchido para ponerlo en la posición indicada, pero la mano de Isolde se lo impidió.

La joven cerró los dedos alrededor de la virilidad de Donall, acercándola a su propio sexo. El caballero se sintió a punto de estallar ante la imagen, ante la sensación de esa mano que lo envolvía, tan suave, cálida y decidida. Los últimos vestigios de disciplina, ya frágiles entonces, se hicieron mil pedazos, y Donall se deslizó dentro de ella, adueñándose de su pasión con una fuerza audaz e insaciable, digna de la noche.

Isolde se deleitó al sentir la dureza, grande, gruesa y henchida, entrando y saliendo de ella, poseyéndola como sólo Donall podía hacerlo. Los movimientos del caballero, diestros, parsimoniosos y experimentados, conquistaban su corazón con la misma habilidad con que llevaba su cuerpo al borde del éxtasis.

Finalmente, cuando la urgencia era tan tensa que Isolde casi no podía soportarla, Donall la ayudó a traspasar el umbral del placer, y ella se derrumbó, deshaciéndose en un estallido brillante de innumerables fracciones de éxtasis delicioso y puro. Y Donall continuó moviéndose en su interior, deslizándose lenta y suavemente, una y otra vez, hasta que también él se derrumbó con un grito de liberación oscuro y espeso como la noche que los cubría.

Poco a poco, y con extrema suavidad, Isolde volvió del abismo de placer al que la había lanzado Donall, casi sin advertir que el caballero estaba de espaldas y la sostenía tiernamente entre sus brazos. La comodidad del cuerpo de Donall la protegía del suelo cubierto de juncos y del aire frío de la noche. Suspirando, se acurrucó entre sus brazos, apoyando la cabeza en su hombro, mientras su cercanía y el refugio reconfortante de sus brazos de caballero la invitaban a perderse en el sueño más dulce.

No despertó sino hasta unos instantes antes del alba, y sólo a causa del sonido persistente de un ratón que se paseaba entre los juncos del suelo. No estaba dispuesta a sacrificar la deliciosa languidez que la envolvía e intentó hundirse una vez más en la dicha tranquilizadora del sueño profundo. Decidida a ignorar al molesto ratón, rodó sobre los juncos para acercarse a Donall, al hombre a quien ya no podía ver sino como su verdadera alma gemela.

Pero el ruido se hizo más fuerte, a medida que la criatura aumentaba el entusiasmo con que revolvía los juncos. Ya enojada, hundió el rostro en la reconfortante calidez del hombro de Donall, pero, para su sorpresa, se sintió lacerada y pinchada por el pelo de su hombre, que ya no era sedoso y abundante, sino seco y áspero. Salió del sueño definitivamente y se incorporó sobre el lecho de juncos.

Donall el Bravo se había marchado.

Nada quedaba de la noche salvaje y lujuriosa, sólo desorden de juncos, las arrugas de su vestido y los postigos abiertos. Las ventanas ya no eran portales para el viento ululante de la tormenta nocturna, y sólo la quietud abrumadora de una lluvia chispeante y cargada de melancolía traspasaba los marcos, brillantes de humedad.

Era una mañana gris, habitada sólo por ella, el soñoliento Bodo y el condenado ratón que la había arrancado de su sueño con tanta violencia. Sin embargo, a diferencia de los otros heraldos inoportunos del alba, éste último no estaba a la vista, pues al abrir Isolde los ojos desapareció con tanta eficacia como el hombre hermoso y terrible que ella amaba, como su voz grave y seductora. Los sonidos odiosos del ratón, sin embargo, aún podían escucharse, más fuertes y persistentes, como el sonido de unas garras contra una superficie, exactamente contra la superficie de su puerta.

Decidida a descargar su furia contra el responsable, Isolde se puso en pie y eliminó tanto como pudo las arrugas de su vestido. Enderezó su postura y cruzó la alcoba vacía, mientras un frío similar al miedo comenzaba a apoderarse de sus entrañas. Nadie se atrevería a golpear su puerta tan temprano, a menos que tuviera la obligación de comunicar un terrible suceso.

Y el carácter sigiloso de los sonidos presagiaba cosas incluso peores; quienquiera que la buscara tenía noticias que sólo ella podía escuchar. Con mano temblorosa, abrió la puerta y, de algún modo, no se sorprendió de encontrar a Evelina en el umbral. Sus hermosos ojos oscuros estaban cargados de preocupación, y en el rostro sin maquillaje se reflejaba la palidez más extrema.

—Viene hacia aquí, milady —susurró su amiga, tomándola de la mano con firmeza—. Han divisado la nave de Balloch MacArthur. Atracará en menos de una hora.

18

ESTÁS SEGURA? —PREGUNTÓ ISOLDE, MIRANDO A SU amiga con ojos desorbitados.

El fuego de la antorcha que había en la pared junto a la puerta estaba casi extinguido, pero las pocas brasas que conservaba eran suficientes para cubrir el rostro de Evelina con un resplandor rojizo, y lo que Isolde vio allí dibujado le heló la sangre: los labios exuberantes de su amiga, que a menudo mostraban una sonrisa reconfortante, ahora formaban una línea recta y tensa.

Los largos mechones de cabello despeinado le colgaban en torno de los hombros, y la capucha negra que llevaba no podía hacer mucho para ocultar el estado calamitoso de sus rizos. De todos modos, aunque se hubiera presentado ante Isolde perfectamente arreglada y vestida, como solía ir, la palidez de su rostro limpio de maquillaje habría confirmado que su advertencia era real y su preocupación, terrible.

—¿Estás segura? —volvió a preguntar Isolde, sintiendo que un escalofrío le recorría la espalda.

—Desearía estar equivocada, pero no hay dudas —contestó, lanzando una mirada furtiva hacia el pasaje sombrío, que a esas horas de la mañana estaba oscuro y desierto. Ahora que habían llevado a Donall a su celda, hasta Niels y Rory se habían marchado, sin duda para roncar en paz sobre los catres que ocupaban en la entrada del calabozo.

Isolde sintió que se le revolvía el estómago.

—¿No es posible que hayas confundido el barco?

—La nave que se acerca tiene los colores de MacArthur —respondió, llevándose la última esperanza de Isolde—. Está muy cerca, milady.

—Jamás creí que vendría —Isolde puso una mano sobre su abdomen perfecto, tratando de acallar las convulsiones de terror que lo dominaban. Entonces deseó que no fuera el miedo, sino el principio de una nueva vida lo que sentía moverse en su interior—. Es muy pronto —musitó, casi para sus adentros. Las afiladas garras del arrepentimiento se le hundían en la carne con tanta fuerza que a duras penas podía respirar—. No he tenido tiempo... —dejó que las palabras se perdieran en el aire, mientras sus ojos se llenaban de lágrimas.

—Es posible que no todo esté perdido, pero debes tener cuidado. Las aventuras que vale la pena emprender suelen ser peligrosas cuando se acerca su final —Evelina tomó las manos de Isolde y las apretó tiernamente—. Los ancianos ya están reunidos —agregó, lanzando otra mirada furtiva por encima de su hombro.

Isolde siguió con la vista la mirada de Evelina, mientras su corazón se aceleraba con cada segundo que pasaba. Podía imaginarse los rostros adustos de los miembros del consejo, podía ver los ojos fríos de desdén, oír las voces airadas... y adivinar su reacción cuando supieran lo que ella había hecho.

—Debes enfrentarte a su furia con dignidad —dijo Evelina como en un ruego, posando las manos sobre los hombros de Isolde, remedando, sin saberlo, uno de los gestos de afecto que él prefería. El corazón de Isolde se estremeció, y sus latidos ganaron en intensidad mientras un pánico ardiente le desgarraba las entrañas—. Mantente firme cuando Balloch hable con ellos —agregó a modo de advertencia—. Y también cuando te hable a ti. Estará furioso si sabe que tú...

—¡Eso espero! —interrumpió Isolde, pero se detuvo al ver la expresión de lástima en el rostro de Evelina. Una lágrima rodó por su mejilla—. Todavía no estoy embarazada, sólo estoy... —hizo otra pausa para pasarse la mano por la mejilla húmeda—. Me he enam...

—Lo sé —la interrumpió Evelina. Sus ojos también resplandecían con el brillo de las lágrimas. Dio un paso atrás, buscando una vez más el amparo de las sombras—. Debo retirarme, milady. Hay una vieja deuda que debo pagar.

Isolde abrió la boca para decir algo, pero no pudo. El nudo incandescente que sentía en la garganta era demasiado grande. Su amiga le regaló una sonrisa tenue.

—Que el Señor te acompañe —se limitó a decir.

Comenzó a caminar hacia atrás, perdiéndose en las sombras. Antes de que Isolde pudiera seguir interrogándola, antes de que le preguntara qué hacía recorriendo en horas tan tempranas los pasajes de Dunmuir.

—Espera... Evelina... —la llamó, levantando la mano, con las piernas demasiado temblorosas para perseguir la silueta que desaparecía en las sombras—. Vuelve... por favor...

Pero Evelina había desaparecido, en alas de sus ligeros pasos. Se había ido, tragada por la luz mortecina del pasillo. Isolde miró fijamente el lugar por donde su amiga había desaparecido. Sentía un terror frío y metálico sobre la lengua y tenía ambas manos sobre el abdomen, buscando desesperadamente el fuego que Donall el Bravo había visto en ella.

* * *

Donall despertó cuando uno de los acólitos de su señora comenzó a forcejear con la pesada barra que cruzaba la puerta de la celda. A pesar de la somnolencia que lo embargaba y del profundo deseo que tenía de hundirse una vez más en el placer del sueño, que tanto necesitaba, no pudo evitar sonreír ante los repetidos intentos, fallidos todos, de levantar la barra de la puerta: el idiota sin remedio debía de haber pasado la noche sumergido en una copa, si tantos problemas tenía para destrabar la puerta. Incapaz de renunciar a una oportunidad para burlarse de ellos, Donall se recostó contra la pared, con las manos detrás de la cabeza.

Iluminó su rostro con una sonrisa socarrona y exagerada, y esperó a que la puerta se abriera, para reírse luego. Sin embargo, la carcajada nunca abandonó su garganta. La puerta se abrió sólo un poco, y un ángel ingresó furtivamente, un ángel de la muerte. Vestida de negro de pies a cabeza, con una capucha que sólo dejaba ver un poco del cabello negro como la noche y el rostro hermoso, la figura angelical se introdujo en la celda, con movimientos fluidos y gráciles, llena de sigilo. Se detuvo frente al catre de Donall.

—Señor, ahora veo por qué os ama tanto —ya no era un heraldo de la muerte, sino una hermosa mujer de carne y hueso—. Sí, es comprensible —agregó—. Sois guapo e imponente, Donall el Bravo —la expresión jovial de la joven se iluminó aún más, adueñándose de su rostro, reflejándose en los ojos exuberantes y en las pestañas oscuras.

Donall también sonrió. La mueca idiota que había preparado para la llegada de los guardias se hizo más cálida. Por Dios, las palabras de la mujer lo llenaban de alegría. ¿Realmente había dicho que Isolde «lo amaba tanto»? Sí, lo había dicho.

—Y yo la amo a ella, milady... —declaró mientras se ponía en pie, con el corazón henchido de felicidad, y le ofrecía una reverencia—. Donall MacLean, señor de Baldoon, para serviros, hermosa señora —agregó mientras se incorporaba—. ¿Y vos sois?

—No soy ninguna seño... —comenzó a aclarar ella, pero se detuvo en cuanto Donall la tomó por la mano y le dio un beso reverente sobre los nudillos.

—Para serviros, hermosa señora —dijo él, confirmando la deferencia—. ¿Cuál es vuestro nombre? ¿A qué debo el honor de vuestra visita?

—Soy amiga de vuestra señora —se limitó a decir—, pero ella no sabe que estoy aquí —miró a Gavin, que todavía estaba desparramado sobre el catre, llenando el aire de sonoros ronquidos. La luz tenue y grisácea que entraba por la ventana resaltaba sus facciones juveniles—. He venido a saldar una deuda.

Donall creyó escuchar que agregaba, entre dientes: «Y a reparar el terrible agravio del que soy culpable».

—¿Una deuda? —preguntó, desestimando las palabras susurradas, las que quizás no había escuchado bien, las que su caballerosidad le prohibía tener en cuenta. Fijó su vista sobre la mujer, ponderando la sonrisa melancólica que le iluminaba los labios mientras miraba a Gavin—. No sabía que también él tenía señora —dijo, bastante sorprendido, en especial ante el hecho de que el truhán de rostro pecoso pudiera ganar el favor de una belleza tan elegante, aunque un poco mayor.

—Gavin MacFie y yo somos sólo amigos —explicó, soltando un ligero suspiro mientras volvía a dirigirse a Donall—. Su padre y yo, por otro lado, éramos más que eso. Los dos hicieron mucho por mí, y hoy quiero saldar esa deuda. Señor MacLean, os ayudaré a escapar, pero debemos apurarnos.

—¿Qué dem...? —dijo Gavin, al fin despierto. Cuando advirtió la presencia del ángel de cabellos oscuros, sus labios se torcieron y formaron una sonrisa socarrona—. ¡Evelina! ¿Qué demonios haces aquí?

Donall se inclinó y tomó a su amigo por el brazo, obligándolo a ponerse en pie.

—Esta excelentísima señora está aquí para ayudarnos a escapar —anunció, alegrándose al ver cómo se sorprendía el truhán, que presumía de saberlo todo, al escuchar sus palabras. Por una vez, él había sido el primero en enterarse de algo.

—¿Excelentísima...? —las palabras de Gavin agonizaron en cuanto Donall fijó en él una severa mirada. Advirtió su error al instante y se acerco a su vieja amiga para abrazarla con gran afecto—. Por todos los santos, milady —dijo, mientras la soltaba—. Nunca había estado tan contento de veros.

—Debemos apurarnos —cortó ella, desandando el camino hacia la puerta—. Sólo puedo acompañaros en parte del camino —agregó, ya en la luz mortecina del pasillo—. Luego estaréis solos, pero no por mucho tiempo, con un poco de suerte.

—¿No por mucho tiempo, con un poco de suerte? —preguntó Donall, pero Evelina ya se había alejado por el pasaje húmedo.

Gavin la siguió, ya espabilado. El fulgor de su amplia sonrisa era capaz de iluminar la mañana mortecina y, quizá, hasta de ahuyentar las tinieblas del estrecho corredor. Sólo Donall vacilaba. Que se lo llevaran mil demonios, pero, con la libertad al alcance de la mano, no podía evitar arrastrar los pies.

No quería alejarse de ella, condenándola a la desesperación que sabía sentiría en cuanto supiese que él se había ido, y condenándose a la tortura de extrañarla, aunque sólo fuera durante el poco tiempo que necesitaba para encontrar al verdadero asesino de Lileas, limpiar su hombre y volver luego a Dunmuir para desposarla.

—No me digas que te has encariñado con tu celda —le azuzó Gavin a la distancia.

Donall parpadeó y miró a Gavin y a lady Evelina, el ángel vestido de negro. Ya habían cubierto la mitad del corredor. Sin embargo, al notar que él no avanzaba, se volvieron. Evelina fue la primera en hablar.

—La ayudaréis más si os vais —dijo, haciendo gala de una sabiduría perspicaz equiparable a la de Gavin—. Ella es fuerte. Resistirá hasta que volváis a buscarla.

Donall arqueó una ceja ante esas palabras. La expresión de los ojos de Evelina sumía su corazón en el terror más amargo.

—Habláis como si estuviera en peligro.

—Ruego que no sea así —dijo, tomando a Donall por la mano, tratando de alejarlo de la celda—. Pero si está en peligro, milord, la necesidad de que reunáis vuestro ejército es aún mayor.

MacLean liberó su mano con extrema facilidad, se cruzó de brazos y separó un poco las piernas, afirmándose. Gavin masculló algo entre dientes, pero Donall lo ignoró.

—Quiero saber a qué intrigas os referís, milady. Os juro que me quedaré aquí hasta echar raíces si no me lo decís.

El ángel se quitó la capucha y dejó que su mano temblorosa se perdiera en la negrura del cabello suelto.

—Señor —empezó, lanzando otra mirada furtiva por encima de su hombro—, os diré todo lo que sé, todo lo que sospecho, con tal de que os dignéis a venir con nosotros.

Soltó un largo suspiro y volvió a ponerse la capucha al ver que Donall no se movía.

—Espero que mi honestidad no os moleste, pero sé mucho de... hombres —susurró—. Creo que no todo es lo que parece en Dunmuir —agregó—. Espero que regreséis con armas y hombres suficientes para arreglar las cosas... si es necesario.

Donall sintió que un escalofrío ardiente le recorría la espalda.

—Lady Evelina —dijo, sospechando de la posición de la mujer, pero sin dejar de respetar la audacia de sus palabras—, puedo ver que sois una amiga leal, pero vuestras palabras me hacen resistir más que antes la idea de marcharme. Si mi amada corre peligro, lo enfrentaré aquí y ahora —exclamó, dándose la vuelta para alejarse de ellos, en dirección a la gran sala.

Gavin corrió detrás de él.

—Ven aquí, Donall. Estás desarmado. ¿Qué puedes hacer sin el acero de tu espada? Si algo no está bien aquí, debemos reunir a tus hombres y regresar.

—¿Desde cuándo necesitamos armas para derrotar a un montón de viejos temblorosos? —disparó Donall, con un temperamento que se acercaba poco a poco al de Iain—. ¡Por Dios! ¡Podemos derribarlos con un soplido!

—¿Y qué hay del gigante pelirrojo y su compañero de rostro amargado? —advirtió Gavin—. Ambos tienen brazos fuertes y mucho acero en las vainas de sus cinturones.

—He vencido a hombres dos veces más grandes que tú sólo con mis puños. Tú también —dijo, mirando a Gavin con furia—. ¿Cuándo perdiste las agallas?

—Creo que en el mismo momento en que tú perdiste el juicio —contestó Gavin, con un tono de voz insoportablemente soberbio.

Donall perdió la paciencia y se lanzó hacia su amigo.

—Es la seguridad de mi señora la que quiero proteger, no la tuya ni la mía —gruñó, tomando a Gavin de la túnica y levantándolo en el aire—. ¿Qué hay de irracional en eso?

Evelina se colocó de inmediato entre los dos hombres, poniendo sus manos sobre el pecho, henchido por la conmoción, de cada uno de los contendientes. Donall maldijo y soltó a su amigo. ¡El truhán tenía la osadía de volver a mostrar esa sonrisa ladeada y socarrona! Guiñándole un ojo a Evelina, Gavin no se pudo contener:

—El amor siempre saca lo mejor de los MacLean: el temperamento.

Agarrándolo de la túnica una vez más, Donall le lanzó una mirada asesina.

—Digo que nos quedemos y nos encarguemos de cualquier peligro que corra mi señora —exigió, para dirigirse luego al ángel—. Quiero saber qué es lo que os preocupa.

Una expresión de recelo se adueñó del rostro de Evelina.

—Un barco está a punto de atracar aquí. No puedo deciros por qué, ya que estaría violando la confianza de mi señora. Es suficiente que sepáis que temo por lo que le pueda ocurrir a Isolde una vez que los que van a bordo declaren el objeto de su viaje.

Donall maldijo una vez más, soltando una cadena de epítetos más terrible que la anterior. Una vez descargada su ira, se pasó una mano por el cabello y respiró hondo.

—Con más razón, entonces, debemos quedarnos —tratando de dominar su furia tanto como podía, posó sobre la mujer su mirada más señorial, atenuándola con una pizca de su sonrisa más seductora—. Hermosa señora, admiro vuestro corazón y vuestro espíritu, pero no puedo proteger a Isolde a menos que me digáis a qué se enfrenta. Debéis decírmelo.

Evelina cerró los ojos. Tras un momento de vacilación, los abrió y lo miró. Donall supo que había vencido.

—Se trata de Balloch MacArthur —confesó—. El hombre con quien pretende casarla el consejo del clan.

—¡Por todos los santos! —exclamó Gavin, ganándose al instante la mirada furiosa de Donall.

Ignorando a su amigo, Donall aguzó la mirada y se concentró en Evelina.

—¿Está comprometida? —el sabor de las palabras sobre su lengua era insoportable—. ¿Con MacArthur?

La angelical Evelina tragó saliva, evidentemente incómoda.

—No, milord —negó, con un ligero temblor en la voz suave, prueba irrefutable de los nervios que la embargaban—. Se comprometerá... o ése era el plan.

—¿Se comprometerá o no?

Evelina bajó la vista. Dando un paso al frente, Donall tomó con delicadeza la barbilla de la mujer y la obligó a mirarlo.

—Hermosa señora, os he dicho que admiro la audacia de vuestro corazón. No me decepcionéis ahora —el tono de su voz no le dejaba más opción que contestar—. ¿Qué ocurre con MacArthur? ¿Qué noticias puede traer capaces de causar tanta conmoción?

Evelina frunció el ceño.

—Estoy casi segura de que viene a cancelar el acuerdo de compromiso, porque... porque...

—¿Porque...? —la alentó Donall, al notar que flaqueaba.

—Porque mi señora le ha enviado un mensaje para decirle que lleva el hijo de otro hombre en sus entrañas —confesó al fin, casi sin pausas entre las palabras—. Vuestro hijo, milord. Al menos, eso es lo que ella espera.

Donall estaba boquiabierto. Comenzaba a sentirse presa del asombro, la dicha y la felicidad más salvajes.

—¿Y por qué le envió ese mensaje? —tenía una sospecha, una corazonada maravillosa, pero necesitaba oírlo de boca de Evelina. La miró fijamente y frunció el ceño, afectando una expresión de severidad—. Contestadme.

El rostro de Evelina comenzó a sonrojarse. Mirando de soslayo a Gavin, como implorando su ayuda, dijo:

—Aún no está embarazada, milord. Pero esperaba que, si enviaba el mensaje, podría librarse de Balloch. Yo le advertí que no lo hiciera, pero ella se negó a escucharme.

Y ahora está muy cerca, a punto de revelar lo que ha hecho mi señora. La furia del consejo será implacable.

—No tan grande como la que sentiría yo si la hubiesen casado con ese tonto engreído —exclamó Donall, mientras su mente pensaba y repensaba las confesiones de Evelina.

Soltó la barbilla de la mujer y se pasó una mano por el pelo. Tras recapacitar unos instantes, tomó una decisión:

—Tú vete y trae a Iain y a mis hombres —pidió a Gavin—. Yo me quedaré y hablaré con MacArthur.

Gavin alzó los ojos al cielo una vez más.

—¿Y qué se supone, por Dios, que discutirás con ese hijo de perra? No es su elocuencia lo que lo hace famoso.

Donall sonrió, un poco sorprendido de poder hacerlo. Su decisión, su plan, se volvía más atractivo cuanto más pensaba en él.

—Le diré a él y a todos los que quieran oírme que lady Isolde sí lleva mi retoño en las entrañas y que fue un error del consejo dejarle creer que su compromiso era posible —explicó, sonriendo aún más—. El compromiso no es posible porque ya está comprometida conmigo.

Gavin resopló con sorna.

—Eres un prisionero —contestó—. Si no vienes conmigo, esos dos guardias te pondrán de nuevo en el torreón del mar antes de que puedas decir la primera de esas estupideces —sacudió la cabeza, con expresión de incredulidad—. Por Dios, eres un tonto.

—El tonto es MacArthur —repuso Donall, sin poder creer el control que ejercía sobre su temperamento, evidente en el tono de voz—, y de los peores. Un engreído que volverá a su casa con el rabo entre las piernas si se enfrenta al acero de mi espada.

—No tienes espada —dijo Gavin, dándose la vuelta y lanzando las manos al aire, evidentemente furioso—. ¿Piensas enfrentarte a todo un barco de hombres armados y con ganas de pelear? ¿Sin una espada para blandir contra ellos? No, no, no, amigo mío. Si algo tan peligroso está a punto de desencadenarse aquí, yo digo que volvamos a Baldoon y reunamos a tus hombres para volver cuanto antes.

—¿Cuanto antes? —exclamó Donall, arqueando las cejas—. Necesitaríamos por lo menos dos días para llegar a Baldoon si vamos a pie. Una vez allí, tardaríamos varios días más en reunir a los hombres y regresar. No, no podemos darnos el lujo de esperar tanto.

—Es posible que no tengáis que esperar tanto, milord. Si no me equivoco, vuestros hombres estarán aquí muy pronto —interrumpió Evelina, sorprendiéndolos. Ambos olvidaron su discusión al instante y la miraron fijamente.

—¿Mis hombres... aquí? —preguntó Donall, casi sin aliento, de tan grande como era su sorpresa... su esperanza.

Evelina asintió, y el corazón de Donall estuvo a punto de estallar por la emoción.

—Envié a Lugh a buscarlos hace varios días —dijo—. Con la ayuda de Dios, habrá cumplido su misión sin contratiempos.

—¿Lugh? —preguntó Gavin, mirando a Donall y a Evelina, claramente desorientado.

Sintiendo cada vez más admiración por la mujer, Donall respondió:

—El muchacho de pelo negro que se escabulle por el calabozo buscando telas de araña y quién sabe qué más —dijo, orgulloso de saber otra cosa que Gavin desconocía—. El gigante de rostro picado lo llamaba por ese nombre —agregó, mirando a Evelina, esperando que ella confirmara lo que decía.

La mujer asintió.

—Es el nieto de la *cailleach* —explicó—. Y gracias a su curiosidad he podido ayudaros a escapar, porque fue él quien me habló del túnel que se abre en el tiro del pozo sagrado. Lo descubrió mientras buscaba ranas en el agua estancada del fondo. Lo ha explorado entero y dice que lleva a campo abierto, a los páramos.

Donall comenzó a comprender.

—¿A los páramos que hay entre Dunmuir y Baldoon?

—Eso dice Lugh —contestó ella.

Otra idea se apoderó de la mente de Donall, una que intentaba socavar su enorme esperanza.

—Creí que el muchacho no podía hablar.

Evelina se encogió de hombros.

—Habla conmigo —dijo, con la voz manchada por el dejo de tristeza que mostrara anteriormente—. Los hombres siempre hablan conmigo, incluso los jóvenes, como Lugh —hizo una pausa y volvió a soltar un suspiro suave—. También hablará con vuestros hombres cuando llegue a Baldoon, porque yo se lo pedí.

El corazón de Donall comenzó a latir con furia dentro de su pecho.

—¿Y creéis que mis hombres estarán esperándome a la salida del túnel que mencionáis?

—Vuestros hombres y vuestros corceles —prometió Evelina con una sonrisa—. Siempre y cuando el joven Lugh haya podido llevar los dos caballos allí, como pretendía —agregó—. Y, por supuesto, siempre y cuando haya llegado a vuestras tierras.

—Vamos, Donall —apremió Gavin tomando a su amigo por el brazo, con la cara dominada una vez más por su sonrisa infantil—. De repente, me han entrado ganas de encontrarme con una manada de feos MacLean.

Y esta vez, cuando Evelina y Gavin se lanzaron a desandar el corredor, Donall los siguió de buena gana, con una sonrisa de satisfacción.

* * *

Isolde se encontraba en las sombras de las escaleras, mirando el caos que comenzaba a estallar en la gran sala, el desastre que se desarrollaba ante sus ojos, el resultado de los planes que con tanto cuidado había trazado: el resultado de su vida. Respiró hondo y enderezó la postura. Era hora de hacer frente a su deshonra.

El aire de la sala estaba viciado de humo, de gritos de furia, acusaciones, insultos y maldiciones, tanto por parte de sus parientes como de los hombres de Balloch MacArthur. Recorrió la multitud con la vista y encontró a Lorne. Lo miró a los ojos mientras comenzaba a avanzar.

De todos los presentes, sólo él parecía impasible. No vociferaba ni tenía la cara roja de ira como todos los demás. El viejo caballero permanecía de pie a un lado, con una mano apoyada en el mango de su espada. La expresión de su rostro no reflejaba más que preocupación.

Niels y Rory estaban en el ojo de la tormenta, con el semblante oscurecido por la furia. Sin embargo, sus gritos perecían bajo el estridente clamor de voces que llenaba la sala, e Isolde sólo podía esperar que estuvieran apoyándola.

Lorne, su primo Niels, Rory y Bodo: sobre ellos descansaban las esperanzas de Isolde. Eran los únicos con cuyo respaldo podía contar. Aunque Bodo no estaba allí, porque ella lo había encerrado en la seguridad de la alcoba, lejos de la furia vengativa de Balloch MacArthur. Isolde deseó tener también la posibilidad de esconderse de él.

Recorrió con la vista la multitud furiosa mientras se abría camino a fuerza de codazos, pero Balloch no se veía por ningún lado. Había enviado a un heraldo al que acompañaban un grupo de guerreros, ofendidos y de rostro furioso.

A pesar de la desesperación que la embargaba, la ironía de la ausencia de Balloch dibujó una débil sonrisa sobre los labios de Isolde mientras la joven lograba pasar junto la mesa de honor, sin ningún ocupante, y se ubicaba junto al fuego del hogar, donde todos estaban de pie, sin duda demasiado nerviosos para sentarse. Tanto ella como Evelina estaban equivocadas. Su amiga había errado al predecir que Balloch iría en persona. Ella también se había equivocado al pensar que MacArthur no haría nada. Su orgullo le había impedido ir en persona, pero no había podido resistirse a mandar emisarios, posibilidad en la que Isolde no había pensado.

Los mensajes secretos, las mentiras y la deshonra de Isolde estaban en boca de todos los presentes, con excepción de Lorne. Al menos, eso creía ella. La joven descubrió con espanto que incluso él la había traicionado. Lanzó una última mirada desesperada sobre el tumulto de la sala, buscándolo, antes de enderezar los hombros y abrirse paso hasta el centro del círculo de hombres, lista para enfrentarse a su furia.

Lorne había desaparecido. El viejo caballero, la última esperanza de Isolde en aquel mar de rostros furiosos, había abandonado la sala.

19

ISOLDE AVANZÓ A TRAVÉS DEL CÍRCULO DE HOMBRES, entregándose al escarnio.

—Miembros de mi clan e invitados de honor —comenzó, con la voz orgullosa y la frente en alto—, os ofrezco mis más sentidas disculpas por haberos hecho esperar.

—Es por tu traición por lo que deberías estar disculpándote —gritó alguien desde los límites exteriores de la congregación de hombres furiosos.

—¡Es una fornicadora! —exclamó otra voz, elevándose y sobre los murmullos y los balbuceos de ira—. ¡Y tiene el descaro de mostrarse orgullosa de actos tan bajos!

El tío de Isolde aprobó esas últimas palabras con un gesto lacónico y se separó del grupo de guerreros MacArthur junto a los que se encontraba. Avanzó con paso firme hacia Isolde, con el pecho henchido de orgullo y los ojos incandescentes de una extraña mezcla: celo, rabia y... ¿triunfo?

—¿Y bien, muchacha? —inquirió, parándose frente a la joven—. ¿Qué tienes que decir en tu favor? —preguntó, lanzándole una mirada gélida—. Ya que pareces sentirte tan elocuente, quizás puedas decirnos qué te llevó a perpetrar un acto tan flagrante y tan digno de una ramera. ¡Y con el señor de los MacLean!

Un coro de voces masculinas iracundas rugió para aprobar la agresión de Struan. Los rostros se desdibujaban y se mezclaban entre sí, convirtiéndose en una gran mueca de odio, cuyo carácter intimidante no podía más que acentuarse bajo el resplandor que lanzaba el hogar cercano, un brillo rojo y mortecino que bañaba los rostros furiosos, haciendo que cada uno de ellos pareciera el del mismo demonio. Eran acólitos del infierno y habían acudido para castigarla por amar a Donall MacLean.

Lo único que consolaba a Isolde era que las expresiones de los MacArthur eran aún peores, porque los miembros de su clan, si bien parecían molestos y perturbados, no estaban desfigurados por el odio como los hombres de Balloch, con excepción de su tío, cuya sangre parecía bullir con más fiereza que la de todos los presentes juntos.

—Te recuerdo que esperamos una respuesta —insistió con frialdad, lanzándole una mirada cargada de odio—. Y ten cuidado con lo que respondes, si no deseas pagar un precio terrible por tus pecados.

—¿Pecados? —intervino una voz aguda perdida entre la multitud—. ¿Es pecado que una muchacha se enamore? —la voz se elevó un poco, aumentando su intensidad—. Si así fuera, estaré en graves problemas cuando me reúna con mi creador, pues son muchas las muchachas que deslumbré cuando era joven. ¡Y tuve acceso a mucho más que sus sonrisas, por Dios que me mira!

Era Ailbert. A pesar de la desesperación que la embargaba, Isolde no pudo evitar sonreír en su interior.

—¡Es cierto! ¡Nuestra señora no tiene la culpa! —exclamó la voz de otro MacInnes—. ¡Si no hubiéramos puesto al bastardo bajo nuestro techo, esto jamás habría ocurrido!

—¡Sí! —agregó un tercero—. ¡Es nuestra culpa! ¡Se sabe que MacLean es un gran seductor!

—¡Se sabe que MacLean es un asesino! —gritó Struan, descargando la furia de sus pulmones hasta que todos los exabruptos perecieron bajo el suyo—. Es nuestro más acérrimo enemigo y, dada su posición, es quien debe cargar sobre sus hombros la pena de todos los crímenes de su clan.

Los gritos de aprobación volvieron a llenar la sala; estridentes y bulliciosos, tapaban las voces de los pocos MacInnes que hablaban en defensa de Isolde.

—Y en cuanto a ti... —agregó Struan, señalándola con un dedo acusador—. Has mancillado el honor de tu investidura como jefa de los MacInnes, el respeto que debías a tu clan y el que habías jurado para el grandioso clan MacArthur.

Un rugido ensordecedor desgarró la sala, acompañado de los golpes furiosos de los pies contra el suelo y el estruendo de las jarras de peltre contra la mesa.

—¡Es una afrenta terrible! —bramó el tío de Isolde, levantando las manos y mostrando los puños lívidos al cielo. Cuando volvió a posar su mirada iracunda sobre la joven, los ojos le brillaban con un fuego incandescente, rival del que danzaba en el hogar—. Defiéndete tú sola e implora el perdón de los MacArthur, si no quieres que por tu culpa nos veamos manchados con las peores deshonras.

Isolde alzó los brazos frente a su rostro y cruzó las manos en un apretón firme, con el mismo ahínco que ponía en lo único que le quedaba: la dignidad y el apoyo de quien, aunque no estaba allí para defenderla, le daba ánimos para continuar. Se obligó a imaginar el marrón de una mirada alegre y una sonrisa sutil, una sonrisa de caballero, hasta que sintió el dolor del esfuerzo en los ojos.

—No he hecho nada por lo que tenga que pedir perdón o implorar piedad —empezó, fijando la vista sobre las llamas que bailaban inquietas en una antorcha de la pared, evitando mirar los rostros burlones e intentando ignorar las burlas hirientes que resonaban por toda la sala—. Sólo buscaba la paz, una alianza que pusiera fin a las peleas de una vez y para siempre —parpadeó, tratando en vano de ahuyentar el ardor de sus ojos—. Y... y... seguí los consejos de mi corazón.

—¿Una alianza? —se burló Struan, casi a gritos—. El hombre fue capturado para pagar por el asesinato de tu hermana —exclamó, frunciendo el ceño—. ¿Y tú pretendes insultarnos diciendo que seguiste los consejos de tu corazón?

—¡No, no siguió a su corazón! —exclamó la voz de un extraño, grave y cargada de sorna lasciva, alzándose sobre las demás—. ¡Siguió los consejos del calor que le quema la carne entre los muslos!

—¡Ramera! —gritó otra voz, y su dueño estaba tan cerca de Isolde que la joven creyó sentir su aliento contra las mejillas. Volvió la cabeza para localizar al autor de semejante ofensa y lo quemó con una mirada cargada de reproche. Elevó su voz sobre el bullicio reinante y dijo:

—He seguido a mi corazón —respiró hondo, concentrándose una vez más en el fuego de la antorcha—. Y, señores míos —agregó, con la vista fija en las llamas—, no podemos negar o denostar el lugar al que nuestro corazón nos lleva.

El bullicio a su alrededor alcanzó su apogeo y comenzó a atenuarse poco a poco; aún podían oírse los murmullos y el sonido de los pies que se arrastraban nerviosos contra el suelo, pero al menos los insultos se habían acallado. Por desgracia, la calma no duró mucho.

—Os felicitamos, entonces, hermosa reina de corazones —intervino una voz viciada de sarcasmo. Isolde se volvió y vio al heraldo de Balloch MacArthur, que se abría paso a fuerza de empujones hasta el pequeño espacio que quedaba entre el círculo de hombres furiosos y se contorsionaba en una reverencia burlona—. Tus palabras son demasiado nobles para tus labios pérfidos. ¡Confiar en ti es tan ingenuo como esperar que tus hombros se mantengan juntos!

El sonido metálico de unas espadas que salían de sus vainas se escuchó mientras Niels y Rory avanzaban a través de los forcejeos de la multitud y se ubicaban a ambos lados de Isolde. Con las hojas desnudas, pero dirigidas al suelo, lanzaron miradas furibundas sobre los presentes, sin hacer distinción entre MacArthur y MacInnes.

—Nuestra señora hizo lo que creyó que era mejor para el clan, para esta isla y, por Dios, para ella misma —exclamó Niels. Las palabras sumergieron a Isolde en un mar de alivio. Irguiéndose hasta alcanzar su altura máxima y formidable, el guerrero fijó la vista sobre el heraldo de Balloch—. Nunca quiso un compromiso con vuestro señor, así como tampoco debe lealtad a ninguna isla que no sea la nuestra. Es nuestra culpa no haber escuchado sus deseos. No podemos acusarla de negarse a honrar una unión que jamás quiso aceptar.

El heraldo de Balloch MacArthur lo miró con ojos desorbitados, mientras la cara de Struan adoptaba un matiz aún más rojo y los demás permanecían anonadados. Algunos murmuraban su aprobación, otros se mostraban firmemente en contra y el resto se ocultaba en el silencio más impotente. Jugueteando con el mango de su espada, Niels aprovechó la calma relativa para fijar la vista sobre los que todavía se mostraban molestos.

—El que piense lo contrario puede considerarse invitado a probar mi espada —hizo un gesto en dirección de Rory—. Y la de él —agregó, e Isolde se maravilló al advertir que Rory inclinaba la cabeza para confirmar las palabras de Niels.

—El honor de nuestra señora no tiene nada que ver con los crímenes de ese condenado MacLean —continuó Rory, con la quijada firme y prominente—. Es él quien debe pagar, no la jefa de nuestro clan.

Las palabras de Rory fueron aceptadas con más insultos y rostros furiosos. Isolde sintió que su corazón se desplomaba. El retoño de esperanza que comenzaba a florecer en su pecho había sido destruido, cortado y pisoteado por la furia de esas voces que clamaban por la ejecución inmediata de Donall. Y no en el solsticio de verano, sino con la llegada del alba, en menos de un día.

—¡No! —clamó Isolde, poniendo todo su corazón y toda su alma en ese grito—. ¡No lo permitiré!

Los dedos de Struan se cerraron en torno de la carne tierna del brazo de su sobrina, apretándola con tanta fuerza que el dolor punzante llenó de lágrimas sus ojos.

—Agradece que tu madre duerme arriba, porque si ella viera el carácter de tu lujuria desearía morir de dolor y vergüenza —gruñó en voz muy baja, al oído de Isolde. Aferrándola con firmeza, dejó que su mirada furiosa se paseara sobre la multitud—. Donall MacLean morirá con el canto del gallo —declaró con voz de mando, sumiendo a la sala en el más profundo silencio—. Con su muerte compensará la pérdida de lady Lileas y limpiará la mancha que nuestra jefa ha puesto sobre nuestro honor al acostarse con él.

Se volvió para dirigirse al heraldo de Balloch.

—Podéis decir a vuestro señor que lamentamos el comportamiento de Isolde y que el hombre que la deshonró ha muerto —dicho esto, fijó la vista sobre Niels y Rory—. Vosotros sois tan culpables como ella, por defenderla. Podéis redimiros acompañándome a la celda del bastardo, porque quiero que pase sus últimas horas llorando y gritando. Si lográis que implore piedad, habréis recuperado vuestro honor.

—No... —la objeción a duras penas salió de los labios de Isolde. Fue un mero murmullo, tan leve que ni ella pudo escucharlo—. No... —volvió a intentarlo, pero su voz la había abandonado, muerta, al igual que su corazón marchito y agotado, tan inútil como la gélida roca de acero derretido que comenzaba a formarse en el centro mismo de su alma; eran los restos tristes de su entereza, otrora resplandeciente.

Su tío, que sin duda había advertido la derrota de Isolde, deshinchó el pecho con un suspiro y volvió a hablar, con un tono menos acalorado, casi jovial:

—Familiares y miembros del glorioso clan MacArthur —exclamó, para llamar la atención de todos—: la mesa está servida.

Hizo un gesto ampuloso hacia el otro extremo de la sala, donde los mozos de cocina comenzaban a aparecer con enormes bandejas de carne asada y jarras de cerveza. Se preparaban para una festín, un banquete para celebrar la muerte de Donall el Bravo.

—Con vuestro permiso, debemos ocuparnos de un asunto que hemos pospuesto demasiado. Luego llevaremos a lady Isolde a su cama, donde podrá reflexionar acerca de sus faltas.

Hizo una pausa, como si hubiera esperado que alguien lo contradijera. Pero nadie habló. Los guerreros MacArthur estaban atentos a los manjares que llegaban desde la cocina, con más hambre en las barrigas que deseos de vengar a su señor. Los miembros del clan de Isolde, por su parte, miraban el suelo o desaparecían en las sombras.

—Así sea, entonces —retumbó la voz de Struan—. Amigos, disfrutad de los manjares hasta que regrese.

Sin demora ni pausa, arrastró a Isolde a través de la multitud, con los dedos aún hundidos, como agujas, en el brazo de la joven. Niels y Rory los seguían de cerca, con rostro adusto y apesadumbrado.

* * *

No estaban allí.

Donall trató de borrar su decepción inhalando profundamente, bebiendo el aire fresco y perfumado de lluvia. Los campos yermos que se extendían ante él estaban cubiertos por el frío, la humedad y, por desgracia, nada más. Gavin salió por la estrecha abertura del túnel un momento después que Donall y, también, se llenó los pulmones inhalando audiblemente. El túnel de Lugh los había llevado a la libertad, pero la travesía había sido ardua. Habían tenido que cubrir el último trecho arrastrándose sobre las rodillas, rodeados por la oscuridad más profunda, sin nada para respirar más que aire viciado, terroso y fétido.

—No están aquí —confirmó Gavin, jadeando detrás de Donall. Con las manos en las rodillas, lanzó una mirada de desconcierto a su amigo—. Nuestros caballos tampoco. No hay nada más que llovizna y bruma.

Donall se recostó contra las frías rocas que formaban la boca del túnel y se dirigió a su amigo con una mueca de fastidio:

—¿Crees que estoy ciego?

Gavin elevó la vista al cielo. La luna, casi llena, todavía coronaba el gris del firmamento con su blanco pálido y fantasmal, escondiéndose por momentos detrás de las nubes, tan elusiva como el batallón de guerreros MacLean que habían esperado encontrar.

—Creí que estarían aquí —dijo Gavin. La aspereza que todavía marcaba su voz delataba el cansancio que la travesía por el túnel le había provocado—. Por Dios, ¿qué haremos ahora?

Separándose de su respaldo de rocas, Donall extendió los brazos por encima de su cabeza y flexionó los dedos, con la vista fija en el páramo que se extendía hasta el horizonte. La tierra era gris y negra a esas horas tan tempranas, poblada por sombras de extrañas formas. Sólo algunos bosquecillos de árboles castigados por el viento rompían la monotonía de riscos y colinas cubiertas de arbustos que separaba, silenciosa y mortecina, a Donall y a Gavin de las tierras de Baldoon. Con convicción, MacLean se apartó el pelo de la cara y se dirigió a su amigo.

—Caminaremos —repuso—. Si algo de piedad le queda a Dios, llegaremos a casa en un día y medio en lugar de dos. Y luego... —agregó, apretando los puños—. Y luego volveremos y recuperaremos a mi señora.

* * *

—No están aquí —se asombró Rory mientras escudriñaba el interior de la oscura celda de Donall y Gavin. Las llamas de la antorcha que sostenía resaltaban la extrañeza que le desfiguraba la cara—. Se han ido.

—No pueden haberse ido, la puerta estaba trabada —Niels le arrebató la antorcha a Rory y entró raudo en la celda, seguido de cerca por su compañero.

—¿Qué... qué locura es ésta? —preguntó Niels, aturdido, desde la penumbra.

Ambos hombres miraron la ventana, una abertura demasiado estrecha para que cualquier hombre de más de ocho años de edad pudiera pasar. Patearon los catres vacíos y no descubrieron sino polvo y briznas secas de paja.

Niels fue el primero en resignarse, volviéndose para mirar a Isolde y a Struan, que aún esperaban tras la puerta entornada. El juego de las antorchas y las sombras tenía un efecto terrible sobre la cara honesta y sincera de Niels, pero el asombro, evidente en sus ojos, puso alas al alma de Isolde. Era cierto, entonces. Donall y su amigo habían escapado y estaban a salvo.

—¡Bendito sea Dios! —exclamó. Las palabras escaparon de sus labios mientras las lágrimas calientes rodaban por sus mejillas.

—¡Silencio! —ordenó Struan, tirándole fuertemente del brazo—. ¿Se han ido? —preguntó, asomándose al interior de la celda y emanando olas de furia negra, una tras otra.

Niels comenzó a avanzar, sacudiendo la cabeza, presa de la incredulidad, seguido de cerca por la cara sombría de Rory.

—No sé como lo han hecho, pero han esca... —el estruendo que hizo la puerta al cerrarse interrumpió el asombro de Niels.

—Una hazaña que vosotros, perros traicioneros, no podréis repetir —gritó Struan, trabando la puerta.

Isolde estaba boquiabierta, horrorizada. La felicidad que sintiera un instante atrás había muerto. Su llama de esperanza se había extinguido, y ya no era más que un frágil fulgor.

—¿Qué has hecho? —preguntó, mirando fijamente a su tío, sorprendida por la luz de locura que brillaba en sus ojos, un resplandor desquiciado que nada tenía que ver con las antorchas de las paredes. Struan le devolvió la mirada. Las facciones agresivas, que Isolde tan bien conocía, parecían diferentes en ese momento. Struan, siempre estricto y dominante, jamás había sido el favorito de la joven, pero ella lo respetaba, al menos hasta esos últimos días aciagos. En efecto, durante años, había ido perdiendo poco a poco la estima por su tío, pero nunca le había tenido miedo, hasta entonces.

—¿Qué haces? —preguntó, articulando las palabras con dificultad, como si el terror le hinchara la lengua.

—¿Que qué hago? —le lanzó una mirada incrédula mientras la arrastraba por el corredor, alejándola de la celda, la sala y la seguridad que le confería la multitud—. Me estoy librando de ti. Eso es lo que hago —dijo, apretando el brazo de su sobrina con más ahínco.

Isolde sintió en la carne las garras del terror, negras y oscuras. Arrastraba los pies, con la esperanza de detener la marcha de Struan, deseando que alguien apareciera y los viera. Por desgracia, nadie llegó y nadie los vio. Despegó los labios para gritar, pero el dominio que el miedo ejercía sobre su garganta era tanto que sólo pudo soltar un gemido áspero y silbante. Sentía la mano de Struan aferrándole el brazo como una tenaza de hierro contra la que nada podían hacer sus forcejeos.

Resignada, se vio arrastrada hasta una puerta cerrada, medio oculta en las sombras al final del corredor. Era la puerta que daba al torreón del mar desde donde partían las antiguas escaleras que conducían a un pasadizo en ruinas que llevaba a una cueva en la que desembocaban los conductos de las letrinas del castillo.

Sintió pánico al ver que su tío abría la puerta de una patada y comenzaba el peligroso descenso hasta la superficie pantanosa que cubría el pie de las escaleras. Una vez allí, las feroces manos de Struan eran lo único que impedía que Isolde cayera en la podredumbre. La joven sentía que el miedo le había robado hasta los huesos, destruyendo hasta la última astilla de la entereza a la que podría haber recurrido.

Struan avanzaba trabajosamente a través de la inmundicia, arrastrando a Isolde a sus espaldas; la fuerza lacerante de las manos de hierro mantenía a la joven en pie, a costa de causarle un dolor insoportable en el brazo. Finalmente, se detuvo frente a una grieta en la pared del corredor abovedado, e Isolde sintió que el terror más intenso le devolvía, al fin, la voz.

—El pozo del olvido está allí —jadeó, boquiabierta, con la garganta seca por el miedo—. No... no es posible que quieras empujarme.

—Sí, te empujaré —contestó Struan, tomando una de las antorchas de la pared—. A la... incomodidad de la mazmorra o desde la ventana de tu alcoba —confesó—. Aún no lo he decidido. De cualquiera de las dos maneras, todos pensaran que tú misma te causaste la muerte. Y a nadie le extrañará... porque será el trágico resultado de haber entregado tu cariño tan ingenuamente.

El corazón de Isolde dejó de latir. El horror le impedía respirar. Cuando Struan la empujó con fuerza a través de la grieta de la pared, ella resbaló y cayó de rodillas; aprovechó esos segundos de tregua para posar la palma de sus manos contra la superficie fría y húmeda del suelo, tratando de tocar todo lo que la rodeaba antes de arriesgarse a ponerse en pie para acercarse nuevamente a la pared.

Un movimiento en falso podía condenarla a las profundidades de la brecha que se abría en el suelo de la cavernosa celda, al fondo del pozo. Era un espacio reducido y angosto, cavado en las entrañas de la tierra, tan pequeño que, una vez allí, el condenado no podía sentarse ni estar de pie, sólo esperar, encorvado, a que la muerte le entregara el dudoso placer de la liberación.

Struan entró en la celda, colocó la antorcha en uno de los soportes de hierro de la pared y se situó frente a la grieta que daba al corredor, bloqueando íntegramente la vía de escape de Isolde, para impedir que pudiera huir por allí. Como era el *ceann cath* del clan, su armadura era más imponente que la de la mayoría de los caballeros escoceses. Una mueca de satisfacción sádica le desfiguraba el rostro, quizás provocada por la imagen de Isolde acurrucada contra la pared, presa del miedo.

—Al menos no morirás sin saber lo que es un hombre —dijo, con palabras que eran demasiado crudas para su discurso habitual, devoto y con aires de superioridad moral—. Tu hermana también conoció el amor, a juzgar por el grito desgarrador que soltó su esposo al encontrarla.

A Isolde se le heló la sangre de pronto.

—¿Qué... qué estas diciendo? ¿Iain MacLean no mató a Lileas? —preguntó, haciendo un esfuerzo para que sus palabras deshicieran el nudo de su garganta. Debía decirlas en voz alta, aunque una terrible sospecha ya le gritaba que Donall el Bravo había dicho la verdad, su hermano no había matado a su esposa. Iain MacLean había amado a Lileas. Struan era el asesino, Isolde podía verlo en la maldad que resplandecía en los ojos de su tío—. ¿Por... por qué?

El terror le desgarraba el alma, frío e inmovilizante, paralizándole la mente mientras el dolor y la angustia se llevaban el aire de sus pulmones.

—¿Por qué? —repuso su tío, con una sonrisa siniestra en los labios—. Para lograr un fin. Sacrificar a Lileas en la Roca de la Novia avivó las viejas enemistades y me dio los mejores medios para guiar a Donall MacLean hasta una trampa. Sabía que el obnubilado esposo de Lileas no soportaría tener que traer a su amada esposa a Dunmuir, que dejaría que su hermano se hiciera cargo de la triste tarea.

El hermano de Iain MacLean... Donall el Bravo, el verdadero amor de Isolde, su alma gemela. La verdad que el corazón de la joven se había negado a aceptar durante tanto tiempo ponía sitio a su conciencia, atacándola por haber dudado de él, por haber dudado de su corazón.

«Oh, amor, ven a buscarme, por favor. Ven, y te rogaré que me perdones por haber dudado de ti. Nunca volveré a dudar de tu palabra».

Las lágrimas le quemaban los ojos, pero se negó a dejarlas salir. Necesitaba tiempo. Aferrándose a la esperanza ínfima de que Donall vendría y la encontraría, Isolde afectó una calma que no sentía.

—¿Y por qué capturar a MacLean? —preguntó, tratando de demorar el destino que su tío tenía planeado para ella, cualquiera fuera. Lo miró directamente a los ojos—. Cuando mi padre acordó el casamiento entre Lileas e Iain, pudimos mitigar la vieja contienda de la Roca de la Novia y enterrarla en el pasado, en el lugar que le corresponde a esa triste historia —dijo, divagando deliberadamente—. Disfrutábamos de una tregua justa. ¿Por qué destruir la alianza que a mi padre tanto le costó conseguir?

Los ojos de Struan brillaron una vez más con ese fulgor extraño.

—Porque yo nunca quise una alianza. Yo deseaba, y deseo, hacerme con Doon —dijo, separando las manos y abriendo los brazos—. En su totalidad. Pero hasta yo sé que jamás podré obtener lo que quiero mientras tenga como adversario a alguien tan capaz y fuerte como Donall MacLean. También sé que si me deshago de él para que su desdichado hermano ocupe la posición de señor, es sólo cuestión de tiempo hasta que Baldoon sea un caos a causa del temperamento de Iain MacLean.

Isolde frunció el ceño; una nueva y terrible sospecha se adueñó de su mente.

—Y así tendrías las puertas abiertas para conquistarlo, con la ayuda de Balloch. ¿Por eso querías casarme con él?

—La cabeza que llevas sobre los hombros vale más que la de tu hermana y la de mi pusilánime hermano juntas —profirió con saña—. Ninguno de los dos sospechó nada.

—Ninguno sospechó... —Isolde no pudo terminar la frase.

La sonrisa sádica volvió a dibujarse en los labios de su tío.

—Sí, también ayudé a tu padre a llegar a los cielos, aunque su muerte no fue planeada —dijo, escupiendo al abismo negro del pozo—. Cuando estuvo tan enfermo con la última fiebre, no pude resistir la tentación de tomar una almohada y librarlo de su sufrimiento —volvió a escupir en la grieta, con más rencor esta vez—. Debí haberlo hecho hace mucho tiempo.

Isolde podía sentir cómo la sangre abandonaba su rostro y su corazón

—¿Cómo pudiste? —preguntó, con voz hueca y distante—. Estás loco, tío. Completamente loco.

Una nueva expresión extraña, más desconcertante que las anteriores, se apoderó de las facciones rígidas de Struan.

—Sí, sí lo estoy —aceptó, con la vista fija en Isolde, pero con ojos ausentes, como si mirara a otra cosa, a alguien más—. He estado loco desde el día en que nuestros padres y los de tu madre decidieron que ella se casara con Archibald y no conmigo. Era a mí a quien amaba, no a tu padre —con los puños cerrados, comenzó a recorrer la oscuridad de la celda—. ¡A mí, a mí, a mí! —gritó, lanzándole a la joven una mirada furiosa. Sin embargo, Isolde estaba segura de que no la miraba a ella, sino al pasado, a través de ella—. ¡Éramos amantes! —exclamó, volviéndose para enfrentarse a Isolde con los ojos desorbitados a causa de la furia—. Tu madre rogó, lloró y vino de rodillas a pedirme que intercediera, a implorarme que hiciera algo para detener el matrimonio. Pero nadie me hizo caso. Estaba escrito que sólo tu padre, el futuro señor, podía desposarla.

—Estás desvariando —le interrumpió Isolde, defendiendo el amor de sus padres, algo de lo que no podía ni quería dudar—. Mi madre amaba a mi padre. Todos hablan de la enorme pasión que compartían. Ella todavía lo espera, día tras día, en su silla junto al fuego.

Struan comenzó a caminar alrededor de Isolde una vez más, con la cara casi violeta de ira.

—Sí, ¡ella lo amaba y aún lo ama! —bramó, con las venas del cuello henchidas de sangre—. Mi hermano robó su corazón y la puso en mi contra. Pero ella fue mía antes, y es a mí a quien recurre cuando necesita consuelo —agregó, un poco más calmo—. Ahora ha perdido la razón y no recuerda nada del pasado.

Isolde juntó su espalda a la fría roca de la pared que le cerraba el paso. Los ojos de su tío seguían brillando con esa extraña luz, con fulgores de locura cada vez más intensos. Cuando, en sus locos paseos por la celda, se detenía para lanzarle a Isolde una mirada furibunda, la joven temía que la agarrara y la arrojara al fondo de la grieta que se abría en el suelo.

—¡Pero yo sí lo recuerdo! —exclamó, golpeándose el pecho con el puño—. Yo recuerdo, y volveré a tenerla, a ella, a Dunmuir, a toda la isla —se detuvo una vez más y echó hacia atrás la desordenada cabellera cobriza que le cubría la cara—. Sí, tendré todo lo que Archibald me robó y más.

Se paró frente a Isolde, tan cerca que ella podía verle los ojos vidriosos, olerle la cerveza en el aliento y hasta palpar su locura.

—Y mis planes habrían funcionado, si no los hubieras arruinado entrometiéndote y coqueteando con él —la agarró por el pelo y le empujó la cabeza hacia atrás—. Funcionarán, de todos modos, una vez que tú no estés para estorbarlos.

Los ojos de Isolde se llenaron de lágrimas, pero se obligó a soportar el dolor y a negar con la cabeza.

—No, no funcionarán porque Donall vendrá a buscarme —dijo, mientras una chispa de furia comenzaba a recalentar su corazón; de nuevo, al recordar que Donall no la dejaría abandonada a su suerte, recobró el valor que el terror le había hecho perder—. Traerá a sus hombres y a todas las fuerzas de Baldoon.

—Los muertos no pueden ser rescatados —sentenció, soltando el cabello de Isolde y mirándola fijamente; a ella esta vez, no al pasado—. Tu estúpida hermana no pudo ser rescatada por un esposo MacLean, ¿Qué te hace pensar que un amante MacLean puede salvarte a ti?

—Lo hará —respondió ella, levantando la barbilla y blandiendo una vez más su valor recuperado—. Lo hará. «Me lo dice el corazón».

20

EL RUIDO NO ERA MÁS QUE UNA VIBRACIÓN, UN TEMblor leve del aire frío de la mañana, pero suficiente para hacer que Donall posara su mano sobre el brazo de Gavin, suficiente para hacer que contuviera el aliento mientras inclinaba la oscura cabeza a un lado para escuchar mejor.

—¡Por la Santa Madre, allí vienen! —exclamó Gavin, liberándose de la mano de Donall y apuntando hacia la derecha. La mirada de Donall siguió la dirección que indicaba el brazo extendido de su amigo, y el caballero sintió que su corazón retumbaba contra la prisión de sus costillas, mientras el aire que había retenido en sus pulmones escapaba, manifestándose como un poderoso grito de triunfo. Aunque jamás lo admitiría, todo su cuerpo comenzó a temblar de alegría.

Una masa oscura, más densa que las nubes grises y mucho más rápida, aparecía por detrás de una colina distante: una pleamar de poder, cada vez más imponente, que surcaba rauda la extensión de los páramos.

La tierra misma comenzó a temblar bajo los pies de Donall, convulsionada por la fuerza de un sinnúmero de cascos, mientras que el temblor que estremeciera el aire unos momentos atrás estallaba y se convertía en un rugido ensordecedor y triunfante de corceles que desgarraban el suelo al avanzar con sus jinetes en dirección a Donall y Gavin.

A pesar de la distancia que los separaba, Donall pudo distinguir a su hermano al frente de la comitiva: alto, furioso e imponente en su montura, cabalgaba sobre los páramos, aferrando una pequeña silueta delante de él.

Era Lugh. Lo había logrado. El extraño muchacho había llevado hasta él a Iain y a lo que parecía ser la totalidad del ejército MacLean. Toda la guarnición MacLean... y más. Una figura delgada, demasiado esmirriada para ser confundida con uno de los poderosos guerreros, cabalgaba en el extremo del flanco izquierdo. El pelo cano que danzaba sobre su cabeza sin yelmo marcaba un claro contraste con el gris del cielo: Gerbert. ¡Y el viejo perro llevaba dos caballos!

—¡Por todos los santos, Gavin! ¡Hasta han traído nuestros caballos! —exclamó Donall, golpeando a su amigo en el hombro, con mucha fuerza, tratando de ese modo de poner coto a la humedad ardiente que le cubría los ojos y aflojar el vergonzoso nudo que le quemaba la garganta—. ¡Allí vienen, Gavin! —gritó, con el corazón tan lleno de dicha que lo creyó a punto de estallar—. ¡Todo ha terminado! ¡Vienen! ¡Nunca me había alegrado tanto de ver la cara furiosa de ese cascarrabias! ¡Todos ellos! —levantó la vista, dejando que se perdiera en el cielo cubierto de nubes—. ¡Que Dios bendiga el alma de cada uno de ellos!

—¿De todos ellos? —el tono de voz de Gavin tenía algo extraño—. Ten cuidado con lo que pides, amigo.

Sorprendido por las palabras, Donall lanzó una mirada penetrante a Gavin; su amigo tenía los ojos desorbitados y miraba boquiabierto a los jinetes que se acercaban. Él también miró y no tardó en descubrir la causa de la sorpresa de Gavin. Perplejo y anonadado, fijó la vista en la ajustada falange de portaestandartes que cabalgaba junto a Iain y al muchacho. Los pliegues de las banderas, que bailaban orgullosas contra el viento, no llevaban sólo el escudo MacLean. También llevaban la insignia MacKinnon.

—¿Qué demonios? —Donall le lanzó otra mirada a su amigo—. Trae a los MacKinnon con él.

Sin embargo, antes de que Donall pudiera seguir alimentando su confusión y Gavin pudiese responder, los jinetes los rodearon, refrenando a los caballos en un caos de cascos estridentes, resuellos y voces jubilosas que se alzaban para saludarlos. Iain se detuvo frente a Donall, con un brillo extraño en los ojos oscuros. Levantó la mano, y el clamor reinante cesó de inmediato.

—No preguntes —dijo, haciendo un gesto en dirección de los guerreros MacKinnon. Por una vez, la cara hermosa de Iain, tan parecida a la de Donall, llevaba una amplia sonrisa en lugar de una mueca de odio—. Vienen en son de paz y son amigos.

Presa del estupor, Donall miró boquiabierto a su hermano y a los MacKinnon, que también sonreían. Y no sólo eso; además de las sonrisas que lucían sobre los labios, tenían sobre los cuerpos armaduras que eran sospechosamente similares a las de los MacLean. Donall no lamentó que vistieran los resplandecientes pertrechos, pues estaba demasiado feliz de verlos, tanto a sus hombres como a los MacKinnon. Luego tendría tiempo para preguntarse por qué su hermano los había cubierto con el acero MacLean. Incluso el pequeño Lugh llevaba una cota de malla de su tamaño, que también provenía de Baldoon. Él también sonreía. Era la primera sonrisa que Donall había visto en el rostro calmo del niño, aunque no estaba dirigida a él. Retorciéndose entre los fuertes brazos de Iain, Lugh se las ingenió para fijar sobre el hermano de Donall una mirada brillante de adulación.

—¡Por el trasero del diablo! —masculló Donall, con una sonrisa en los labios—. Es época de milagros, por lo visto —agregó, en voz alta, para que todos lo escuchasen.

Iain rió, lo cual era toda una hazaña, y jugueteó con el pelo de Lugh.

—Tu joven amigo me ha dicho que necesitas hombres fuertes y espadas listas para socorrer a cierta dama.

Donall separó los labios para reír también, pero volvió a cerrarlos rápidamente y asintió con fingida seriedad. ¡Por Dios, si dejaba la boca abierta un instante más, se le escaparían los desbordantes torrentes de alivio y alegría que le henchían el pecho para ponerlo en ridículo frente a toda la comitiva de hombres sonrientes! En el mejor de los casos, habrían sonado ridículamente similares a una pleamar de majestuosos sollozos.

—En efecto, hay una dama que necesita nuestra ayuda —respondió Gavin en lugar de Donall, con la voz embargada por algo sospechosamente parecido a la emoción—. Una dama más que hermosa, en verdad —agregó mientras atrapaba en el aire los dos cinturones, bellamente labrados, que le lanzaba Gerbert MacLean. Le entregó uno a Donall.

Con expresión bastante satisfecha, también recibió las dos espadas que le entregó el senescal. Cuando Donall se hubo ajustado el cinturón en torno a las caderas, le entregó su espada para que la guardara en el cinto. Luego, él hizo lo mismo.

Cuando los dos estuvieron equipados, Gavin golpeó a su amigo en el hombro.

—Todo terminará pronto, amigo —aseguró, inclinando levemente la cabeza. Los ojos color avellana, que por lo general brillaban de dicha, mostraban entonces la mayor convicción. Era un intercambio privado, un gesto de apoyo entre amigos, destinado a Donall y a nadie más—. La muchacha tiene fuego en la sangre —agregó, y el tono grave y áspero de la voz delataba la emoción que sentía—. Resistirá hasta que puedas tenerla entre los brazos una vez más.

Donall posó su mano sobre la de su amigo y le dio un sincero apretón. Estaba demasiado emocionado para hablar. Sus labios no soltarían más que incoherencias si se atrevía a expresar el aprecio que sentía en ese momento por Gavin y por todos los demás.

Acarició la espada que le había entregado Gavin, ya guardada en el cinto. No era la suya, que yacía oculta en algún lugar de Dunmuir, pero tenía casi la misma calidad y era igualmente mortal, liviana y cómoda en las manos. Levantándola, Donall posó un beso sobre la empuñadura y, en ese instante, un clamor estalló en las gargantas de los hombres reunidos.

—¡A Dunmuir! —gritaron—. ¡A Dunmuir, y que Dios tenga piedad del tonto que intente detenernos!

Donall aún sentía un nudo demasiado fuerte en la garganta como para unirse al grito jubiloso de sus hombres. Dirigió al cielo la hoja de la espada que le habían prestado, mezclando el brillo del acero con el gris de las nubes.

—A Dunmuir —exclamó, pero la voz salió demasiado ronca y ahogada, y sólo los que estaban cerca de él pudieron oírlo. Un paje le acercó su corcel, y Donall envainó la espada antes de montar, ansioso por avanzar a toda prisa. Situó su montura en la dirección correcta y, levantando una mano, encontró su voz al fin—. ¡Adelante! ¡A Dunmuir! —bramó, desgarrándose los pulmones y el corazón—. ¡A salvar a mi dama!

Espoleó los flancos de la bestia y partió raudo a través de los páramos, con tal fiereza que sus hombres, su valiente senescal y sus nuevos compañeros de armas, los MacKinnon, no tuvieron más opción que cabalgar detrás de él.

Cabalgaron en silencio durante un tiempo que a Donall se le hizo eterno, hasta que, al fin, la mole que formaban las ruinosas paredes de Dunmuir comenzó a dibujarse en el horizonte. Apretando los dientes, Donall refrenó su montura y dirigió la vista hacia la masa oscura, negra contra el cielo gris y nuboso de la mañana. Su corazón comenzó a hablarle con latidos lentos e intensos.

Su dama lo esperaba detrás de esas paredes y, con un poco de ayuda de Dios, todavía estaría ilesa.

Desde el punto privilegiado en el que se encontraban, en la parte elevada de los páramos, podían ver la nave de guerra de los MacArthur anclada junto a las playas de guijarros de Dunmuir. De proa alta y poco calado, el barco, de un mástil, parecía albergar cuarenta remos, y su sola presencia generaba en Donall la sensación de tener un nudo en el estómago y un sabor rancio en la boca, como de cenizas.

Espoleó a su caballo y galopó el trecho que lo separaba de las puertas de Dunmuir, pero estaban cerradas y Donall se detuvo, alzando el brazo para que también lo hicieran los que cabalgaban tras él. Tenía que pensar en la forma de asaltar el castillo.

Pero no fue necesario. De pronto, el pesado rastrillo que cerraba la entrada, rematado con puntiagudas lanzas de hierro, comenzó a elevarse ruidosamente y, sin vacilar, Donall y todos los que cabalgaban tras él reanudaron su marcha y lo traspusieron con el estruendo y la velocidad del rayo. Atravesaron como un torrente el túnel de la barbacana y llegaron al patio de armas de Dunmuir, desierto y silencioso.

Para sorpresa de Donall —o quizás no—, dos siluetas salieron de las sombras a recibirlos: Lorne, el viejo caballero, y el ángel hermoso y oscuro que lo había rescatado. Se acercaron rápidamente. Los ojos de Lorne brillaban con una luz reservada y los de la mujer resplandecían de alivio. Donall supo al instante que ella era la dama del anciano caballero, ya que nunca había visto dos personas tan contentas simplemente por estar juntas.

Sintió un estremecimiento en el corazón. Lorne y el ángel vestido de negro compartían un aura de confianza y amor que él esperaba disfrutar alguna vez con su dama, hasta el fin de los días, hasta el fin de las noches. Impaciente por rescatarla, Donall se apeó del caballo y se dirigió a ellos:

—Lady Evelina, Lorne —dijo, asintiendo parcamente a modo de saludo.

Ella separó los labios para responder, pero Lorne la silenció con una mirada de advertencia.

—Mi señora y yo estamos aliviados de que hayáis vuelto, sir Donall —dijo el viejo caballero, hablando por ambos.

—Es un buen hombre, como te he dicho —interrumpió Evelina, lanzándole a Lorne una mirada de inteligencia—. Y como has podido comprobar por ti mismo —dirigiéndose a Donall, agregó—: Gracias a Dios, habéis regresado.

—¿Dudabais de mi regreso? —preguntó Donall, arqueando una ceja.

—No. Yo... —volvió a mirar a Lorne—. Nosotros sabíamos que volveríais. Por fortuna, habéis sido muy veloz.

Iain debía de haber ayudado a desmontar a Lugh, porque el muchacho pasó corriendo junto a Donall y rodeó con los brazos las faldas de Evelina. La mujer posó una mano sobre los hombros esmirriados del niño.

—Eres un muchacho valiente —apreció, con tono reconfortante, mientras jugueteaba con los cabellos negros de Lugh—. Sabía que llegarías hasta el hermano del señor MacLean.

—El mismo que desea ver a la hermosa dama de su hermano —intervino Iain, uniéndose al grupo—. ¿Dónde está la muchacha responsable de la hazaña de adueñarse del corazón de Donall?

Lorne carraspeó.

—Struan la ha encerrado en su alcoba —explicó, mirando a Donall de soslayo—. Buenos señores, habéis acudido a mi llamada con presteza, pero ahora debemos apurarnos aún más. Temo que Struan no se limite a encerrarla en su alcoba para castigarla.

—Vayamos a buscarla, entonces —apremió Donall, con las entrañas embargadas por la preocupación—. Luego me ocuparé de Struan, antes quiero asegurarme de que ella esté a salvo. Juro ante Dios que me mira que el bastardo se arrepentirá de haber nacido si se ha atrevido a hacerle daño a uno solo de los hermosos cabellos de mi dama —ignorando la extraña expresión que comenzaba a apoderarse del rostro del viejo caballero, agregó—: ¿Dónde está Struan? No me digáis que sigue con ella.

—No sé dónde está —respondió Lorne, mirando por encima de su hombro en dirección a las escaleras exteriores de la gran sala, que se erguían a sus espaldas, empinadas y resbaladizas por la lluvia—. Nadie ha visto a Struan desde que se la llevó en dirección a su alcoba—agregó, encaminándose hacia las escaleras—. Debemos apurarnos —ya subía con prisa los peldaños—. Niels y Rory también han desaparecido... todo es muy extraño, no sé qué pensar —el tono de su voz revelaba una gran preocupación.

Donall corrió tras él, subiendo los peldaños de dos en dos, seguido por toda su comitiva, que comenzaba a apearse y a desenvainar, a juzgar por el escándalo, un tumulto de gritos y maldiciones que se mezclaba con el sonido que hacían las espadas al escapar del cuero de las vainas.

No bien llegaron a la entrada, Donall hizo a un lado a Lorne y forzó la puerta con herrajes de hierro, abriéndola de par en par, para que sus hombres pudiesen entrar en la sala como un torrente furioso. Los que estaban adentro se unieron en un clamor; cuando él entró, los murmullos desencajados y furiosos se multiplicaron hasta formar un desesperado rugido de rabia.

—¡Es él! ¡La mugre que mancha a las mujeres de las islas! ¡El perro que corre tras sus faldas!

Impávido, Donall se dirigió directamente hacia la parte elevada de la sala, donde se abría la entrada a las escaleras de caracol de la torre, las que lo separaban de la alcoba de Isolde. Una vez al pie de las escaleras, se dio la vuelta y paseó la vista sobre la multitud. Sus hombres, acompañados por los MacKinnon, formaban un cordón nutrido y amenazante alrededor de toda la sala, aunque tal precaución era innecesaria para controlar al ejército de borrachos que se había dado cita en Dunmuir. De cualquier modo, aunque el alcohol los tenía idiotizados y no parecía que fueran capaces de resistir, los hombres de Donall y los MacKinnon los vigilarían celosamente mientras él se encargaba de liberar a Isolde de su prisión.

Más que dispuesto a dejar a la comitiva de ojos vidriosos en compañía de sus copas y bajo la mirada atenta de sus competentes hombres, Donall se lanzó raudo a la espiral de escalones, seguido de cerca por Gavin, Iain, Lorne y Evelina.

Tal como esperaban, encontraron la puerta de la alcoba trabada desde afuera. Lo que no imaginaban era encontrarla vacía y en absoluta quietud. Bodo era el único ocupante y los miraba desde la enorme cama con expresión de gran consternación, mostrando los colmillos torcidos de su boca.

El perrillo no duró mucho en ese estado. Sin darles tiempo a sorprenderse siquiera, saltó de la cama y traspuso como un rayo la puerta abierta, perdiéndose en la oscuridad del pasillo con toda la velocidad que le otorgaban sus cortas patitas. Se detuvo por un instante y miró a sus espaldas, lanzando una mirada nerviosa, como un ruego, antes de comenzar una vez más su frenética carrera y llenar el corredor con sus ladridos desesperados. Donall también corrió, al igual que todos los demás.

El pequeño paladín de la dulce Isolde los estaba guiando hacia ella.

* * *

Isolde regresó, invitada por un sonido conocido, del ensueño al que se había obligado a sumirse para no escuchar las alocadas diatribas de su tío. Struan llevaba horas paseando a grandes zancadas por toda la celda, por momentos muy cerca de las fauces de la grieta, tan cerca que Isolde se había visto obligada a contener el aliento, esperando... deseando... que pisara en falso y cayera al abismo.

Sin embargo, los pasos de Struan eran mucho más seguros que los del resto de los mortales; ni siquiera pestañeaba en las ocasiones en que pisaba el borde mismo del pozo. Y, entre tanto, rumiaba la desgracia que había marcado su vida, mascullando el odio que sentía por su hermano, el amor que lo unía a la madre de Isolde y el desprecio que sentía por la joven, además de referirse a sus desquiciados planes para hacerse con Doon.

Fue entonces cuando ella decidió acurrucarse contra la gélida pared de piedra, cerrar ojos y oídos, y rezar. Rogó que Donall viniera a rescatarla, que se produjera un milagro.

Y en ese momento, los ladridos de ese milagro cortaron la niebla en la que voluntariamente se había sumido y le llenaron el corazón con renovada esperanza y alegría. Bodo, su amado Bodo, venía a por ella. Y, como lo había dejado encerrado en la alcoba, esos ladridos desesperados, cada vez más cercanos, sólo podían implicar una cosa, que alguien lo había soltado, alguien que debía de estar buscándola... Donall el Bravo, si el cielo había escuchado las plegarias de su corazón.

Struan también lo oyó. Dejó de caminar y miró a Isolde con furia.

—Al parecer, tu salvador tiene cuatro patas y no dos, como esperabas —se burló, con los labios deformados por una sonrisa sádica—. Disfrutaré mucho enviando a esa bestia ruidosa al fondo del pozo del olvido. Tanto como cuando llegue tu turno de caer.

—¡Nooo! —exclamó Isolde, alejándose de la seguridad de pared, ciega de pánico—. ¡No toques a mi perro! —gritó, lanzándose hacia Struan, pues el amor que sentía hacia el animalito había avivado su audacia, que ya resplandecía como el acero incandescente.

Struan rió y la esquivó con facilidad.

—Ten cuidado, muchacha, o terminarás en el pozo sin mi ayuda —se burló, con los ojos encendidos con el fuego de su locura—. Y no puedo permitirte que me quites el placer de empujarte con mis propias manos —la sonrisa de Struan se convirtió en una mueca cruel—. Sin embargo, antes de hacer eso, deseo ver la expresión de tu rostro cuando lance a tu insoportable chucho a la grieta.

—¡Antes te mataré! —bramó Isolde, lanzándose nuevamente hacia él.

Struan volvió a reír y, una vez más, evitó el ataque sin dificultad. La pobre Isolde, en lugar de derribar a su tío, tropezó y perdió el equilibrio. Braceó desesperada, tratando de recuperar el equilibrio, pero fue a dar al borde de la grieta. El impacto le quemó el cuerpo con el dolor más terrible, la piedra dura y fría recibió todo el peso de sus rodillas y raspó las palmas de sus manos. Struan se inclinó a su lado.

—¿Tanto deseáis morir, gloriosa jefa del clan MacInnes? —la empujó un poco con el pie—. ¿Debo ayudaros a caer? Prometo que enviaré a vuestra pequeña bestia a vuestro lado.

Con la respiración entrecortada, presa del dolor, Isolde se alejó del pozo, arrastrándose, con el cuerpo estremecido por una multitud de temblores.

—No te atrevas a tocar a Bodo —jadeó, poniéndose en pie con gran esfuerzo—. No te atrevas a to... ¡Bodo!

En ese instante, como una tormenta de ladridos y gruñidos, dignos de un animal mucho más grande y feroz, Bodo atravesó la puerta de la celda y se lanzó contra Struan.

El pequeño perro se estrelló contra las piernas del hombre, hundiéndole los dientes en la carne. Aullando de dolor, Struan se balanceó sobre el borde de la grieta, sacudiendo la pierna en vano para librarse del animal.

Durante un instante que se prolongó hasta la agonía, Struan miró a su sobrina, con los ojos desorbitados por el horror, sacudiendo los brazos frenéticamente. Y, en un parpadeo, desapareció, se precipitó por la grieta como un bulto borroso de brazos, piernas y pelo blanco y marrón.

—¡Bodo! ¡Nooo! —los gritos de terror de Isolde se mezclaron con los de Struan mientras ella se lanzaba hacia delante, tratando desesperadamente de agarrar a su perro. Por desgracia, sus brazos no aferraron sino aire. Bodo había desaparecido en el pozo del olvido.

Casi ciega por las lágrimas, con el corazón desgarrado por el dolor punzante que le quemaba el pecho, Isolde cayó de rodillas junto a la grieta.

—Bodo, no... —los gritos de la joven perdieron intensidad. Ya no eran más que sollozos patéticos, gemidos apagados, que a duras penas atravesaban el nudo ardiente que sentía en la garganta—. Oh, Bodo... no...

Fue entonces cuando lo oyó... Un sonido insistente que provenía del pozo, de garras contra la piedra, seguido por un ladrido. ¡Bodo!

Isolde abrió los ojos y, a través del velo de lágrimas, lo vio. El perrito colgaba del borde de la grieta, aferrándose con sus garras a las piedras, tratando en vano de trepar a la seguridad de la celda. Con el corazón a punto de estallar y las mejillas bañadas de lágrimas, Isolde lo agarró y lo alejó del peligro. Llorando y riendo a la vez, lo abrazó con fuerza, lo acarició y lo reconfortó hasta que los jadeos y los latidos frenéticos del corazón del perro se calmaron.

—Oh, dulce Bodo... —murmuró contra el pelaje cálido que cubría el lomo del perro—. Has venido a buscarme, has venido a buscarme...

—¿Y qué hay de mí, hermosa dama?

Isolde sintió que perdía el aliento... Él también estaba allí.

—¿Donall?

—A menos que esperaras que otro valiente caballero viniera a rescatarte... —dijo, y su voz grave y fluida cayó como un bálsamo de luz sobre la joven, llenándola de amor.

Parpadeó una y otra vez mientras lo miraba. Temía estar imaginándolo, pues las lágrimas aún no le permitían verlo con claridad. Pero sabía que era él. No podía confundir la silueta alta y majestuosa, la sonrisa irónica, devastadora, y la postura audaz. No podía confundir el brillo de amor que se reflejaba con intensidad terrible en los ojos marrones del caballero, con un resplandor que cegaba a Isolde casi tanto como la humedad salada de las lágrimas.

—Has venido —susurró, con palabras ahogadas por la emoción.

—Hemos venido —respondió él, inclinándose para rodear a la joven y a Bodo con la fuerza de sus brazos—. Todos los que te amamos.

—¿Todos los que me... aman? —preguntó ella, advirtiendo con el corazón henchido de felicidad lo que implicaban las palabras de Donall.

Luego llegaron los demás a los que el caballero se había referido, y el corazón de Isolde se llenó con otro tipo de felicidad. Era la alegría reconfortante del hogar, la familia y los amigos, viejos y nuevos, todos con el corazón sincero y abierto: Gavin, con su sonrisa juvenil y socarrona; Lorne y Evelina, con el brillo del amor que los unía en los ojos; Iain, hermano de su amor y viudo de su hermana, guapo y carismático como Donall, con una mezcla de preocupación y alivio en los ojos oscuros e inocentes; e incluso el joven Lugh, que sonreía con timidez desde la entrada de la celda, con expresión de asombro y un tinte de orgullo en el rostro pequeño.

—Fue... él, el tío Struan. Estaba loco... encerró a Niels y a Rory en la celda —tartamudeó. Necesitaba decírselo antes de olvidar de una vez y para siempre la cara de Struan y su último alarido de terror—. Asesinó a Lileas y también a mi padre.

Buscó los ojos de Lorne y vio que el viejo caballero asentía con expresión adusta, como si las palabras de Isolde confirmaran viejas sospechas.

—Y me habría matado a mí, si Bodo no hubiese...

—Silencio —dijo Donall para calmarla, acariciándole el cabello y limpiándole las lágrimas de los ojos y las mejillas húmedas mientras la empujaba con suavidad hacia la estrecha entrada de la celda—. Todo ha terminado.

—¡Gracias al cielo! —dijo alguien. Isolde no supo quién había sido, pero las palabras se llevaron la tensión reinante, y todos pudieron soltar el aliento que tanto tiempo llevaban reteniendo.

Todos hablaban a la vez, sonriendo como tontos, muy cerca el uno del otro, formando un racimo de felicidad en torno a Donall, que abrazaba a Isolde mientras suavemente la dirigía fuera de la celda, murmurando palabras de amor contra el cabello de la joven, sólo para sus oídos.

Así atravesaron el barro hediondo del corredor de las letrinas y subieron las escaleras cubiertas de cieno del torreón del mar. Así abandonaron los calabozos de Dunmuir.

* * *

Un par de horas después, Isolde estaba una vez más en brazos de Donall, en ese estado de dicha al que podría acostumbrarse sin ningún problema, un estado al que deseaba acostumbrarse. Recién bañada y presa del amor más profundo, se acurrucó feliz contra el hermoso pecho de Donall el Bravo mientras entraban a la gran sala de Dunmuir.

Rodeó con los brazos los amplios hombros del caballero y enredó los dedos en la seda espesa de su cabello. Con un suspiro puro de felicidad, dejó que su cuerpo se hundiera en la silueta imponente de su amor, sin sentir ni el más leve dejo de vergüenza o culpa. Levantó la vista y encontró los ojos de Donall. «Te amo», dijeron los labios de la joven, pero la poca timidez que le quedaba se llevó el sonido.

—Y yo te amo a ti, muchacha —respondió él, audaz, sin un ápice de la vacilación que mostrara ella, con una sonrisa seductora y devastadora en los labios.

Por un instante efímero y feliz, Isolde creyó ver el rostro de su hermana, que sonreía feliz. La imagen, oculta tras las volutas de humo que danzaban en el aire, duró lo que un suspiro, pero fue suficiente para que la deslumbrada joven pudiera ver la expresión de alegría que marcaba el rostro de Lileas, suficiente para que pudiera escuchar que, entre susurros, le decía que, por fin, todo estaba bien.

A decir verdad, Isolde nunca se había sentido tan... bien. Su mundo, la hermosa isla de Doon que compartía con Donall, jamás había estado tan cerca de la perfección. Si él cumplía su palabra, algo que Isolde no dudaba, y los MacInnes estaban de acuerdo, cosa que Lorne veía probable, Doon pronto dejaría de estar dividida en dos. La gobernarían juntos y compartirían la amada tierra, hogar para los MacLean y para los MacInnes.

Era la alianza que su padre siempre había buscado, la alianza que su hermana trató de lograr a costa de su propia vida. Una alianza añorada, que para Isolde representaba mucho más que una tregua.

Un ladrido agudo la sacó de su ensueño. Bodo demandaba su atención. Bajó la vista y le sonrió, mirándolo a través del velo húmedo que le cubría los ojos. El pequeño trotaba con paso corto a los pies de Donall; el ritmo al que avanzaba y la postura altiva de su cabeza eran indicios de que era consciente de su heroica actuación, y estaba muy orgulloso de ello, paladeando la admiración que todos le demostraban.

Lorne y Evelina también caminaban junto a Donall, al igual que Gavin e Iain. Todos impecables, recién bañados, incluso Bodo y Lugh. No quedaba rastro del cieno y la inmundicia del corredor abovedado de las letrinas, ni un recuerdo de la terrible experiencia que Isolde había vivido.

Niels y Rory, liberados por quien fuera su cautivo, ocupaban los flancos de la comitiva, con una expresión entre dócil y avergonzada en los rostros. Todos sonreían, aunque Iain parecía un poco menos jovial que el resto. Los ojos de Lorne también mostraban un brillo meditabundo. Sin embargo, ni siquiera la certeza de la traición de Struan podía opacar la alegría que llenaba el corazón de Isolde ni atenuar el triunfo que representaba la declaración que estaban a punto de hacer.

Por desgracia era evidente que, la mayoría de los ocupantes del salón, MacInnes y MacArthur por igual, estaban demasiado borrachos para comprender lo que Donall se disponía a decir.

Acomodándose en la seguridad de los fornidos brazos de Donall, Isolde recorrió con su mano la abundancia del pelo resplandeciente de su amado, deleitándose en la sensación de suavidad contra sus dedos.

Nunca se había sentido tan segura, tan amada, tan... adorada. Plena de alegría, posó su mano sobre la cálida solidez del hombro de Donall mientras pasaban junto a las filas de avezados guerreros MacLean y MacKinnon, que seguían vigilando con expresión adusta lo que ocurría en la sala, bajo la luz de las antorchas.

Los miembros del clan de Isolde, por otro lado, apenas se movían. Los que estaban despiertos miraban a los recién llegados con ojos vidriosos. De todos los que habían participado de los festejos, MacInnes y MacArthur por igual, algunos yacían sobre los juncos del suelo, con las bocas abiertas, llenando el aire con sus ronquidos, mientras otros dormían su borrachera descansando las cabezas sobre las mesas.

Unos pocos continuaban con los festejos, ejercitando alegremente los brazos con los que sostenían las jarras, divirtiéndose con canciones, a cual más soez, o presumiendo de hazañas ridículas y exageradas. Todos, los dormidos y los despiertos, parecían tener los sentidos bastante embotados. Y, si los ojos vidriosos y las posturas relajadas no eran prueba suficiente de su estado calamitoso, el hedor de la cerveza rancia que viciaba el aire terminaba de confirmarlo.

Pero a Donall no le importaba. Sólo tenía un propósito: reclamar a su dama de una vez y para siempre. Decidido, se subió a la plataforma que ocupaba el extremo de la sala.

—¡Miembros del clan MacInnes! —exclamó, elevando la voz por encima del griterío de la fiesta y, sobre todo, por encima de los ronquidos—. ¡Hombres de Balloch MacArthur! ¡Oídme bien, los que todavía oigan, porque si osáis oponeros a mis palabras liberaré sobre vosotros la fuerza de los grandes clanes MacLean y MacKinnon!

Recorrió con la vista las filas de sus hombres: ni uno solo se movió, tampoco los MacKinnon que los habían acompañado. Estaban inmóviles, altos y orgullosos, formando un círculo formidable de músculos, cotas de malla y acero resplandeciente. Tenían las espadas desenvainadas, y aunque las puntas descansaban inofensivas contra el suelo de la sala, eran una advertencia implícita para cualquiera que osara mostrarse en desacuerdo.

Donall se permitió sentir un poco de orgullo. Mucho, en realidad. Sus hombres estaban listos, con sólo un gesto, las hojas de todas las espadas danzarían contra las gargantas de los rebeldes, antes de que éstos salieran de sus borracheras y descubrieran lo que había pasado. Dio la mano a Isolde para que también ella subiera a la plataforma y luego desenvainó su espada y la elevó por encima de su cabeza.

—Me han dicho que habéis maltratado a mi dama el día de hoy —recriminó, fijando su mirada más oscura y penetrante sobre cualquiera lo suficientemente estúpido como para atreverse a mirarlo a los ojos.

No se sorprendió al advertir que una conmoción de incomodidad recorría la sala, seguida por susurros furtivos y miradas nerviosas y elocuentes. Eso fue todo. Algunos gruñidos de descontento y las miradas de odio que unos pocos tuvieron el coraje de mostrar. Pero ninguno se opuso a Donall, que, satisfecho, tomó la mano de su dama. Concentrándose más en lo que debía hacer que en la sensación de calidez que le generaba sentir la mano de Isolde contra la suya, entrelazó los dedos con los de la joven y levantó las manos unidas, como un signo inconfundible de unión.

—Maltratad a mi prometida una vez más y renunciaré a mi decisión de buscar la paz con vosotros, hombres de sangre MacInnes —gritó—. Y si una sola voz MacArthur vuelve a ensuciar su nombre, prenderé fuego a vuestras naves y os obligaré a regresar nadando a vuestra isla —agregó, desafiando a todos los presentes—. Hablad ahora y nuestras espadas cantarán con dignidad. De lo contrario, aceptad nuestro casamiento y nuestra alianza, y callad para siempre.

—No puede ser vuestra prometida —objetó un alma valiente desde las filas traseras—. Está comprometida con nuestro señor.

—Vuestro señor se equivocó al creer eso —replicó Donall. Aunque la voz era grave y calma, Isolde podía sentir la tensión que recorría el cuerpo del caballero—. Siempre ha estado comprometida conmigo.

—¡Mentís! —exclamó otra voz MacArthur, presa de la ira.

Donall liberó la mano de Isolde y se colocó delante de ella, con actitud gentil y, sobre todo, protectora. Soltó un suspiro y dio un paso adelante, blandiendo su espada.

—Ella es mi prometida; decid lo contrario una vez más y os ayudaré a llegar al infierno en un santiamén.

Lorne lo miró fijamente, arqueando las cejas.

—Un MacLean nunca miente —intervino una figura esmirriada y de pelo cano que estaba junto a Lorne—. ¡En especial nuestro señor!

Un murmullo bajo e iracundo comenzó a gestarse en las filas traseras y avanzó con lentitud, creciendo y disminuyendo en intensidad a medida que se extendía a lo largo de la sala, de una mesa a la otra, acercándose cada vez más a Donall. Entonces, una voz aguda resonó entre todas las demás.

—Lo que dice es cierto, lo juro —mintió Ailbert, sacudiendo su bastón para enfatizar lo que decía—. Fue el último deseo del padre de Isolde, y me lo confesó en su lecho de muerte.

Isolde tragó saliva; se humedeció los labios, en un esfuerzo por atenuar el nudo que se le había formado en la garganta, y pestañeó para disipar las lágrimas saladas que comenzaban a acumularse en sus ojos. Otros miembros de su clan empezaron a revelar historias similares, a cual más descabellada, hasta que, finalmente, la joven no pudo controlar la velocidad de sus latidos y la intensidad de su emoción. Las lágrimas comenzaron a brotar de sus ojos y, cuando Donall la abrazó, no pudo evitar desplomarse en sus brazos. Juntos escucharon las audaces historias que inventaba el consejo para convencer a los hombres de Balloch MacArthur.

—¡Estaba acordado desde su nacimiento!

—¡Es cierto, así fue!

—Hace más de un año que están comprometidos, y un bebé está creciendo para sellar nuestra alianza.

—¡Pronto estarán casados!

—Nunca hubo dos que se amaran tanto...

* * *

—Nunca hubo dos que se amaran tanto... —murmuró Isolde para sí, horas después, mientras salía del abrazo de su amado, que dormía a su lado. Bajó de la gran cama de su alcoba y caminó hacia la ventana. La tranquilidad de la mañana cubría todo el paisaje, extendiéndose desde las costas pedregosas de Doon hasta la isla de los MacKinnon en la distancia.

Era el amanecer de un día calmo, tan calmo como la paz que reinaba en Dunmuir, al menos desde que Donall pronunciara sus audaces palabras y desde que el último de los testarudos MacInnes aceptara cuán prudente era la alianza y tratara a toda costa de convencer a los MacArthur acerca de su validez, antes de buscar tambaleándose el descanso de los catres. Desde que los hombres de Balloch pusieran proa hacia su isla para retirarse raudos... Desde que ella aprendiera a confiar en su corazón.

Soltando un profundo suspiro de satisfacción o, a decir verdad, de saciedad, Isolde contempló cómo la pálida luz, rosa y grisácea, coloreaba el oriente. La fulgurante luz del nuevo día también hacía brillar la isla de los MacKinnon, y, por primera vez, no sintió escalofríos al mirarla. Los acantilados adustos y las bahías arenosas ya no representaban una amenaza, ya no eran una barrera entre ella y su verdadera alma gemela, ya no eran un indicio triste y maldito que marcaba a Donall como el culpable. De hecho, ese mismo paisaje ahora la hacía sonreír.

Si Iain MacLean no hubiera emprendido su viaje hasta la isla de los MacKinnon en alas de su temperamento, la verdad podría haber permanecido oculta. Sin embargo, todo había salido a la luz, e Isolde no ganó sólo un amor, sino también la alianza que había procurado para Doon y la amistad de los MacKinnon, promisorios aliados.

En efecto, el paisaje ahora la hacía sonreír, aunque no tanto como el pensar en las cosas que Donall y ella habían hecho después de escapar por fin del alboroto de la sala, las cosas que él había provocado en su corazón y el niño que, con ayuda de Dios, crecería en su vientre. Pasándose una mano sobre la planicie de su abdomen, suspiró, llena de esperanza, y rogó para que ese sueño también se hiciera realidad.

—Nunca hubo dos que se amaran tanto... —murmuró una vez más. Fue un mero susurro, palabras que la brisa salada del mar se llevó tan pronto abandonaron los labios de la joven. Pero no por eso eran menos ciertas ni menos poderosas porque, sin importar dónde se las llevara el viento, Isolde las sentía en el corazón y sabía que eran la verdad.

—Entonces, si finalmente sabéis la verdad del amor que me une a vos, Isolde de Dunmuir —dijo una voz profunda y grave a sus espaldas—, deseo que me digáis una vez más si en verdad me aceptarás.

Con el corazón henchido y a punto de estallar, Isolde se volvió. Esperaba verlo recostado contra el poste de la cama, su poste, con los brazos cruzados sobre el hermoso pecho y una de sus sonrisas sutiles y sensuales resaltando la belleza de su rostro. Sin embargo, la sorprendió.

Donall el Bravo, orgulloso señor del clan MacLean, estaba postrado sobre una de sus rodillas, en el centro de la alcoba, con los brazos extendidos y las palmas hacia arriba, como quien suplica con la mayor humildad. Y era ella el objeto de sus súplicas.

—¿Y bien? ¿Serás mi esposa? Hazme un hombre honesto, ahora que te he pedido de manera irrevocable frente a todo el mundo —el amor que sentía por ella resplandecía, verdadero y evidente, en el marrón oscuro de sus ojos—. Te lo advierto, mi rodilla no dejará el suelo hasta que me contestes —la sonrisa pícara que Isolde tanto adoraba comenzó a dibujarse sobre los labios del caballero—. Te juro que no me moveré hasta que digas lo que quiero oír.

Con el corazón a punto de derretirse, y la respuesta que buscaba Donall en la punta de la lengua, Isolde se acercó al caballero y tomó sus manos. Ladeando la cabeza, afectó una expresión pensativa.

—¿Y si tengo una condición?

Los ojos oscuros de Donall comenzaron a brillar como tizones.

—Dila.

—Quiero besos —pidió ella. Tratando de dominar los latidos frenéticos de su corazón, fijó la mirada sobre el marrón líquido de los ojos de Donall, desafiándolo a reírse—. Besos de caballero.

Donall arqueó la ceja.

—¿Quieres que te den besos de caballero?

Isolde asintió, incapaz de dominar el rubor que comenzaba a apoderarse de sus mejillas, mientras la sonrisa de él se hacía más pronunciada.

—Eso, querida, puede remediarse con facilidad —dijo Donall, poniéndose en pie. La tomó de los hombros y fijó sus ojos sobre los de ella—. Tendrás tantos besos como desees —prometió, inclinándose para posar sus labios sobre el lunar del rostro de la joven—. Os bañaré con besos de caballero todas las noches, por el resto de nuestras vidas, milady —juró, con un guiño—. Todas las clases de besos que podáis imaginar.

Luego le tomó la mano y la acompañó una vez más hasta la cama, ansioso por demostrarle cuán ciertas eran sus palabras.

Epílogo

Poco más de dos meses después, bajo el sol resplandeciente de la tarde, varias naves adornadas con motivos festivos se mecían ancladas frente al brillo negro del islote conocido como la Roca de la Novia. Era un hermoso día de verano, bendecido con un mar tranquilo que reflejaba los destellos del sol, una brisa cálida y un cielo del azul más vívido, que no presentaba sino unas pocas nubes blancas deshilachadas.

Dos de las naves llevaban doble enseña: la de los MacLean y la de los MacInnes. El tercer barco, prestado por los MacLean, portaba la enseña de los MacKinnon. Y en cada embarcación había miembros de los tres clanes, algo que había propuesto Isolde con insistencia, para honrar la ocasión y la alianza tan ansiada que, tras tantas vicisitudes, quedaba sellada en ese día tan glorioso.

Era un día perfecto para celebrar una boda, la feliz unión de dos clanes, el matrimonio de Donall el Bravo, orgulloso señor del clan MacLean, con la mujer que amaba, Isolde MacInnes. Celebraban, además, la nueva vida que Isolde ya sospechaba en su vientre, vida que crecía con dulzura junto a su corazón.

Eran todas razones más que suficientes para bendecir también la Roca de la Novia, a fin de limpiar el pasado oscuro y desdichado del peñón lanzando ofrendas hacia las olas, engañosamente calmas, que bañaban como un bálsamo benigno los bordes negros y afilados, tarea que emprendieron los ocupantes de las tres naves con el mayor entusiasmo.

Todos los participantes, miembros de los tres clanes y amigos por igual, habían recibido una considerable cantidad de flores y pequeños panes de avena para lanzar a las aguas, y ninguno de los presentes se quedó sin un jarro de excelente cerveza para derramar sobre el peñón. Eran medidas poderosas, destinadas a eliminar la maldad de la Roca de la Novia de una vez y para siempre.

Tras lanzar sus ofrendas y vaciar el pequeño jarro de peltre que había recibido, Isolde miró a la distancia, donde su esposo hablaba con Niels y Rory, a bordo de la embarcación MacInnes. Lorne y su nueva esposa, Evelina, estaban cerca de ellos, pero parecían más atentos a su propia dicha que a la ceremonia de bendición. Una sonrisa de aprobación se dibujó sobre los labios de Isolde mientras miraba a la feliz pareja.

Donall advirtió la mirada de su esposa y le lanzó una de sus sonrisas devastadoras, levantando una mano, con los ojos brillantes de promesas lascivas. Con sólo pensar en esas promesas, y en el momento en que se harían realidad, Isolde perdía el control de los latidos de su corazón y sentía estremecimientos deliciosos e inconfesables en el centro de su vientre. Se vio sumergida en la felicidad más plena, con el corazón henchido por un amor inconmensurable hacia Donall, suficiente para durar una vida y mucho más.

A causa de la ansiedad, no veía la hora de que las naves regresaran a la costa y de que el festín de bodas que habían planeado no fuera más que un recuerdo glorioso.

Sólo entonces podrían escabullirse, al fin solos, y disfrutar de todas las perversiones que, según las promesas de Donall, harían de su noche de bodas algo inolvidable.

Bebió el aire estimulante del mar y dejó volar su imaginación... hasta que un ladrido que conocía muy bien y una carcajada, igualmente familiar, perturbaron su ensueño silencioso. Se volvió rápidamente y vio que la *cailleach* se acercaba con lentitud, arrastrando los pies sobre la cubierta de la nave, que se mecía suavemente.

Bodo corría en círculos alrededor de la anciana, sin preocuparse por los movimientos de las olas. Estaba mucho más interesado en el trozo de tela marrón, enroscado y anudado, que llevaba aferrado entre los dientes torcidos: la camisa de Donall, la túnica que el caballero había convertido en un juguete para el perro, una de las tantas cosas por las que Isolde tendría que haber advertido que se trataba de un buen hombre, detalles en los que habría fijado si no hubiera sido por las dudas que le planteaba su corazón.

—Él sí que es sabio —dijo Devorgilla mientras miraba al pequeño perro corriendo en busca de un compañero de juegos más adecuado que ella—. Lo supo mucho antes que tú —agregó, uniéndose a Isolde.

—¿Qué es lo que supo? —preguntó Isolde, con la vista fija en la encorvada mujer vestida de negro—. ¿Qué supo Bodo?

Devorgilla rió, y la sonrisa arrugó aún más sus facciones marchitas.

—Lo mismo que también yo sabía, que he sabido durante mucho tiempo... que Donall MacLean era tu alma gemela.

—¿Es él el hombre que viste en el vapor del caldero? —preguntó Isolde, aunque ya sabía la respuesta.

La anciana asintió, sin esforzarse demasiado para ocultar una sonrisa de autocomplacencia.

—Sí, así son las cosas.

Desvió la vista y aparentó surcar las olas con los ojos para contemplar fijamente la otra nave, desde donde Donall las miraba. A decir verdad, eso sería lo que habría hecho si su vista hubiera sido la de antes, cuando era joven.

Olvidando el fastidio que le generaba ese secreto que le había ocultado Devorgilla por tanto tiempo, Isolde formuló la otra pregunta que le quemaba la mente:

—Y si sabías que era él, ¿por qué me diste esa pócima contra la atracción? —aventuró—. O pócima de amor... o lo que fuera ese brebaje repugnante.

Devorgilla volvió a reír.

—No te di ninguna de las dos cosas —declaró como si nada, con la venerable mirada todavía fija en la otra nave.

—¿Ninguna de las dos? —preguntó Isolde, mirándola fijamente.

Devorgilla soltó un suspiro leve y dulce, un suspiro que, por un momento, podría haberse confundido con el de una mujer mucho más joven o, incluso, con el de una muchacha.

—Si un hombre como Donall el Bravo me mirara con ese fuego en los ojos, y yo tuviera algunos años menos, juro que saltaría por la borda y nadaría a su lado.

Isolde se sorprendió y fijó la vista sobre la anciana, olvidando por un momento las crípticas palabras de la bruja acerca de la poción.

—¿Cómo puedes saber si está mirándome o no? No me dirás que puedes ver tan lejos.

—Sí puedo, muchacha —aseguró Devorgilla. Al fin, despegó la vista del esposo de Isolde y miró a la joven. Sus ojos, otrora nublados, brillaban con luz nueva y claridad sorprendente—. He estado trabajando con una pócima para curar la ceguera.

—¿Una cura para la ceguera?

—Sí, una pócima maravillosa que funciona contra cualquier tipo de ceguera —explicó la anciana, con una sonrisa—. Y ésa es la misma pócima que te di a ti.

Isolde sintió que se le erizaba la piel, al tiempo que un escalofrío le recorría la espalda.

—¿La misma pócima que me diste a mí? —preguntó, ya boquiabierta y completamente perpleja—. ¿Admites que has estado mintiéndome todo este tiempo?

—No te he estado mintiendo, muchacha, te he estado ayudando —Devorgilla lanzó otra rápida mirada a la nave que ocupaba Donall—. Ya te lo dije una vez: muchas veces no recibimos lo que pedimos, sino lo que necesitamos.

Isolde comenzó a comprender, con una sonrisa en los labios.

—¿Y qué era lo que necesitaba?

—Una cura, muchacha —los ojos de Devorgilla, ahora claros, resplandecían con un brillo travieso—. Una cura contra la ceguera del corazón.